KB026534

사국

SHIKOKU
by Masako Bando

Copyright ⓒ Masako Bando, 1993
All rights reserved.
Original Japanese edition published by Magazine House, Ltd.
This Korean edition is published by arrangement the Author
in care of Tuttle-Mori Agency, Inc., Tokyo through BC Agency, Seoul.

Korean Translation Copyright ⓒ 2010 by Munhakdongne Publishing Corp.

이 책의 한국어판 저작권은 BC 에이전시와 터틀모리 에이전시를 통해
저작권자와 독점 계약한 (주)문학동네에 있습니다.
저작권법에 의해 한국 내에서 보호를 받는 저작물이므로
무단 전재 및 무단 복제를 금합니다.

이 도서의 국립중앙도서관 출판시도서목록(CIP)은
e-CIP 홈페이지(http://www.nl.go.kr/cip.php)에서 이용하실 수 있습니다.
(CIP제어번호: CIP2010003278)

사국

반도 마사코 장편소설 | 권남희 옮김

문학동네

차례

일러두기
본문의 주는 모두 옮긴이 주입니다.

불꽃이 빨간 혓바닥을 날름거렸다. 촛불 아래 둥그렇게 둘러앉은 남자들의 얼굴이 드러났다. 조각가가 정성껏 새겨놓은 듯한 깊고 험악한 주름. 불거진 광대뼈, 탄탄한 근육질 어깨, 탱탱한 허벅지. 남자들의 체격과 얼굴 생김은 어딘지 모르게 모두 비슷해 보였다.

그곳은 어두운 암굴 안이었다. 남자들의 그림자가 축축한 바위 표면 위에 서로 겹쳐 너울거렸다.

"벌써 석 달이나 지났어."

한 남자가 말했다.

"그 집 벚꽃이 흐드러지게 피었던데."

"들개가 요상하게 짖어대더구먼."

"올해는 복숭아가 아주 잘 됐던걸. 이별작인가."

원을 그리고 앉은 남자들에게서 천변지이天變地異에 관한 이야기가 잇따라 낮게 새어나왔다. 이야기가 끝나자, 목소리는 암굴의 축축한 공기 속으로 사그라졌다.

"죽었군……"

정적 속에서 노인의 목소리가 무겁게 울렸다. 출입구를 마주보고 앉아 있던 장로들 중 한 명이었다. 둘러앉은 남자들은 침묵으로 응답했다.

"다음은 누구 차례지?"

남자들은 서로 시선을 주고받았다. 촛불의 불빛 속에서 고개를 좌우로 흔들기도 하고, 끄덕이기도 하는 그림자가 꼭두각시처럼 움직였다.

"나인가."

쉰 목소리와 함께 한 남자가 천천히 일어섰다. 암굴로 불어들어온 한 줄기 바람에 촛불의 불꽃이 어지럽게 흔들렸다. 모두 입을 다물고 있었다. 그것은 승인의 표시였다. 남자는 둘러앉은 사람들에게 차례로 목례를 하고 출입구로 향했다.

밖으로 발을 내딛는 순간, 작은 새들의 지저귐이 남자를 감쌌다. 싱그러운 나무들의 신록이 눈을 찔렀다. 그곳은 작은 신사 경내였다. 남자들이 있던 암굴은 신사의 본당이다. 기둥문* 맞은편으로 멀리 작은 산간 마을이 내려다보였다. 좁아터진 무논,

언덕배기에 간신히 달라붙은 듯 늘어서 있는 초라한 집들. 머리 위로는 험한 산들이 솟아 있었다. 멧돼지 이빨 같은 능선에서 특히 더 예리하게 우뚝 솟은 바위산이 있었다. 남자는 그 산을 향해 눈을 감았다.

암굴 안에서 중얼거리는 듯한 소리가 흘러나왔다. 남자를 보내는 기도 소리였다.

남자는 조용히 경내를 떠났다.

---

* 신사 입구에 세운 H 모양의 문.

1부

. . .

가고메가고메
바구니 속 새는
언제언제 나오나

1

어두컴컴한 역 구내 맞은편에는 빛이 쏟아지는 세계가 있었다. 초록색 잎사귀 위에서 태양의 물방울을 굴리는 듯한 야자나무와 소철. 부연 빌딩 숲 위로 펼쳐진 남국의 파란 하늘. 커다란 짐을 안은 귀성객들이 햇빛이 눈부신지 실눈을 뜬 채 택시 승강장에서 줄을 서 있다.

묘진 히나코는 열차 차창에 턱을 괴고 역 앞 광경을 바라보고 있었다. 이러고 있으니 어린 시절 생각이 난다. 교실의 창으로, 집의 창으로, 마음의 창으로, 언제나 바깥을 내다보았었다. 이 어둡고 답답한 방에서 빛이 쏟아지는 바깥 세계로 뛰쳐나가고 싶었다. 벌써 한참 옛날 일. 어린 시절. 어른의 세계로 나가기 직전의 기대와 두려움이 뒤섞인 날들. 그 시절의 바깥 세계는 가슴을 쿵쾅거리게 할 만큼 강렬한 빛을 뿌리고 있었다. 그러나 사실은 어둡고 답답한 방이었다고 생각했던 어린 시절이야말로 빛으로 가득 찬 세계였다. 부드럽게 감싸주는 듯한 빛으로. 이제야 그걸 깨달았다.

살랑거리는 바람에 날려 흘러내린 머리카락이 뺨에 달라붙었다. 히나코는 수심이 그득한 모습으로 머리카락을 쓸어올렸다. 숨 막힐 듯한 여름의 습한 공기가 어두운 플랫폼까지 밀고 들어왔다.

"어젯밤에 얼마나 술을 퍼마셨는지."

"약한 척하고 있네, 그 정도론 간에 기별도 안 가면서 뭘."

햇볕에 검게 그을린 남자 둘이 고함을 지르듯이 대화를 나누며 열차 앞을 지나갔다.

히나코는 자기도 모르게 웃음이 났다. 도사土佐 지방의 사투리다. 이 거칠고 소박한 말을 듣는 게 대체 몇 년 만인가.

역시 어딘가 도사 사투리 억양이 섞인 안내 방송이 나카무라행 보통 열차의 출발을 알렸다. 찌리리리리리링 하는 요란스러운 벨 소리와 함께 객차가 달랑 한 량뿐인 열차가 움직이기 시작했다.

히나코는 앞을 보며 다시 자세를 고쳐 앉았다. 차창과 나란히 놓여 있는 긴 좌석에 승객은 몇 되지 않았다. 열어놓은 창으로 미지근한 바람이 불어들어왔다. 창밖으로 고치 시내의 풍경이 지나갔다. 히나코는 등나무로 만든 핸드백에서 부채를 꺼내 천천히 부치기 시작했다. 코코 샤넬의 달콤한 향이 주위에 퍼져갔다. 옆에서 쇼핑백을 발치에 내려놓고 친구와 이야기를 나누던 여자가 히나코 쪽을 보았다.

세 갈래로 길게 땋은 검은 머리. 파란 리본이 달린 밀짚모자. 육감적인 몸을 감싼 갈색 마 바지. 아름다운 눈매와 자그마한 코. 미인이라고는 할 수 없지만 나름의 개성미를 풍기는 이목구비. 여자는 물잔 안에서 이물질이라도 발견한 듯한 표정으로 히나코를 힐끔거리더니 다시 대화로 돌아갔다.

히나코는 자신이 이 차량 안에서 묘하게 유리되어 있음을 깨닫고 부채를 부치던 손을 멈추었다. 그리고 숨을 죽이고 다시 창밖으로 시선을 보냈다. 열차가 앞으로 나아가면서 어수선하던 시내 풍경에 조금씩 녹색의 무논과 산이 헤치고 들어왔다. 새로 생긴 단지와 맨션. 택지 조성을 위해 깎여나가 적갈색을 띤 산의 표면. 자극적인 색깔의 드라이브인* 간판. 히나코의 본가가 있는 지바 현의 시골과 크게 다르지 않은 경치가 이어졌다. 여기에도 도시화의 물결이 밀려오고 있다.

어쩔 수 없는 일이다. 이십 년 전 풍경이 남아 있을 리 없다. 그렇게 생각하면서도 히나코는 약간의 환멸을 느꼈다.

---

* 차에 탄 채 이용할 수 있는 도로변의 간이식당이나 휴게소 등을 말함.

야쿠무라는 어떻게 변했을까?

히나코는 열차가 달려가는 방향으로 늘어서 있는 시코쿠의 험준한 산들을 바라보았다.

야쿠무라는 히나코가 초등학교 시절을 보낸 곳이다. 중학교에 들어가기 전, 기계 기술자인 아버지의 일 때문에 간토關東로 이사했다. 일 년 뒤, 마을에 남아 있던 할아버지가 세상을 떠나자, 혼자가 된 할머니는 장남인 아버지에게로 왔다. 그후, 할머니는 가끔 성묘하러 야쿠무라를 찾았지만, 십 년쯤 전부터 혼자서는 먼 길을 다니지 못하게 되었다. 지금은 아버지의 형제도 모두 고치 현을 떠나, 묘진 가에게 야쿠무라는 먼 곳이 되어버렸다.

히나코의 가족은 사이타마에서 다시 지바로 이사했고, 히나코는 그곳에서 중학교와 고등학교를 다녔다. 언제부턴가 야쿠무라에 대한 기억은 점점 희미해져갔다. 그러나 이렇게 시코쿠에 돌아오니 그 기억은 절대 지워진 게 아니라, 잠들어 있었을 뿐이란 걸 알 수 있었다. 마음 저 밑바닥에 잠들어 있던 기억은 열차가 시코쿠의 산을 가르며 달려갈수록 조금씩 깨어나기 시작했다. 발이 흙투성이가 되도록 돕던 모내기. 칠석날이면 강물에 떠내려 보냈던 조릿대. 한숨처럼 빛을 뿜는 반딧불이를 쫓아다니던 시골길. 머리띠를 질끈 동여매고 맨발로 달리던 운동회.

한 학년이 서른 명 남짓한 작은 학교였다. 그 시절에 함께 놀

왔던 친구는 어떻게 지내고 있을까?

학처럼 하얀 소녀의 얼굴이 뇌리에 떠올랐다.

사요리…… 히나코는 마음속으로 중얼거렸다.

히우라 사요리. 초등학교 시절 가장 친했던 친구였다. 단발머리에 눈초리가 길게 째진 눈. 색이 다 빠진 것처럼 하얗고 예쁜아이. 어른들에게 간섭받는 걸 극도로 싫어했다. 혼자 있을 때는 만족스러운 표정으로 싱글벙글거렸지만, 그 온화한 얼굴에이끌려 어른들이 말을 거는 순간, 웃음기는 싹 사라지고 무표정한 가면 같은 얼굴로 바뀌었다. 사요리는 다가가면 도망가는 새같았다.

동물을 예로 들자면, 히나코는 거북이를 닮았는지도 모른다.자신의 감정을 어떻게 표현해야 좋을지 몰라 두꺼운 껍데기 안에 틀어박혀 있는 우둔한 거북이.

학처럼 아름다운 사요리의 자태는 히나코에게 감탄의 대상이었다. 어른들에게 알랑거리지 않는 의연함을 닮고 싶었다. 히나코는 사요리의 뒤를 졸졸 따라다니듯이 산길과 강가를 걷고, 꽃을 꺾으며 놀았다. 사요리 곁에 있으면 왠지 마음이 편했다. 입을 다물고 있어도 재미없는 아이라고 비난받지 않았다. 그것은사요리도 마찬가지였을 것이다. "산에 갈까?" 혹은 "배고파" 하는 짧은 몇 마디만으로도 대화는 충분했다. 가끔 누가 싫다거나아빠한테 야단맞았다는 말을 하긴 해도, 그게 전부였다. 서로 칭

찬해주거나 의견을 말하는 식의 복잡한 대화는 나누는 법이 없었다.

히나코의 어머니는 항상 "너희 둘, 참 비슷한 애들끼리 만났구나" 하고 말했다. 그러나 히나코는 알고 있었다. 두 사람은 절대 닮지 않았다는 걸. 닮은 것은 그저 감정 표현이 서툴다는 것뿐이라는 걸.

그 일은 지금도 또렷이 기억난다. 사요리네 집에서 기르던 고양이가 죽었을 때다. 둘은 전날 밤부터 보이지 않는 고양이를 찾아다녔다. 도로 옆에서 작은 재색 덩어리를 먼저 발견한 것은 사요리였다. 둘이 부리나케 달려가 확인해보니, 애타게 찾던 그 고양이였다. 머리도 꼬리도 살아 있을 때처럼 폭신폭신한 털로 감싸인 고양이는 마치 잠을 자는 것 같았다. 그러나 몸통 절반이 없었다. 새나 들개에게 먹혔는지 내장도 몽땅 사라지고, 시커먼 살 사이로 가느다란 갈비뼈가 보였다.

고양이 앞에 쭈그리고 앉아 흐느끼는 사요리의 등뒤에 우두커니 서서 히나코는 숨을 삼켰다. 불쌍하기보다 무서웠다. 작은 사체는 땅속에서 솟아오른 도깨비처럼 느껴졌다. 히나코는 더는 그 자리에 있을 수가 없었다.

"사요리, 어서 가서 너희 엄마한테 얘기하자."

그러나 사요리는 고개를 가로젓고, 고양이의 머리를 조심스레 쓰다듬었다. 사랑스러운 듯 재색 꼬리를 만지며 고양이의 이름을 불렀다. 이윽고 일어서더니, 머리와 꼬리 아래로 손을 넣어 고양이를 들어올렸다. 살점이 뜯겨나간 몸통이 축 늘어지면서 노랗고 탁한 액체가 뚝뚝 떨어졌다. 사요리는 손이 더러워지는 것도 아랑곳하지 않고 그대로 죽은 고양이를 들고 길가로 가서 풀 위에 내려놓았다.

그리고 근처에서 막대기를 주워와 구멍을 파기 시작했다. 사요리는 멍하니 서 있는 히나코에게 말했다.

"예쁜 무덤을 만들 거야. 동그랗게 흙을 쌓고 돌을 나란히 두르고. 꽃이랑 생선을 공양할 받침대도 만들 거야."

사요리는 얼마나 아름다운 무덤이 만들어질지 설명했다. 그 모습은 즐거워 보이기까지 했다. 고양이의 죽음은 이미 머릿속에서 사라지고, 오로지 무덤을 만든다는 생각에 푹 빠져 있었다.

그때였다. 사요리와 자신의 생각이 많이 다르다는 것을 히나코가 희미하게 깨달은 것은. 실크와 마가 다르듯 영혼의 감촉이 다름을 깨달은 것이다.

서로 내재된 것이 달랐기 때문에 사이가 좋았던 걸까. 그러나 히나코가 이사한 뒤로 짧은 편지를 몇 번 주고받았을 뿐 곧 연락이 끊겨버렸다. 아마 사요리도 히나코도 문자나 말로 감정을 전하는 요령을 몰랐던 탓이리라. 그들은 얼굴을 마주 보고 있어야, 같은 시간을 공유해야 감정을 전할 수 있었다. 멀리 떨어져서 각자 다른 인생의 길을 걷게 되자, 둘은 서로 다른 세계의 사람이 되어버렸다.

할아버지가 돌아가시고 첫 오봉*을 맞이해 부모님과 함께 마지막으로 야쿠무라에 돌아갔을 때, 히나코는 그 길로 곧장 사요리를 찾아갔다. 둘 다 중학교 1학년이 되어 있었다. 하지만 한두 마디 인사를 나누고 나자 더는 할 말이 없었다. 둘은 수줍어하며 마주 보기만 할 뿐이었다. 떨어져 있었던 시간을 말로 메울 수 있을 만큼 어른이 된 것도, 말이 없어도 만족스러운 기분이 들 만큼 어린아이도 아니었다.

그후로 많은 시간이 흘러 일러스트레이터가 된 히나코는 그림이라는 수단으로 타인에게 감정을 전하는 기술을 익혔다. 말하는 것도 능숙해졌다. 인류가 도구를 사용하면서 진보해왔듯이 히나코는 말이라는 도구를 제대로 사용해 바깥 세계로 나갈 수 있게 되었다. 사요리는 어떤 식으로 감정을 전하게 되었을까. 어떤 여자가 되어 있을까. 지금 학 같은 사요리를 붙들고 그 마음속을 들여다본다면 자신과 어떻게 다른지 알 수 있을 텐데. 어린 자신은 알 수 없었던 두 영혼의 차이를 알 수 있을 텐데……

"꺄아아아아아악."

어린아이의 새된 소리가 히나코의 사고를 찢어놓았다. 차량

---

* 일본의 대표적 명절 중 하나로, 양력 8월 15일 전후 일주일간 조상의 혼을 맞아들여 공양한다. 불교에서 유래했으나 오늘날에는 생활 속에 뿌리내린 연례행사가 되었다.

앞쪽에서 어린 남자아이가 웃으면서 뛰어들어왔다.

"야, 노부하루, 뛰면 안 돼! 넘어지면 어쩌려고 그래."

화려한 색깔의 반팔 셔츠를 입은 남자가 좌석에서 일어나 아이를 좇아왔다. 남자아이는 히나코 앞에서 비틀거렸다. 히나코는 얼른 손을 내밀었다. 아이는 히나코의 손을 잡더니 히죽 웃었다. 능글맞은 아이라고 생각하며 히나코는 손을 놓았다.

"미안합니다."

아버지로 보이는 남자가 큰 소리로 사과하면서 다가왔다. 벗어지기 시작한 이마에 파마를 한 마른 체격의 남자. 툭 튀어나온 이마가 눈앞의 아이와 퍽 닮았다.

기억의 벽에 뭔가 걸렸다.

아이가 아니다. 다른 누군가를 닮았다.

히나코는 아들의 손을 잡고 자리로 돌아가려는 남자에게 조심스럽게 말을 걸었다.

"저기…… 너 혹시 기미히코 아니니……?"

남자는 의아한 얼굴로 돌아보았다.

역시 그랬다. 시마자키 기미히코. 미끈한 이마 때문에 초등학교 때는 왕이마라고 불렸다.

금방 알아보지 못하는 기미히코에게 히나코는 자신의 이름을 말했다. 기미히코가 갑자기 소리를 질렀다.

"히나코오? 거짓말!"

그는 히나코를 말똥말똥 보았다.

"그러고 보니 히나코 맞네. 근데 되게 변했다. 전혀 못 알아보겠어."

기미히코는 오사카 사투리가 섞인 말로 과장스럽게 놀란 시늉을 해 보였다.

"당연하지. 이십 년 만인걸."

그렇게 말하면서 히나코 자신도 많이 달라졌다고 생각했다.

어린 시절의 사진은 보고 싶지 않았다. 잔뜩 겁먹은 눈길로 카메라 렌즈를 보고 있는 멍청한 아이. 그것이 히나코였다.

"근데 지금 어디 사냐?"

"도쿄."

"결혼은 했고?"

히나코는 "안 했어"라고 대답했다. 가슴에 가시가 박히는 느낌이었다. 서른 살 넘은 후로는 거의 받아본 적이 없는 질문이었다. 히나코는 기미히코가 이것저것 더 묻기 전에 일러스트레이터로 일하고 있다고 말했다. 기미히코는 점점 더 놀랍다는 표정을 지었다.

"세련된 직업이네. 멋있다."

"그렇지도 않아."

겸손해하면서도 최근에 작업한 대기업의 포스터를 말하면 기미히코도 알 거라고 생각했다. 히나코는 'HINA'라는 이름의 일러스트레이터로는 꽤 알려졌다.

—너를 발굴한 건 나야—

남자의 목소리가 머릿속에 울렸다. 히나코는 무의식중에 부채를 꼭 쥐고 기미히코에게 물었다.

"그래, 너는 어떻게 지내?"

"오사카에서 조그맣게 장사하고 있어. 오사카 상인이지."

기미히코는 손을 비비면서 말했다.

히나코가 작게 웃었다. 기미히코는 옛날부터 동창생을 잘 웃겼다.

"아, 그럼 오사카에 사는 거야?"

"응. 오봉이어서 고향에 가는 참이야. 너야말로 어쩐 일로 고치까지?"

일에 지쳐서. 애인에게서 도망치고 싶어서. 어린 시절이 그리워서. 히나코의 뇌리에 이런저런 이유가 떠올랐다. 그녀는 가장 적당한 이유를 골랐다.

"집안일. 아직 야쿠무라에 집이 있거든. 줄곧 세를 주었는데, 이번에 그 사람들이 나가겠다고 해서 집 상태를 보러 가는 길이야."

"혼자?"

"응. 내가 대리인이야. 또 임대를 할지, 리모델링을 할지, 팔지 결정하려고."

기미히코의 아이가 엄마한테 가자고 징징거렸다. 기미히코는 아들의 엉덩이를 때렸다.

"가라, 가. 얌전하게 있어야 된다."

뒤뚱뒤뚱 걸어가는 아이의 뒷모습을 바라보면서 히나코가 말했다.

"기미히코 너도 어엿한 아빠구나."

기미히코는 쑥스러운 표정을 지었다.

"벌써 서른셋인걸. 나만 그런 게 아냐. 다들 좋은 엄마, 아빠가 됐지. 유타카는 가업을 이어받아 농사를 짓고, 교조는 농협에 다니고, 유카리는 후지모토 상점으로 시집갔고……"

기미히코는 초등학교 동창생들의 소식을 전해주었다.

"사요리는? 지금 어떻게 지내는지 알아?"

기미히코는 입을 반쯤 벌린 채 히나코를 내려다보았다. 그리고 어두운 목소리로 천천히 물었다.

"사요리 이야기, 못 들었냐?"

히나코는 고개를 가로저었다. 불길한 예감이 들었다.

"그 녀석, 죽었다."

덜컹덜컹, 열차 소리가 갑자기 귓가에 크게 울렸다. 전염성 있는 미소를 짓던 사요리의 얼굴이 마음속에서 유리처럼 깨졌다. 히나코는 무슨 말을 해야 좋을지 몰라 기미히코의 얼굴만 멍하니 보았다. 기미히코는 양손으로 손잡이를 잡은 채, 사요리는 중학교 3학년 여름에 사고로 죽었다고 했다.

믿을 수가 없었다. 히나코의 뇌리에는 아직 사요리의 얼굴이 또렷이 각인되어 있다. 야쿠무라를 떠난 뒤에도 어린 시절의 기억 속에는 언제나 사요리가 있었다. 그런 그녀가 이십 년 전에 이 세상에서 사라졌다니. 느닷없는 말에 도무지 현실이라는 생각이 들지 않았다. 사요리는 히나코의 마음속에서 지금까지 살아 있었으니까.

"히나코는 그 녀석하고 친했지?"

굳은 표정의 히나코를 보고 기미히코가 위로하듯 말했다.

어째서 지금까지 그 사실을 모르고 지냈을까. 할머니가 성묘하러 시코쿠에 다녀왔을 때 들었을 법도 한데. 하긴 할머니는 말년에 급속히 정신이 흐려졌으니, 손녀의 소꿉동무 소식 같은 건 들어도 기억에서 흘려버렸을 것이다.

사요리는 히나코가 모르는 사이에 이 세상에서 사라졌다. 배신당한 것 같기도 하고, 분하기도 하고, 기분이 복잡했다.

열차는 강을 따라 분지를 달렸다. 분지 바닥에는 자그마한 집들이 엉겨붙어 있었다. 파랑과 빨강으로 번쩍거리는 지붕과 네모난 콘크리트 집. 새로 지은 집들과 옛날 집들이 뒤섞여 통일성을 찾아볼 수 없는 마을이다. 안내 방송이 흘러나왔다.

"다음은 사가와, 사가와 역입니다. 내리실 분은 두고 내리는 물건이 없는지 확인하시기 바랍니다. 사가와에서 내리는 손님

여러분 안녕히 가십시오."

사가와는 야쿠무라에서 가장 가까운 역이었다. 차량 앞쪽에서 젖먹이를 안은 여자가 일어섰다. 기미히코는 아내로 보이는 그 여자에게 눈짓을 보내더니, 히나코에게 "그럼 나중에 봐" 하고 밝은 목소리로 말하고는 가버렸다. 히나코는 맥 빠진 얼굴로 그 등을 무심히 바라보았다. 좀 전에 들은 사요리의 소식이 검은 흙처럼 가슴 밑바닥에 가라앉았다.

남자는 좁은 산길을 내려갔다. 위아래 모두 흰옷 차림에 어깨에는 헐렁한 자루를 메고 짚신을 신었다. 순례자*의 여행 차림과 비슷했다. 길가의 풀숲에서 열기가 피어올랐다.

더운 날이었다. 남자의 얼굴에 땀이 말라붙어 하얀 소금기가 남았다. 남자는 상체를 앞으로 조금 구부리고 무릎의 반동을 이용해 좁은 길을 통통거리며 내려갔다. 짧게 깎은 머리. 코끼리 피부처럼 가느다란 주름이 새겨진 피부. 겉모습은 젊은 차림새와는 대조적이었다. 마흔 줄이란 소리를 들은 지 얼마 안 됐을 텐데, 쉰은 넘어 보였다.

눈 아래 작은 마을이 나타났다. 남자는 멈춰서서 숨을 가다듬었다. 좁은 현도县道를 따라 이어지는 집들과 상점가. 도로에는

---

* 시코쿠에 있는 홍법대사의 유적인 88개의 영장을 순례하는 사람.

무당벌레처럼 생긴 차들이 오갔다. 마을 한 모퉁이에 있는 절 경내에 모여 있는 사람들이 보였다. 대나무로 연주단을 위한 무대를 만들고 있었다. 길을 따라 등도 걸려 있었다.

남자는 처음에 축제인가 생각했다가, 오늘이 오봉임을 깨달았다. 봉오도리*라도 열리는 모양이다. 재색 지붕 아래에서는 여자들이 찜통에 찰밥을 하고 있을 것이다. 남자의 아내도 오봉에는 꼭 찰밥을 지었다. 아내가 지어주는 찰밥은 정말 맛있어서, 남자는 몇 그릇씩 비웠다. 그러나 이제는 아내가 만들어주는 찰밥을 먹을 수 없다.

머리 한구석에 아내의 모습이 되살아났다. 피로 물든 하반신. 시커먼 피가 하얀 기모노를 물들이고, 맨발의 발등에 뚝뚝 떨어지고 있었다. 자주색 시반屍斑이 생긴 얼굴을 갑자기 번쩍 쳐들더니, 생기를 잃은 눈동자는 남자를……

멀리서 큰북 소리가 울렸다. 남자는 깜짝 놀라 고개를 들고 눈을 껌벅거렸다. 남자는 애써 아내의 모습을 기억의 어둠 속으로 되돌려놓았다. 그리고 비장한 표정으로 다시 걷기 시작했다. 비탈을 내려가는 남자의 머리 위에서 갑자기 태양이 구름 속으로 숨고, 녹색의 산은 색깔을 잃어갔다.

---

* 오봉 때 남녀들이 모여서 추는 윤무.

야쿠무라는 사가와초에서 이십 킬로미터 정도를 더 간 시코쿠 산맥 안에 자리잡고 있다. 역 앞에서 택시를 타고 33번 국도를 따라 북쪽으로 올라가자, 이내 니요도 강이 모습을 드러냈다. 깊은 산과 급류 사이로 뻗어 있는 길은 마치 재색 실처럼 보였다. 오후의 강렬한 태양 아래, 산도 강도 생명의 불꽃을 훨훨 태우고 있었다.

히나코는 냉방장치를 틀어놓은 택시 안에서 창밖의 풍경을 내다보고 있었다. 경치는 낯익은데 그리움을 느낄 만큼 마음에 와 닿지 않았다. 어디서 찍었는지 기억나지 않는 옛날 사진을 보고 있는 듯했다. 그 안타까움은 고향에 가까워질수록 점점 강해졌다.

택시가 기타노초로 들어섰다. 도로 옆에 슈퍼마켓과 병원, 농협이 나란히 있다. '어서 오세요. 코스모스와 고요한 숲속 마을 기타노초에'라는 큰 간판도 서 있다. 잘 정비된 포장도로와 강가의 공원을 지나쳐 택시는 국도를 벗어나, 니요도 강의 지류인 사카 강을 따라 더욱 깊은 계곡으로 들어갔다. 택시는 산의 가파른 비탈을 깎아 만든 아스팔트 도로를 달렸다. 히나코는 감탄하며 말했다.

"길이 아주 좋아졌네요."

"이쪽 길뿐입니다, 손님. 좀더 가면 차끼리 간신히 지나가기도 힘들 만큼 길이 좁아집니다."

하얀 장갑을 낀 택시기사가 대답했다.

"그래도 옛날에 비하면 훌륭하죠. 전엔 포장도 안 돼 있었는데."

"그렇게 오래전의 사카 강을 아시는군요."

"예, 어릴 때 야쿠무라에 살았거든요."

택시기사는 백미러로 히나코를 보았다. 그의 진지한 표정에 당혹감이 묻어났다. 아무리 봐도 히나코와 야쿠무라가 잘 연결되지 않는 모양이다.

"이 길이 포장되기 전이라면 한참 옛날이었겠네요."

"이십 년도 전이에요. 그 시절에는 태풍이 올 때마다 국도로 통하는 이 길이 산사태로 폐쇄됐죠."

"그건 지금도 마찬가지랍니다."

초로의 택시기사가 웃었다. 무뚝뚝하던 목소리가 밝아졌다.

"사카 강이란 이름이 어떻게 지어졌는지 아십니까?"

히나코가 모른다고 하자, 택시기사는 득의양양하여 설명했다.

"사카 강逆川은 거꾸로 강이란 뜻이죠. 옛날에 니요도 강이 엄청나게 불어난 적이 있었대요. 그 강물이 사카 강으로 흘러들어 그대로 상류를 향해 철철 역류했다는군요. 그래서 사카 강이란 이름이 붙었대요."

히나코는 설마 하고 웃었다.

"옛날이야기니까요, 손님."

택시기사는 자신도 믿지 않는다는 듯 웃으면서 핸들을 꺾었다.

택시가 모퉁이를 도는 순간, 눈부신 태양이 히나코의 눈을 찔렀다. 순간, 계곡이 흰색으로 바뀌었다. 그 무채색 풍경 속에 하얗게 빛나는 사람의 윤곽이 떠올랐다. 히나코는 갓길을 자세히 보았다. 위아래 흰옷 차림에 하얀 각반脚絆, 금강장金剛杖*에 사자死者의 여행 차림 같은 모습. 등에 작은 고리짝을 메고 있고, 머리에 쓴 삿갓에는 검은 붓글씨로 '동행이인同行二人'이라고 적혀 있었다.

순례자였다. 한 사람이 앞서 걷고, 그 뒤에 어린아이가 어른에게 포개지듯 걷고 있다. 뜨겁게 내리쬐는 햇볕 아래에서 야쿠무라 쪽으로 천천히 걸음을 옮기는 그들의 모습이 아지랑이처럼 어른거렸다.

눈 깜짝할 사이에 흰옷 차림의 순례자를 추월하면서 택시기사가 신기하다는 듯이 말했다.

"걸어서 순례를 하다니 대단한 사람이네. 시코쿠 88개 영장靈場**도 요즘은 모두 버스로 도는데."

"정말 그러네요."

히나코는 창밖을 보았다. 택시가 하얀 그림자를 추월한 참이었다. 그녀는 어? 하고 놀랐다.

---

* 불교 수도자나 순례자가 가지고 다니는 사각형의 지팡이.
** 신령이나 부처를 모신 신성한 곳.

30

순례자는 한 사람뿐이었다.

얼굴이 까맣게 탄 초로의 여자. 그녀는 지팡이를 짚고 다리를 질질 끌듯이 걷고 있었다. 두 사람으로 본 것은 착시였던 모양이다. 그래도 히나코는 기분이 이상해서 순례자가 멀어질 때까지 몸을 틀어 뒤돌아보았다.

역시 한 사람이었다.

택시가 다음 모퉁이를 돌았다. 눈앞에 흐르는 계곡물을 따라 좁고 긴 골짜기가 나타났다. 험한 비탈에 만든 계단식 논에는 초록색 벼가 살랑살랑 춤을 추고, 농가의 쥐색 지붕이 희미하게 햇빛을 반사했다. 울창하고 깊은 산은 저 멀리 시코쿠 산맥으로 이어졌다.

야쿠무라다.

히나코는 차창을 내렸다. 여름풀 냄새를 머금은 바람이 불어왔다.

강물이 흥겨운 소리를 내며 흘러가고, 매끈한 얼음 같은 수면에 신록이 우거진 나무들이 비쳤다. 이런 날에는 나무 그늘에서 책이나 읽는 게 제격이다.

아키자와 후미야는 한숨을 내쉰 뒤 창가를 떠났다. 눈앞에는 여전히 어수선한 광경이 어른거렸다.

야쿠무라 마을사무소 자료실이라는 이름은 달고 있지만, 차라리 창고라고 하는 편이 어울리는 곳이었다. 재색 철제 선반과 상자들이 작은 방에 비좁게 들어차 있다. 바닥에는 뚜껑을 열어 젖힌 상자가 놓여 있고 그 안에는 책과 팸플릿이 두서없이 쌓여 있었다. 『고치 현의 발자취』 『도사 근왕지사 비망록』 『도사의 민속과 풍습』…… 오랜 세월 동안 마을사무소에 쌓인 향토 자료가 다양하고 잡다하게 널려 있었다. 후미야는 지긋지긋하다는 얼굴로 그 어수선한 광경을 내려다보았다.

창을 열어도 숨이 턱턱 막힐 만큼 자료실 공기는 탁했다. 후미야는 땀에 젖어 이마에 달라붙은 갈색 머리를 쓸어올리면서 다시 바닥에 주저앉았다. 상자 안에서 소책자 뭉치를 꺼내 바닥에 던지자, 먼지가 풀썩 날아올랐다. 다시 분류를 시작할 때, 삐걱거리는 문소리와 함께 모리타 겐이 여드름투성이 얼굴을 들이밀었다.

"고생 많으십니다, 선생님."

모리타는 잔뜩 어질러진 자료실을 보고 재미있다는 듯이 말했다.

선생님은 후미야의 별명이다. 야쿠무라의 역사와 유적에 관해서 잘 알기 때문이다. 이 년쯤 전에 후미야가 사카 강의 하안 단구에서 조몬 시대의 주거지를 발견했는데, 그 사실이 신문과 지방 텔레비전 방송을 통해 알려지면서 선생님이라는 별명이 굳어졌다.

본래 하는 일은 마을사무소의 홍보 담당이지만, 그걸 핑계 삼아 야쿠무라의 역사를 조사하고 있다. 마을사무소에 잠들어 있는 향토 자료를 정리하여, 향토사 자료실을 일반인에게 공개하면 어떻겠냐고 사무소 소장에게 제안한 것도 개인적인 흥미가 컸기 때문이다. 물론 자료 정리가 이렇게 힘들 줄은 생각도 못했지만.

　후미야는 쓴웃음을 지으며 겐에게 먼지투성이인 양손을 내밀어 보였다.

　"도와주러 온 거라면 대환영이야."

　겐은 천만의 말씀이란 듯 고개를 저었다.

　"사양하겠습니다. 그보다 아키자와 씨, 실은 잠깐 자리 좀 봐주었으면 해서요."

　모리타가 바닥에 흩어진 책을 정리하는 후미야를 보면서 미안한 듯이 말을 이었다.

　"오늘부터 오봉 휴가에 들어간 직원이 많아서 지금 창구에 저 혼자뿐이거든요. 근데 좀 전에 집사람이 전화해서 집에 일이 생겼다고 급히 좀 오라네요. 미안하지만 저 대신 창구 좀 봐주지 않겠습니까?"

　후미야는 마을사무소에 일손이 부족한 것도 모른 채 자료실에 틀어박혀 있었음을 깨닫고 미안해졌다.

　"그야 식은 죽 먹기지. 바로 갈게. 신경 쓰지 말고 다녀와."

후미야는 들고 있던 책 꾸러미를 바닥에 내려놓았다. 제일 위에 있던 소책자의 제목이 눈길을 끌었다. 『시코쿠의 고대 문화』. 내일부터 그도 오봉 휴가에 들어간다. 휴가 중에 읽으면 괜찮겠다 싶은 책이었다. 후미야는 낡은 소책자를 손에 들고 일어났다.

도로 쪽에 면한 마을사무소의 현관은 남향이라 햇빛이 사정없이 쏟아져들어와 자료실보다 훨씬 더웠다. 벽에 달린 선풍기는 고장나서 부재중인 주민과 과장의 책상 쪽으로만 바람을 보내고 있다. 후미야가 손을 씻고 열대 같은 자리로 돌아왔을 때, 모리타는 막 나가려는 참이었다.

"아 참, 가와카미 소장님이 그거 마을 소식지에 넣어달라고 했습니다."

후미야의 책상 위에 클립으로 철한 원고지가 놓여 있었다.

밖에서 빵빵 하는 클랙슨 소리가 들렸다. 마을사무소의 창 너머로 흰색 소형 승용차를 탄 모리타의 아내 가쓰미가 손을 흔드는 모습이 보였다. 모리타는 삼십 분 뒤에 돌아오겠다고 말하고, 아내의 차에 올라탔다.

마을사무소 안에는 이제 아무도 없다. 후미야는 워드프로세서를 책상에 올려놓고 가와카미 소장의 원고를 읽어보았다.

—여름도 끝나가니 주의가 느슨해져서인지 강이나 산에서 아동 사고가 종종 발생하고 있습니다. 그런 비참한 사고를 막기 위해 학부모 여러분은 한층 주의를 환기시켜주시기 바랍니다.

여전히 획일적인 문장이었다. 후미야는 「소장이 드리는 인사」라고 쳤다.

매달 발행하는 『야쿠무라 소식』의 원고 작성은 홍보 담당인 후미야의 일이다. 소장 인사로 시작해 마을 행사와 출생, 부고, 그리고 후미야가 수집한 마을의 소소한 기사를 싣고 있다. 자기 과시욕이 강한 소장은 한 달 중 보름이나 문장을 다듬은 뒤 원고를 가져온다. 후미야는 딱딱하게 격식을 갖춘 소장의 문장을 뜯어고치고 싶은 걸 참으면서 워드프로세서를 쳐나갔다.

—머잖아 2학기가 시작됩니다. 아동들이 전원 건강한 모습으로 학교로 돌아올 수 있도록 협조 부탁드리는 바입니다.

여름방학이 끝나고 2학기가 된다. 2학기가 끝나면 겨울방학. 3학기 다음에는 봄방학. 시간과 규칙에 얽매인 학교생활에는 언제나 방학이라는 구원이 있었다. 어른이 되어 방학이 없는 날이 오리라고는 상상도 하지 못했다. 어두운 마을사무소 한구석에 처박혀 살아가는 것이 자신의 운명이 되리라고는 더더욱. 학교 오가는 길에 자주 본 '아저씨'들. 그들은 마을사무소의 유리문 너머에서 비슷비슷한 표정을 하고 책상 앞에 앉아 있었다. 만약 그 시절, 너도 장차 저 중 한 사람이 될 거라고 말하는 어른이 있었더라면 후미야는 큰 소리로 말했을 것이다. 나는 절대 그렇게 되지 않을 거라고.

그러나 인생에서 절대라는 것은 없다. 그런 생각에 씁쓸함을 느끼다가 후미야는 문득 워드프로세서를 치던 손을 멈추었다.

마을사무소 앞에는 마을에서 유일한 상점가가 있다. 막과자 가게, 채소 가게, 미용실, 편의점, 우체국, 의원, 술집, 생선 가게…… 생활하기에 곤란하지 않을 만큼의 가게와 시설이 늘어서 있다. 아이들이 아이스크림을 먹으면서 지나갔다. 밀짚모자를 쓴 농가의 주부가 장바구니를 들고 차에 올라타고 있다. 농협에 근무하는 동창생 오노 교조가 오토바이를 타고 지나간다. 후미야가 보고 있는 것을 아는지 모르는지, 마을사무소 앞에서 한 손을 들어 인사하고 지나갔다. 교조가 기타노초로 술 한잔하러 가자고 연락할 시기가 되었군 하고 생각하면서, 후미야는 다시 워드프로세서로 눈길을 돌렸다.

그때, 누군가의 시선이 느껴졌다. 자신을 물끄러미 지켜보는 뜨겁고도, 차가운 시선이.

후미야는 고개를 들었다. 나란히 놓여 있는 재색 책상, 그 위에 쌓인 서류, 의자등받이에 걸쳐놓은 웃옷, 마시다 남은 찻잔. 마을사무소 안은 인기척 하나 없이 고요했다. 창밖에서 이쪽을 들여다보는 사람도 없었다.

덜그럭덜그럭. 선풍기 돌아가는 소리가 유난히 크게 들렸다.

괜한 착각인가? 후미야는 고개를 좌우로 흔들고는 맹렬한 기세로 워드프로세서를 치기 시작했다.

2

집은 사카 강이 내려다보이는 산기슭에 쓸쓸하게 서 있었다. 누렇고 지저분해진 모르타르 벽. 가장자리가 심하게 휜 현관 문. 썩어가는 덧문. 오랜 세월 비바람에 노출되어 초라하기 그지없다.

택시에서 내려 집 앞에 선 히나코는 의외라는 생각을 지울 수 없었다. 기억 속의 집보다 작았다. 어린 시절에는 훨씬 크고 넓었는데. 마치 대낮에 보는 유령의 집 같았다. 아무리 무서운 특수효과라도 햇빛이 환히 비치면 공포를 느낄 만한 구석이라고는 한군데도 없다. 겨우 이것뿐인가? 반문하고 싶어진다. 할머니, 할아버지, 엄마, 아빠, 그리고 히나코와 동생 여섯 식구가 이 작은 공간에서 울고 웃으며 살았다니.

집은 작아지기만 한 게 아니었다. 뭔가 서먹서먹한 모습으로 변해 있었다. 오랫동안 남에게 빌려준 탓일지도 모른다. 히나코가 아는 것만 해도 세 가족이 이 집을 거쳐갔다. 비워두었던 적도 있다. 그 사람들의 추억까지 섞인 탓인지 전과는 다른 분위기가 감돌고 있었다.

버리고 떠난 집이 그곳에 살게 된 새로운 사람들과 마음을 통한 것은 어쩔 수 없는 일이다. 히나코의 부모도 오랫동안 이 집에 발걸음을 하지 않았다. 집 관리는 이웃에 사는 오노 씨에게 맡겼다. 얼마 안 되는 월세는 집 수리비나 유지비로 쓰였다. 부모님은 야쿠무라에 집이 있다는 사실만으로 만족했다. 집은 고향을 잊지 않게 해주는 부적과 같은 역할을 하고 있었다.

차 소리가 들렸다. 돌아보니 흰색 소형 승용차가 마당으로 들어오고 있었다.

"미안합니다. 많이 기다렸어요?"

머리카락을 뒤로 바짝 잡아당겨 묶은 젊은 여자가 조수석에서 내리면서 큰 소리로 물었다. 운전석에서는 땅딸막하고 몸매가 다부진 남자가 내리더니 여드름 자국이 남은 얼굴로 애교 있게 인사를 했다. 최근 삼 년 동안 세 들어 살았던 모리타 겐과 가쓰미 부부였다. 사가와초에서 출발하기 전에 지금 가고 있다고 전화를 해둔 터였다. 가쓰미는 자기소개도 하는 둥 마는 둥 들뜬 목소리로 말했다.

"영광이에요. 우리 히나 씨 팬이랍니다. 그 로봇하고 피에로가 춤추는 포스터, 전파사에서 억지로 얻어와 집에 붙여놨지요. 우리가 살던 집이 히나 씨 집이란 이야기를 오노 씨한테 듣고, 어찌나 놀랐는지."

당황한 히나코는 입속말로 우물우물 고맙다고 인사했다. 자신의 이야기가 이곳에까지 알려졌으리라고는 생각도 못 했다.

야쿠무라에 머무는 동안 꼭 자기네가 새로 지은 집에 놀러 오라고 청하는 가쓰미의 어깨를 겐이 장난스럽게 흔들었다.

"대강 좀 해라. 오시자마자 네 수다를 듣고 싶겠냐. 안 그래도 도쿄에서 막 도착한 길이라 피곤하실 텐데."

가쓰미는 이번에는 큰 소리로 사과를 했다. 도쿄 사람들은 초면에 이렇게 감정을 노골적으로 드러내지 않는다. 상대의 마음속에 도사린 본심이 무엇인지 살피느라 쉽게 마음을 열지 않는 것이다. 가쓰미의 거리낌 없는 감정 표현에 히나코는 자기도 모르게 미소를 지었다.

겐이 현관문을 열었다. 히나코가 집 안으로 발을 들였다. 축축한 공기가 코를 찔렀다. 모리타 부부가 이 집을 나간 지도 한 달이 지났다. 가쓰미가 히나코 앞에 서서 설명을 시작했다.

"저희 짐은 일단 전부 꺼냈습니다. 문종이도 새로 발랐고요. 욕실 문은 목공소 아저씨가 시간 나는 대로 봐준다 했고요. 프로판 가스도 아직 남아 있고, 전화도 끊기지 않아서 쓸 수 있답니다. 그리고 이쪽 방은 다다미를 새로 깔아서 침실로 쓰면 좋을 거예요, 히나 씨."

히나코는 히나라고 부르지 말아달라고 부탁했다. 고향에서 몹시 거슬리는 그런 이름으로 불리니 민망하기 짝이 없었다.

—묘진 히나코라니 촌스럽네. 좀더 도시적인 이름으로 해. 히나…… 그래, 차라리 로마자로 HINA가 좋겠네—

그렇게 말한 것은 그 사람이었다.

사와다 히데.

히나코의 미간에 희미한 주름이 생겼다. 지금은 떠올리고 싶지 않다. 그 사람에 대해서는.

겐이 드르륵 덧문을 열었다. 젖빛 유리를 끼운 문으로 칸막이가 된 부엌과 식당, 6조와 8조의 다다미방, 그리고 6조의 양식방. 어둠 속에서 조금씩 그리운 집이 모습을 드러냈다.

집을 지은 쇼와 중기에 야쿠무라에서는 일본식과 서양식을 절충한 집이 드물었다. 히나코는 그런 자기 집이 자랑이었다. 그러나 그 집도 지금은 노후하여 창틀과 기둥은 뒤틀리고 벽에는 몇 가닥이나 흠집이 생겼다. 부엌 구석에 있는 신전에는 먼지가 뽀얗게 쌓였다. 그래도 냉장고와 낡은 식탁, 냄비 같은 것이 있어서 그나마 사람 사는 냄새가 났다. 모리타 부부는 쓰지 않는 세간을 두고 갔다고 했다.

"좋은 건 아니지만 그릇도 놔뒀어요. 여기 있는 동안 써도 돼요. 히나코 씨가 가시고 나면 우리가 가져갈게요."

히나코가 고맙다고 인사를 하자, 가쓰미는 괜찮다면서 냉장고를 열었다.

"차가운 음료수라도 사다놓을 걸 그랬네요. ……아, 보리차 팩이 있지. 다행이다. 히나코 씨, 좀 기다려주세요."

히나코는 멋대로 식기 선반을 여는 가쓰미를 보자 약간 불쾌했다. 자기 집을 빼앗긴 기분이었다.

동생과 뛰어다니던 거실과 식당. 외풍이 들어오던 복도의 유리문. 화로 옆에 앉아 국수 반죽을 주무르던 할머니.

미장이였던 할아버지가 하얀 회반죽이 마구 튄 작업복 차림으로 툇마루에 앉아서 담배를 피우던 모습이 떠올랐다. 히나코는 툇마루로 나가 정원을 내려다보았다. 어릴 때 있었던 감나무는 지금도 그 자리에 서 있었다. 벨벳처럼 매끄러운 잎이 무성했다. 자그마했던 남천은 히나코의 키만큼 자랐다. 쑥쑥 자란 정원의 나무들이 건너편 야쿠무라의 경치를 가리고 있었다. 정원에서 바라보는 경치는 아버지의 자랑이었다. 손님이 오면 꼭 이 툇마루로 데리고 나와서 보여주었다.

가쓰미가 정원으로 난 다다미방으로 보리차를 가져왔고 겐도 따라 들어왔다. 세 사람은 나란히 툇마루에 앉아 얼음을 넣은 잔을 흔들어가며 보리차를 마셨다. 히나코는 묻는 대로 이십 년 전 초등학교를 졸업할 때까지는 야쿠무라에 살았다는 이야기를 했다. 겐은 잠시 생각하더니 이렇게 물었다.

"그럼 히나코 씨, 아키자와 후미야 씨하고 같은 학년이었습니까?"

"맞아요. 같은 반이었어요. 아세요?"

"저하고 같이 마을사무소에서 근무하고 있습니다."

"마을사무소?"

히나코는 깜짝 놀랐다.

아키자와 후미야는 활발하지는 않지만, 반에서 두드러진

존재였다. 조용하고 머리 좋은 아이. 야무진 얼굴에 어른스러운 분위기를 풍겼다. 다른 남자아이들과 떠들고 있어도 어딘가 달라 보였다. 뭐라고 해야 좋을지 모르겠지만, 일종의 고상함이 배어 있었다. 사요리와 먼 친척 사이여서 초등학교 입학 전까지는 셋이서 놀았던 적도 있다.

이사하고 나서 사요리 다음으로 생각나는 사람이 후미야였다. 수업 시간 중에 먼 산을 바라보던 후미야의 옆얼굴이 묘하게 가슴에 새겨져 있었다.

"결혼은 했대요?"

무의식중에 이런 말이 입에서 튀어나왔다. 가쓰미가 덤벼들 듯이 대답했다.

"이혼했어요. 도쿄에서 근무할 때. 그러고 나서 이리로 내려온 거죠. 다행히 아이는 없었던 모양이에요. 지금은 본가에서 가족들하고 같이 살아요."

"쓸데없는 소리 하지 마."

겐이 아내의 수다를 막으며 일어섰다.

"그럼 묘진 씨, 우린 그만 가보겠습니다."

겐은 히나코와 좀더 이야기하고 싶어하는 아내의 손을 잡아 끌고, 현관으로 나갔다. 무슨 일 있으면 연락 달라는 말을 남기고 차에 올라타는 두 사람을 배웅하면서, 히나코는 속으로 후미야가 이혼했다는 사실을 반추했다.

사요리의 죽음을 쉽게 받아들일 수 없듯이, 후미야가 어른이 되어 여자와 사귀고, 결혼하고, 이혼했다는 사실 또한 받아들일 수가 없었다. 기미히코나 다른 동창생이라면 그런 일은 충분히 가능하다고 생각했을 것이다. 그런데 어째서일까. 사요리와 후미야는 특별했다.

난 후미야를 좋아했어.

뜬금없이 그런 생각이 떠올랐다. 그 연심은 너무나 아련해서 히나코 스스로도 느끼지 못하던 것이었다. 그게 아마 첫사랑이었을 것이다.

언덕길로 멀어져가는 흰색 소형 승용차의 해치백식 차체가 좌우로 흔들렸다. 길 끝에는 야쿠무라의 전경이 펼쳐졌다. 길고 좁은 분지 바닥으로 사카 강이 지나가고 있다. 곳곳에 흩어진 촌락. 강가에 자리잡은 한 무리의 촌락이 야쿠무라의 중심이다. 히나코는 그곳에 있는 학교까지 매일같이 가방을 짊어지고 다녔다.

히나코는 어린 시절의 추억에 이끌리듯 대문을 나와 언덕길을 내려갔다.

계단식 논 사이로 난 길을 내려가면 오노의 집이 있다. 그 앞은 사카 강이다. 히나코는 다리를 건너고 이끼 낀 돌무덤이 서 있는 길모퉁이를 왼쪽으로 돌아 사카 강을 따라 걸어갔다. 해질 녘이 가까웠다. 더위도 수그러들었고, 푸른 벼 위로 시원한 바람이 지나갔다. 옛날 모습 그대로인 농가가 있는가 하면, 무논을 없애고 새로 지은 집도 있었다. 사카 강 양쪽으로는 튼튼한 재색 콘크리트 제방이 있었다. 무논 사이로 새로운 길이 생겼다. 야쿠무라는 홀로그램 초상 같았다. 한순간은 잘 아는 것처럼 보이다가 다음 순간에는 전혀 다른 얼굴로 바뀌었다.

중학생으로 보이는 남자아이들 한 무리가 자전거를 타고 지나갔다. 흰색 티셔츠를 입은 어린 사슴 같은 등이 무논 사이로 작아져갔다. 머리 위로 푸른빛이 도는 산들이 우뚝 솟아 있다. 히나코는 여름의 공기를 가슴 가득 들이마셨다. 해방감이 몸 구석구석까지 퍼져나갔고, 동시에 도쿄의 생활이 멀어져갔다.

길가에 핀 작은 들꽃이 하늘거렸다. 바로 이 길이 아침저녁으로 사요리와 걸어다니던 길이었다. 학교에서 돌아오면 곧잘 산으로 놀러 갔다. 사요리의 집은 사카 강 상류에 있었다. 히나코는 먼저 자기 집으로 가 가방을 내려놓은 뒤, 사요리와 함께 그녀의 집으로 갔다. 그리고 둘은 가뿐해진 몸으로 달려나갔다.

신의 골짜기로……

히나코는 사카 강 상류 쪽을 보았다. 깎아지른 듯한 골짜기에 저녁안개가 자욱했다. 그 맞은편에 신의 골짜기가 있었다. 언제부터 신의 골짜기에서 놀기 시작했을까? 처음에는 사요리에게 이끌려서 갔던 기억이 난다. 꽃으로 뒤덮인 아름다운 골짜기였다. 초여름에는 하얀 줄기에 보라색 꽃이 달린 천남성, 여름에는 참나리, 가을에는 붉은 석산화가 피었다.

신의 골짜기에서 사요리와 히나코는 꽃을 꺾기도 하고, 풀을 꼭꼭 밟아 미로를 만들기도 하며 놀았다. 신의 골짜기에 놀러 오는 아이들은 좀처럼 없었다. 두 사람은 아무한테도 방해받지 않고 서로 마음이 통하는 자신들만의 세계에서 놀 수 있었다.

히나코의 시선은 사카 강을 따라 흘러가다가, 이윽고 산기슭에 자리잡은 중후한 집 앞에서 멈추었다. 사요리의 집이었다. 야쿠무라에서 유일하게 양조장을 하던 집이다. 이제 그 하얀 벽의 집에는 사요리가 없다. 아니, 사요리가 죽었다고는 도저히 믿을 수 없었다.

히나코는 사요리에 대한 생각을 떨쳐버리려는 듯이 신의 골짜기를 등지고 돌아섰다.

길은 마을의 중심부로 이어졌다. 하굣길에 빠지지 않고 들렀던 막과자 가게, 엄마가 단골로 다녔던 채소 가게. 기억 속의 주인아저씨는 없고, 그 아들로 보이는 남자가 가게 앞에서 손님과 이야기를 나누고 있었다. 세탁소, 미용실, 술집…… 새로운 건물로 바뀐 곳도 있지만, 거의 옛날 그대로였다.

히나코는 학교 앞에 섰다. '야쿠무라 촌립 야쿠초등학교'와 '야쿠무라 촌립 야쿠중학교'라는 팻말이 좌우의 문에 하나씩 걸려 있다. 문 사이로 보이는 교사는 황담색 페인트를 칠한 콘크리트 건물로 바뀌어 있었다. 히나코가 다닐 때는 목조 교사였다.

지은 지 몇 년이 지난 걸까. 벽에는 금이 가 있었다.

히나코가 여기서 공부하던 시절은 이 낡을 대로 낡은 콘크리트 교사가 들어서기도 전이었다. 히나코는 자신이 노인이 되어 마을에 돌아온 것 같은 기분이 들었다.

땅에서부터 끓어오르는 듯한 엔진 소리가 들리는가 싶더니, 버스가 와서 맞은편 도로에 섰다. 사가와초에서 돌아온 사람들을 내려놓자, 빈 버스는 재주 좋게 방향을 휙 돌려서 다시 왔던 길을 되돌아갔다. 야쿠무라가 종점이다. 버스가 간 뒤에 '후지모토 편의점'이라는 간판이 걸린 가게가 나타났다. 옛날의 후지모토 상점이다. 히나코는 당장 먹을 게 아무것도 없다는 사실을 떠올리고, 길을 건너 가게로 들어갔다.

마을 사람들이 비치된 바구니를 들고 진열대 사이를 오가며 장을 보고 있었다. 여기저기서 오봉 준비에 대한 대화를 나누던 사람들은 히나코를 발견하고는 묘한 시선을 보내다가 황급히 눈을 돌렸다. 히나코는 자신이 큰 글씨로 '타지 사람'이라고 쓴 종이를 등에 붙이고 다니는 듯한 기분이 들었다. 채소와 육류, 계란을 바구니에 담아 얼른 카운터로 갔다.

"어서 오세요."

카운터에 앉아 있던 얼굴이 동그스름한 여자가 히나코를 보았다. 그리고 입이 동그래지더니 얼굴이 환해졌다.

"이야, 히나코!"

히나코는 깜짝 놀라서 여자를 보았다. 동그란 눈에 약간 위로 들린 코. 오막조막한 생김새. 니시카와 유카리였다. 그러고 보니 기미히코가 유카리는 후지모토 상점에 시집갔다는 말을 했던 게 기억났다.

유카리는 의자에서 카운터 밖으로 몸을 내밀 듯한 자세로 히나코의 얼굴을 보았다.

"히나코, 많이 달라졌네. 기미히코한테 얘기 듣지 않았더라면 나도 못 알아볼 뻔했어."

"기미히코?"

유카리는 기미히코가 아까 가게에 들러 우유와 종이 기저귀를 사갔다며 재미있다는 듯이 말했다. 고개를 약간 기울이고 입을 반쯤 벌린 채 이야기하는 유카리의 버릇은 옛날과 똑같다. 귀여워서 모두에게 사랑받던 아이였다. 남자아이들이라면 모두 유카리를 동경하지 않았을까?

초등학교 1학년 때 공주 놀이라는 게 한창 유행했다. 공주 역은 늘 유카리였다. 정글짐 꼭대기에 유카리가 앉고, 시녀 역할을 하는 여자아이들은 아래쪽에 달라붙어 공주를 지킨다. 그곳을 공격해 공주를 빼앗는 것이 남자아이들의 역할이었다. 시녀 역의 여자아이들과 기사로 변신한 남자아이들이 맞붙어 싸웠다. 어린아이면서도 '여자를 빼앗는다'는 행위에 흥분되는지 남자아이들은 이 놀이를 즐겼다. 그러나 시녀 역밖에 못 하는 히나코에게는 조금도 재미있는 놀이가 아니었다. 아무리 어린아이라 해도 남자들이 자신이 아닌 다른 여자를 서로 차지하려고 싸우는 것을 바라보는 것은 즐겁지 않았다.

그리고 정글짐 성의 공주는 마지막에는 후지모토 상점의 후계자에게 약탈당했다. 히나코는 꼼꼼하게 화장한 유카리의 얼굴을 보면서 생각했다.

"일러스트레이터라면서? 기미히코한테 들었어. 맞아, 히나코 넌 그림을 잘 그렸지. 언제나 네 그림이 교실 뒤에 붙어 있었어. 나도 히나코처럼 그림을 잘 그리면 좋겠다 하고 부러워했는데."

유카리는 히나코가 산 물건들을 금전등록기에 찍으면서 웃었다. 히나코는 유카리가 자신을 조금이라도 부러워했다는 사실에 놀랐다. 유카리야말로 히나코가 부러워하는 모든 것을 가진 아이였다. 사랑스럽고 말도 잘하고. 행복에 싸여 어린 시절을 보낸 아이였다.

히나코 뒤로 손님이 줄을 섰다. 꽃무늬 챙이 달린 모자를 쓰고 앞치마를 두른 농가 여자였다. 유카리는 민첩하게 물건을 비닐 봉지에 담았다.

"아, 맞다. 때마침 잘 돌아왔네. 내일 동창회 해. 히나코, 올 거지?"

"동창회?"

"해마다 설날하고 오봉에 하거든. 내일 두시부터 우리 집 옆의 옆집인 음식점 오카다야에서. 다들 올 거야."

히나코는 확답을 피했다. 원래 학교 다닐 때도 두드러지는 편이 아니었다. 게다가 사요리가 없으니 동창회에 참석해봐야 시시할 것 같았다. 유카리는 비닐봉지를 내밀면서 다짐을 놓았다.

"꼭 와야 해. 기다릴게."

히나코는 마지못해 고개를 끄덕였다.

"그래, 되도록이면 참석할게."

비닐봉지를 들고 밖으로 나가려고 문을 열 때, 뒤에 있던 여자가 유카리에게 하는 말이 들렸다.

"어디 사람이야? 도쿄 말 엄청 잘하네……"

히나코는 뜨끔했다.

자신은 이 마을 사람이 아닌 것이다.

말할 수 없는 쓸쓸함이 가슴에 퍼졌다.

저녁놀이 산들을 붉게 물들였다. 툇마루에 앉아 있던 오노 시게는 하늘을 올려다보며 눈을 껌벅거렸다. 이 마을에는 여름에 피처럼 새빨간 저녁놀이 지는 날이 계속되면 해충에 주의하라는 얘기가 전해온다. 며칠씩 저런 노을이 계속되면 무시오쿠리*를 해야 한다. 전에 무시오쿠리를 게을리한 탓인지 메뚜기 떼가 극

---

* 농작물의 해충을 몰아내는 주술적 행사. 징이나 북을 치며 횃불 행렬을 함.

성을 부리는 바람에 농사를 망친 적이 있었다.

그게 언제 일이었더라? 전쟁 전인가, 후인가. 남편이 아직 살아 있을 때였던가? 시게는 틀니 안쪽을 혀로 핥았다. 최근 들어 시간 감각이 점점 흐려졌다. 벌써 아흔 살에 가까우니 무리도 아니다. 잘도 살아왔구나 싶다.

그렇다. 남편 리키마가 죽은 것은 자신이 스물아홉 살 때였다. 육십 년 전이다. 육십이라고 하면 시어머니가 세상을 떠날 때의 나이. 그날은 눈이 내렸다. 무덤을 파러 간 이웃 사람들이 땅이 얼어서 고생했다고 투덜거렸다. 관을 짊어지고 산에 묻으러 갈 때도 눈은 그치지 않았다. 마을을 둘러싼 산들의 꼭대기가 모두 하얗게 변했다. 요즘은 겨울이 되어도 좀체 눈을 볼 수 없다. 대체 어떻게 된 걸까. 겨울이 따뜻하다. 땀이 날 정도로 덥기까지 하다. 아니다, 아니다. 지금은 여름이다. 아직 겨울을 생각하는 건 이르다……

시게의 생각은 자꾸자꾸 바뀌었다. 한 가지 생각에 몰두하기가 어렵다. 하지만 마디가 굵어진 손은 쉴새없이 움직이며 소나무 뿌리와 겨릅대를 섞어 다발을 만들었다. 완성된 다발은 삼끈으로 힘껏 묶었다.

창고 뒤쪽에서 며느리인 치즈코가 나타났다.

"어머니, 이거면 되겠어요?"

통통한 손에는 파란 대나무 장대가 들려 있었다. 이 집에 시집

올 무렵만 해도 치즈코는 혈색 좋고 건강한 아이였다. 그러나 이제는 아니었다. 뚱뚱한 것은 예전이나 마찬가지지만, 얼굴 피부는 탄력을 잃었다. 그녀에게도 노년의 그림자가 소리 없이 다가오고 있다.

시게는 툇마루에 기대 세운 장대를 만져보았다.

"좀 약할지도 모르겠다만, 뭐 됐다."

그러고는 장대 끝에 지저깨비 다발을 동여매기 시작했다. 치즈코도 시게 옆에 앉으려고 하다가 멈칫하고는 말했다.

"아, 윗집에 불 켜졌다."

시게가 고개를 들었다. 산비탈 중턱에 작은 집이 있다. 얼마 전까지 세 들어 살던 젊은 부부가 이사 간 뒤로는 비어 있었는데, 방금 환하게 불이 켜진 것이었다. 까치발을 하고 그 집을 바라보던 치즈코가 말했다.

"하쓰에 씨네 손녀가 돌아왔더라고요. 왜 그 히나코라는 아이. 얼마나 예뻐졌는지 깜짝 놀랐네요. 아까 과자를 들고 인사하러 왔었는데 그 과자가 또 얼마나 근사하던지. 역시 도쿄는 때깔이 다르던걸요."

하쓰에라는 이름을 듣고 시게는 옛날에 이웃이었던 여자를 어렴풋이 떠올렸다. 시게가 이 집에 시집온 뒤 하쓰에가 묘진 가로 시집왔다. 둘은 오랜 세월 동안 좋은 말동무였다. 그러고 보니 하쓰에에게 말수가 적은 손녀딸이 있었다. 남동생은 활발하고 인사도 잘했지만, 누나는 무뚝뚝한 아이였다.

사카 강을 따라 신의 골짜기 쪽으로 걸어가는 그 아이의 모습이 곧잘 눈에 띄었다. 자기 같으면 손녀를 신의 골짜기 같은 데서 절대 못 놀게 할 거라고 하쓰에에게 말한 적이 있다. 그러나 하쓰에도 그 며느리도 야쿠무라 사람이 아니어서 시게의 말을 흘려들었다.

신의 골짜기에는 가까이 가지 말 것. 그곳은 신이 머무는 골짜기다. 그것도 예사 신이 아니다. 말을 해서도, 봐서도 안 되는 신이다.

시게는 어릴 적에 할머니에게 들은 이야기를 해주었다. 그렇지만 하쓰에는 웃어넘겼다. 하긴 그 시절에는 이미 그런 말을 진지하게 새겨듣는 사람이 없었다. 그곳은 참으로 아름다운 골짜기였다. 마을 사람들도 이따금 꽃을 보러 가기 시작했다. 그래도 신의 골짜기는 아이들이 놀 만한 장소가 아니라는 것은 알고 있었다.

한번은 시게가 직접 그 아이에게 신의 골짜기 근처에는 가지 않는 게 좋다고 충고한 적이 있다. 그 아이는 놀란 얼굴로 시게를 쳐다보았다. 그러자 옆에 있던 다른 아이가 시게의 말을 무시하고는 그 아이의 손을 낚아채 또 신의 골짜기 쪽으로 이끌었다. 시게는 섬뜩한 기분으로 두 아이의 자그마한 등을 지켜보았다. 그때, 같이 가던 다른 아이가 뒤돌아보았다.

치켜올라간 눈, 하얀 오이 같은 뺨. 그 표정은 지금도 생생하다. 쓸데없는 소리 하지 마, 하고 협박하는 얼굴이었다……

"그 손녀하고 노상 같이 놀던 아이가 있었지."

치즈코는 목소리를 낮추었다.

"히우라 씨네 딸인데 한참 전에 죽었잖아요……"

시게는 "히우라의 딸이었냐" 하고 중얼거렸다. 치즈코가 무슨 말을 하고 싶은 듯이 고개를 끄덕였고, 두 사람 사이에 의미심장한 시선이 오고갔다.

자갈이 튀는 소리와 함께 소형 트럭이 마당으로 들어왔다. 시게의 아들 야스조였다. 먼지투성이인 운전석 문을 열고 지카다비*를 신은 야스조가 내렸다. 그는 툇마루에 앉아 있는 어머니와 아내를 보았다.

"아직 호카이 안 올렸어?"

시게는 지저깨비를 매단 장대를 가리켰다.

"준비는 다 됐다, 네가 올려라."

"뭐야, 나 기다리고 있었던 거야?"

야스조는 투덜거리면서 흙 묻은 손으로 장대를 들고, 마당의 바지랑대로 걸어갔다. 아내 치즈코에게는 성냥을 가져오라고 시켰다. 성냥을 켜면서 야스조가 치즈코에게 물었다.

---

* 일본 버선 모양의 노동자용 작업화.

"도쿄하고 아쓰코가 오기로 한 게 토요일이었나?"

치즈코는 "예, 벌써 식당에 사와치 요리* 배달 주문해놨어요" 하고 대답하고 나서 시게에게 큰 소리로 말했다.

"어머니, 이번 주 토요일에 도쿄하고 아쓰코가 와요."

시게가 입을 삐죽거렸다.

"오봉 다 끝나고 와봐야 선조님들 돌아가신 뒤 아니냐. 아무 소용 없다."

야스조가 씁쓸하게 웃었다.

"억지 부리지 마, 엄마. 애들도 일이 있는 법이라고."

"오봉에는 다 일 쉰다더라."

시게는 퉁명스럽게 대답했다.

"다들 모여서 뭐 하세요?"

마당 건너편의 새 집에서 손자며느리 사토미가 증손자인 다케시의 손을 잡고 나타났다.

치즈코가 호카이를 올리고 있다고 하자, 사토미는 그제야 알겠다는 듯이 아아, 하고 소리를 흘렸다. 그리고 다케시에게 "이제 예쁜 불이 피어오르는 걸 보겠네" 하고 말했다.

치즈코가 성냥을 켜 시게가 단단하게 묶어놓은 지저깨비에 불을 붙였다. 불은 기름 성분이 많은 소나무 뿌리에 금방 옮겨붙

---

* 고치 현의 향토 요리. 연회 요리를 이르기도 한다.

어 빨간 불꽃이 일었다. 야스조가 불이 붙은 장대를 바지랑대에 묶었다. 머리 위에서 하늘이라도 태울 기세로 불꽃이 타올랐다.

다케시가 "불이야. 불이야, 엄마" 하고 소리를 질렀다.

시게는 툇마루에서 밤의 장막에 서서히 잠기고 있는 야쿠무라를 바라보았다. 곳곳에 호카이의 붉은색 불이 켜져 있었다. 옛날에는 어느 집이나 오봉 사흘 동안 호카이를 올렸다. 그때는 온마을이 일제히 거대한 촛불을 밝힌 것처럼 장대 끝의 솔불이 타올랐다. 최근에 이 풍습을 지키는 것은 시게 같은 노인이 있는 집뿐이었다.

지금 호카이를 올린 집을 보면 누구네 집인지 바로 알 수 있다. 저 등불은 오모아키 씨네, 마키 씨네. 동쪽으로 보이는 등불은 아마 오이시 씨네일 것이다. 곳곳에 흩어진 호카이는 그 집에 사는 노인의 생명을 나타내듯이 힘없이 타고 있다.

"자, 어머니. 이제 저녁 잡수셔야죠."

치즈코가 다케시를 안고 있는 사토미를 데리고 먼저 집 안으로 들어갔다. 야스조는 농기구를 정리하러 창고로 가고, 마당에는 시게 혼자 남았다.

바람이 없는 밤이었다. 사방에 눅눅한 열기가 가득했다. 시게는 마당에 서서 온 마을의 호카이를 지켜보았다. 솔불 불꽃이 하나 둘씩 사라져가고, 야쿠무라가 평소처럼 쓸쓸한 밤으로 돌아간 것을 확인하고 나서야 시게는 집 안으로 들어갔다.

열어놓은 툇마루 장지문 너머에서 개구리 울음소리가 요란하게 들려왔다. 방 안에 피워놓은 모기향의 하얀 연기가 한 가닥 띠처럼 나부꼈다. 히나코는 정적에 싸인 집에서 짐을 정리하고 있었다.

고향으로 올 때 며칠이나 머물지 계획 같은 것은 전혀 없었다. 무의식적으로 가방에 쩔러넣어온 여러 벌의 옷을 보고야 자신이 얼마나 멀리 도망치고 싶었는지 깨달았다.

생활 속을 비집고 들어온 전화, 남의 소문, 중상, 일에 대한 걱정. 책상 앞에 앉아 그림을 그리는 것뿐이라면, 그렇게 피곤하지는 않을 것이다. 말로 표현할 수 없는 감정을 그림으로 나타내는 행위만으로 살아갈 수 있다면. 그러나 생활은 그것만이 전부가 아니었다. 도시에서 살아간다는 것은 사람과 사람 사이에 둘러쳐진 실 속에서 자신의 보금자리를 확보하는 행위다. 히나코는 거미처럼 끝없이 실을 토해낼 수는 없었다. 히나코의 실은 이미 고갈되어가고 있었다.

마침 그때, 부모님이 이 집을 팔아야 할지 그냥 두어야 할지 의논을 해왔다. 개축을 하는 것도 하나의 방법이니 히나코 마음대로 하라고 했다.

지금까지의 히나코라면 단지 집 상태를 확인한다는 이유만으로 시코쿠에 돌아왔을지 어떨지 모르겠다. 하지만 그녀는 도망치고 싶었다.

　사와다 히데에게서……

　히데. 그를 생각하자 가슴이 답답해진다. 그와의 관계는 모두 사상누각이었다. 아니, 지금은 두 사람이 여태껏 쌓아온 것이 과연 관계라고 할 수 있을 만큼 긴밀했는지조차 의심스럽다.

　가방 밑바닥을 휘젓던 손끝에 까슬까슬한 것이 닿았다. 끄집어내보니 스케치북이었다. 히나코는 어이가 없어 웃고 말았다.

　여기까지 일을 가지고 오다니.

　히나코가 본격적으로 그림을 그리기 시작한 것은 중학생이 된 후부터였다. 온 가족이 이사를 간 사이타마 현의 중학교에 미술부가 있었다. 수업이 끝나면 히나코는 미술실에 남아 목탄을 들고 이젤 앞에 앉았다. 상대는 아무 말도 없는 석고상. 종이 위에 재현되는 것은 석고상의 음영밖에 없었지만, 적어도 그것은 자기 눈을 통해서 본 풍경이었다. 그곳에서 히나코는 자신의 감정을 표현할 수 있는 장을 찾았다. 이렇게 침묵의 시간을 쌓아가며 거북이의 등껍데기 아래서 손발을 뻗는 방법을 조금씩 배워나갔다.

　히나코는 재수를 하여 미대의 그래픽 디자인과에 입학했고, 드디어 일러스트레이터가 되었다. 처음부터 잘나갔던 것은 아니었다. 그림으로 뭔가를 표현하는 것은 발전했지만 자신을 말로 표현하는 데는 여전히 서툴렀다. 솔직하게 한 말이 상대의 화를 돋우기도 하고, 붙임성 있게 해보려던 말이 빈정거림으로 들리기도 했다. 일은 인간관계에 크게 좌우된다. 어린 시절의 히나코는 자기 내부의 벽 앞에 무릎을 꿇었고, 어른이 되어서는 바깥에 있는 벽 앞에 무릎을 꿇었다.

친구도 거의 없이 잡지나 사보에 작은 컷을 그리며 살아가던 히나코 앞에 나타난 사람이 사와다 히데였다. 광고 회사의 프로듀서인 그는 히나코에게 큼직큼직한 일을 안겨주었다. 히나코가 일러스트레이터로 이름을 날린 것은 그뒤부터였다.

이런 사연이 있는 만큼 히데는 히나코에게 늘 고자세였다. 네가 지금 이 자리에 있는 것은 순전히 내 덕분이다. 그는 무언으로 계속 그렇게 말하고 있었다.

모기향 연기에 힘을 잃은 모기가 다다미 위에 벌러덩 자빠져 사지를 떨고 있다. 달빛이 방의 불빛과 섞여 툇마루로 이어지는 문지방 위를 옅게 비추었다.

자신이 쌓아왔다고 믿었던 것은 무엇이었을까.

일. 그럭저럭 성공. 우아한 독신생활. 금전적으로도 여유롭고, 일도 순조롭게 풀리고 있다. 고층 맨션 18층이 일터 겸 자택이다. 세련된 인테리어를 갖춘 집에서 자못 도회적인 생활을 하고 있다.

히데 역시 그 도회적 생활의 일부였다. 히데가 정한 일이다. 서로를 생활의 인테리어로 간주하기로. 교제를 시작했을 때부터 히데는 히나코를 그의 일부가 아니라 그의 생활의 일부라고 생각했다.

히데는 대기업 광고 회사의 프로듀서라는 직업 덕분인지 여자들에게 제법 인기가 많고, 금전적으로도 여유롭다. 결혼해서 가정에 묶일 타입이 아니다. 그러나 정신적인 교감을 나눌 여자는 필요하다고, 그 역할을 히나코에게 맡겼다. 돈, 일, 여자. 그의 생활은 아름답게 완성되었다. 그 이상도, 이하도 필요하지 않았다.

히나코와 히데는 둘 다 그 자체로 완성된 공이었다. 그러나 공끼리 같이 놀 수는 있어도 합체할 수는 없다. 공 자체가 이미 완전한 형태이니까.

그리고 두 사람은 서로의 완전한 생활을 흔들지 않는 범위 안에서 교제를 계속해왔다.

성인 남녀가 서로 구속하지 않는 관계. 일주일에 한두 번 데이트를 하고 서로 안는 관계. 말로 하면 멋있지만 그 내실은 공허하다. 욕망의 배출구에 지나지 않는 육체관계.

히나코가 히데와의 관계를 그렇게 생각하기 시작한 것은 올해 들어서부터였다. 무슨 계기가 있었던 것은 아니었다. 다만 매일 바라보는 거울 속 자신의 피부가 탄력을 잃어가는 것을 깨달았기 때문일지도 모른다.

노화는 천천히 그러나 확실하게 다가오고 있었다. 죽음이 다가오는 발소리가 들렸다. 아무것도 빼앗지 않는 동시에 아무것도 얻을 것이 없는 관계가 무의미하게 느껴졌다. 그 무렵, 히데가 바람을 피운다는 걸 알게 되었다. 지금까지의 히나코라면 어른스럽게 연기하자 생각하고 넘어갔을 것이다.

'육체는 육체. 나와 그는 정신적으로 맺어져 있다. 그걸로 됐어.'

그렇게 자신에게 타일렀을 것이다. 그러나 그 말도 공허할 수밖에 없었다.

히나코는 작은 스케치북을 방구석에 놓아두었다. 그리고 가방에서 떨어진 담뱃갑을 주워들고 툇마루로 나왔다. 축축한 밤공기가 몸속 깊숙이 스며들었다. 담배 한 개비를 빼들고 불을 붙인 뒤 깊이 들이마셨다.

야쿠무라의 집집마다 불이 켜졌다. 저녁 무렵 아름답게 빛나던 호카이는 밤의 어둠 속으로 사라지고 있었다. "저게 호카이라는 거야" 하고 가르쳐준 사람은 히나코에게 이불을 가져다준 오노 치즈코 씨였다. 그 덕분에 어린 시절 조부모가 호카이를 올리던 기억이 떠올랐다.

히나코는 천천히 하얀 연기를 토해냈다. 그것은 자신의 몸에서 흘러나오는 혼처럼 느껴지기도 했다. 사자의 혼은 호카이 불빛을 표지 삼아 내려온다. 그러나 살아 있는 자의 혼은 무엇을 표지 삼아 나아갈 방향을 정해야 좋을까.

사요리의 얼굴이 떠올랐다. 그녀가 곁에 있었다면 알아줄 텐데. 지금의 자기 심정을 말로 표현하지 않아도 알아줄 텐데. 사요리 역시 바깥세상과의 거리를 어떻게 두어야 좋을지 모르는 아이였으니까.

사요리를 만나고 싶다. 그 생각이 간절했다. 어른이 된 사요리와 이런저런 이야기를 나누고 싶었다. 하지만 지금은 사요리가 어떤 식으로 성장했는지 확인할 도리가 없다.

히나코가 할 수 있는 일은 옛날의 사요리를 떠올리는 것뿐이다.

하얀 학처럼 아름다운 여자아이의 모습을……

정원에서 작은 소리가 났다. 누군가가 풀을 밟는 소리. 히나코는 깜짝 놀라 어둠 속을 바라보았다. 그러나 그곳에는 흙냄새가 섞인 정적만이 감돌고 있을 뿐이었다.

3

붓순나무 숲을 헤치고 나가자 아담한 신사 경내가 펼쳐졌다. 재색 하늘 아래 주위는 음습한 공기로 감싸여 있었다. 남자는 천천히 경내에 발을 들였다. 금강장을 짚고 돌계단을 올라온 순례자 한 명이 의아한 얼굴로 그가 나타난 수풀을 보았다. 그 안쪽으로는 아주 고요한 숲이 이어져 있었다.

이른 아침의 시코쿠 88개 영장 중 11번 사찰인 후지이 사藤井寺. 순례자의 허리에 달린 방울이 경내에 맑은 소리를 울렸다. 남자는 화기애애하게 이야기하면서 서로 사진을 찍거나 나무 그늘에서 쉬는 순례자들에게는 눈길도 주지 않고 성큼성큼 경내를 가로질렀다.

그의 차림새는 정장한 순례자의 모습과는 조금 달랐다. 하얀 소복에 버선, 각반, 토시, 삿갓은 똑같지만, 어디에도 경문은 쓰여 있지 않았다. 머리에서 발끝까지 온통 흰색이다. 본당 앞에서 경과 진언을 외우는 일도 없었다. 경내를 돌다가 조용한 구석 자리를 발견하자 거기 주저앉아 묵상을 할 뿐이었다. 이윽고 눈을 뜨더니 다시 숲속의 작은 길로 사라져버렸다.

참배가 목적이 아니다. 순례가 중요하다. 남자는 울창하게 우거진 나무로 둘러싸인 어두컴컴한 산길을 계속 걸었다. 땅바닥에 쌓인 낙엽 썩는 냄새가 온몸을 휘감았다.

흰색 벽의 술창고를 보는 순간, 히나코는 그리움에 가슴이 벅찼다. 어린 시절 놀던 사요리네 집 마당에는 언제나 술지게미 냄새가 희미하게 떠돌았다. 코를 간질이는 그 달콤한 향은 사요리에 대한 추억에 뗄 수 없게 얽혀 있다.

사요리의 집 앞에 이른 히나코의 발치는 아침이슬로 축축하게 젖어 있었다. 오늘 아침에 일어나 아직 잠이 덜 깬 머리로 사요리의 죽음에 대해 생각했다. 여전히 현실이라고 믿기 어려웠다. 아침을 먹고 산책을 나섰다가 여기까지 와버렸다.

예전에 직접 제조한 술을 팔기도 했던 바깥의 작은 가게는 일각대문으로 굳게 닫혀 있다. 오랫동안 사람이 드나든 흔적이 없다. 토담 사이의 낡은 문을 지나 마당에 들어서자, 술창고의 묵직한 문에도 역시 자물쇠가 채워져 있었다. 양조장도 고요하기 그지없었다. 술창고와 본채로 둘러싸인 정원에도 인기척은 없었다.

이 집에는 이제 아무도 살지 않나 생각하는 순간, 마당 한구석에 쌓인 빨래가 눈에 들어왔다. 당장이라도 비가 쏟아질 듯 하늘이 흐린데, 한 여자가 하얀 상의와 각반을 널고 있었다.

"실례합니다."

말을 걸자 여자가 돌아보았다.

히나코는 깜짝 놀랐다. 어제 택시를 타고 오다 본 순례자의 얼굴이었다. 지금에야 사요리의 어머니 데루코임을 깨달았다. 이 집에서 마주치지 않았더라면 사요리의 엄마라는 걸 떠올릴 수 있었을까.

어린 시절의 히나코에게 사요리의 엄마는 별세계 사람이었다. 놀러 갈 때마다 부드럽게 말을 걸어주고 간식을 주기도 했지만, 마치 텔레비전 화면 속의 사람처럼 그 모든 동작과 말에 현실감이 없었다. 야쿠무라의 다른 여자들에게서는 볼 수 없는 우아한 동작에는 항상 냉기가 감돌았다.

하지만 눈앞에 있는 초로의 여자에게서는 데루코의 예전 모습을 찾아볼 수 없었다. 홀쭉해진 뺨, 햇볕에 그을려 거친 피부. 예전의 우아함은 토속적이라고도 할 수 있는 늠름함에 묻혀 사라졌고, 몹시 늙어 보였다. 세월 때문만은 아니다. 그보다 더욱 잔혹한 손톱이 그녀의 얼굴을 할퀴고 변모시켰다.

데루코는 히나코를 보고도 누군지 모르는 것 같았다. 경계심을 드러내며 "누구세요?" 하고 물었다.

"저기 저는 묘진 히나코입니다. ……사요리와 친했던……"

데루코의 눈이 번쩍 뜨였다.

"히나코? 네가 그 히나코냐?"

말끝이 새되게 울렸다. 데루코는 빨래 널던 손을 멈추고 히나코 앞으로 다가왔다.

"잘 왔다. 히나코가 왔다고 하면 사요리도 기뻐할 거야."

그 말투에 순간 히나코는 사요리가 아직 살아 있는 게 아닐까 하는 생각이 들었다. 그러나 데루코의 손에 이끌려 간 곳은 마당으로 난 방의 불단 앞이었다. 위패 옆에는 검은 테로 둘러싸인 여자아이의 사진이 있었다. 중학생 시절의 사요리다. 세일러복 차림으로 카메라를 향해 덤벼들 듯이 경련이 이는 미소를 짓고 있다. 사요리다운 표정이었다.

불단에는 오봉답게 꽃과 과일이 놓여 있다. 히나코는 위패를 향해 합장을 하고 눈을 감았다. 그래도 아직 사요리가 죽었다는 걸 믿을 수 없었다. 학예회 연극 같았다.

히나코는 기도를 마치고 데루코와 마주 앉았다. 데루코는 눈을 부릅뜨고 히나코의 머리 위 허공을 응시했다. 히나코는 불안해졌다. 그 표정이 낯익었다.

어릴 적 나가 놀자고 사요리를 부르러 갔을 때의 일이었다. 무논에 연꽃이 피고, 온 마을이 적자색으로 물들어 있었다. 봄이었을 것이다. 마당에서 사요리의 이름을 불렀지만 대답이 없었다. 통을 씻고 있던 일꾼이 집 안에 있다고 알려주었다.

"지금은 안 가는 게 좋다."

남자는 곁눈질을 하며 의미심장하게 말했다. 그 말에 히나코는 잠시 기다렸지만, 사요리가 나타날 기미는 전혀 없었다. 결국 참지 못하고 집 뒤쪽으로 가보기로 했다.

대나무 숲과 판자벽 사이로 난 좁은 길을 걸어가자, 낮은 소리가 들려왔다. 억양을 높여 신음하는 듯한 목소리가 뒤뜰로 난 구석방에서 흘러나왔다. 히나코는 창 너머로 살짝 방을 들여다보았다.

커튼 사이로 하얀 그림자가 어른거렸다. 데루코였다. 하얀 상의를 걸치고 낮은 목소리로 주문 같은 것을 중얼중얼 외우면서 왼쪽으로 빙빙 돌고 있다. 그 원 안에 사요리가 앉아 있었다. 흰색 원피스를 입은 사요리는 고개를 숙이고 있었다. 방구석에는 낯익은 마을 아주머니 둘이 바짝 긴장한 채 데루코와 사요리 모녀를 지켜보고 있었다.

무엇을 하고 있는지 알 수 없었지만, 일종의 의식이란 걸 직감했다.

돌연 사요리가 몸을 부들부들 떨었다. 띄엄띄엄 무슨 소리가 들리기 시작했다. 사요리의 주위를 돌며 영문 모를 말을 외우던 데루코의 동작도 점점 격해졌다. 눈은 치켜올라가고, 침이 사방으로 튀었다. 갑자기 사요리의 입에서 말소리 같은 게 새어나왔다. 평소의 사요리와는 전혀 닮지 않은 남자 어른의 목소리였다. 무서워진 히나코는 정신없이 뛰어서 집으로 돌아왔다.

그때 일은 절대 사요리에게 말하지 않았다. 말을 하면 사요리가 갑자기 그 남자 어른의 목소리를 내는 괴물로 변해버릴 것 같았다.

엄마에게 히우라 가가 공수 무당* 집안이었다는 말을 들은 것은 이사를 하고 나서였다. 사자의 영혼을 딸의 몸에 내린다는 말을 들어도 히나코는 그리 놀랍지 않았다. 어린 마음에 히우라 가에 대해 불가사의한 신비함 같은 것을 느꼈던 듯하다. 딸을 의동依童**으로 삼아 계속 돌던 흰옷 차림의 데루코의 모습. 그 광경

---

* 죽은 사람의 말을 전하는 무당.
** 신이 현세에 출현하기 위한 그릇.

은 뇌리에 또렷이 각인되어 어른이 된 후에도 사라지지 않았다. 그리고 바로 지금 데루코의 얼굴에 공수 의식 때와 비슷한 표정이 서려 있었다.

"사요리도 기뻐하고 있구나."

데루코는 갑자기 허공을 응시하며 말했다. 황홀한 표정에 미소가 번졌다.

"히나코 너하고는 정말 친하게 지냈지. 네가 이사 간 후에도 줄곧 생각이 났던지, 히나코는 뭐 하고 있을까 하는 말을 자주 했단다."

가슴에 통증이 느껴졌다. 어쩌다 그렇게 돼버린 걸까. 중학교에 들어간 뒤로 히나코는 두 통의 편지를 썼다. 할아버지의 첫 제사 때, 야쿠무라로 돌아와서 사요리와 재회한 다음의 일이었다. 대화다운 대화를 나누지 못한 자신에게 화가 나 긴 편지를 썼다. 사요리가 너무도 그리웠으며, 초등학교 시절의 자신에게 사요리는 유일한 친구였다는 내용이었던 것 같다.

첫번째 편지에는 답장이 왔다. 신의 골짜기에 관해 쓴 짧은 편지였다. 사요리는 아직도 신의 골짜기에서 노는가보다 생각하니 심정이 복잡했다. 중학생이 되어도 아이처럼 노는 그녀에 대한 우월감이 섞여 있었을지도 모른다. 히나코는 다음 편지에서 미술부에 들어갔다고 쓰면서 사요리에게도 동아리에 들어가보라고 권했다. 답장은 없었다. 히나코는 사요리가 이제 자신을 잊은 거라고 생각했다. 그래서 다시는 편지를 보내지 않았다. 오지 않는 답장에 상처받고 싶지는 않았다.

그러나 사요리는 답장을 쓸 수 없었던 것이다. 죽어버렸으니까……

"죄송합니다. 사요리가 세상을 떠난 걸 전혀 몰랐어요……"

히나코가 작은 소리로 말했다.

데루코는 천천히 히나코의 얼굴로 시선을 옮겼다. 그리고 사요리는 강에 빠져 죽었다고 알려주었다.

"사카 강에서야. 신의 골짜기 근처였지. 사요리는 그 골짜기에 가는 길이었던 모양이야. 강가에서 발을 헛디뎠나봐. 보통 같으면 빠지지 않을 얕은 강인데…… 강바닥에 머리를 세게 부딪혀서 의식을 잃은 채 익사했단다. 오봉이 끝나는 날이어서, 사자가 발목을 걸었던 거라고 말하는 사람도 있더구나."

그러면 사요리가 죽은 것은 십팔 년 전 이맘때였나. 히나코는 작게 한숨을 내쉬고, 집 안을 둘러보았다.

문을 활짝 열어둔 터라 뒤뜰까지 훤히 보였다. 구석구석 깔끔하게 정돈되어 있다. 옆방의 앉은뱅이탁자 위에 찻잔 하나가 지루한 듯이 남아 있었다. 삼백초가 무성한 뒤뜰의 돌담에서 숨이 막히도록 축축한 공기가 흘러나왔다. 사람의 기척은 없었다. 사요리의 아버지와 오빠는 어디 있는 걸까?

어린 시절, 사요리네 집에 놀러 오면 중학생이던 사요리의 오빠 고지의 방에서 귀청을 찢는 듯한 록음악이 흘러나왔다. 그러면 아버지 야스다카가 장화를 신은 채로 술창고 뒤쪽에서 뛰어나와 소리를 낮추라고 호통을 쳤다.

일꾼도 열 명 남짓 있었다. 웃통을 벗은 채 커다란 통과 바구니를 씻기도 하고, 술병을 나르기도 하던 모습이 기억난다. 오후가 되면 일꾼들은 새참을 앞에 두고 툇마루에서 담배를 피웠다. 가끔 사요리의 아버지가 이야기에 열을 올리면, 차를 가져온 데루코도 그 자리에 남아서 온화한 미소를 지으며 귀를 기울였다. 그럴 때는 데루코의 차가운 분위기도 조금은 누그러지는 것 같았다.

"저기…… 양조장은 이제 안 하세요?"

데루코는 고개를 가로저었다.

"남편이 입원을 해서. 사요리가 죽은 다음 해에 사고를 당했지. 교통사고로 식물인간이 돼버렸어. 한동안 아들이 물려받아 했는데, 어쩌다가 야쿠자들하고 싸움이 나서 이곳에 올 수 없게 돼버렸단다. 지금은 어디서 뭘 하고 사는지…… 사요리가 떠나고 난 뒤 우리 집은 제대로 되는 일이 없구나."

남의 일처럼 이야기하는 그 말투에서는 분노도 슬픔도 느껴지지 않았다. 그런 감정조차 불행이 떠밀어버린 것 같았다. 생각지도 않았던 히우라 가의 비운에 대해 어떻게 위로해야 좋을지 몰라, 히나코의 시선은 자꾸만 마당으로 향했다. 빨아 넌 흰옷이 펄럭이고 있었다. 웃옷의 등에 '나무대사편조금강'이라고 먹으로 쓴 까만 글씨도 같이 흔들렸다.

"어제 어머니를 봤어요. 사카 강을 따라 걷고 계셨죠?"

데루코의 무표정한 입가가 살짝 움직였다.

"사요리가 죽은 뒤로 시코쿠 88개 영장을 돌았단다. 벌써 몇 번이고 몇 번이고……"

데루코가 갑자기 말을 끊고 히나코를 보았다.

"히나코, 사카우치라는 거 아니?"

히나코는 고개를 가로저었다. 데루코는 속삭이는 듯한 목소리로 말했다.

"사카우치라는 건 말이지, 88개의 마지막 절에서 첫 번째 절로 거꾸로 돌면서 참배하는 거야. 넌 사요리와 친했으니까 하는 말이다만, 히우라 가에는 옛날부터 그런 말이 전해져오고 있어. 왼쪽으로 도는 것은 죽음의 나라로 가는 길이라고. 죽은 자를 간절히 떠올리면서 시코쿠를 죽은 자의 나이 수만큼 왼쪽으로 도는 거야. 그러면 죽은 자를 사국에서 데리고 올 수 있단다."

순간 히나코는 어떤 표정을 지어야 할지 알 수 없었다. 그러나 데루코의 진지한 표정을 보고는 마른침을 삼켰다. 데루코는 히나코를 보고 고개를 끄덕이며 말했다.

"나는 말이야, 히나코. 열다섯 번 돌았어. 어제로 열다섯번째. 사요리가 죽었을 때의 나이만큼."

치켜올라간 눈이 가늘어지며 낫처럼 빛났다. 그 시선을 히나코의 머리 위로 옮기며 데루코는 만족스러운 미소를 지었다.

"히나코 너 덕분에 사요리가 돌아왔네. 옛날 모습 그대로. 사요리가 돌아왔어."

데루코는 마치 그곳에 누군가가 있는 것처럼 허공을 보며 웃고 있었다. 어느새 히나코의 목덜미에 소름이 돋았다. 흠칫거리며 위를 올려다보았지만, 얼룩이 번진 천장의 나뭇결만 보일 뿐이었다.

데루코는 새된 소리로 웃었다.

"아직이야, 히나코. 조금 더 기다려야 돼. 사요리가 원래대로 돌아오려면 더 많은 사람이 기억해주어야 하거든. 그런 거란다."

데루코는 확신에 찬 얼굴로 히나코의 얼굴을 바라보았다. 미쳤다. 히나코는 시선을 피했다. 집 안쪽에서는 여전히 축축한 공기가 흘러나왔다.

눈을 뜨자, 베갯머리의 시계가 열시를 가리키고 있었다. 아차, 늦잠을 잤구나 하고 잠시 당황했지만, 이내 오늘은 휴일임을 깨달았다. 후미야는 천천히 침대에서 손을 뻗어 블라인드를 살짝 열었다. 희미하게 밝은 빛 속에 어수선한 방이 떠올랐다.

재색 카펫을 깐 6조와 옆의 3조짜리 방. 아키자와 가의 2층 전부가 후미야의 영토다. 3조 방은 책장을 넣어서 서고처럼 만들었다. 하지만 책은 자꾸만 늘어나 서고가 넘쳐날 지경이었다. 책상과 침대, 옷장이 있는 6조 방까지도 바닥에 산더미처럼 책이 쌓여 있었다.

후미야는 손으로 더듬어 침대 아래 있던 책을 주워들었다. 『시코쿠의 고대 문화』. 어제 마을사무소에서 가져온 소책자였다. 책 끄트머리가 좀이 먹어 누렇다. 스노세 야스다카라는 인물이 쓰고, 자비로 출판한 책인 듯 보였다.

어젯밤, 자기 전에 읽으려고 베갯머리에 두었지만 펴지도 못하고 잠들어버렸다. 후미야는 책장을 넘겼다.

나라가 생긴 지 얼마 되지 않아 떠다니는 기름처럼 해파리처럼 표류할 때—

『고지키古事記』*의 첫머리에 이런 기술이 있다. 하늘과 땅이 갈라진 지 얼마 되지 않았을 때, 이 세상은 넓은 바다에 뜬 해파리처럼 떠돌았다. 시원始原인 바다에 잇따라 모습을 나타낸 신들에게 일본 국토를 만들라는 명령을 받은 것이 이자나기노미코토와 이자나미노미코토 이주二柱의 신이다.

너무나 잘 알려진 이야기, 새삼 들을 필요도 없다고 역정내는 사람도 있으리라. 그러나 여기서 주의해야 할 것은 신들의

---

* 712년 오노 야스마로가 편찬한, 일본 최고最古의 역사서.

계약에 따라 태어난 아이의 태생과 순서이다. 잠시 이야기를 들어주기 바란다.

이자나기노미코토와 이자나미노미코토가 하늘의 부교浮橋에 서서 하늘의 창으로 바닷물을 뒤섞어 끌어올릴 때, 뚝뚝 떨어진 그 바닷물이 섬이 되었다. 그래서 두 신은 섬 한가운데에 기둥을 하나 세우고 주위를 돌았다. 각각 오른쪽과 왼쪽 방향으로 돌던 남녀 신은 드디어 만나게 되었다. 그들은 서로에게 말을 걸고 합궁을 했다. 첫 아이는 실패로 끝났지만, 다시 기둥을 돈 뒤 합궁해 생긴 아이들은 일본을 이루는 큰 섬들이 되었다.

제일 처음 태어난 것은 아와지노호노사와케시마, 지금의 아와지시마이다. 다음에 이요노후타나노시마가 태어났다. 이 섬은 몸 하나에 얼굴이 네 개이고 얼굴마다 이름이 있었다. 그래서 이요노구니를 에히메, 사누키노구니를 이히요리히코, 아와노구니를 오호게쓰히메, 도사노구니를 다케요리와케라고 한다고 설명되어 있다. 각각 에히메, 가가와, 도쿠시마, 고치의 옛날 이름이므로 이요노후타나노시마는 시코쿠를 가리킨다는 사실을 알 수 있다. 후타나노시마의 유래에 대해서는 사누키와 도사의 남신과 이요와 아와의 여신, 이 두 신이 오기 때문에 붙여진 이름이라는 설과 이요 즉, 현재의 에히메 현에 있는 후타나二名라는 지명에서 온 거라는 설 등이 있다.

그런데 최초에 태어난 섬은 아와지시마淡路島인데, 이 '아와淡'와 현재의 도쿠시마 현의 옛 이름 '아와阿波'는 같은 발음이다. 고대 일본어의 음에 중국에서 전래된 한자를 적용해 문자를 표기한 것을 생각하면, 이 '淡'은 '阿波'를 의미한다. 즉 '淡路'란 '阿波路', 아와로 이어지는 길이라는 의미가 된다. 아와인 시코쿠로 이어지는 길, 아와지시마가 맨 먼저 생기고, 시코쿠가 태어났다. 아와지시마는 시코쿠를 낳기 위한, 그곳에 도달하기 위한 산도産道 같은 것이었다.

이렇게 생각하면 일본 열도의 다른 섬보다 시코쿠가 가장 먼저 태어났다는 말도 될 수 있다. 그만큼 고대에 시코쿠는 중요한 의미를 지닌 섬이었다.

시코쿠의 거의 반을 차지하는 지방이 도사다. 도사는 옛날부터 귀신이 사는 나라라고 불렸다. 옛날에는 귀신鬼이란 사자의 영靈을 가리켰다. 즉, 도사는 사자가 사는 나라라고 생각했던 것이다.

사자가 사는 나라란 쉽게 말하면 황천의 나라다. 이 황천의 나라는 요모쓰오호카미가 다스리는 황천진국이다. 요모쓰쿠니는 사방四方의 나라라는 뜻. 이 말의 첫 글자와 마지막 글자를 따서 시코쿠四国가 되었다.

이런 것에서 엿볼 수 있는 사실은 자명하다. 요컨대 시코쿠는 옛날부터 사자의 나라, 죽은 혼들이 사는 섬이었던 것이다.

후미야는 씁쓸하게 웃었다. 시코쿠가 죽은 혼들의 섬이라니. 이런 말도 안 되는 이야기를 쓴 사람은 대체 어떤 인물일까? 그는 저자 소개를 펼쳐보았다.

―스노세 야스다카, 본명 히우라 야스다카. 고치 현 다카베 군 야쿠무라 거주.

후미야의 시선이 이름에 못 박혔다. 히우라 야스다카. 사요리의 아버지였다.

야스다카는 후미야 아버지의 사촌이었다. 아버지는 곧잘 '다카'라고 불렀다. 그 야스다카가 이런 책을 출판했으리라고는 생각도 못 했다.

후미야는 침대에서 벌떡 일어나 책을 들고 아래층으로 내려갔다.

"아버지!"

거실을 들여다보았지만, 아무도 없었다. 거실 맞은편 방에서 어머니 소리가 들려왔다.

"후미야, 일어났니?"

"예. 아버지는?"

"나가셨다."

문이 열리고 어머니가 나왔다. 짧은 머리카락을 연자주색으로 물들이고 녹갈색의 화려한 원피스를 입고 있다.

"오봉이라 본가에 가셨어. 원칙대로라면 너도 같이 가야 하는데 말이다. 기미카는 데이트한다고 예쁘게 차려입고 나가던데, 이 시간까지 잠이나 자다니 너도 참."

어머니는 한심하다는 듯이 후미야를 보았다. 후미야는 무시하고 손에 든 책을 들어 보였다.

"다카 씨가 이런 책 냈던데 알고 있었어요?"

어머니는 관심없는 표정으로 흘끗 낡은 책을 보았다.

"아, 그거. 어디서 찾았냐?"

마을사무소 자료실이라고 하자 어머니는 고개를 갸웃거렸다.

"우리 집에도 있어. 책이 나왔을 때 다카 씨가 갖다줬거든. 책에는 히우라 가에 데릴사위로 오기 전의 성인 스노세를 썼지. 다카 씨, 박식하더라. 그런 사람이 불쌍하게도 지금은 그렇게 돼버려서……"

복도에서 전화벨이 울렸다. 어머니는 말을 끊고 황급히 전화를 받으러 갔다. 후미야는 내심 안도했다. 히우라 가 이야기가 화제에 오를 때마다 가슴이 아파서 견딜 수가 없다.

"후미야, 네 전화다."

어머니가 불렀다.

후미야는 책을 옆구리에 낀 채 수화기를 귀에 댔다.

"나야, 다다시. 오늘은 쉬는 날인 모양이네?"

가타다 다다시의 걸걸한 목소리가 들려왔다. 동창생인 다다시는 기타노초의 슈퍼마켓에서 일하고 있다. 말주변 없고 얌전해 보이는 사내지만 사람들을 잘 챙겼다. 친구들끼리 뭔가 일을 벌일 때면 무조건 다다시에게 진행을 맡겼다. 전화를 한 용건도 오늘 동창회 참석 여부를 확인하는 것이었다.

"두시부터야. 올 거지?"

"어, 어어……"

후미야는 그리 내키지 않는 듯이 대답했다. 동창회가 있다는 걸 까맣게 잊고 있었다.

"기다릴게."

못 간다는 말은 할 수가 없었다. 후미야는 마지못해 알았다고 대답했다.

후미야는 전화를 끊고 욕실로 갔다. 거울을 보고 이를 닦으면서 아무리 생각해도 역시 가고 싶지 않았다.

동창생. 같은 해 태어나서 같은 학교를 다니고, 지금도 같은 마을에 산다. 같이 이십대 초반에 결혼해 같이 아이를 두셋씩 낳았다. 야쿠무라에 남아 있는 동창생들은 거의가 똑같은 인생을 살고 있었다. 그것은 마을이라는 공동체에서 살아가기 위한 필요 자격이었다.

마을에서 살려면 다른 사람들과 보조를 맞추어야 한다. 후미야는 어릴 때부터 그런 흐름에서 벗어나고 싶었다. '다른 사람과 같은 경험을 하고 싶지 않아. 마을을 떠나 아버지나 친구들과는 다른 인생을 살고 싶어'라고 생각했다.

도쿄에 있는 대학에 들어가 자취를 시작하면서, 후미야는 그렇게도 바라던 신세계에 발을 내디뎠다. 도쿄라는 대도시는 미지의 여자를 닮았다. 그는 그 여자의 꽁무니를 쫓아다니며 다양한 곳에 머리를 디밀었다. 술집, 언더그라운드 연극을 하는 극장, 학생들의 정치 토론회, 미팅. 사회에 나가서는 회사라는 조직 속에서 새로운 경험을 탐욕스럽게 맛보려고 했다.

그러나 이윽고 자신이 우리 안에서 쳇바퀴를 돌리는 햄스터 같다는 기분이 들었다. 새로운 경험을 할 때의 신기함은 한번 맛보면 그걸로 소멸한다. 흥분할 수 있는 것은 처음 한순간뿐. 두 번째부터는 빛을 잃는다. 끊임없이 새로운 뭔가를 추구하는 것이나 늘 똑같은 일을 반복하는 것은 결국 마찬가지라는 생각이 들었다.

그런 허무함의 끝에 이혼이 있었다. 새로운 경험을 맛보는 것은 이제 넌덜머리났다. 후미야는 아무 일도 생기지 않는 조용한 생활을 찾아 야쿠무라로 돌아왔다. 그런데 마을의 생활에 자연스레 섞일 수가 없었다. 도무지 자신이 있어야 할 곳을 찾을 수 없었다. 동창회에 얼굴을 내밀면 억지로라도 자신과 다른 사람들의 차이를 보게 될 테니 소외감을 느낄 게 뻔했다.

후미야는 무거운 기분으로 세수를 했다.

"얘, 후미야."

힘이 넘치는 어머니의 목소리가 복도에서 들려왔다. 욕실에서 나가자, 어머니는 현관문을 열던 참이었다.

"나 가게 나간다. 집에서 빈둥거리려면 가끔 방청소도 좀 해봐. 집 안에서 네 방이 제일 더럽다니까."

농협에서 사무를 보는 조용한 아버지와는 대조적으로 어머니는 장사에 이골이 난 적극적인 성격이다. 본가가 있는 기타노초에서 작은 수예품 가게를 하고 있어서 한 주의 대부분을 가게에 나가서 보낸다.

"아이고, 비가 오네."

어머니는 소리를 지르면서 밖으로 뛰어나갔다. 그 뚱뚱한 등을 지켜보면서 후미야는 문득 어린 시절을 떠올렸다.

어릴 때부터 어머니는 그에게 늘 뒷모습만 보여주었다. 어머니가 바라보는 것은 가게, 인간관계, 그리고 아버지였다. 어머니가 후미야를 귀여워하지 않았던 것은 아니다. 다만 그녀의 마음이 후미야만으로 채워진 적이 없을 뿐이었다.

후미야는 2층으로 돌아가 블라인드를 올리고 창문을 열었다. 침대 옆의 유리문 건너편은 베란다이다. 베란다 너머 무논 사이로 난 길로 어머니의 차가 멀어져가는 것이 보였다. 사카 강을 가운데 두고 양쪽 산비탈에 빽빽이 들어선 논 위로 가랑비가 촉촉이 내리고 있었다.

비에 젖은 쓸쓸한 풍경은 어릴 때와 조금도 다르지 않았다. 이 마을에서의 시간은 무논을 지나가는 바람처럼 주민들의 머리 위를 지나간다. 지나가는 바람에 이리저리 날리며 살아온 사람은 겨울이 되면 벼가 시들듯이 죽어간다. 그리고 땅에 떨어진 벼이삭에서 또 새로운 벼가 싹튼다. 그러나 후미야는 변종 볍씨였다. 바람이 불어와도 다른 사람들과 같은 방향으로 나부낄 수가 없었다.

마을을 떠나자는 생각이 또다시 고개를 들었다. 이미 몇 번이나 했던 생각이다. 고치 시에라도 나가서 좀더 활기찬 일을 찾자. 나는 아직 젊다. 활력을 안겨주는 환경에 살고 싶다. 그러면 내가 있어야 할 곳을 찾을 수 있을지도 모른다. 대도시도 촌구석도 아닌 지방의 현청 소재지쯤이야말로 나에게 적당한 장소가 아닐까? 지금 이대로 마을에 죽치고 있어서는 안 된다. 나가자.

그때, 누군가의 시선을 느꼈다.

후미야의 얼굴에 괴로운 표정이 떠올랐다.

또다. 주위를 둘러보아도 아무도 없다는 걸 알고 있었다. 그래도 슬쩍 둘러보지 않을 수 없었다.

방 안의 모든 것은 사진에 찍힌 정경처럼 얼어붙어 있었다. 소리 하나 나지 않는다. 창밖에도 사람 그림자 하나 없었다. 은색 실 같은 비를 맞고 있는 녹색의 무논만 끝없이 이어져 있을 뿐이다.

그러나 뭔가가 보고 있었다. 누구의 시선인지 상상할 수 있을 정도로 강하게……

후미야는 거칠게 침대 시트를 걷어냈다. 그리고 부산스레 방 청소를 시작했다.

4

문을 여는 순간, 아까까지 들리던 왁자지껄한 소리가 뚝 그쳤다. 히나코는 당혹스러워하며 우뚝 멈춰섰다.

12조 정도의 방에는 나란히 붙인 상에 푸짐한 요리가 차려져 있고, 그 주위에 남녀 합쳐서 열 명 정도가 앉아 있었다. 모두 '누구지?' 하는 눈으로 히나코를 보았다. 기미히코가 소리쳤다.

"뭐야, 다들 모르냐? 묘진 히나코잖아."

다들 깜짝 놀라서 소리를 질렀다. 유카리가 히나코의 이름을 불렀다. 히나코는 유카리 옆에 가서 앉았다.

"늦었네. 전화할까 했어."

유카리가 맥주를 따르면서 말했다.

히나코는 빗속을 걸어오느라 늦었다고 핑계를 대면서 맥주를 한 모금 마셨다.

오전에 사요리의 집에 다녀온 후로 이상하게 불안했다. 사요리가 살아 돌아왔다는 데루코의 속삭임이 마음에 걸렸다. 아마 히나코 자신이 아직 사요리의 죽음을 현실로 받아들이지 못했기 때문일 것이다. 사요리를 생각하다 문득 정신을 차리고 보니 두 시가 지나 있었다.

그러나 그런 기분도 시끌벅적하게 떠들며 먹고 마시는 동창생들 틈에 섞여 있는 동안 차차 희미해져갔다. 히나코 앞에 앉아 있던 갸름한 얼굴이 "나 아냐?" 하고 물었다. 얼굴은 알 것 같은데 이름이 생각나지 않았다. 히나코가 안타까운 마음에 고개를 갸웃거리자, 유카리가 웃으면서 야마자키 유타카라고 가르쳐주었다. 히나코는 그제야 생각난 듯 아아 하고 큰 소리를 냈다. 쉬는 시간에도 힘없는 얼굴로 책상 앞에 꼼짝 않고 앉아 있던 아이였다. 그 오들오들 겁먹은 표정은 이제 흔적도 없었다. 지금은 아버지의 농가 일을 이어받았고, 아이도 둘이나 있다고 했다. 그 옆에는 늘상 떠든다고 야단맞던 쇼노 교조. 대각선 방향 앞쪽에는 골목대장이었던 니시무라 마사오. 만나기만 하면 남의 소문이나 전하던 이노 미카가 상 구석에서 친하게 지냈던 모리타 가쓰코를 상대로 역시 소곤소곤 이야기를 나누고 있었다.

상 앞에 앉아 있는 한 사람 한 사람의 얼굴과 기억이 조금씩 일치되었다. 시간이라는 반투명한 젤리 상태의 벽을 통해 과거를 들여다보는 느낌이었다. 어떤 부분에서는 과거 그대로의 모습으로 비치지만, 전혀 다른 모습으로 나타나는 부분도 있었다.

"히나코, 오랜만이야."

누가 어깨를 쳐서 돌아보니 마나베 히사미가 작은 눈으로 웃고 있었다. 히나코는 깜짝 놀라 소리를 질렀다. 초등학교 시절, 사요리 다음으로 친했던 아이가 히사미였다. 남의 일을 돌봐주기 좋아하는 언니 같은 친구. 서로 어깨를 맞댄 채 고립되어 있던 히나코와 사요리를 넌지시 반 아이들 속으로 끌어들여준 친구이기도 했다.

원래 체격이 좋았던 히사미는 주부의 모습이 너무나 잘 어울렸다. 농가로 시집가서 세 아이의 엄마라고 한다.

"시집도 성이 마나베야. 그래서 지금도 이름은 똑같이 마나베 히사미지만, 생활은 완전히 바뀌었지. 집안일이며 아이들 뒷바라지며 매일 어찌나 바쁜지 장난이 아니야."

"그렇게 바쁜데도 살이 많이 쪘네."

교조가 말을 거들다가 히사미에게 등짝을 얻어맞았다. 자주 모여서 동창회를 하는 만큼 다들 사이가 좋았다. 이십 년 만에 처음 동창회에 나온 히나코로서는 섞여들기 힘든 친밀함이 흘렀다.

히사미가 교조를 밀어젖히고 옆에 앉더니, 히나코에게 맥주를 따르면서 물었다.

"히나코, 결혼은?"

히나코가 아직 안 했다고 대답했다. 유카리가 히죽히죽 웃으면서 말했다.

"그래도 애인은 있지?"

히나코가 웃음으로 얼버무렸다. 유카리가 "아, 독신이어서 좋겠다" 하고 큰 소리로 말하자, 기미히코가 얼른 끼어들었다.

"그럼 유카리 너도 얼른 이혼해. 다음에는 나하고 어때?"

모리타 가쓰코가 하던 비밀 이야기를 멈추고 유카리에게 말했다.

"유카리, 기미히코는 아서라. 얘, 초등학교 때 만날 나를 빗자루로 때렸어. 그런 녀석이 좋은 남편이 될 리가 없지."

"옛날이야기는 좀 하지 말라고."

"빗자루로 맞는 건 그래도 괜찮지. 저 녀석네 집에 갔더니 파리채를 들고 쫓아다니며 때리더라."

교조의 말에 한바탕 웃음이 터졌다. 어린 시절 이야기로 좌중의 분위기가 무르익었다. 히나코는 쿡쿡 웃으면서 그들의 이야기를 듣고 있었다. 히사미가 귓가에 대고 속삭였다.

"사요리 이야기 들었니?"

히나코는 가슴이 철렁했다. 히사미가 걱정스러운 표정으로 그녀를 보고 있었다.

히나코는 "어제 들었어" 하고 기어들어가는 소리로 대답했다. 히사미는 잠시 침묵하다가 다시 입을 열었다.

"네가 이사 간 뒤로 사요리하고 자주 이야기한 건 나 정도였어. 중학교에 들어가서는 동아리도 같았고……"

"동아리? 사요리, 무슨 동아리에 들어갔어?"

히사미가 과학 동아리라고 대답했다. 의외였다. 사요리가 과학에 흥미를 갖고 있는 줄은 몰랐다. 히사미가 무슨 말을 더 하려고 할 때, 문이 열리고 누가 들어왔다. 환호성이 터졌다.

"오호, 선생님 오시네."

"왜 이렇게 늦었어?"

방 입구에 훤칠한 남자가 서 있었다. 갸름하고 단정한 얼굴. 갈색 눈동자에 부드러운 빛이 반짝거렸다. 짧은 머리에 하얀 셔츠와 청바지가 잘 어울렸다. 히사미가 자기 옆자리를 가리키며 소리쳤다.

"후미야, 여기 비었어."

히사미 옆에 앉으려고 하던 후미야의 시선이 히나코 앞에서 멈추었다. 히나코는 수줍어하면서 인사를 했다. 히사미가 히나코라고 말해주자, 후미야는 말뚱말뚱 그녀를 보았다.

"이야, 히나코라고?"

히나코는 얼굴이 달아올랐다. 마치 옛날로 돌아간 것 같았다. 자신의 감정을 어떻게 표현해야 좋을지 몰라 거북이처럼 등껍데기 안에 틀어박혀 있던 여자아이로.

"어이, 교조가 작년에 어떻게 됐는지 얘기해줄까?"

마사오가 큰 소리로 말했다.

"이 모임 끝나고 사카 강에 빠져가지고 말이야."

"알아, 알아. 흠뻑 젖어서 우리 가게로 전화기 빌리러 왔었어."

교조가 유카리의 이야기를 가로막듯이 마사오가 떠민 거라고 소리쳤다. 다다시가 가라오케 마이크를 준비하기 시작했다.

"자, 가라오케 여왕님이 등장하실 차례입니다."

모두의 박수 속에 히사미가 일어나 방 한구석의 무대로 나갔다. 그리고 대담한 몸짓 손짓을 곁들여가며 노래를 부르기 시작했다.

"지금 어디 살아?"

문득 정신을 차리고 보니, 후미야가 히나코의 잔에 맥주를 따라주고 있었다. 히나코는 도쿄라고 대답했다. 그리고 무슨 일을 하냐는 물음에 자신의 직업을 말했다.

"일러스트레이터라, 멋있네."

"그렇지 않아. 집에서 매일 혼자 그림만 죽어라 그리는 것뿐인걸. 후미야는 마을사무소에서 근무한다면서?"

놀란 표정을 짓는 후미야에게 어제 모리타에게서 들었다고 말해주었다.

"하여간 좁은 촌구석은 무섭다니까. 그럼 내가 얼마나 설렁설렁 일하는지도 들었겠네?"

"응. 다음에 소장님한테 일러바칠 생각이래."

깜짝 놀라는 후미야를 보고 히나코가 웃었다. 이내 농담이란 걸 깨닫고 미소짓느라 후미야의 눈이 가늘어졌다.

이야기를 하는 동안 점점 긴장이 풀렸다. 취기가 도는 것 같았다. 한참 뒤 후미야가 표준어를 쓰고 있다는 걸 깨달았다. 그가 전에 도쿄에서 산 적이 있다는 모리타의 이야기가 생각났다.

"그러고 보니 아까 들어올 때, 다들 선생님이라고 부르던데 어떻게 된 거야?"

히나코가 묻자, 후미야는 쑥스러운 듯이 맥주잔을 비웠다.

"취미로 하는 일이 있거든. 그걸 가지고 다들 놀리는 거야."

두 사람의 대화를 듣고 있던 유타카가 상 너머에서 말을 거들었다.

"후미야는 역사에 아주 박식해. 야쿠무라의 오래된 유적을 발견해서 신문에 난 적도 있어."

"정말?"

히나코가 놀라며 후미야를 보았다. 그는 불편한 듯 다리를 다시 꼬고 앉았다.

"야쿠무라 주변에는 상당히 오래전부터 사람이 살았던 것 같아. 우연히 사카 강가의 조몬 시대 주거지를 발견했지."

"대단하네. 역사학자구나."

후미야는 난감한 듯이 고개를 가로저었다.

"대학에서 역사학을 겨우 맛본 정도인걸. 아마추어에 불과해. 옛 문헌을 읽거나 산이나 계곡을 찾아다니는 걸 좋아할 뿐이야."

"후미야는 산길 걷는 걸 좋아했지. 옛날에 사요리랑 셋이서 신의 골짜기에서 놀던 거 기억난다."

순간 후미야의 얼굴이 굳었다. 히나코는 해서는 안 되는 말인가 싶어서 얼른 입을 다물었다. 후미야는 히나코를 염려하는 듯한 어투로 말했다.

"사요리는…… 이미 죽었어."

히나코는 알고 있다고 대답했다. 그렇게 이야기함으로써 마음속에서 사요리를 점점 죽음의 나라로 몰아넣는 듯한 기분이 들었다.

"오늘 사요리네 집에 가서 어머니한테 이야기 들었어."

"데루코 씨, 있었어?"

히나코가 순례에서 막 돌아온 참이더라고 대답하자, 후미야는 한숨을 쉬었다.

"일 년에 한두 번은 순례를 나가서 집에 안 계셔. 그렇게 정성 들여 돌지 않아도 된다고 친척들이 말리지만 듣지 않아."

히나코는 사카우치 이야기를 하려다가 그만두었다. 빙의된 듯한 데루코의 눈길을 떠올리는 것이 무서웠다. 히나코는 가방에서 담배를 꺼냈다. 후미야의 시선이 라이터로 불을 붙이는 히나코의 손에 머물렀다.

후미야는 내가 많이 변했다고 생각하겠지. 그러나 언제까지나 거북이 등껍데기 안에서 숨어지낼 수는 없다. 히나코는 마음속으로 중얼거리면서 맥주를 마셨다. 담배와 알코올 탓에 머리가 어지러웠다.

　주위에서는 오래전에 같은 학교를 다녔던 남녀가 술을 마시고, 웃고, 떠들고 있다. 이 무리 속에 사요리도 있을 뻔했다. 만약 있었더라면 어떤 여자가 되어 있었을까? 누군가와 결혼을 했을까? 자신과 어떤 대화를 나누었을까……

　히나코는 보라색 연기 속에서 눈을 감았다.

　"신의 골짜기는 어떻게 변했을까?"

　후미야는 흘러가는 연기를 바라보았다.

　"그러고 보니 나도 안 간 지 한참 됐네."

　"내일이라도 가볼까?"

　"괜찮다면 안내해줄까? 나 내일 쉬는 날인데."

　히나코는 놀라서 그의 얼굴을 보았다. 후미야가 그런 제안을 할 줄은 생각도 못 했다. 별일도 아닌데 가슴이 뛰었다. 히나코는 꼭 데려가달라고 부탁했다. 후미야는 아직 맥주가 남은 잔을 만지작거리며 "그럼 내일 아침 데리러 갈게" 하고 말했다.

　"약속."

　히나코는 쑥스러움을 감추려고 후미야의 잔에 자신의 잔을 쨍 부딪치고, 맥주를 단숨에 비웠다.

　"……으응, 후미야, 춤추자."

　히사미의 손이 두 사람 사이로 비집고 들어와 후미야의 팔을 잡았다. 어느 틈에 가라오케는 분위기 있는 음악으로 바뀌어 있었다. 조명도 어두워지고, 여기저기서 쌍쌍이 춤을 추고 있다. 떨떠름해하는 후미야를 히사미가 잡아끌듯이 원 안으로 데리고 나갔다.

맞은편에 앉아 있던 야마자키 유타카가 조심스럽게 히나코에게 춤을 추자고 청했다. 히나코가 부드럽게 거절하자, 유타카는 민망한 듯 술을 홀짝거렸다.

묘한 분위기였다. 나이를 먹을 만큼 먹은 어른들이 천진난만한 표정으로 춤을 추고 있다. 불륜이라는 음란한 공기는 없었다. 운동회에서 손을 잡고 춤추는 아이들처럼 흐뭇한 광경이었다.

유타카가 중얼거렸다.

"해마다 이래. 마지막에는 언제나 치크댄스지. 기미히코의 상대는 반드시 유카리. 저 녀석 유카리를 좋아했잖아."

"너도 좋아하지 않았니?"

히나코는 담배 연기를 토해내면서 물었다. 유타카는 목까지 빨개졌다. 히나코는 밝은 목소리로 웃었다.

음악이 끝나가고 있었다. 지금은 아빠와 엄마가 된 남녀가 말없이 몸을 흔들고 있다. 안심하고 서로의 어깨에 팔을 두른 모습이 어스레함 속에 가라앉았다. 그 모습은 이제 돌아갈 수 없는 어린 시절을 껴안고 춤을 추는 것처럼 보이기도 했다.

희미한 빛을 반사하는 리놀륨 복도가 곧게 뻗어 있다. 유리창 너머에서는 환자들이 하얀 시트를 감고 잠들어 있다. 야스다 도모코는 뇌신경외과 병동의 병실로 들어갔다.

어둑한 병실에 유충처럼 누워 있는 환자들. 희미하게 코 고는 소리, 몸을 뒤척일 때 천 스치는 소리가 들린다. 도모코는 환자의 상태에 이상이 없는지 한 명 한 명 확인했다.

일주일 전 지붕에서 떨어져 혼수상태에 빠진 초로의 남자. 목욕탕에서 미끄러져 뇌일혈을 일으킨 할머니. 한창 일할 나이에 직장에서 쓰러진 뇌종양 환자…… 의식을 잃은 사람들이 언제 깰지도 모를 잠을 자고 있다.

도모코는 환자의 손발을 시트 속으로 넣고 베개를 고쳐주며 미소를 지었다. 이 병동의 환자들은 아이를 연상시킨다. 누군가의 손길이 미치지 않으면 아무것도 할 줄 몰라서 생명을 잃을지도 모르는 어린아이를.

그렇게 생각한 것은 십칠 년 전부터다. 시어머니에게 두 아이를 맡기고 이 병원에 근무하기 시작했을 때였다.

도모코는 한 환자를 맡았다. 탄탄한 체격, 큰 코, 남자다운 턱을 가진 남자. 정력이 한창 넘칠 젊은 남자. 그러나 그는 마치 어린아이 같았다. 의식이 없는 그의 몸을 씻길 때, 입가에 흘린 음식물을 닦을 때, 도모코는 자기 자식을 돌보는 것 같았다. 도모코의 아이들은 다 자라서 그녀의 손을 떠나갔지만, 그만은 언제까지나 아이인 채였다.

도모코는 창가의 침대 앞에 서서 잠들어 있는 한 남자를 내려다보았다. 히우라 야스다카. 기타노초 옆 마을인 야쿠무라에서 온 환자다.

한동안 근무 관계로 이 병동을 떠났다가 복귀했을 때, 야스다카는 여전히 성장하지 않는 아이처럼 혼자 그녀를 기다리고 있었다. 그는 고독했다. 그의 침대는 병원 안에서 작은 섬처럼 고립되어 있었다. 아내는 좀처럼 오지 않는다. 아들은 몇 년 전부터 발길을 뚝 끊었다. 친척들도 잘해야 오봉이 끝날 무렵 문병을 오는 정도다. 야스다카의 모습을 매일 지켜보는 사람은 가족이 아니라 도모코였다. 십칠 년이라는 세월이 흘러 야스다카도 흰머리가 나기 시작했지만, 처음 병원에 왔을 때의 남자다움은 지금도 여전하다.

이런 남자가 의식을 잃어버리다니 인생이란 얼마나 무정한지. 이 일 저 일을 전전하며 벌어놓은 돈을 주색으로 탕진한 남편이야말로 혼수상태가 되었으면 좋겠다.

도모코는 야스다카의 뺨을 어루만졌다. 입을 반쯤 벌리고 자고 있다. 볼살이 축 늘어진 초로의 남자가 잠든 모습은 결코 보기 좋다고 할 수는 없다. 그러나 도모코에게는 사랑스럽기 그지없다. 무슨 꿈을 꾸고 있는 걸까?

그의 입술이 무슨 말을 할 듯이 움직였다. 도모코는 움찔 놀라며 얼굴을 가까이 가져갔다.

착각이었다. 야스다카는 입을 벌리고 숨을 들이마셨을 뿐이었다. 도모코는 절반은 낙담하면서도, 절반은 안도했다. 야스다카가 의식을 회복하고 퇴원하는 날이 온다는 건 상상도 하고 싶지 않았다. 그는 그녀의 영원한 아이였다. 언제까지나 성장하지 않으며, 그녀에게서 떠나는 법도 없는.

도모코는 잠든 야스다카에게 미소를 건네고 병실을 나왔다.

히나코는 어둠 속에 누워 있었다. 이렇게 있으면 잠을 깬 건지 자는 건지 알 수 없다. 자신과 어둠의 경계는 사라지고 육체의 감각은 소멸해, 의식이 어둠 속으로 흐물흐물 흘러나간다.

어린 시절에는 밤에 잠드는 것이 무서웠다. 자신이 어둠에 녹아 사라져버릴 것 같았다. 할아버지가 죽었을 때, 한동안 그 사실이 머리에서 떠나지 않았다. 할아버지의 시신은 매장埋葬했다. 흙 속으로 스며드는 할아버지의 마른 육체. 그러나 의식은 썩지 않는다. 무덤에서 나와 어둠에 섞여들어간다. 어둠에는 사자의 의식이 떠돌고 있다. 할아버지, 그리고 사요리의……

히나코는 숨이 막힐 듯 더운 공기 속에서 거친 숨을 토했다. 목욕을 했지만, 동창회에서 마신 술기운이 아직 남아 있었다.

이상하게 잠을 이룰 수가 없었다. 사요리를 떠올리지 않을 수 없다. 동창생들을 만났기 때문일까. 아니, 데루코의 말 때문이다.

─사요리가 돌아왔네. 옛날 모습 그대로─

데루코는 확신에 찬 어투로 그렇게 말했다.

사요리. 너는 어디 있는 거니?

히나코는 어둠 속에서 중얼거렸다.

집 밖에서 희미한 소리가 들렸다. 히나코는 온몸이 얼어붙었다. 이불자락을 움켜쥐고 귀를 기울였지만, 아무 소리도 들리지 않았다. 환청이야. 자야지. 자는 거야. 혼잣말을 하며 눈을 감으려 했다.

그러나 잠은 오지 않았다.

히나코는 결국 일어나 더듬더듬 방문을 열었다. 복도를 지나 부엌으로 갔다. 잔에 물을 따라 단숨에 마셨다. 깊은 숨을 토하고 거실 쪽을 보자, 달빛이 툇마루로 난 미닫이문을 부옇게 비추고 있었다. 히나코는 잔을 든 채 거실로 가서 미닫이문과 그 맞은편 유리문을 열었다. 상현달이 하늘에 떠 있었다. 야쿠무라가 파르스름한 달빛 속에 가라앉아 있다. 멀리서 개구리 울음소리가 들렸다.

그 고요한 광경을 바라보고 있으니, 마음이 차분해졌다. 이제 잘 수도 있을 것 같았다. 유리문을 닫으려 할 때였다. 정원에서 소리가 났다. 풀을 밟는 발소리 같았다.

"누구 있어요?"

히나코가 주뼛주뼛 소리를 내보았다.

대답은 없었다.

바스락바스락. 소리는 천천히 마당 끝을 가로지르는 것처럼 이어졌다. 히나코는 유리문을 꽉 잡았다. 도둑인가? 근처의 오노 씨 집에 도움을 청해야 할까?

히나코는 이런저런 생각을 하면서 산다화와 남천이 무성한 마당을 바라보았다. 달빛 속에서 자세히 보았지만 아무도 보이지 않았다. 풀을 밟는 희미한 소리가 이어질 뿐이었다. 뭔가가 마당을 걷고 있다. 사람이라면 마당에 있는 키 작은 나무들에 부딪혀서 가지가 흔들리는 소리라도 날 텐데. 고양이인가? 하지만 고양이가 이렇게 또렷한 소리를 낼 수 있을까?

"장난은 그만둬."

그녀는 비명처럼 작게 소리를 내뱉었다.

발소리가 뚝 그쳤다. 히나코는 잠시 툇마루에 서서 귀를 기울였다. 이제 아무 소리도 들리지 않았다. 그러나 지금도 그곳에 뭔가 있다. 어둠 속에서 숨을 죽이고 자신을 바라보고 있다.

사요리인가?

히나코는 문득 그런 생각이 들어 몸서리를 쳤다. 얼른 유리문을 쾅 닫고 부엌으로 와서 다시 물을 한 잔 마셨다. 물이 그득한 위胃로 불쾌감이 퍼져갔다. 이대로는 도저히 잠이 올 것 같지 않았다.

부엌 선반 위에 까맣게 빛나는 전화가 보였다. 그 다이얼식 전화가 지금은 너무나 믿음직스러웠다. 히나코는 수화기를 들고 다이얼을 돌렸다. 지난 오 년 동안 수없이 돌렸던 번호를.

긴 신호음이 이어졌다. 집에 없나, 생각하는 순간 저쪽에서 전화를 받았다.

"예⋯⋯"

자다 깬 히데의 목소리가 들렸다.

"나야."

히나코가 속삭였다. 그다음에는 뭐라고 해야 좋을지 알 수 없었다.

히데는 정색하고 말했다.

"히나코? 이 시간에 어쩐 일이야?"

"목소리 듣고 싶어서."

아니다. 그래서가 아니다. 무서워서 잠을 이룰 수 없다. 밖에서 나는 소리가 무서워서 누군가에게 안기고 싶다. 그뿐이다. 그런데 그 말을 할 수가 없었다.

"아아, 뭐야, 새벽 두시 반이잖아. 모처럼 편하게 자고 있었는데. 상대방 생각도 좀 하라고."

언짢아하는 히데의 목소리가 귀를 때렸다. 히나코의 마음속에서 감정의 파도가 가셨다. 히데의 불평이 이어졌다.

"한동안 혼자 있고 싶다고 한 건 너였어. 그래놓고 사흘도 지나지 않아 목소리 듣고 싶다고 이 시간에 전화하는 거야? 그럴 것 같으면 처음부터 허세를 부리지 말았어야지."

혼자 있고 싶다고 한 건 허세가 아니었다. 비명이었다. 두 사람의 관계를 다시 생각해봐달라고 말하고 싶었다. 자신도 생각할 테니 그도 생각해주길 바랐다.

히데 앞에서 모습을 감추는 것으로 그에게 자기 존재의 소중함을 느끼게 하고 싶었다. 어쩌면 쫓아와주리라고 기대했는지도 모른다. "나한테는 네가 필요해." 그런 삼류 멜로드라마 대사 같은 말을 듣고 싶었다. 단순한 일이다. 너무 단순해서 자신이 바라고 있다는 사실조차 깨닫지 못했다. 그에게 그런 걸 바라봐야 소용없다는 걸 알면서도.

히나코는 전화한 걸 후회했다.

"미안해."

히나코는 작은 소리로 사과했다. 히데가 물었다.

"지금 어디 있는 거야?"

형광등 불빛이 낡은 부엌을 비추고 있었다. 어디서 들어왔는지 파리 한 마리가 형광등 주위를 날아다녔다.

"고치 시. ……야쿠무라라는 곳에 있어."

"고치 시라고?"

히데가 어이없어했다.

"대체 뭐 하러 그런 데 가 있는 거야? 일은 어떻게 됐어? 우리 회사에서 준 일 있었잖아? 그거 마무리는 잘해준 거야? 언제 돌아올 생각인데?"

히나코는 일은 일단락되었으며 언제 갈지는 모르겠다는 말을 남기고 그의 대답도 듣지 않고 수화기를 내려놓았다.

결국 아무것도 달라지지 않았다. 전화를 끊자, 온몸에서 외로움이 끓어올랐다.

이럴 거라면 차라리 사자에게 겁먹고 있는 편이 나았을지도 모른다. 히나코는 허탈한 웃음을 지었다.

침실로 돌아와서 이불 속으로 파고들었다. 이제 어둠은 무섭지 않았다. 이 어둠 속에 사요리가 숨 쉬고 있다고 해도 사요리는 자신에게 상처를 주지 않는다. 히나코는 잠의 세계에 녹아들어가는 의식 속에서 그렇게 생각했다.

정원의 어둠 속에서 공기가 출렁 흔들렸다.

5

녹색 숲 사이로 파란 바다가 반짝거렸다. 멀리 무로토 곶의 무시무시한 절벽이 보인다. 남자는 눈을 가늘게 뜨고 지팡이로 풀을 헤치면서 좁은 산길을 올라갔다.

지금도 이 길을 이용하는 사람은 그의 동료뿐이다. 자세히 보지 않으면 모를 정도로 작은 길이 어두컴컴한 숲속으로 이어져 있었다.

이 길을 걷는 것이 몇 번째인가 세어보려고 했지만 생각나지 않았다. 다만 제일 처음 걸었던 기억만큼은 또렷하다. 스물두 살 때였다. 어째서 신혼인 아내를 두고 여행을 가야 하냐고 투덜거리면서 아버지의 뒤를 따랐다. 아버지와 함께 시코쿠를 돈 것은 그때 말고는 전무후무했다.

마을 신사의 암굴 안에서 남자들이 모임을 여는 것은 어릴 때부터 알고 있었다. 모임이 끝나면 반드시 누군가가 여행을 떠났다. 그 사람이 여행에서 돌아오면, 다시 모임이 열렸고 다른 누군가가 마을에서 사라졌다.

몇 년에 한 번씩 아버지의 차례도 돌아왔다. 그때마다 어머니는 한숨을 쉬면서 벽장 속 고리짝에서 흰옷을 꺼냈다. 아버지는 목욕재계를 하고 흰옷을 입었다. 그때 아버지의 얼굴은 무서웠다. 그것은 한 인간이 완벽하게 달라지는 과정이었다. 선하기 그지없는 평범한 농부인 아버지의 얼굴에서 표정이 사라지고, 대신 승려 같은 고즈넉한 얼굴이 나타난다. 흰옷으로 몸을 감싼 남자는 그가 아는 아버지가 아니었다. 아버지는 딴사람이 되어 집을 나섰다.

집에 돌아오는 것은 한 달하고도 보름이나 지났을 무렵. 뺨은 홀쭉해지고 눈에는 이상한 빛이 서린, 초췌하기 그지없는 모습으로 대문에 들어섰다.

그 작은 마을에서 남자들은 누구나 그렇게 정처 없이 길을 떠

났다가 지친 얼굴로 돌아왔다. "남편은 지금 수행 갔습니다." 그
것이 집을 지키는 아내들의 틀에 박힌 문구였다.

수행의 의미를 안 것은 그가 결혼해 독립된 가정을 꾸렸을 때
였다. 혼례 전날 밤, 남자는 아버지를 따라 마을 신사에 갔다.

그날 밤 평소에는 텅 비어 있는 암굴 안은, 사람들이 내뿜은
훈김으로 가득 차 있었다. 빨간 덩어리 같은 촛불 아래 둥그렇게
둘러앉은 마을 남자들의 얼굴이 떠올랐다. 지시하는 대로 그 원
안에 앉자, 정면에 앉은 마을의 장로가 노래하는 듯한 목소리로
이야기를 시작했다. 수행, 그 유래와 규칙. 장로의 입은 마르지
않는 이야기의 샘이었다. 날이 샐 때까지 이야기는 이어졌다.

장로가 하는 말의 어디까지가 진실인지 남자는 알 수 없었다.
그날 알게 된 사실이라면 수행은 자신의 아들이 어엿한 한 사람
의 성인이 될 때까지 계속된다는 것. 그것이 이 마을 남자들의
규칙이었다.

그러나 남자는 자식을 낳지 못했다. 그러니 수행은 죽을 때까
지 계속될 것이고, 그 생각을 하면 가슴을 찌르는 듯한 통증이
느껴졌다. 최근에는 마을 인구가 줄고 있다. 수행을 이어받는
사람도 거의 없다. 그의 차례가 돌아오는 간격이 점점 짧아지고
있다.

자신은 시코쿠를 도는 이 산길 어딘가에서 객사하리라. 끝내
마을로 돌아오지 못한 그의 앞 차례 남자처럼……

남자는 길을 막는 담쟁이를 지팡이로 걷어냈다. 어딘가 숨어 있던 박쥐가 날카로운 소리를 내며 날아갔다.

등뒤에서 비명이 들렸다. 돌아보니 히나코가 길옆에서 엉덩 방아를 찧었다.

"괜찮아?"

후미야는 히나코를 일으켜주었다. 히나코는 흙이 묻어 더러 워진 청바지를 보고 얼굴을 찡그렸다.

"아아, 길이 너무 험해."

공기는 축축했다. 사람들이 다니면서 생겨난 좁은 길은 물기 를 머금어서 부드러웠다.

"조심하지 않으면 신의 골짜기에 도착할 무렵에는 진흙 인형 이 돼버린다."

후미야가 웃으면서 말했다. 히나코는 근처의 나무 밑동에 잠 시 걸터앉았다. 그리고 휴지를 꺼내 청바지에 묻은 흙을 닦아내 면서 투덜거렸다.

"벌써 진흙 인형이 돼버린 거나 마찬가지네. 어차피 다 빨아 야 돼. 집에서 빨래 한번 하려면 고생이 이만저만이 아닌데."

후미야도 히나코의 맞은편 바위에 몸을 기댔다.

"세탁기에 던져넣기만 하면 되잖아."

히나코가 과장스럽게 얼굴을 찡그렸다.

"유감스럽게도 모리타 씨가 세탁기만은 두고 가지 않았어. 손빨래를 해야 돼. 목욕물도 가스로 끓여야 하고, 부엌에는 따뜻한 물도 안 나와. 지독한 생활이지."

"편리한 도쿄 생활과는 아주 다르지?"

히나코는 고개를 끄덕였다. 그리고 흙이 묻은 휴지를 뭉치면서 말했다.

"그렇지만 이 불편한 생활을 그럭저럭 즐기고 있어. 세 들겠다는 사람이 나타나지 않으면 개조해서 별장으로 써도 좋다는 생각이 들었을 정도야. 별장을 갖고 있다는 거 멋있지 않아?"

"야쓰가타케나 나스 정도라면 모르겠지만, 고치의 야쿠무라에 별장을 갖고 있어봐야 도쿄에선 자랑거리도 안 될걸?"

히나코가 밝은 목소리로 웃었다.

"어쨌든 오늘 밤, 집을 관리해주는 오노 씨 집에 가서 별장으로 개조할 수 있는지 물어보려고."

발밑에 용담꽃이 피어 있다. 머리 위로 쏟아져내리는 매미 소리. 좁은 산길은 완만한 오르막이 되어 잡목림으로 이어졌다. 숲 사이로 사카 강이 흐르는 소리가 들렸다. 신의 골짜기는 사카 강 상류에 있다. 야쿠무라에서 멀지는 않지만, 사람들의 왕래가 뜸한 탓에 길이 험했다.

히나코는 어깨에 멘 꽃무늬 비닐가방에서 담배를 꺼내 라이터로 불을 붙였다. 후미야는 담배를 피우지 않는다. 히나코의 익

102

숙한 손놀림이 그에게는 왠지 낯설었다.

어린 시절 히나코의 인상은 희미했다. 강가에 뒹구는 동글납작한 재색 돌. 다른 돌과 별 차이 없는 그런 돌. 굳이 말하자면 그랬다. 하지만 눈앞에 있는 여자는 기억 속 히나코와는 전혀 다른 사람이었다. 이렇게 대화를 나누고 함께 웃게 될 줄은 생각도 못 했다. 그리고 그 이상으로 외모도 달라졌다. 체격은 작지만 적당히 살이 붙어 색기가 흘러넘친다. 어제 동창회에서 히나코를 보았을 때는 진심으로 놀랐다. 아마 그 놀라움과 당혹스러움은 그 자리에 있던 남자들 모두가 느꼈을 것이다.

이렇게 멋진 여자가 될 줄 알았더라면. 그렇게 후회했을 게 틀림없다. 물론 그래봐야 뭘 어떻게 할 수 있는 것도 아니다. 그러나 다들 은밀히 자신의 아내와 비교했을 것이다.

히나코에게 신의 골짜기에 가보자고 청한 것도 갑자기 눈앞에 나타난 그녀에게 마음이 끌렸기 때문이다. 그런 기분을 맛보는 것도 참 오랜만이었다.

히나코는 담배 연기를 맛있게 내뱉더니 목을 쭉 빼고 주위를 둘러보았다. 큼직한 금색 귀걸이가 반짝거렸다.

"사요리하고 후미야하고 셋이서 마지막으로 신의 골짜기에 왔을 때가 생각나네. 초등학교 4학년이었지?"

그 말이 후미야의 가슴속에 가라앉으며 까맣게 잊고 있던 기억을 쿡쿡 찔렀다.

그날, 같이 노는 친구와 싸움을 하고 퉁퉁 부어서 혼자 집으로 가는 길에 사요리, 히나코와 마주친 것이다.

—후미야, 신의 골짜기에 가자—

사요리는 그 가늘고 긴 눈으로 그를 빤히 보며 말했다. 후미야는 자기도 모르게 고개를 끄덕였다.

초등학교에 들어가기 전에는 사요리와 히나코와 셋이서 곧잘 신의 골짜기에 놀러 갔었다. 그러나 지금은 돌아가신 할아버지에게 신의 골짜기에 가면 안 된다고 호되게 야단맞은 뒤로는 다른 남자아이들과 어울렸다. 그래서 당시에는 신의 골짜기로는 발길을 끊었던 때였다.

"그게 셋이서 마지막으로 간 거였나?"

후미야는 산길을 한 줄로 나란히 걸어가는 세 아이의 모습을 떠올렸다. 선두는 사요리. 사요리를 놓칠까봐 무서워하듯이 히나코가 바로 그 뒤를 이었다. 자신은 어디 있었을까? 길가에 핀 꽃이나 풀을 유심히 살피며 두 사람의 뒤에서 천천히 걷고 있었을지도 모른다.

후미야는 자연을 관찰하는 걸 좋아했다. 벌레의 움직임, 구름의 흐름, 바람의 살랑거림. 그런 것을 보면서 어린 자신은 대체무슨 생각을 하고 있었을까? 사고가 막 형성되기 시작하던 무렵이었다. 지금 생각해보면 안개 속 풍경 같다.

"갈까?"

히나코는 담배를 비벼끄고, 꽁초를 땅에 묻었다. 두 사람은 자리에서 일어났다.

후미야는 걸어가면서 도쿄에서 보낸 대학 시절에 대해 이야기했다. 사학과여서 방학 때면 교수들의 지시로 조사차 발굴 현장에 가야 했는데, 부자들이 세금을 안 내려고 묻어둔 큰돈을 발견해 소동이 일어났던 일, 텐트에서 자다가 개미가 옷 속에 들어와서 가려워 미칠 뻔했던 일. 히나코는 맞장구를 치면서 재미있게 들었다.

한 여학생이 실수로 동면중인 뱀의 보금자리를 파헤치고는 놀라서 자신의 품으로 뛰어들었던 일을 얘기했을 때, 히나코가 의미심장한 시선을 보내며 물었다.

"후미야의 여자친구였구나?"

"그랬지."

후미야는 쑥스러워하면서 고개를 끄덕였다.

대학 시절에 사귀던 여자의 이름은 히토미였다. 같은 과였고, 처음 같이 잔 여자. 그러나 후미야가 취직을 하고 데이트 한 번 제대로 할 수 없게 되자 흐지부지 헤어지고 말았다. 사회에 갓 발을 디딘 그는 무아지경이었다. 회사에서는 인재개발 업무를 담당했다. 매일 일을 하고 있다는 뚜렷한 자각이 그의 생활에 생기를 불어넣었다. 그 무렵 헤어진 아내인 준코와 만났다. 준코는 기업 연수 운영을 담당하는 부서에서 일했다. 고집 세고 일 잘하는 여자. 원하는 것을 손에 넣을 때까지 포기하지 않는 여자.

이미 과거가 된 그녀지만, 이따금 사소한 일을 계기로 생각날 때가 있다. 애정은 사라졌지만, 그녀와의 결혼 생활에는 애착이 남아 있었다.

갑자기 중심을 잃고 비틀거렸다. 후미야는 근처 나뭇가지를 붙잡고 매달렸다. 추억에 빠져 있다가 발을 헛디딘 것이다. 그는 쓴웃음을 지으며 히나코에게 물었다.

"나만 이야기하고 있네. 히나코의 대학 시절은 어땠어?"

히나코는 미술 대학의 분위기를 이야기했다. 누구나 질세라 개성을 뽐내는 분위기 속에서 히나코는 평범한 학생이었다. 그렇지만 영화에 미쳐보기도 하고, 록 콘서트에 가기도 하고, 친구들이 이끄는 대로 할 건 다 해봤다고 했다.

후미야는 히나코가 처음으로 남자와 잔 것은 언제일까 생각했다. 대학 시절일까? 그후일까? 등뒤에서 들려오는 헐떡이는 숨소리에 후미야는 히나코가 남자와 뒤엉켜 있는 모습을 상상했다. 인기척 없는 숲속에 둘만 있다는 사실에 생각이 미치자, 얼른 음란한 상상을 떨쳐버렸다.

숲이 뚝 끊겼다. 눈앞에 작은 골짜기가 나타났다. 골짜기는 키작은 녹색 풀 천지였다. 하늘로 목을 쑥 내밀 듯이 핀 참나리 군락. 독살스럽기까지 한 붉은색이 온화한 골짜기의 풍경에 활기를 더했다. 파란 하늘에서 아낌없이 쏟아지는 빛 덕분에 골짜기 전체가 풀빛으로 밝게 떠올랐다.

신의 골짜기다. 히나코는 숨을 삼켰다가 한숨 같은 것을 내뱉었다.

"하나도 안 변했네."

후미야는 신의 골짜기를 둘러보았다. 잡목림의 흐름은 골짜기 끝에서 뚝 끊겨 거기서부터는 나무 한 그루도 없다. 십 분이면 끝에서 끝까지 걸을 수 있을 정도로 좁은 공간이다. 골짜기라기보다 산간의 작은 공터라고 하는 게 어울릴지도 모른다. 실제로 고도는 야쿠무라보다 높았다. 하지만 이곳은 옛날부터 신의 골짜기라고 불려왔다.

골짜기에는 바람 한 점 불지 않았다. 풀잎 끝조차 움직임을 멈추고 있었다. 확실히 신의 골짜기는 예전과 똑같다. 이곳은 시간의 흐름조차 비켜갔다.

두 사람은 미끄러지기 쉬운 지면을 조심스럽게 디디면서 신의 골짜기로 들어갔다. 이윽고 샛길도 끊어졌다. 후미야와 히나코가 멈춰선 곳은 잡초가 무성한 땅이었다.

"마지막에 왔을 때, 가고메가고메 했었지?"

후미야의 말에 히나코가 웃음을 터뜨렸다.

"맞아, 맞아. 그런 걸 했었지."

누가 말을 꺼냈는지 세 사람뿐인데도 가고메가고메를 시작했다. 원이 너무 작아서 손을 잡을 수도 없었다. 술래 주위를 두 사람이 도는 작은 가고메가고메.

가고메가고메는 유치원 아이들의 놀이다. 초등학교 4학년이면 이미 졸업하는 놀이였다. 그러나 그때 세 사람은 더욱 어린 시절로 돌아가서 놀았다. 사람은 어느 시절에나 과거를 돌아본다. 어린아이였던 세 사람 역시 더 사이가 좋았던 유아 시절을 그리워했을지도 모른다.

─가고메가고메

바구니 속 새는

언제언제 나오나─

고요한 골짜기에 가느다란 소리가 울려 퍼졌다.

"내가 술래였어. 기억나니?"

히나코가 묻자 후미야가 고개를 끄덕였다. 히나코는 그때 일을 이야기했다. 빙글빙글 도는 사람이 둘밖에 없으니, 뒤에 있는 사람을 금방 알아맞힐 것 같았는데 좀처럼 마음대로 되지 않았다는.

"눈을 감고 있으면 후미야하고 사요리가 내 주위를 빙빙 도는 게 느껴졌어. 점점 무서워지기 시작했지. 이대로 영원히 나는 원 안에 갇혀서 나가지 못하는 게 아닐까. 그런 생각에 막 울고 싶었어."

히나코의 이야기를 듣고 있는 동안 후미야에게도 그 정경이 떠올랐다. 그때 후미야와 사요리가 노래를 부르면서 돌고 있었다. 이따금 히나코의 동그란 등 너머로 사요리가 후미야를 보았다. 길고 가느다란 눈이 점점 가늘어지고 얇은 입술은 미소를 띠고 있었다. 눈이 마주칠 때마다 후미야의 얼굴이 빨개졌다. 지금 생각해보면 그 눈빛에는 뭔가 음산한 것이 있었다. 남의 눈을 피해 비밀의 신호를 주고받는 듯한……

"뒤에 있는 사람 누구게?"

히나코의 목소리가 날아들었다. 후미야는 깜짝 놀랐다. 바람에 날려와 머리카락에 내려앉은 풀잎을 떼어내면서 히나코가 말했다.

"몇 번째였더라. 사요리가 일부러 이렇게 큰 소리로 말해서 자기가 뒤에 있다는 것을 가르쳐주었어. 그래서 그다음 술래가 되었지. 사요리 역시 전혀 못 맞혔어. 하지만 일부러 틀리게 말하는 것 같았어. 사요리는 술래가 되는 게 좋은가 그런 생각을 했지."

술래*란 사자의 영.

문득 어제 읽은 소책자의 한 구절이 떠올랐다. 후미야는 그 말을 떨쳐내듯이 지면으로 시선을 보냈다. 발밑의 참나리가 암적색 꽃가루를 잔뜩 묻힌 입을 벌리고 후미야를 보고 있었다.

"참나리, 예쁘다."

---

* 鬼에는 '귀신' 외에 '술래'의 의미도 있다.

후미야의 시선을 좇던 히나코가 밝은 소리로 말하면서 꽃무늬 가방에 손을 넣었다.

"잠깐 스케치 좀 해도 될까?"

후미야는 히나코가 일러스트레이터라고 했던 사실을 떠올렸다.

"그래. 나는 이 근처에서 산책하고 있을게."

히나코는 풀밭에 털썩 주저앉았다. 후미야는 천천히 걷기 시작했다.

신의 골짜기 중심에는 절구 모양의 와지*가 있다. 골짜기에서 가장 낮은 지점이다. 후미야는 와지를 향해 완만한 비탈을 내려갔다. 지면이 습기를 머금고 있었다. 스니커즈 끝이 진흙에 푹푹 빠지면서 와지 바닥까지 왔다. 이곳은 많이 습한지 참나리도 없다. 자세히 보니 흙 속에서 작은 기포가 보글거렸다. 깊은 땅 밑에서 불만의 중얼거림처럼 검은 기포가 보글보글 올라오고 있었다.

후미야는 내려온 언덕길을 올려다보았다. 생명력으로 넘치는 녹색 세계가 그를 둘러싸고 있었다. 풀이, 나무들이, 산이 일제히 키 재기를 하며 덮쳐왔다. 하늘은 훨씬 높은 곳에 펼쳐져 있고, 매서운 얼굴의 산들이 후미야를 위협하듯 내려다보고 있었다.

발밑에서 서늘한 감각이 스멀스멀 기어올라왔다. 내려다보니

---

* 웅덩이 모양으로 움푹 파인 땅.

스니커즈 반 이상이 검은 흙에 묻혀 있다. 갑자기 그대로 땅속으로 빠져드는 듯한 공포를 느끼고 오른발을 빼냈다. 하얀 스니커즈의 절반이 검은 흙으로 더러워져 있었다. 왼발도 들어올리려고 하자, 이번에는 오른발이 푹 빠졌다.

끝없는 늪으로 빠져드는 듯한 공포를 느꼈다. 후미야는 영문을 알 수 없는 공포를 억누르면서 걷기 시작했다. 바늘처럼 뾰족한 곡정초 잎이 발목을 찔렀다. 주위에는 썩은 냄새가 떠돌았다. 예전과 달리 물기가 많은 것을 이상하다 여기면서 진흙탕 같은 와지를 조심조심 걸었다.

중학교 때, 신의 골짜기를 조사하러 온 적이 있었다. 과학 동아리 활동으로 사카 강의 원류를 밝혀내기 위해 찾아온 것이었다. 중학생의 조사라고 해봐야, 담당 교사의 지도로 사카 강의 흐름을 더듬거나 암석을 주워서 지질을 조사하는 게 고작이었다. 사카 강은 신의 골짜기 변두리 숲속에서 갑자기 작은 흐름으로 출현한다. 주위 산들에서 신의 골짜기로 흘러들어온 물이 복류해, 그 지점에서 지상에 나타나는 것이라는 결론을 내렸다.

이에 대해 반대 의견을 내놓은 사람이 사요리였다. 사요리는 신의 골짜기의 와지야말로 사카 강의 원류라고 했다. "와지에는 물 같은 게 없잖아?"라고 말한 다른 부원을 노려보던 사요리의 얼굴이 또렷이 기억난다. 하얀 얼굴이 벌게져서 연방 고개를 가로저었다. 누가 뭐라고 하든 진실은 자신만이 알고 있다, 그런 확신에 찬 얼굴이었다.

사요리가 이 광경을 보았더라면 만족할 것이다. 이 와지 바닥에서 물이 솟구친다고 해도 이상하게 여길 사람은 없으리라.

그러나 사요리는 죽어버렸다. 그것도 과학 동아리에서 신의 골짜기를 답사한 지 몇 개월 뒤에.

사요리의 장례식에는 과학 동아리 부원들과 함께 후미야도 참석했다. 마지막 인사를 하라는 말에 참석자들이 관 앞으로 나아갔다. 그때 본 사요리의 얼굴은 온화하다고 말하기 어려웠다. 얼굴은 평소보다 더 하얗고, 입가는 화난 듯이 일그러져 있었다. 치켜올라간 눈을 금방이라도 번쩍 뜨고 후미야를 응시할 것 같았다. 그 죽은 얼굴을 떠올리니 지금도 누군가의 차가운 손이 목덜미를 만지는 것 같았다. 후미야는 손바닥으로 목덜미를 문질렀다. 어째서 사요리만 생각나는 거지.

순간, 뭔가에 발이 걸려 넘어질 뻔했다. 넘어지기 직전에 간신히 균형을 잡았다. 내려다보니 발밑의 흙 속에서 돌부리가 튀어나와 있었다. 후미야는 분한 마음에 스니커즈 끝으로 돌부리를 콱 눌렀다. 흙이 떨어지고 녹색을 띤 돌의 표면이 드러났다. 이런 녹색을 띤 돌은 진기했다. 쭈그리고 앉아서 자세히 관찰하는데, 돌 주위의 땅이 흔들렸다. 무수한 기포와 함께 땅 밑에서 검은 흙이 올라와 있었다. 후미야가 돌에 걸려 넘어지는 순간, 뭔가의 스위치를 눌러버린 것 같다. 아까까지 잠잠했던 지면이 지금은 물결치고 있다.

후미야는 미간을 모으고 부글거리는 흙을 응시했다. 진흙과 함께 천천히 녹색을 띤 돌이 올라왔다. 후미야의 팔 굵기 정도 되는 네모난 돌이다. 땅 밑바닥에서 천천히 옆으로 누운 그 돌을 토해냈다.

톡, 작은 소리를 내며 돌이 진흙 위로 드러났다. 표면 여기저기가 거칠게 깎여 있었다. 울퉁불퉁한 바위를 네모나게 다듬으려 했던 것 같다. 자연석이 아니었다.

"히나코."

후미야가 불렀다.

히나코는 풀밭에 앉아 익숙한 손놀림으로 스케치를 하고 있다. 시선을 전방에 고정하고 주변을 보지도 않는다. 손끝만이 재빠르게 움직인다.

후미야는 더 크게 그녀의 이름을 불렀다. 히나코가 천천히 고개를 들었다. 한 번 더 이름을 부르자, 그제야 이쪽을 보았다.

히나코가 무슨 말을 했다. 그러나 웅얼거리는 소리여서 의미를 알 수 없었다.

"이상한 걸 발견했어!"

후미야가 소리쳤다. 히나코는 스케치북을 풀밭에 놔두고 비탈을 내려왔다. 신발이 더러워질까봐 진흙탕 바로 앞에서 멈춘 그녀에게 후미야는 진흙 속에 쓰러져 있는 돌을 가리켰다.

"그게 왜?"

"이상해. 이렇게 무거워 보이는 돌이 갑자기 땅속에서 올라
왔어."

"설마."

"정말이라니까. 게다가 이런 녹색 돌은 이 일대에서 흔히 볼
수 있는 게 아냐. 누군가 어딘가에서 네모나게 깎아 갖고 온 거
야. 아주 오래된 돌 같아. 이정표 같은 것이었을지도 몰라."

설명하는 동안에 스스로 흥분하기 시작했다. 후미야는 돌 쪽
으로 걸음을 내디뎠다.

"봐, 이런 식으로 서 있었어."

그는 흙 속에 손을 찔러넣어 손끝으로 돌 가장자리를 잡았다.
손끝에 전해진 돌의 냉기가 전신을 달렸다. 아니, 냉기뿐만이 아
니다. 뭐라고 표현할 수 없는 오한이 전신을 지나갔다. 후미야는
얼른 손을 뗐다.

픽. 돌이 지면에 떨어지면서 흙탕물이 튀었다. 면바지가 시커
멓게 더러워졌다. 아직도 오한이 몸속에 남아 있었다. 후미야는
돌을 보았다. 질척질척한 흙 속에 묘비처럼 누워 있다. 단순한
돌이다. 물기 많은 흙 속에 있어서 차가워졌을 뿐이다. 아무것도
아니다. 후미야는 마음을 다잡았다.

"왜 그래?"

히나코가 걱정스럽게 보았다.

"손이 미끄러졌어. 요즘 통 힘쓰는 일을 안 해서 그런가봐."

후미야는 일부러 능청을 떨며 어깨를 으쓱해 보였다.

그리고 또 흙에 손을 찔러넣었다. 다시 손끝에 차가운 것이 닿았다. 그러나 이번에는 예견했던 탓인지 그리 기묘한 감각은 없었다. 후미야는 미끈거리는 진흙 속에서 돌을 잡아, 있는 힘껏 들어올렸다.

네모난 돌 한 귀퉁이가 들어올려졌다. 검은 흙이 피처럼 철철 흘러 내렸다. 후미야는 끝이 뾰족한 쪽을 위로 들고 돌을 세웠다. 돌은 그 무게 때문에 진흙 속으로 가라앉더니 이윽고 움직이지 않게 되었다. 마치 처음부터 그곳에 서 있었던 것처럼 안정된 모양으로 서 있었다. 돌 표면에는 아무런 글자도 표시도 없었다. 높이 칠십 센티미터 정도의 단순한 네모난 돌. 어느 시대의 것인지 알 수 없었다. 후미야는 산 모양으로 뾰족한 돌기둥 끝을 만지면서 중얼거렸다.

"대체 무엇을 하기 위한 돌기둥이었을까?"

파다다다닥. 갑자기 커다란 날갯짓 소리가 나더니 잡목림 저 너머에서 한 무리의 새가 날아올랐다. 새된 울음소리에 귀를 막아야 할 정도였다. 후미야는 불안을 느끼며 멀어져가는 새의 무리를 눈으로 좇았다.

"후미야, 하늘이……"

히나코의 겁먹은 목소리가 들렸다. 올려다보니 하늘이 심상

치 않았다. 아까까지 맑고 푸르던 하늘은 사라지고 탁한 색으로
바뀌었다. 하늘 어딘가에서 먹물이 퍼지는 것 같다. 올려다보고
있는 동안에도 하늘은 점점 어두워졌다. 미지근한 바람이 불어
왔다. 후미야는 진흙탕을 가로질러 히나코가 있는 마른땅으로
돌아왔다.

"어떻게 된 거지?"

히나코가 후미야에게 몸을 기대듯이 하고 물었다. 후미야는
"모르겠어" 하고 대답했다.

흙 속에 녹색 돌기둥이 우뚝 서 있었다. 그 주위를 검게 빛나
는 진흙이 소용돌이쳤다. 땅 밑에서 솟아오르는 진흙탕. 소용돌
이는 왼쪽으로 돌면서 점점 커지더니 마른 풀 위까지 범위를 넓
혀갔다. 히나코는 새파랗게 질린 얼굴로 그 소용돌이를 보고 있
었다. 후미야의 스니커즈 끝에 검은 진흙의 물결이 밀려왔다. 그
는 또다시 땅속으로 빨려들어가는 듯한 공포에 사로잡혔다.

"돌아가자."

후미야는 목소리가 떨리지 않기를 바라면서 말했다. 히나코
가 그의 손을 꼭 잡았다. 따뜻한 온기가 두 사람 사이를 이었다.
그 순간, 마치 주술이 풀린 것 같았다. 두 사람은 온 힘을 다해
언덕을 뛰어올라갔다.

히나코는 그의 손을 잡은 채 풀밭에 둔 꽃무늬 가방과 스케치
북을 챙겼다. 그리고 두 사람은 뛰기 시작했다.

바람에 흔들리는 나무들이 윙윙거렸다. 참나리가 주홍빛 입을 쩍 벌리고 찢어질 듯이 머리를 흔들었다. 비웃는 듯한 웃음소리가 들리는 것 같았다. 주위의 경치가 순식간에 광기에 빠져들었다.

무슨 일이 일어나고 있는지 알 수 없었다. 다만 어서 이 자리를 떠나라고 본능이 말하고 있었다. 숲속에 야쿠무라로 이어지는 샛길이 보였다. 두 사람은 그쪽을 향해 초원을 달려나갔다.

우우웅, 우우우우우웅. 바람이 미친 듯이 불었다. 히나코가 미끄러져 땅바닥에 엎어졌다. 후미야가 손을 내밀었다. 그 손에 풀이 엉켰다. 생명을 가진 담쟁이다. 가늘고 긴 풀이 그의 손목을 휘감았다.

후미야는 소리를 지르며 풀을 뜯어냈다. 히나코가 일어서는 모습이 보였다. 그리고 또 달리려고 할 때였다. 등뒤에 시선이 느껴졌다. 그 시선이다. 후미야의 발이 멈췄다.

'가고메가고메
바구니 속 새는
언제언제 나오나.'

등뒤에서 작은 노랫소리가 들려왔다. 히나코가 그 자리에서 얼어붙었다.

"사요리……"

두 사람은 반사적으로 뒤돌아보았다.

와지 한가운데 녹색 돌기둥이 우뚝 서 있었다. 소용돌이치는 진흙 옷자락을 드리우고 서 있는 왕과 같은 위엄이 느껴졌다. 돌기둥 주위에서 바람이 소용돌이쳤다. 가느다란 비명을 닮은 바람 소리가 휘몰아치듯 울렸다.

휘이이이이이이이잉가고메가고메.

바람 소리가 노래로 바뀌었다. 히나코의 입이 쩌억 벌어졌다. 그녀가 비명을 지르기 전에 후미야가 거칠게 손을 잡아당겼다.

두 사람은 돌기둥을 등지고 구르듯이 달리기 시작했다.

2부

·
·
·

어스름한 밤에
학과 거북이가 미끄러졌다

1

조금만 방심해도 금세 잡초가 흙 속에서 가는 잎을 내민다. 마치 집 안의 먼지 같다. 청소를 해도 해도 어느새 방구석과 선반 위에 쌓이는 먼지. 먼지는 잡초다. 아니, 그렇지 않다. 아아, 왜 먼지 생각이 났는지 잊어버렸다.

시게는 완두콩 밭에 쭈그리고 앉아 잡초를 뽑고 있었다. 가늘고 긴 잎을 엄지와 검지 사이에 끼우고 획 잡아당긴다. 지금까지 잡초를 뽑는 데 얼마나 많은 시간을 소모했을까? 시어머니가 죽기 전까지 농사일을 도왔고, 그뒤로는 근근이 밭을 일구고 삯바느질을 하면서 자식들을 키웠다. 밭의 잡초 뽑기는 생활의 일부분으로 언제나 붙어다녔다.

본채 옆에 있는 손자 부부의 새 집에서 아이들이 떠드는 소리가 들려왔다. 증손자들을 볼 때마다 자신이 얼마나 오래 살았는지 생각한다. 남편을 잃고 육십 년 가까이 혼자서 잘도 살아왔다.

물론 시게의 긴 인생에서 연애 놀음이 한 번도 없었던 건 아니다. 아직까지도 가슴에 숨겨두고 있는 연애가 있다. 시노하라 다케오. 묘목과 종자를 파는 장사꾼이었다. 일 때문에 집을 드나드는 다케오에게 자기도 모르게 호감을 느끼다가, 어쩌다보니 사귀게 되었다. 남편인 리키마가 죽기 전부터 시작된 관계였다. 귀신에 씌기라도 한 걸까. 남편의 눈을 피해 한 번, 남편이 죽은 뒤로는 여러 번 안았다.

다케오에게도 아내와 자식이 있었다. 두 사람은 이러지도 저러지도 못하는 상황에 몰렸지만, 그래도 만나지 않을 수 없었다. 살과 살이 서로 부르기라도 하는 것처럼 사람들의 눈을 피해 만남을 이어갔다. 그러나 그랬던 다케오도 저세상으로 가버렸다. 언제였더라, 다케오가 죽은 것이……

가슴이 아파와서 시게는 얼굴을 찡그렸다.

잊어버렸다. 그렇게 좋아했던 다케오였는데.

다만 한 가지 기억하는 것은 그때부터 시게의 인생은 흑백텔레비전처럼 색을 잃어버렸다는 사실이다. 물론 흑백이라고는 하지만 텔레비전은 텔레비전이다. 매일 여러 가지 사건이 화면에 비친다. 그러나 시게의 생활에는 전과 같은 활기가 없었다. 다케오의 존재가 그녀의 인생에 얼마나 활력을 주었던가.

시게는 잡초를 계속 뽑았다. 다케오가 죽은 뒤로 이 잡초 뽑기처럼 머리에 떠오르는 온갖 욕망을 제거하며 살아왔다. 남자와 자고 싶다, 자식에게서 도망쳐 어디론가 가고 싶다, 잘 차려입고 시내로 나들이 가고 싶다. 매일 고개를 쳐드는 욕망의 싹을 뽑아왔다. 지금 시게의 마음속에 남은 것은 황량한 풍경. 풀 한 포기 자라지 않는 허허로운 벌판이 펼쳐져 있을 뿐이다.

가끔은 자신에게도 다른 인생이 있었을지 모른다는 생각을 한다. 시게는 오늘 아침에 본 묘진 가의 손녀딸을 떠올렸다. 이 나이가 되어도 시력은 좋다. 윗집에서 아담한 여자가 나와, 데리러 온 감색 차에 올라타는 것이 보였다. 커다란 귀걸이를 하고, 가슴이 훤히 드러난 상의를 입고 있었다. 너무나도 세련돼서 딴 세상에서 온 여자 같았다. 손자며느리인 사토미도 이따금 눈이 번쩍 뜨이게 차려입을 때가 있지만, 묘진 가 아이의 온몸에서 풍기는 화려함에 비하면 수수한 편이었다.

자신도 이 마을을 떠났더라면 다른 여자가 됐을지도 모른다. 말수가 적고 눈에 띄지 않는 아이였던 묘진의 손녀딸이 저렇게 멋진 여자가 된 것처럼. 그랬더라면 리키마와 결혼하지도 않았을 것이다. 젊어서 남편을 잃고 고생하는 일은 더더욱 없었을 것이다.

어쩌면 제일 처음에 다케오를 만났을지도 모른다. 그 남자와 결혼했더라면 행복했을까? 무엇보다 그 남자는 여자를 잘 다루었다. 그 남자의 몸에는 자신을 미치게 하는 데가 있었다.

거기까지 생각하다가 시게는 번쩍 고개를 들었다. 차가운 그림자가 시게 앞에 서 있는 것 같았다.

바람 한 점 없는 완두콩 밭에서 여름의 열기가 피어올랐다. 주위는 눈이 시리도록 환하다. 어두운 부분이라고는 지면에 드리워진 완두콩 덤불의 그늘뿐이다.

아무도 없지 않은가?

시게는 목에 감고 있던 수건으로 얼굴의 땀을 닦았다. 그러나 기묘한 감각은 여전히 사라지지 않았다. 왠지 모르겠지만, 조금 전의 그림자가 다케오 같다는 느낌이 들었다.

오봉인 탓이다. 까마득히 먼 옛날에 죽은 남자가 생각나는 까닭도.

시게는 마당의 바지랑대에 묶어놓은 호카이를 올려다보았다. 장대 끝은 하늘을 가리키는 불탄 손가락처럼 까맣게 그을렸다. 오늘로 오봉은 끝난다. 사자의 영이 이 집을 찾아온다고 해도 오늘 돌아간다. 어딘지 모를 죽음의 나라로.

호카이에서 신의 골짜기 쪽으로 시선을 옮겼다. 시게는 눈을 깜박거렸다. 야쿠무라와 신의 골짜기를 가르는 낮은 산과 언덕의 나무들이 출렁거렸다. 큰 바람을 맞은 듯이 나무가 휘청거렸다. 마치 논밭에 불어오는 한 줄기 바람 같다. 나무들이 어이없이 쓰러져갔다. 뭔가를 쫓아가듯 쏴아 하고 산을 가로지르며 달려간 바람의 흔적이 보였다.

"귀신 바람인가."

시게가 중얼거렸다.

갑자기 바람이 뚝 멎었다. 시게는 그 자리에 주저앉아 신의 골짜기 쪽을 보았다. 파란 하늘이 반짝거렸다. 너무나 맑은 하늘에서 무서운 것이 내려오기라도 한 것 같았다. 등에가 날개 소리를 내며 시게의 뺨을 스쳐갔다.

적막감이 감돌던 공기가 부르르 떨리더니 자동차 엔진 소리가 들려왔다. 시게는 그제야 옴짝 못 하고 있던 몸을 움직여 소리 나는 쪽을 보았다. 감색 차가 사카 강을 건너 달려왔다. 차는 시게네 집 옆의 언덕길을 올라가 윗집 앞에서 멈추었다. 차에서 묘진의 손녀딸이 내리는 것이 보였다. 머리는 헝클어지고, 셔츠는 흙바닥을 뒹군 것처럼 더러웠다. 차 안에 있는 사람은 남자같았다.

시게는 얼굴을 찡그렸다. 요즘 젊은 것들은 오봉 기간에는 근신해야 한다는 걸 모르는가. 저런 계집애가 나타나니까 귀신 바람이 불어대는 것이다.

시게는 다시 땅으로 시선을 돌려 힘껏 잡초를 뽑았다. 푹! 둔한 소리와 함께 잡초가 뿌리째 뽑혔다.

히나코는 집으로 돌아오자마자 어젯밤에 쓰고 남은 욕조의 물을 뒤집어쓴 뒤, 옷을 갈아입고 다다미에 누웠다. 뒷산에서 들려오는 매미 소리. 집 안을 지나가는 시원한 바람. 마음을 진정시키려 했지만, 아까 신의 골짜기에서 겪었던 일이 머릿속에서 지워지지 않았다.

쫓아오는 바람의 신음. 가는 길을 방해하는 나뭇가지. 차를 세워놓은 곳까지 간신히 뛰어와 올라탔다. 차 안에서 한숨을 돌린 뒤, 히나코는 후미야에게 방금 무슨 일이 일어난 거냐고 물었다. 후미야는 "그냥 바람이야" 하고 대답했다. 산에서는 느닷없이 바람이 미친 듯이 불어댈 때가 있다면서.

"그렇지만 가고메가고메 노래는……"

히나코의 말을 후미야가 화난 듯이 가로막았다.

"환청이야."

히나코는 입을 다물었다.

환청이었을지도 모른다. 히나코는 그렇게 생각하기로 했다.

그러나 그것은 사요리의 목소리였다. 가고메가고메 노랫소리는.

히나코는 자리에서 일어나 흙으로 더러워진 비닐가방에서 담배를 꺼내 애가 타는 심정으로 불을 붙였다. 가방 안에서 스케치북이 삐쭉 고개를 내밀고 있었다. 펼쳐보니 신의 골짜기에서 그린 스케치가 나왔다.

골짜기를 향해 미끄러지듯 펼쳐진 산비탈. 머리를 꼿꼿하게 쳐든 참나리꽃과 손바닥을 오므린 듯한 골짜기의 풍경이 가는 사인펜으로 그려져 있다. 세세한 부분을 하나하나 살펴보던 히나코는 문득 담배를 문 채 그대로 굳어버렸다.

와지 한가운데 거뭇거뭇한 것이 서 있었다. 좁다랗고 긴 바위 같다. 끝이 산 모양으로 뾰족하다. 후미야가 진흙 속에서 발견한 돌기둥과 똑같았다.

그러나 그가 돌기둥을 세운 것은 히나코가 스케치를 마친 뒤였다. 스케치를 하고 있을 때는 돌기둥의 존재를 알지도 못했다.

히나코는 검은 사선으로 음영을 나타낸 바위를 바라보았다. 어째서 이 스케치북에 돌기둥이 그려져 있는지 생각이 나지 않았다. 그저 넋을 잃고 사인펜을 움직였을 뿐이다.

히나코는 스케치북을 덮었다. 재가 된 담배를 이 빠진 작은 접시에 비벼껐다. 탱크톱을 입은 팔에 소름이 돋았다.

저벅. 마당에서 소리가 났다.

히나코는 온몸이 굳었다. 주뼛주뼛 툇마루 쪽을 보았다. 그곳에 한 여자가 서 있었다.

"히나코, 있니?"

마나베 히사미의 느긋한 목소리가 귀에 들어왔다. 히나코는 후유 하며 어깨의 힘을 뺐다. 대체 뭐라고 생각했던 걸까. 겁을 먹었던 자신이 우스워졌다.

"응!"

히나코는 일어서서 나갔다. 손에 커다란 비닐봉지를 든 히사미는 히나코를 보더니, "어제는 반가웠어" 하고 인사를 했다. 그러고는 갑작스러운 방문에 놀란 히나코에게 자기네 밭이 이 근처에 있다고 했다.

"밭에 심어놓은 것들 따러 온 길에 들러봤어. 자, 이거."

밀짚모자를 쓴 히사미는 비닐봉지를 툇마루에 내려놓았다. 봉지 사이로 방금 딴 토마토의 풋내가 났다.

"고마워. 나 토마토 정말 좋아하는데."

히나코가 밝은 목소리로 인사했다. 토마토보다 히사미가 와준 것이 기뻤다. 지금은 혼자 있을 기분이 아니었다. 누구라도 좋으니 이야기 상대가 필요했다. 그래야 신의 골짜기에서 있었던 일을 잊을 수 있다.

히나코는 냉장고에서 주스를 꺼내와 히사미에게 권했다. 히사미는 밀짚모자를 벗고 툇마루에 앉았다. 어제 동창회에서는 화장을 한 탓인지 몰라봤으나, 대낮의 밝은 햇빛에 드러난 히사미의 맨얼굴은 피부도 거친데다가 나이 들어 보였다.

히나코가 아이들에 대해 묻자, 히사미는 큰 아이가 초등학생이고 작은 아이 둘은 같이 사는 시어머니가 봐주고 있다고 했다. 그리고 한동안 자기네 집 이야기를 하더니, 히나코의 표정을 살피며 말을 꺼냈다.

"사실 오늘 들른 건 말이지, 어젯밤에 히나코가 사요리 이야기를 듣고 싶어했던 게 마음에 걸려서. 나 그뒤로 가라오케에 정신 팔려서 이야기도 못 해줬잖아."

히나코는 "고마워" 하고 인사치레를 했다. 지금 화제에 올리기 가장 꺼려지는, 사요리 이야기였다. 하지만 히사미가 그런 걸 알 리 없었다. 그녀는 사요리 이야기를 열심히 들려주기 시작했다.

사요리는 중학생이 되어서 제법 친구들과 어울려 대화를 나누었다고 한다. 그러나 어디까지나 예전에 비해서일 뿐, 쉬는 시간에는 여전히 혼자일 때가 많았고, 수업을 마치고 친구네 집에 놀러 가는 일도 전혀 없었다.

"우리랑 같이 있을 때도 늘 혼자 원 끄트머리에 있어서, 무슨 생각을 하는지 모를 때가 많았지."

히사미의 말에 히나코는 고개를 끄덕였다. 그래도 큰 변화였다. 사요리가 모두의 원 안에 들어가 있었다는 것 자체는. 히나코가 거북이 껍데기에서 고개를 내밀었듯이 사요리도 조금씩 자신의 껍데기를 벗고 있었던 것이다.

히사미는 손톱 사이에 낀 검은 흙을 바라보면서 추억을 계속 끄집어냈다.

사요리는 과학 동아리에 들어가 히사미를 비롯한 친구들과 같이 실험을 했다. 지질 조사라는 명목으로 하이킹도 갔다. 중학교 2학년이 끝나갈 무렵에는 제법 마음을 터놓기 시작했다. 히사미에게는 동아리 활동 중간에 자기 의견을 말하기도 했다. 선생님 이야기, 장래 이야기, 멋을 내는 이야기.

"사요리, 음악을 참 좋아했지. 록 같은 것도 듣고. 오빠의 영향이었을 거야. 미국의 무슨 록그룹 팬이어서 집에 놀러 가면 항상 그 그룹의 레코드를 틀어주었어. 가사도 쓰는 것 같던데. 절대로 보여주진 않았지만, 공책에 시를 잔뜩 써놓기도 했어."

히나코는 사요리 이야기를 들으면서 뭔가가 마음에 걸렸다. 사요리는 자기 대신 히사미를 친구로 삼은 걸까? 믿을 수가 없었다. 사요리는 히사미와 너무 다르다. 사요리와 히사미의 혼은 은하계의 끝과 끝만큼이나 떨어져 있었다. 히사미는 사요리가 마음을 털어놓을 만한 인물이 아니었다.

그래서 남자 이야기가 나올 때면 사요리가 입을 다물었다고 하자, 안심했다. 당연하다는 생각이 들었다.

"사요리, 예뻐서 남자 선배들한테도 꽤 인기가 많았어. 연애편지도 무척 많이 받았을걸. 하지만 아무하고도 안 사귀더라. 사요리는 남자한테 흥미가 없는 아이라고 소문이 났지."

히나코는 가볍게 고개를 끄덕이고는 주스를 한 모금 마셨다. 두 사람은 툇마루에 걸터앉아 정원 쪽을 보며 이야기하고 있었다.

"하지만 말이야, 난 알았어."

히사미는 갑자기 고개를 들고 히나코를 보았다.

"사요리가 좋아하는 사람이 있다는 걸."

"누구?"

히나코는 자기도 모르게 목소리를 높였다.

히사미는 타인의 비밀을 폭로하는 인간 특유의, 사냥감을 궁지로 몰아넣는 사냥꾼 같은 표정으로 대답했다.

"후미야. 사요리는 후미야를 좋아했어."

히나코는 움찔했다. 놀라움과 역시나 하는 생각이 교차했다. 어릴 때부터 그런 예감은 있었다. 말수 적은 사요리가 후미야 이야기는 곧잘 했으니까.

"어제 후미야네 아빠가 우리 집에 와서 저녁 먹고 갔어." "후미야가 넘어져서 다쳤대." "친척 아주머니네 동네 축제에서 후미야를 만났어." 등등.

사요리는 걸핏하면 히나코에게 후미야 이야기를 했다. 히나코는 두 사람이 먼 친척 사이이기 때문이라고 생각했다. 그래도 어렴풋이 느끼고는 있었다. 후미야를 보는 사요리의 시선이 뜨겁다는 걸.

"후미야를 좋아하는 여자애들 꽤 많았지만, 사요리는 절대 자기도 좋아한다는 말을 안 했어. 하지만 난 사요리가 과학 동아리에 들어온 것도 후미야 때문이라고 생각해."

히나코는 사요리네 집에서 본 그녀의 영정 사진을 떠올렸다. 소녀에서 여자로 성장하기 일보 직전의 얼굴. 갸름한 얼굴에 시원스러운 눈매. 아름다운 여자가 되었으리라. 사람들 틈에서 자신을 표현하는 요령을 익혀서 후미야와 연애를 했을지도 모른다. 그러나 사요리는 이미 죽었다……

부엌에서 전화가 울렸다. 사요리의 추억에 잠겨 있던 히나코는 깜짝 놀랐다. 히나코는 히사미에게 양해를 구하고 집 안으로 달려갔다. 수화기를 들고 대답을 했지만, 그쪽에서는 아무 말이 없다.

"묘진입니다만."

히나코가 한 번 더 말했다. 그제야 망설이는 듯한 목소리가 들렸다.

"저기…… 후미야인데……"

히나코는 숨을 삼켰다.

"아까는 미안했어. 그렇게 호된 일을 겪게 해서."

몸의 긴장이 한꺼번에 풀리는 것 같았다. 후미야와 어색하게 헤어진 것이 무의식중에 마음에 걸렸기 때문이다.

"후미야 때문이 아니잖아."

히나코가 대답했다. 사요리 탓이다. 그런 목소리가 머리 한구석에서 울렸다. 히나코는 황급히 그 목소리를 떨쳐냈다.

"섭섭했어. 후미야가 모처럼 데려가주었는데 그런 일이 생겨버려서……"

"저…… 사과라고 할까, 기분 전환이라고 할까…… 괜찮으면 내일 밤에 같이 불꽃놀이 가지 않을래?"

"어머나, 좋아."

자기도 모르게 목소리가 들떴다.

"기타노초에서 해. 근처 마을 사람들이 죄다 모여서 꽤 흥청 거려."

"신난다. 불꽃놀이 한동안 본 적 없는데."

후미야는 내일 저녁에 데리러 오겠다고 하고 전화를 끊었다. 히나코는 툇마루로 나갔다. 조금 전까지 꽉 막혔던 기분이 뻥 뚫 렸다.

"누구한테 온 거야?"

히사미의 물음에 히나코는 얼른 엄마 전화였다고 둘러댔다. 사요리의 이야기를 들은 뒤라 후미야 이야기는 하고 싶지 않았 다. 히사미는 의심 섞인 눈으로 히나코를 보았지만, 손목시계를 보더니 자리에서 일어났다.

"이런, 벌써 점심때가 지났네. 놀다 가면 좋겠는데, 집에 가서 밥 해야 돼. 그럼 또 올게."

히나코가 토마토 잘 먹겠다고 인사하자, 히사미의 동글동글 한 얼굴에 사람 좋은 미소가 떠올랐다.

"별거 아냐. 우리 집에서 파는 거라 널렸는걸."

그리고 집 앞에 세워둔 소형 트럭에 올라타 짧게 클랙슨을 울 리고 돌아갔다.

지장보살상을 새긴 작은 묘비가 어깨를 맞대듯 나란히 있었다. 그 뒤로는 맹종죽 수풀이 시원스럽게 흔들렸다.

시코쿠 제32번 영장인 젠지부 사禅師峰寺. 검은 줄무늬가 있는 파란색 기암이 경내를 둘러싸듯 삐죽삐죽 튀어나와 있다. 야트막한 산 위에 자리잡은 이 절은 고즈넉했다. 남자는 본당 계단에 걸터앉아 지친 다리를 쉬고 있었다.

경내 맞은편으로 선명한 녹황색 붓으로 칠을 한 듯한 남국 평야가 보였다. 평야를 따라 펼쳐진 바다는 하늘과의 경계를 알 수 없을 만큼 파랗다.

딸랑딸랑. 맑은 종소리가 났다. 삿갓에 흰옷 차림인 순례자 한명이 허리에 찬 방울을 울리면서 본당 앞으로 왔다. 사십대 중반일까. 피부는 햇볕에 까맣게 그을려 반들거리고 얼굴 표정에는 비장함이 감돌았다. 왼손 손가락에 하얀 붕대를 말고 있었고, 온몸에 짙은 피로감이 배어 있었다. 남자와 눈이 마주치자 가볍게 합장을 하며 중얼거렸다.

"나무대사편조금강."

순례자끼리의 인사였다. 남자는 입속말로 중얼중얼 인사를 하면서 머리를 숙이고는 시선을 슬쩍 돌렸다. 대화를 나누는 건고역이었다. 이 순례자가 이야기하기를 좋아하는 사람이라면 곤란하다고 생각했다. 그러나 그는 남자가 있는 본당 쪽에서 등을 돌려 묵묵히 바다를 바라보았다. 남자는 문득 이 순례자는 어부가 아닌가 생각했다. 이제 막 순례 길에 나선 사람 같았다. 지칠

대로 지쳐 보이는 그의 모습과 새하얀 옷이 어울리지 않았다. 어쩌면 오늘이 첫날일지도 모른다.

순례자는 다시 본당으로 향했다. 그리고 등명燈明과 향을 올리더니, 합장하고 경문을 외우기 시작했다.

"봉납합니다. 이곳의 본체 고조 홍법대사*를 비롯하여, 이 산을 지키는 신, 나아가 전국의 크고 작은 신들에게 기원합니다. 지심발원至心發願, 천장지구天長地久, 즉신성불卽身成佛, 밀엄국토密嚴国土, 풍우순시風雨順時, 오곡풍양五穀豐穰, 세계평화, 만민풍악萬民豊樂, 또는 법계평등이익······"

향냄새가 독경 소리와 하나가 되어 경내에 흘렀다. 남자는 눈을 감고 그 소리에 귀를 기울였다. 경은 끝나지 않을 것처럼 느껴졌다. 기원문에서 개경게, 참회문에 이어서 반야심경, 그리고 회향문으로 끝날 때까지 순례자는 막힘없이 경을 외웠다.

남자는 영장 여기저기서 순례자의 독경을 듣는 걸 좋아했다. 의미는 몰랐지만, 마음이 차분해졌다. 그렇다고 해서 자신도 외워서 독경을 하고 싶지는 않았다. 남자는 다른 신을 믿기 때문이다.

순례자는 대사당大師堂과 그외의 불당에서도 경을 올리더니, 마지막으로 경내 한구석에 있는 관음당 앞에 섰다. 그러고는 공

---

* 불교 진언종眞言宗의 창시자로 시코쿠에서 태어났다.

양이라도 하는지 주머니에서 작은 꾸러미를 꺼내 앞에 내려놓고, 다시 경을 외우기 시작했다. 이번에는 더 긴 경이었다. 따가운 햇볕이 사정없이 내리쬐었다. 뭔가 긴히 기도해야 하는 일이라도 있는 걸까. 뜨거운 태양 아래서 굵고 쉰 목소리의 독경이 이어졌다.

시코쿠 영장을 돌면서 남자는 몇 번이나 비슷한 광경을 봐왔다. 시코쿠를 도는 순례자들은 모두 안타까운 염원을 안고 있다. 하지만 그들은 미처 알지 못했다. 홍법대사에게 올리는 그 기도가 실은 시코쿠라는 토지에 대한 기도와 이어져 있다는 것을.

시코쿠를 순례하는 사람들의 기도를 바른 방향으로 향하게 하는 것이 우리가 할 일이다. 장로는 그렇게 말했다. 그렇게 함으로써 시코쿠에 무서운 일이 일어나는 것을 막을 수 있다고.

이윽고 기도가 끝나자 순례자는 맑은 방울 소리와 함께 계단을 내려갔다.

남자도 일어섰다. 피로가 약간 누그러진 것 같았다. 경내를 가로지를 때, 문득 아까 순례자가 한참 기도를 올렸던 관음당 앞에 멈춰섰다. 불당에는 선혼船魂관음이라고 적혀 있고, 그 앞에 작은 유리병이 놓여 있었다. 남자는 그 병 안을 들여다보고 깜짝 놀랐다.

유리병 안에는 아직 빨간 피가 뚝뚝 흐르는 손가락이 들어 있었다. 붕대를 감고 있던 순례자의 손가락이 생각났다. 병 안에는 하얀 종이도 들어 있었는데, 졸필로 이렇게 쓰여 있었다.

'고치 현 가미 군 야스에 사는 데라다 미노루. 아들이 살아 돌아오길.'

남자는 순례자가 사라진 돌계단을 물끄러미 바라보았다. 그의 아들은 어떻게 된 걸까? 행방불명이라도 된 걸까? 손가락을 잘라서까지 기도해야 할 정도라니.

많은 사람들이 견딜 수 없는 아픔을 안고 이 시코쿠의 길을 순례하고 있다. 그렇기 때문에 그곳에서 큰 힘이 생겨나는 것이다……

남자는 시커멓게 피가 굳어가는 유리병 안을 물끄러미 바라보았다.

어릴 때부터 히나코는 농가라고 하면 오노의 집을 떠올렸다. 옛날에는 이곳에서 산양과 소를 키웠다. 오노 시게와 이야기꽃을 피우고 있는 할머니를 데리러 갈 때마다 헛간을 들여다보며 산양의 콧등을 쓰다듬었다. 처마 끝에 매달린 곶감과 무, 멍석에 펼쳐놓은 왕겨, 창고에 들어 있는 농기구…… 히나코에게 이곳은 언제나 햇빛 냄새가 나는 곳이었다.

그러나 지금 오노의 집은 밤의 어둠에 싸여 있었다. 커다란 녹나무가 시커먼 가지로 집을 감싸안고 있다. 히나코는 자갈돌을 밟으며 넓은 마당으로 들어섰다. 탄탄하게 지은 본채에서 밝은 빛이 새어나왔다. 히나코는 현관 앞에서 큰 소리로 불렀다.

"실례합니다."

집 안에서 텔레비전 소리와 접시 달그락거리는 소리가 들렸
다. 히나코는 현관문을 열고, 다시 "실례합니다" 하고 소리를 높
였다.

"네에."

젊은 여자의 목소리가 들리더니 오노 시게의 손자며느리 사
토미가 나왔다. 뭘 먹고 있는 중이었던지 입을 우물거렸다. 히나
코가 용건을 말하기 전에 사토미는 입가를 손으로 가리면서 "잠
깐만 기다려주세요" 하고, 집 안으로 뛰어들어갔다. 묘진 씨가
왔다는 목소리가 안쪽 방에서 들려왔다. 바로 치즈코가 나왔다.

"아, 어서 와요. 잘 왔어요."

"식사중이시면 이따가 다시 올게요. 일곱시 정도면 좋다고 하
셔서 왔는데……"

"아냐, 상관없어요. 이제 저녁도 거의 다 먹어가던 참인걸요.
자, 얼른 들어와요."

히나코는 거실로 안내되었다. 합판으로 가려놓은 옆방이 식
당인 듯, 오노 일가가 텔레비전을 보면서 식사를 하고 있었다.
시게와 야스조, 치즈코, 그리고 사토미와 두 명의 아이. 사토미
의 남편은 아직 귀가 전인 모양이었다. 식당 옆의 봉당을 부엌으
로 쓰고 있었다.

히나코는 가족들에게 인사를 하고 거실에 앉았다. 동그란 탁자가 놓인 8조의 거실에는 오노 일가의 사람 사는 냄새가 물씬 풍겼다. 벽에 걸린 농협 달력. 다다미 위에 뒹구는 사토미네 아이들의 비닐오리와 로봇 인형. 벽 쪽에는 검게 빛나는 장식장이 있었다. 천장 가까이 신을 모셔놓은 감실龕室에는 아직 싱싱한 비쭈기나무가 꽂혀 있었다.

히나코는 불편한 마음으로 치즈코가 가져다준 보리차를 마셨다.

도쿄에서 살다보니 타인의 사생활을 접할 기회가 적다. 사람과 만나는 곳은 시내의 커피숍이나 레스토랑. 생활과 관계없는 곳에서 만나 입에 발린 소리를 한다. 히데와 자신이 그랬다. 사람 사는 냄새가 없는 삭막한 공간에서 속마음을 꽁꽁 숨긴 채 사귀었다. 그렇게 오 년이라는 시간을 이어왔다. 히나코가 야쿠무라에 살고, 그 집에 히데를 데려온다면 그는 십 분도 못 견디고 도망칠 것이다. 히데가 좋아한 것은 야쿠무라 출신의 묘진 히나코가 아니었다. 자신이 지어준 HINA라는 이름으로 활동하는 일러스트레이터였다.

히데를 떠올리자 자신도 모르는 새 미간에 주름이 졌다.

"어? 저거 좀 봐요. 기타노초래요."

사토미의 놀란 목소리가 들렸다. 식당에 놓인 작은 텔레비전을 가리키고 있다. 야스조, 치즈코와 함께 히나코도 덩달아 텔레비전으로 시선을 보냈다. 화면에는 전복된 트럭이 클로즈업되고 있었다. 목재들이 마구 흩어져 있다.

"오늘 오후 네시경, 기타노초를 주행하던 대형 트럭이 33번 국도에서 니요도 강으로 추락. 운전사는 중태. 갓길을 지나가던 주부와 두 명의 아이가 트럭에 치여 그 자리에서 숨졌습니다. 현장은 앞이 탁 트인 외길이어서 관계자는 사인 추정에 난색을 표하고 있습니다."

니요도 강과 사카 강이 합류하는 지점 근처였다. 엿가락처럼 휘어진 가드레일의 영상이 흘러나왔다.

"어, 저건 기타조에 전기철물점이잖아."

야스조가 말했다. 화면은 주거를 겸하고 있는 듯한 2층 건물의 작은 전파사를 비쳤다가, 사망한 어머니와 두 아이의 사진으로 바뀌었다. 기타조에 미나코 29세. 아이는 각각 7세와 5세였다. 코 옆에 검은 점이 있는 남편이 망연자실한 얼굴로 인터뷰를 하고 있었다.

"유치원에서 아이들을 데려오는 길이었습니다. 나는 가게에서 세 사람이 도로 옆에서 차가 지나가기를 기다리는 걸 보고 있었지요. 그런데 트럭이…… 그때까지 멀쩡하게 잘 달리던 트럭이 갑자기 아내와 아이들 쪽으로 돌진해왔습니다. 도로 한가운데를 달리다가 옆으로 방향을 트는 것처럼 보였지만, 도로에는 마주 오는 차는 물론 아무것도 없었습니다. 어째서 그 방향으로 피했는지. 왜 하필이면 사람이 있는 쪽으로 돌진했을까요?"

텔레비전을 보고 있던 치즈코가 고개를 갸웃거렸다.

"유령이라도 본 걸 거야."

사토미가 웃었다.

"아유, 어머니. 왜 그런 이상한 말씀을 하세요."

"음주운전 한 거 아냐?"

야스조가 맥주병과 마시던 잔을 들고 와 히나코 앞에 털썩 앉았다.

"이야, 이런 미인을 기다리게 해서 미안하네. 어이, 치즈코. 히나코 양한테도 맥주잔 하나 갖다줘."

히나코는 당황하며 괜찮다고 말했지만, 야스조는 바로 치즈코가 가져온 잔에 맥주를 따랐다.

"자자, 사양하지 말고 한잔 마셔. 오랜만이네. 요만한 꼬마일 때 봤던 것 같은데."

말라빠진 누에콩같이 생긴 야스조가 실눈을 뜨고 히나코를 보았다. 히나코는 꺼림칙한 기분으로 잔에 입을 댔다. 맥주는 미지근했다.

텔레비전에서는 뉴스가 끝나고 퀴즈 프로그램이 시작되었다. 이제 아무도 텔레비전을 보지 않았다. 치즈코는 부엌에서 설거지를 하고, 사토미는 아이들 목욕을 시켜야 한다며 식당을 나갔다.

야스조가 담배에 불을 붙이면서 물었다.

"부모님은 잘 계시고?"

히나코는 부모님은 건강하시다고 대답했다. 아버지는 퇴직 후에도 회사의 고문으로 일하고 있으며, 어머니는 취미생활을 즐기고 있다고 알려주었다. 그리고 묻는 대로 자신이 무슨 일을 하는지 말했고, 학원 강사로 일하는 동생 이야기도 했다.

장뇌 냄새가 훅 끼쳤다. 어느새 시게가 식당에서 거실로 자리를 옮겨 히나코 앞에 앉았다. 시게는 얼굴도 손도 주름에 묻혀 있었지만, 살집이 단단한 몸은 아직도 상당히 건강해 보였다.

"오랜만에 뵙습니다. 건강하셨어요?"

히나코가 말을 걸자, 시게는 무뚝뚝한 얼굴로 고개를 끄덕였다. 그리고 별로 내키지 않는 표정으로 되물었다.

"하쓰에 씨도 건강하고?"

"예, 건강하시긴 한데 요즘 치매기가 좀 있으셔서……"

시게가 틀니를 보이며 희미하게 웃었다.

"그러냐, 하쓰에 씨도 치매가 오는구나. 밭일도 안 하고 한가해서 그래. 나처럼 매일 자기 일은 자기가 하면 치매 같은 거 안 생기는데."

"아유, 어머니. 그렇게 말하면 우리가 어머니를 조금도 안 돌봐드리는 줄 알겠어요."

치즈코가 부엌에서 큰 소리로 말했다.

"히나코, 사실은 우리 어머니도 슬슬 치매야. 할머니께 전해줘."

야스조가 웃으면서 히나코에게 말했다.

"난 아직 치매 아니라니까."

"치매 맞다니까."

시게와 야스조 사이에서 옥신각신 말싸움이 시작됐다. 히나코는 얼른 용건을 꺼내야겠다고 생각했다.

"집 문제 때문에요. 앞으로 어떻게 할지 결정해야 할 것 같은데."

"어떻게 하다니?"

"세를 얻으려는 사람이 또 있을까요? 집이 낡아서 세를 얻어 살려는 사람이 아무도 없으면, 부모님은 어쩔 수 없이 팔아야 한다는 생각도 하고 계시지만……"

"판다고?"

야스조가 목소리를 높였다. 벌컥벌컥 맥주잔을 비우고, 치즈코에게 "술!" 하고 호통친 뒤, 히나코를 나무라듯이 말했다.

"그러면 너희 아버지는 이제 야쿠무라에 안 돌아올 생각이냐?"

"그건 아직 모르겠습니다만, 어쨌든 지바에도 집이 있고……"

"지바에 집이 있다니. 난 너희 아버지가 언젠가는 야쿠무라에 돌아올 줄 알았기 때문에 기꺼이 너희 집 관리를 해주고 있었는데. 그런데 이제 와서 돌아오지 않는다고 한다면 배신이야, 배신."

야스조는 정말로 기분이 상한 것 같았다. 히나코는 내심 일이 곤란하게 됐다고 생각했다. 술을 갖고 온 치즈코가 끼어들었다.

"당신, 히나코 양한테 그래봐야 소용없잖아요."

"히나코를 대신 보내서, 우리한테 얼굴도 비치지 않고 집을 팔 생각인 거야. 누굴 바보로 아나."

히나코는 황급히 아직 팔기로 결정한 건 아니라고 말했다.

"어쨌든 집이 심하게 낡아서 수리라도 하든지 해야 할 것 같아요."

치즈코가 끄덕였다.

"그래, 히나코 양 말이 맞아. 난 세를 얻으려는 사람은 곧 나타날 거라고 봐. 하지만 집을 더 오래 보존하려면 목수한테 부탁해 손질을 하는 편이 좋을 거야. 그냥 놔두면 집은 점점 망가지니까."

야스조가 입술을 삐죽거리며 술을 마셨다. 야스조는 옛날부터 잘 삐치는 데가 있었다. 아버지가 '야스조는 고집쟁이'라고 말하던 기억이 났다. 히나코가 내심 야스조의 태도를 어이없어하고 있는데, 치즈코가 남편을 노려보며 말했다.

"이 양반은 혼자 잘난 척한다니까. 이해해줘요, 히나코 양. 이 사람, 늘그막에 히나코 양 아버지하고 같이 지내고 싶어서 그래요."

"저 집에 돌아가면 아저씨가 야쿠무라에 돌아오라 하시더라고 아버지한테 말씀 전할게요."

야스조는 고개를 가로저었다.

"내가 언제 돌아오라고 부탁했어? 일단 얼굴이라도 보이고 나한테 직접 그런 이야기를 하라, 이 말이지."

그때 시게가 끼어들었다.

"그래, 이러니저러니 해도 말이다, 야스조. 결국에는 모두 돌아오게 돼 있어."

거실에 있던 세 사람의 시선은 일제히 등이 동그랗게 구부러진 노파를 향했다. 시게는 곯아빠진 사과 같은 얼굴로 모두를 보며 말을 이었다.

"시코쿠에서 태어난 사람은 죽으면 모두 시코쿠로 돌아와. 신의 골짜기의 신이 불러서 다 돌아온다고."

신의 골짜기란 말에 히나코는 숨을 멈추었다. 오늘 아침의 일이 머릿속에 되살아났다.

"거짓말 아니다. 시코쿠 사람은 죽으면 신의 골짜기로 돌아와. 그곳 신의 부름을 받고서."

시게가 위압적인 목소리로 말했다.

"그런 이야기, 귀에 딱지가 앉도록 들었수. 그곳에는 봐서는 안 되는 신, 말을 해서는 안 되는 신이 있다는 소리."

야스조가 불쾌하다는 듯이 되받아쳤다.

"그렇지."

"말도 못 해, 보이지도 않아. 그런 게 어떤 신인지 어찌 알아."

시게는 아들을 말끄러미 보았다.

"그렇게 말한다면 가르쳐주마. 신의 골짜기에 계신 신은 말이다."

시게는 동그란 탁자에 둘러앉은 세 사람 쪽으로 몸을 기울였다. 작은 몸이 삼베 자루처럼 동그랗다.

"죽은 자들이야."

히나코의 머릿속에 사요리의 얼굴이 떠올랐다. 히나코는 어금니를 악물었다. 힘을 빼면 몸이 덜덜 떨릴 것 같았다.

"신의 골짜기는 죽은 자들이 사는 곳이니까."

맥문동의 검은 열매 같은 노파의 눈이 빛났다. 순간, 침묵이 거실을 지배했다. 텔레비전 소리가 커진 듯한 착각이 들었다.

"할망구 또 미신 이야기 늘어놓고 있네."

야스조가 내뱉듯이 말하고, 맥주를 들이켰다.

2

시코쿠의 지도를 펼쳐주기 바란다. 남북으로는 고치 현의 아시즈리 곶에서 가가와 현 아지초의 북단까지이고, 동서로는 도쿠시마 현 가모다 곶에서 에히메 현 사타 곶까지. 이 시코쿠의 끝과 끝이 교차하는 지점을 찾는다. 그러면 야쿠무라, 신의 골짜기라는 글씨가 보일 것이다. 이곳 신의 골짜기야말

146

로 시코쿠의 중심 지점이다.

후미야는 미간을 찌푸리며 『시코쿠의 고대 문화』에서 고개를
들었다. 신의 골짜기란 단어 때문에 약간 찜찜했다. 어제 돌기둥
을 발견한 후로 줄곧 신의 골짜기가 머리에서 떠나지 않았다. 그
는 침대 위에서 몸을 뒤척였다. 아래층에서 여동생 기미카가 틀
어놓은 노래가 들려왔다. 뜨거운 오후의 공기가 창틈으로 밀려
들어왔다. 이틀 연속으로 쉬는 것은 좋았지만, 딱히 할 일이 없
어 대낮부터 히우라 야스다카가 쓴 책을 펼쳐놓고 있었다.
후미야는 다시 소책자로 시선을 보냈다.

신의 골짜기는 야쿠무라 변두리에 있는 산간의 작은 골짜
기다. 이곳은 예부터 마을 사람들이 신이 머무는 신성한 곳으
로 여겨왔다. 그 신은 봐서는 안 되는 신, 말을 해서는 안 되는
신이라고 한다. 시코쿠의 중심인 신의 골짜기는 신이 머무는
장소. 나는 이곳이야말로 시코쿠의 가장 신성한 장소라고 생
각한다.
시코쿠의 가장 신성한 장소, 신의 골짜기에 사는 신은 아득
히 먼 옛날부터 전해내려온 고대의 신이다. 현재 신의 골짜기
에는 어떤 신의 우상도 신사도 없다. 이는 모시는 신 자체의
기원이 상당히 오래됐음을 말해주는 것이다. 민간전승을 통

해서만 살아남은 신. 형태가 없는 고대의 신이다.

고대인은 나무 열매나 풀을 따고 사슴이나 멧돼지를 잡아먹으며 사카 강의 원류인 신의 골짜기에서 그들의 신을 예배했다. 그 신의 유래는 불교가 전래되기 이전, 야요이와 조몬 시대로 거슬러 올라간다. 그렇다면 그 돌기둥이 고대인의 예배 대상이었을 가능성도 있다. 더욱이 시코쿠의 중심이 신의 골짜기라면 그 중앙에 위치한 돌기둥은 시코쿠의 배꼽이라고 해도 좋은 지점이다. 이것은 무엇을 의미하는 것일까?

물론 돌기둥이 원래부터 그 와지의 중앙에 서 있었다는 증거는 없다. 하지만 그렇다면 돌기둥을 그곳에 세운 순간 일어난 불가사의한 현상은 어떻게 설명해야 할까? 갑자기 미쳐 날뛰던 산, 돌풍, 감겨드는 풀. 가고메가고메 노래.

무의식적으로 손끝에 힘이 들어갔다. 아니다. 그건 그저 단순한 돌풍이었다. 단순한 자연현상이다. 가고메가고메 노래는 환청에 지나지 않는다. 어떤 초자연적인 힘이 작용한다는 건 있을 수 없는 일이다. 그런 건 믿어서는 안 된다.

후미야는 책을 침대 옆에 두고, 다른 생각을 하기로 했다. 히나코의 얼굴이 떠올랐다.

오늘 밤, 또 그녀와 만날 예정이다. 기타노초의 불꽃 축제에 갈 것이다. 그후 드라이브를 가자고 하면 어떨까? 산 쪽으로 올

라가 야경을 보여주어도 좋을 것이다. 도쿄의 야경과는 비교가
안 되겠지만 아름답다.

그렇지, 세차를 하자. 후미야는 침대에서 벌떡 일어나 아래
층으로 내려갔다. 마치 일부러 낡은 소책자에서 눈을 돌리려는
듯이.

잿빛이 감도는 뱀이 구불거리며 흙 위로 기어올라와 스르르
풀숲으로 사라졌다.

시게는 황급히 왼손 엄지와 검지로 원을 만들어 그 속에 숨을
불어넣었다. 뱀의 액운을 떨치는 주술이었다.

기분이 좋지 않았다. 기분 나쁜 것들이 주위에 가득했다. 마치
마을 공기에 정체 모를 성분이 조금씩 섞여들어 마을의 모습을
바꾸는 것 같았다.

시게는 낫을 든 채 허리를 죽 폈다. 눈을 가늘게 뜨고 잡목림
으로 둘러싸인 밭을 바라보았다. 잡초를 다 뽑아낸 밭은 머리를
헝클어뜨린 아이 같았다. 산뜻한 밭이랑을 따라 고구마 잎이 싱
싱하게 자라고 있었다. 집에서 한참 떨어진 이 조그만 밭에 신경
쓰는 사람은 가족 중에서 시게뿐이었다.

손자며느리인 사토미는 아예 와본 적도 없다. 이 밭은 시게의
것이었다. 시어머니에게 혼나거나 힘든 일이 있을 때면 여기를
찾았다. 잡초도 뽑고, 영근 채소도 따면서 실컷 울었다. 이 밭은

시계의 눈물을 먹고 자라왔다.

시계는 풀을 베던 낫을 앞치마 자락으로 쓱쓱 닦고, 오늘은 이 정도만 하자고 생각했다. 슬슬 저녁때가 가까워오고 있었다. 하늘 끝자락이 붉게 물들고 있다. 어두워지기 전에 집으로 돌아가는 게 좋다. 황혼이 질 때 산에 있으면 안 된다. 어릴 때부터 그런 얘기를 들어왔다. 들개를 물리치는 주문으로, 땅에 꽂은 막대기에 걸어놓은 낡은 짚신을 향해 두 손을 모은 후 발을 뒤로했다.

시계는 잡목림을 가로지르는 샛길을 따라 걸었다. 숲속에 사카 강의 작은 물줄기가 보이기 시작했다. 강바닥의 돌이 수면에 얼굴을 드러내고 있었다. 수량이 준 것이었다. 가뭄이 계속된 것도 아닌데 어떻게 된 일이지? 시계는 이상하게 생각하면서 나무판자 하나만 달랑 걸쳐놓은 다리를 건넜다.

샛길은 이윽고 신의 골짜기로 이어진 길과 합해졌다. 그 세 갈래 길에서 시계는 신의 골짜기 쪽을 흘끗 보았다. 아까부터 기분 나빴던 공기가 한층 짙어졌다. 시계는 신의 골짜기를 등지고 허둥대며 걸었다.

신의 골짜기는 영혼의 골짜기다. 죽은 자의 영혼이 신이 되어 살고 있다.

시계는 속으로 나무아미타불을 외우며 마을 쪽으로 발걸음을 재촉했다. 바닥에 고무를 댄 짚신의 소리가 조용한 산에 찰싹찰

싹 울렸다. 노을로 물들어가는 하늘. 숲을 지나가는 미지근한 바람. 퍼뜩 정신을 차리고 보니 어두컴컴한 샛길 저쪽에서 사람의 그림자가 다가오고 있다. 여자 같다. 대체 이 시간에 누가 산에 들어온 거지?

시게는 멈춰서서 여자가 가까이 오기를 기다렸다. 신의 골짜기에는 가지 않는 편이 좋다고 말해줄 생각이었다.

그러나 상대의 얼굴을 보는 순간, 쓸데없는 참견을 할 마음이 싹 가셨다.

공수 무당인 히우라 가의 여자다. 괜한 소리를 했다가 견신犬神이라도 붙으면 큰일이다. 시게는 길옆으로 비켜섰다.

야쿠무라 사람들은 원인 불명의 병에 걸리거나 흉작이 들거나 불행한 일이 계속되면 은밀히 히우라의 집을 찾아갔다. 견신의 저주라고 할 때도 있고, 제사상을 못 받은 밭신의 분노를 샀기 때문이라고 할 때도 있었다. 그 이유는 의동을 맡고 있는 히우라 요시코의 딸, 데루코의 입을 통해 전해졌다.

지금 가까이 오고 있는 여자는 요시코다. 하지만 요시코는 벌써 옛날에 죽었다. 장례식에 참석한 기억이 분명히 난다. 그럼 저 여자는 데루코인가?

시게는 여자의 얼굴을 찬찬히 보았다. 히우라 가의 여자들은 모두 어딘가 닮았다. 데루코도 아마 자신을 쏙 빼닮은 딸을 의동으로 삼아 공수를 했겠지. 묘진의 손녀딸과 친했던 아이가 아마

저 데루코의 딸이었을 것이다. 이름이 뭐였더라……

데루코는 휘청거리며 다가왔다. 보통 때의 걸음걸이가 아니었다. 아무도 없는데 연방 뒤돌아보고는 웃으며 혼잣말을 하고 있었다.

"조금만 더 가면 돼. 그래 괜찮아. 괜찮아, 사요리."

사요리. 그랬다. 그것이 데루코의 딸 이름이었다. 하지만 그딸은 죽었을 텐데. 시게는 쭈뼛거리며 길옆으로 피했다. 데루코는 시게의 모습이 눈에 들어오지 않는 듯 그냥 지나쳤다.

시게는 어깨를 움츠리고 멀어져가는 데루코의 뒷모습을 지켜보았다. 데루코가 가는 길에는 서서히 어둠이 내리고 있었다.

"얘, 기다려, 사요리!"

숲속에서 데루코의 웃음소리가 흘러나왔다. 시게는 어깨를 떨며 샛길을 걷기 시작했다. 어서 빨리 집으로 돌아가고 싶은 마음뿐이었다. 데루코가 신의 골짜기에 뭐 하러 가는지 생각하고 싶지도 않았다. 밤기운을 머금은 바람이 불어와 잡목림이 술렁술렁 흔들리기 시작했다.

펑. 기분 좋은 소리와 함께 밤하늘이 환해졌다. 커다란 불꽃이 하늘에 원을 그리며 꽃을 피웠다. 빨간 불꽃이 반짝거리면서 한가로이 흘러가는 니요도 강 위로 떨어졌다.

"아, 예쁘다."

히나코가 중얼거렸다. 옆에서 걷고 있던 후미야가 웃었다.

"스미다 강의 불꽃보다는 못하지."

"거기."

히나코가 얼굴을 찡그렸다.

"한참 전에 가봤는데 사람이 너무 많아서 지치기만 할 뿐이야. 그다음부터는 뉴스로만 봤다니까. 여기가 훨씬 더 불꽃놀이하는 기분이 난다."

"그럼 다행이네."

따뜻하게 울리는 그 말에 히나코는 행복해졌다.

야쿠무라에서 후미야의 차를 타고 기타노초에 도착한 것은 여섯시 반이 지나서였다. 축제가 열리는 장소는 기타노초 초등학교. 강가에 있는 교정에서 니요도 강 상공으로 쏘아올리는 불꽃이 잘 보였다. 교정에 늘어선 포장마차에서 구운 옥수수, 다코야키, 오징어 구이 등을 팔고 있었다.

여기저기서 아는 사람들끼리 인사를 하고 이야기를 나누었다. 후미야도 몇 번이나 아는 사람과 마주쳤다.

"어머나, 묘진 씨!"

갑자기 누가 자신의 이름을 불러서 히나코는 깜짝 놀랐다. 유카타 차림의 여자와 스포츠웨어를 입은 땅딸막한 남자가 나타났다. 가쓰미와 겐이었다. 겐은 후미야에게 고개를 숙였다.

"오호, 둘이서."

"가이드해주고 있어."

후미야는 쑥스러운 듯이 대답했다. 가쓰미가 히나코에게 득달같이 말을 걸었다.

"도쿄에 가기 전에 잊지 말고 저희 집에 꼭 들러주세요. 포스터에 묘진 씨 사인을 받아놓고 싶어요."

"사인이라니…… 부끄러워요."

겐이 끼어들었다.

"가쓰미가 하는 얘긴 듣지 마세요. 이 사람이 좀 뻔뻔스러워서."

"제 사인이 좋다면 그야 해드려야죠. 별로 어려운 일 아니에요."

"아, 좋아라. 저 묘진 씨의 그림 무척 좋아해요. 그럼 꼭 해주시는 거예요."

가쓰미와 겐은 명랑한 공기를 뿌리면서 다른 친구를 찾아갔다.

"히나코 그림, 이렇게 인기가 많구나."

후미야가 감탄한 듯 말했다.

"그냥 일러스트야."

그렇게 말하면서도 히나코는 괜히 우쭐해지는 것 같았다.

포장마차가 늘어선 곳으로 갔다. '기타노초 청년회'라고 쓰인 하얀 천막 아래서 음료수와 빙수를 팔고 있었다. 어느 가게 앞에나 사람들이 길게 줄을 서 있었다.

"맥주 마실까?"

후미야가 물었다. 히나코가 고개를 끄덕이자, 그는 잠깐 기다리라고 해놓고 줄을 섰다. 히나코는 옆 가게를 보며 말했다.

"그럼 난 다코야키라도 사올게."

"오, 그래."

히나코는 옆 천막으로 갔다. 다코야키 코너 앞에 늘어선 줄에 끼어들었다. 소스가 타는 맛있는 냄새가 떠돈다. 주위에서는 여전히 불꽃을 쏘아올리는 소리가 이어진다. 히나코는 편안한 기분으로 하늘을 채색하는 불꽃을 바라보았다.

"히나코 아니니?"

누가 귓가에서 이름을 불렀다. 뒤돌아보니 유카리가 서 있었다. 얇은 벚꽃색 원피스를 입은 그녀는 나이보다 어려 보였다. 히나코의 얼굴이 환해졌다.

"어머나, 이런 데서."

유카리는 인사도 대충하고 히나코의 블라우스 자락을 잡아당겼다.

"들었어. 어제 후미야하고 같이 차 타고 어디 갔다며?"

히나코는 말문이 막혔다. 얼른 대답하지 못하는 히나코를 보고 확신이 들었는지 유카리는 의기양양하게 말했다.

"역시. 우리 남편이 배달하다가 후미야 차를 스쳐 지나갔대. 예쁜 여자를 태우고 있더라고 해서 딱 감을 잡았지. 데이트했구나."

신의 골짜기에서 돌아올 때다. 어제 일을 떠올리고 싶지 않아서 히나코는 퉁명스럽게 대답했다.

"신의 골짜기에 데려다준 것뿐이야."

"오호, 그러셔."

유카리가 히죽히죽 웃었다.

"여기도 후미야랑 같이?"

히나코가 우물거리면서 그렇다고 대답했다. 숨길 일도 아닌
데 당황하는 자신에게 화가 났다.

"유카리는? 남편이랑?"

"아니. 우리 남편은 가게 보고, 아이들은 아직 어려서 시어머
니한테 맡기고 왔어."

"그럼 혼자?"

"뭐, 그렇지."

유카리는 쌀쌀맞게 대답한 뒤, 변명처럼 덧붙였다.

"나도 가끔은 숨 좀 돌려야지. 만날 가게만 보는 거 정말 싫
어. 히나코는 도쿄에 사니까 재미있지? 도시에는 자극적인 게
많잖아."

히나코가 쓴웃음을 지으며 고개를 저었다.

"일을 하면 어디나 마찬가지 아닐까? 별로 다른 것도 없는
데……"

매일 같은 집에서 자고 일어나서 일을 한다. 바깥에 나갈 일은
거의 없다. 만남도 일에 관계된 사람들뿐. 결혼해서 가정에 들어

앉은 친구들과는 공통된 화제도 별로 없다. 후지모토 편의점 카운터에 앉아 있는 유카리나 자신이나 별반 상황이 다르지 않은 것이다. 굳이 다른 게 있다면 환경. 도쿄에는 산 대신 빌딩이 있고, 강 대신 도로가 있다.

그러나 유카리는 히나코의 말을 곧이곧대로 받아들이려 하지 않았다.

"그래도 도시에서 한번 살아보고 싶어."

그녀는 꿈꾸듯이 말했다. 히나코가 그렇게 좋기만 한 건 아니라고 대답하려 할 때, 씩씩한 목소리가 들렸다.

"자, 뭘 드릴까요!"

히나코의 차례가 되었다. 다코야키 한 통을 주문하고, 주인 남자를 보니 낯익은 얼굴이었다. 이름을 떠올리기 전에 뒤에 선 유카리가 소리쳤다.

"다다시 아냐? 여기서 뭐 해?"

동창회에 왔던 가타다 다다시였다. 목에 수건을 두르고, 티셔츠를 땀으로 흠뻑 적신 채 일하고 있었다. 다다시는 민첩한 손놀림으로 다코야키를 뒤집으면서 말했다.

"말도 마라. 나 기타노 슈퍼마켓에서 일하고 있잖냐. 직장 동료가 도와달라고 해서 할 수 없이 끌려나왔다."

옆에서 주스캔을 얼음물에 담그고 있던 깍두기 머리의 남자가 다다시의 등을 쳤다.

"무슨 소리야? 나중에 맥주 실컷 마시게 해준다니까 좋다고 따라온 주제에."

같은 천막 안에 있던 동료들이 웃음을 터뜨렸다. 히나코도 따라 웃으면서 돈을 내고 다코야키를 받아들었다. 그리고 유카리에게 말을 걸려고 돌아보았더니, 그녀는 인파 속 누군가에게 신호를 보내던 참이었다. 그 시선 끝에는 기미히코가 있었다. 화려한 알로하셔츠를 입고, 반바지 주머니에 손을 찔러넣고 서 있었다. 기미히코도 혼자 온 것 같았다.

"기미히코하고 온 거야?"

"아냐, 아냐. 그렇지 않아. 방금 여기서 만난 것뿐이야. 다다시, 나도 다코야키 하나 줘."

유카리는 다코야키를 사서 히나코에게 "또 보자" 하고 얼른 천막을 나가 기미히코가 있는 쪽으로 사라졌다.

히나코는 다코야키를 들고 후미야를 찾았다. 그가 조금 떨어진 곳에서 손을 흔들었다. 히나코는 사람들 사이를 빠져나가 후미야 쪽으로 갔다.

후미야는 한 손에 캔맥주를 두 개 들고 히나코를 정글짐 앞으로 데려갔다.

"여기서라면 잘 보일 거야."

"특등석이네."

두 사람은 정글짐 꼭대기에 올라가 앉아 불꽃놀이를 보면서,

다코야키를 안주 삼아 맥주를 마셨다. 밤하늘에 작렬하는 빛 아래 기타노초가 떠오른다.

"옛날에는 야쿠무라에서도 불꽃놀이 축제를 했는데."

"아, 기억나. 그때도 학교 운동장에서 했지."

열 번만 쏘아올리면 끝인 작은 불꽃놀이 축제였다. 그래도 마을 사람들은 모두 그날을 기다렸다. 그 불꽃놀이 축제가 중단된 지 벌써 십 년째라고 후미야가 말했다.

"비용이 많이 들어. 마을사무소에서도 몇 번이나 불꽃놀이 축제를 부활시키자고 안을 냈지만, 매번 예산이 없다는 이유로 통과 못 하고 있지."

"그렇겠구나. 하룻밤 만에 사라지는 돈이니까. 생각해보면 사람들은 참 허무한 걸 좋아하는 것 같아."

후미야가 어깨를 으쓱했다.

"인생, 어차피 허무한 거잖아. 뭘 하면서 시간을 보내든 결국 사람은 죽지. 모든 것이 무無가 돼. 이보다 더 허무한 건 없을 거야."

"그런 식으로 생각하니까 안 되는 거야."

히나코가 후미야 쪽으로 고개를 돌렸다.

"불꽃은 허무할지도 모르지. 하지만 아름다웠다는 기억은 남아. 허무한 게 절대 나쁜 것만은 아냐."

후미야가 미소지었다. 히나코는 입을 다물었다. 청춘 드라마에 나올 법한 말을 한 것이 스스로도 쑥스러웠다. 후미야는 캔맥주를 무릎 위에 올려놓고 조용히 말했다.

"히나코의 그런 말투, 참 좋더라."

부드러움이 담긴 목소리였다. 히나코는 얼굴을 붉혔다.

"야쿠무라에는 언제까지 있을 거야?"

후미야가 물었다. 히나코는 맥주캔을 꽉 쥐었다.

"아직 정하지 않았어. 좀더 쉬었다가 도쿄로 돌아가고 싶어. 모처럼 왔으니 여기저기 돌아보고 싶기도 하고……"

"괜찮으면 내가 안내해줄까? 차가 있으면 편하잖아."

"정말?"

히나코가 눈을 반짝거렸다.

"모레 일요일은 어때?"

"모처럼 쉬는 날일 텐데……"

"괜찮아. 어차피 할 일 없이 빈둥거리는 몸인걸. 아침부터 차로 돌아다니면 제법 둘러볼 수 있을 거야."

후미야와 둘만의 드라이브라니, 생각만 해도 설레었다.

"어디로 데려가줄 거야?"

"생각해볼게."

"묻지 마 관광이네."

두 사람은 미소를 나누었다.

펑! 불꽃 터지는 소리가 났다. 히나코는 커다란 불꽃이 퍼져가는 밤하늘을 올려다보면서 생각했다. 모레 드라이브를 가면 또 누군가가 보고 소문을 내겠지. 뭐 그래도 괜찮아.

후미야의 야무진 옆얼굴이 빛 속에 환히 떠올랐다. 어른이 되어 후미야와 이렇게 나란히 앉아 불꽃놀이를 보는 날이 오리라고는 상상도 못 했다. 그것도 정글짐 위에서.

정글짐에서 하던 공주 놀이. 어릴 때는 시녀밖에 못 했지만, 지금은 이렇게 정글짐 꼭대기의 공주 자리에 있다. 그것도 후미야와 함께.

어른이 된다는 것이 꼭 나쁜 일만은 아니다. 어릴 때는 꿈이었던 일이 현실이 될 수도 있으니까. 이제 조금은 다른 꿈을 꾸어도 좋지 않을까? 히데와의 깨진 꿈은 버리고, 새로운 꿈을 좇아가는 것이다.

불꽃놀이 축제가 끝나가고 있었다. 몸을 뒤흔드는 듯한 굉음을 내며 커다란 불꽃이 잇따라 터졌다. 니요도 강의 수면이 반짝반짝 빛났다. 그러고 보니 신데렐라 이야기의 마지막은 결혼식 불꽃놀이였다. 빨간색과 초록색으로 물든 밤하늘을 바라보는 히나코의 가슴에 행복이 아스라하게 퍼져갔다.

별이 반짝였다. 칠흑 같은 삼림이 하늘을 덮고 있다. 남자는 작은 지장당地藏堂 처마 밑에 앉아 식어빠진 도시락을 먹고 있었다. 점심때 들렀던 이와모토 사岩本寺 앞에서 산 것이다.

남자는 도시락에 들어 있는 닭튀김을 어두운 수풀에 던져버렸다. 식은 기름은 위에 나쁘다. 옛날에는 길 여기저기에 순례자 숙소가 있어서 밤에는 따뜻한 음식을 얻어먹을 수 있었지만, 지금은 그런 숙소가 거의 사라지고 없었다.

마을에 내려가 작은 여관에 묵을 수도 있었다. 그러나 그러다 마음의 긴장이 풀어지는 게 두려웠다.

시코쿠 순례를 하려면 기력이 필요하다. 여름에는 그나마 괜찮지만, 겨울에는 잠시만 방심해도 몸이 아프기 십상이다. 그러다 도중에 객사하는 동료도 많았다.

누군가 순례 도중에 죽자, 남자의 아내는 한동안 침울해했다. 몇 번이나 마을에서 도망치자고 남자에게 속삭이기도 했다. 자식이 없는 남자가 언젠가 순례 도중에 죽으리란 건 불을 보듯 뻔한 일이었다. 실제로 그래서 마을을 도망친 사람도 있었다.

그러나 남자는 도망칠 생각은 하지 않았다. 그는 순례가 싫지 않았다. 몇 년에 한 번씩 모든 것을 버리고 시코쿠를 돈다. 선조가 걸어온 태고의 길을 돈다는 단 하나의 목적을 이루기 위해 끝없이 걷는다. 아내도 밭일도 모두 잊고 오로지 걷는다. 그것은 다른 세계로 들어가는 일이었다. 마을에서 일생을 마쳐야 할 남자가 자유로워지는 시간이었다.

"나는 어떻게 되는 거야?" 남자에게 마을에서 도망칠 생각이 없다는 걸 확인하자, 아내는 곧잘 그렇게 물었다. 이번에도 무사히 돌아올 수 있을까 불안에 떨면서 당신을 기다리는 게 싫다고, 만약 당신이 죽으면 남은 나는 어떻게 사냐며 울었다.

하지만 그랬던 아내가 먼저 죽어버렸다. 그것도 그가 순례를 떠난 동안에. 아내의 죽음을 생각하자, 창자를 집게로 끄집어내는 듯한 통증이 느껴졌다.

"미안해."

남자의 입에서 낮은 목소리가 새어나왔다.

그때, 누군가가 귓가에 대고 뭐라고 속삭이는 듯했다. 그는 깜짝 놀라 돌아보았다. 아무도 없었다. 그러나 그곳에 뭔가가 있었다. 어둠 속에 떠도는 것이……

어둠이 흔들리고, 정체 모를 시커먼 숲이 와삭와삭 소리를 냈다. 남자는 무서운 얼굴로 어둠을 노려보았다. 어둠 속의 그것은 조금씩 물러나더니, 이윽고 안개처럼 사라졌다.

남자는 거친 숨을 토해냈다. 등은 땀으로 축축했다.

문득 불길한 예감이 떠올랐지만, 남자는 얼른 지워버렸다. 설마 그런 일이 있을 리 없다. 축언을 받던 날 밤, 장로가 이야기했던 일이 일어날 리가 없다. 노인의 헛소리일 뿐이다.

남자는 벌떡 일어섰다. 식욕이 싹 가셨다. 달빛을 받아 희읍스름한 산길이 산속으로 뻗어가다가 사라졌다. 남자는 지장당 처마 아래서 나왔다. 먹다 남은 도시락을 수풀에 내던지고 걷기 시작했다. 그 수밖에 없었다. 도는 것이다. 시코쿠를 도는 것이다.

마음속으로 중얼거렸다.

멀리서 개 짖는 소리가 들렸다.

3

매미가 짧은 생명을 한탄하듯이 요란하게 울어대고, 한낮의 햇
살이 녹나무 가지에 사정없이 내리쬐고 있었다. 시게는 마당에
멍석을 깔고 약초를 말렸다. 이질풀, 월년초, 용두금, 질경이……

일부러 산에 가서 약초를 캐지 않아도 지금은 서양 약이 있다
는 것쯤은 알고 있다. 그러나 시게는 제 손으로 고른 약초를 가
장 믿었다. 사람이 하는 말은 절대 신용해선 안 된다. 그것은 그
녀가 오랜 인생을 살아오며 거듭 확인해온 금과옥조였다.

어릴 때 한 친구는 사람이 죽으면 미국에 간다고 했다. 미국에
는 지옥과 극락이 있는가 싶어 마냥 신기했다. 그 얘기를 부모님
에게 했다가 혼쭐이 났다. 시게의 어머니는 사람이 죽으면 신의
골짜기에 간다고 했다. 시게가 아가씨가 되었을 때, 옆 동네의
기야마 이부토에게서 좋아한다는 고백을 들었다. 그 말을 믿었
으나, 이부토가 모리 도키에게도 같은 고백을 했다는 것을 알게
되었다. 기타노초의 제사製絲 공장에 일하러 다닐 때는 피부가
하얘지는 크림이라고 해서 비싼 돈을 주고 행상에게 샀다. 하지

만 얼마 지나지 않아 크림을 아무리 발라도 피부가 하얘지지 않는다는 것을 알게 되었다.

　가장 크게 속은 것은 결혼할 때였다.

　"우리 집은 대대로 장수하는 집안이야. 고생은 안 시킬 거야."

　리키마는 그렇게 말했지만, 자식 씨만 부랴부랴 뿌려놓고 자기는 결혼 육 년 만에 죽어버렸다.

　사람이 하는 말은 신용하지 않는다. 타인에게 기대하지 않는다. 이 철칙 덕분에 시게는 긴 인생을 그리 낙담하는 일 없이 살아올 수 있었다. 아들들이 기대한 만큼 출세하지 않아도, 손자인 히로시가 농사일을 물려받지 않고 기타노초의 목재 회사에 취직해도, 어차피 인생은 그런 거라고 생각했다.

　시게의 현재 처지는 유복한 편이다. 아들 부부인 야스조와 치즈코도, 손자 부부인 히로시와 사토미도, 자신에게 깍듯하다. 그렇긴 하지만, 처음부터 대접받을 기대도 하지 않았기 때문에 고마운 마음도 덜했다. 치즈코가 사토미와 대화를 나누며 종종 자기가 얼마나 시어머니를 잘 모시는지 넌지시 자랑할 때마다 '그렇게 하지 않아도 된다'라고 말해주고 싶었다. 치즈코가 사토미도 자기한테 잘해야 한다고 히로시에게 이르는 것도 알고 있었다. 치즈코는 그런 여자다. 그녀의 친절은 자기가 대접받고 싶다는 마음의 표시다.

　시게 자신은 시어머니가 부드럽게 대해준 기억이 전혀 없지만, 시어머니와 함께 살아왔다. 이 집의 며느리가 된 운명을 감수했을 뿐이다. 리키마의 아내가 됐다는 사실이 시게의 인생을 결정해버렸다.

시게는 누렇게 뜬 질경이 풀을 모아 짚으로 묶었다. 증손자인 미치루가 책가방을 메고 마당에 나타났다. 시게가 "어서 오너라" 하고 말해도, 미치루는 귀찮다는 듯 "응" 하는 대답이 고작이다.

시게는 미치루의 되바라진 태도가 마음에 들지 않았다. 그건 시어머니의 피다. 언제나 남의 결점만 보고 깡마르고 안색이 나쁘면서도 오래오래 살았던 시어머니의 피. 하지만 하관이 나온 얼굴은 시게를 닮았다. 미치루 속에 자신과 시어머니의 피가 섞여 있다는 사실이 끔찍했다.

이 모든 것의 원인은 리키마의 아내라는 것이다. 그토록 자신의 인생에 영향을 준 남자인데, 아무리 떠올리려 해도 기억이 희미하다. 리키마가 죽은 것은 반세기 전. 거의 잊어버렸다 해도 이상하지 않다. 구십 년 가까운 긴 인생에서 겨우 육 년을 함께 살았을 뿐인 남자. 단 한 가지 선명하게 기억하는 것은 리키마와의 관계였다. 그와의 밤은 고통 그 이상도 이하도 아니었다. 리키마는 시게가 내는 고통의 신음을 기쁨의 소리라 믿고, 더욱 거칠고 성급하게 덮쳐왔다. 다케오와 얼마나 달랐는지.

시게는 다시 옛날 꿈들의 조각을 모으기 시작했다. 다케오는 그녀에게 리키마와의 사이에서는 도저히 얻을 수 없었던 만족을 주었다. 매끄러운 피부, 길쭉한 손발. 다케오는 이 일대에서는 좀처럼 볼 수 없는 멋진 남자였다. 시간을 들여 찬찬히 시게의 몸을 애무하고, 서로의 힘이 다 빠질 때까지 사랑을 나누었다······

바람이 불어와 시게의 손 언저리에 있던 이질풀이 닭의 깃털처럼 허공에 날렸다. 그 행방을 좇아 지붕을 올려다보던 시게는 어? 하는 생각이 들었다.

본채 기와 위에 뭔가 있었다. 그 주위의 공기만 일그러져 보였다. 물속에 잠겨 있는 개구리 알처럼 반투명한 형태로 공중에서 둥둥 떠돌고 있었다.

시게는 눈을 깜박거렸다. 한 번 더 자세히 보았다. 아무것도 없었다. 기와가 생기 없는 까만 눈을 뜬 채 시게를 노려보고 있을 뿐이다.

시게는 다시 약초 다발을 만들기 시작했다. 그러나 이상하게 마음이 안정되지 않았다. 자신의 은밀한 생각을 누군가에게 들킨 것만 같았다.

다시 불어온 바람이 멍석 위의 약초를 날려버렸다.

마을사무소에서 집으로 돌아오니, 현관문도 창문도 열려 있었다. 후미야는 차고에 차를 넣으면서 어머니의 차도 여동생의 자전거도 없음을 확인했다. 그렇다면 집에 있는 사람은 아버지다. 가족 중 평소에 차를 쓰는 사람은 후미야와 어머니밖에 없다. 여동생은 근무지인 기타노초의 초등학교까지 어머니가 운전하는 차를 타거나 자전거를 타고 다녔다. 아버지는 농협까지 자전거를 타고 다녔다.

후미야가 거실을 들여다보자 아니나 다를까, 아버지가 돋보기를 끼고 신문을 읽고 있었다. 탁자에는 보리차가 담긴 잔과 전병 봉지가 놓여 있었다. 후미야가 "다녀왔습니다" 하고 인사를 하자, 아버지는 그제야 고개를 들더니 놀란 표정을 지었다.

"어쩐 일로 이렇게 일찍 왔냐?"

"토요일이잖아요."

아버지는 아아, 하고 쑥스러운 듯이 웃었다.

"오봉 연휴가 계속되니 요일 감각이 없구나."

후미야의 아버지는 농협 직원이라는 직업으로 모든 인격이 결정되어버린 듯한 사람이다. 장부를 조사하듯 신문을 읽고, 근무 중 금지된 사담을 나누듯 말을 한다. 좀처럼 감정을 드러내는 일이 없다. 그러나 신기하게도 규율을 따르는 그 태도에서 아버지의 진짜 온화한 본질이 배어나왔다. 말로 표현하지는 않았지만, 후미야는 그런 아버지가 좋았다. 평온한 생활에 푹 파묻혀 사는 듯한 사람. 후미야 역시 아버지와 비슷한 인생을 걷고 있다.

후미야는 냉장고를 열어 보리차 병을 꺼내면서 말했다.

"마을사무소에 가도 나온 사람은 일곱 명밖에 없던데요. 다들 한가하게 고교 야구나 보고요."

"올해 고교 야구는 고치가 안 나와서 재미없을 텐데."

아버지는 신문에서 눈을 떼지 않고 중얼중얼했다. 후미야는 보리차 잔을 들고 텔레비전을 켰다. 그리고 아버지 앞에 앉아서 화면으로 시선을 보냈다.

─시코쿠 최고봉인 이시즈치 산은 여름 하이킹족으로 붐비고 있습니다.

시코쿠 지방 낮 뉴스였다. 젊은 여자 리포터가 마이크를 들고 조릿대가 우거진 초원에 서 있었다. 등뒤로는 바윗덩어리를 뚝 떼어놓은 듯한 이시즈치 산이 비치고 있었다.

"저는 지금 이시즈치 산이 가장 잘 보이는 가메가 숲에 서 있습니다. 이시즈치 산의 고도는 982미터. 오늘 날씨가 약간 흐린 탓에 정상이 어렴풋이 보이고 있습니다."

아버지가 신문에서 고개를 들었다.

"오, 이시즈치 산."

후미야가 반가워하며 말했다.

"그러고 보니 옛날에 아버지하고 저 산에 간 적이 있었죠."

아버지는 화면에 시선을 고정한 채 대답했다.

"그래, 등산이 허락된 기간이었지."

이시즈치 산에서는 7월이 되면 개산을 한다. 전국에서 모인 수행자들이 나각을 불면서 산기슭에 있는 이시즈치 신사의 신체

神体*를 산꼭대기에 올리는 것이다. 일 년에 한 번, 개산일開山日**때만 올라가는 수행자도 많다. 아버지도 해마다 흰옷으로 몸을 감싼 수행자 차림으로 참가했다.

무슨 생각에서인지 아버지가 갑자기 후미야를 개산일에 데려간 것은 그가 고등학교 때였다. 재미있을 것 같아 따라나섰지만, 이내 섣부른 생각이었음을 깨달았다. 먼저 산에 오르기 전 치러야 할 의식이 있었다. 초여름이라고는 하지만 아직 차가운 계곡물에 목욕재계를 했다. 후미야는 뭐가 좋아서 이런 것까지 해야 하냐고 씩씩거렸다. 그러나 깨끗이 목욕한 후 흰옷에 팔을 끼울 때는 과연 경건한 기분이 들었다.

그리고 두 사람은 차로 이시즈치 산의 기슭까지 가서 다른 신자들과 함께 산을 올랐다. 산 정상에 도착할 때까지 절벽에 설치된 세 군데의 쇄장鎖場***을 지나야 했다.

묵직한 쇠사슬을 꽉 잡고 흰옷 차림의 신자들이 줄줄이 산을 올라갔다. 후미야 뒤에는 아버지가 있었다. 미끄러질 것 같으면 아버지가 머리로 엉덩이를 받쳐주었다. 그때 후미야는 아버지의 존재를 느꼈다. 네가 떨어질 것 같으면 내가 받쳐주마. 그렇게 말하는 것 같았다. 후미야는 아버지, 그리고 그 뒤로 사슬에

---

* 신령이 머문다고 생각되는 예배의 대상물.
** 해마다 일반인에게 산을 개방하는 날.
*** 등반을 위한 사슬이 구비된 곳.

매달린 많은 사람들이 밀어올려주는 기력으로 정상에 가까이 갔다.

아래에서는 흰옷을 입은 무수한 사람들이 줄줄이 따라올라왔다. 마치 『거미줄』*에서, 구원을 찾아 지옥에서 기어오르는 죄인들 같다.

—나무아미타불, 나무아미타불. 올라가세, 올라가세.

올라가면 어전御殿이 가까워지네. 나무아미타불 올라가세, 올라가세.

사람들의 기합 소리가 산에 메아리쳤다. 산 정상에는 신체를 모신 사당이 있었다. '어전'이란 하늘일지도 모른다. 사슬을 잡고 올라가는 사람들은 하늘에 오르기를 희망하는 혼들 같았다.

아마 그때 인상이 너무 강했던 탓이리라. 후미야는 그뒤로 두 번 다시 아버지와 함께 이시즈치 산에 오르지 않았다. 계속 올라가다보면 자신이 하늘로 사라져버릴 것만 같았다. 말도 안 되는 생각이지만.

아버지는 요즘도 종종 이시즈치 산에 올랐다.

텔레비전에는 이시즈치 산 정상이 클로즈업되고 있었다. 재색과 녹색을 섞어놓은 듯한 색이었다. 후미야가 몸을 앞으로 내밀었다.

---

* 아쿠타가와 류노스케의 단편소설.

신의 골짜기에서 발견한 돌기둥과 같은 색 같았다. 화면이 바뀌고, 이시즈치 산의 기슭에 있는 오모고 계곡이 나왔다. 역시 녹색 돌 위로 투명한 물이 미끄러져 흘러내렸다. 리포터가 이시즈치 산에서 흘러내리는 물은 니요도 강의 원류가 되어 바다로 흘러간다고 설명했다.

그 돌기둥은 이시즈치 산에서 온 것이 아닐까? 후미야는 문득 그런 생각이 들었다.

"다카, 이시즈치 산에 한번 올라가고 싶어했는데."

아버지가 불쑥 중얼거렸다. 멍하니 흐르는 강을 보고 있던 후미야는 "다카 씨가 어쨌다고요?" 하고 되물었다. 아버지는 야스다카가 이시즈치 산에 가던 도중에 사고를 당했다고 대답했다. 후미야는 처음 듣는 이야기였다.

"히우라 가에서 바둑을 둘 때였어. 갑자기 다카가 이시즈치 산에 가는 길을 묻더라고. 내일 당장 가고 싶다면서. 일요일까지 기다렸다가 나랑 같이 가자고 했더니 다카는 서두르는 것 같더라고. 그리고 다음 날, 혼자 가버렸어."

아버지는 혼수상태의 야스다카를 생각해서인지 어두운 얼굴로 말을 끊었다. 아버지와 야스다카가 바둑을 두던 모습이 생생하게 떠올랐다.

바둑에 푹 빠진 아버지를 부르러 히우라 가에 가는 것은 여동생의 일이었다. 어쩌다 후미야가 대신 가면 데루코가 고상한 목소리로 "오늘은 후미야가 왔구나. 고생 많네" 하고 웃어주었다. 한창 승부가 아슬아슬한 판에 가면 후미야는 끝이 날 때까지 한참 기다려야 했다.

아버지와 야스다카는 바둑판을 사이에 두고 말없이 마주 앉아 있었다. 아버지의 표정으로는 이기고 있는지 지고 있는지 가늠할 수 없었지만, 야스다카를 보면 이내 알 수 있었다. 지고 있으면 엄지와 검지로 코를 누르듯이 쓰다듬는 것이 버릇이었다. 검지를 보는지 눈은 사시가 되어 있었다. 언제나 부드러운 사람이지만, 생각에 잠길 때 미간을 잔뜩 찌푸린 표정은 조금 무서워 보였다.

후미야는 미지근해진 보리차가 든 잔을 만지작거리면서 물었다.

"『시코쿠의 고대 문화』 낸 후죠?"

"그 책."

아버지의 얼굴이 흐려졌다.

"사요리가 죽고 난 뒤, 필사적으로 완성했지. 바둑을 두는 동안에도 시종 그 이야기만 하더니 입을 다물었어. 책을 출판하면 좀 안정될까 했더니, 그렇게 돼버렸어. 참 딱한 사람이야. 식물인간한테는 간병이 필요 없다며 병원에 입원시켜놓고 들여다보는 사람도 없고. 데루코 씨가 순례만 다니지 말고 옆에 좀 있어주면 좋을 텐데."

아버지의 말에는 드물게 비난이 담겨 있었다. 무리도 아니었다. 히우라 가는 혼수상태에 빠진 야스다카 씨에게 너무 차가웠다. 데릴사위가 히우라 가에 폐만 끼치고 양조장도 말아먹었다는 식이었다. 아내인 데루코는 시코쿠 순례에 나가서 부재중이기 일쑤이고, 히우라 가의 친척들이 문병을 가는 일도 없었다. 그나마 한번씩 병원에 들르는 이들은 야스다카 본가 쪽 사람들뿐이었다.

밖에서 차 엔진 소리가 들렸다. 아버지와 후미야는 얼굴을 마주 보았다.

"너희 엄마가 온 건가?"

토요일에는 기타노초의 가게에 나가 있던 어머니가 낮에 식사 준비를 하러 집에 온다. 현관에서 어머니의 기세등등한 목소리가 들려왔다.

"나 왔어요!"

어머니가 장을 본 봉지들을 안고 거실로 들어왔다.

"에고, 미안, 미안. 늦었지. 손님이 좀체 안 가지 뭐냐. 배고프지? 얼른 점심 준비하마."

어머니는 봉지에서 슈퍼에서 사온 파를 꺼내고, 오늘의 사건을 기관총처럼 연발하면서 점심식사 준비를 하기 시작했다. 아버지는 어머니의 이야기를 흘려들으면서, 돋보기를 고쳐 끼고 다시 신문을 읽기 시작했다.

후미야는 자리에서 일어나 복도로 나왔다. 2층으로 올라가려던 차에 전화기가 눈에 들어왔다. 히나코는 집에 있을까? 그 생각을 하니 무작정 히나코가 보고 싶었다. 그러나 어젯밤에도 만났다. 오늘도 데이트를 청하는 것은 모양이 나지 않는다. 계단을 두세 칸 올라갔다. 그러나 이내 멈춰섰다. 그는 되돌아서서 이런저런 생각을 하기 전에 수화기부터 들었다. 지금까지 모리타네 집이었던 전화번호를 돌렸다. 세번째 신호음에 이어 히나코의 목소리가 들렸다.

"어, 난데."

후미야는 먹을 만큼 먹은 나이에 어울리지 않게 주책없이 더듬거렸다. 히나코가 밝은 목소리로 어제 고마웠다는 인사를 했다. 그리고 마을사무소냐고 물었다.

"토요일이어서 일찍 끝났어. 지금은 집. 저기…… 히나코, 혹시 오후에 시간 비면 어디 놀러 갈까 하고."

히나코는 아쉬운 듯이 오후에는 프로판가스가 배달 오기로 돼 있어 기다려야 한다고 대답했다.

"저녁때쯤이면 괜찮은데. 그래도 좋다면."

"좋아. 저녁때면 시원하고 좋겠네. 몇 시에 데리러 갈까?"

"다섯시 정도면 확실히 시간이 될 것 같아."

"오케이. 다섯시."

전화를 끊었을 때, 등뒤에서 소리가 났다.

"오늘도 데이트야, 오빠?"

언제 돌아왔는지 여동생 기미카가 현관에서 그를 보고 있었다. 후미야는 퉁명스럽게 친구와 만나기로 한 것뿐이라고 했다.

"여자친구지? 이번에는 오래갔으면 좋겠네."

기미카가 히죽히죽 웃으면서 말했다.

후미야는 주먹으로 동생을 때리는 시늉을 하고 계단을 올라갔다. 들뜬 마음을 안은 채 방문을 열고 들어갔다.

그 순간, 축축한 공기 덩어리가 그를 덮쳐왔다. 마치 손발을 얽어매듯이 몸에 휘감겨들었다. 답답함이 엄습해 후미야는 얼굴을 찡그렸다.

서둘러 블라인드를 올리고 창문을 활짝 열었다. 여름 햇볕과 더운 공기가 방 안으로 흘러들어왔다. 스테레오 전원을 누르자 음악 테이프가 돌아가기 시작했다. 방 안은 점점 여름다운 더운 공기와 경쾌한 운율로 채워져갔다. 후미야는 팝음악에 맞춰 노래를 흥얼거리면서 옷을 갈아입기 시작했다. 조금 전의 불쾌감은 이내 의식에서 빠져나갔다.

병실에 들어서자, 누군가의 낮은 목소리가 들려왔다. 도모코는 병실을 둘러보았다.

창가의 침대에 한 여자가 몸을 앞으로 숙이고 앉아 있었다. 유리창 너머의 석양이 여자의 옆얼굴을 붉게 물들였다. 도모코의 얼굴이 혐오로 일그러졌다.

야스다카의 아내 데루코였다. 한 달에 한 번 정도 와서는 야스다카에게 뭐라고 지껄이다 돌아간다. 마치 야스다카가 자기 것이라도 되는 양 독점하는 그녀의 태도가 도모코는 도무지 마음에 들지 않았다. 야스다카의 뒷바라지를 해온 것은 자신이다. 야스다카의 몸을 씻기고, 수염을 깎아주고, 똥오줌도 받아냈다. 데루코 이상으로 그의 몸 구석구석까지 속속들이 알고 있다.

도모코는 데루코를 무시하고 다른 환자들의 상태부터 확인했다. 데루코의 목소리가 드문드문 들린다.

"사요리가…… 화났어…… 저기…… 서 있잖아. 당신 왜 딸을……"

데루코가 남편의 귓가에 대고 속삭이는 말은 사요리인가 하는 죽은 딸 이야기뿐이다. 의식을 되찾으라든가 얼른 건강해지라는 말은 들은 적이 없다.

"죄송합니다만, 검사 시간입니다."

도모코는 데루코에게 양해를 구하고, 야스다카의 링거 잔량을 확인했다. 도모코가 듣고 있는데도 아랑곳하지 않고 데루코는 푸념을 늘어놓았다.

"당신이 뭐라고 해도 이제는 너무 늦었어. 사요리가 돌아왔다고. 몸도 원래대로 됐어. 이제 히우라의 피도 이어나갈 수 있어. 당신도 히우라 가 사람이라면 기뻐해주겠지."

야스다카는 입을 반쯤 벌린 채 천장을 바라보고 있을 뿐이다. 도모코는 데루코의 말을 들으면서 그녀가 미쳤다고 확신했다. 친척들은 그 사실을 모르는 걸까? 다음에 담당 의사에게 이 사실을 말해두어야겠다고 마음먹었다.

도모코는 시트를 걷고 욕창이 생기지 않도록 야스다카의 몸을 이리저리 움직여주었다. 그리고 일부러 잠옷을 걷어 소변을 보지 않았는지 확인했다. 데루코는 얼굴을 찡그리며 의자에서 일어났다.

"부디 사요리 앞길을 방해하지 말아줘. 또 올게."

데루코는 병실을 나갔다. 그 뒷모습을 보면서 도모코는 차라리 혼수상태에 빠진 것이 야스다카에게는 다행스러운 일일지도 모르겠다고 생각했다. 적어도 정신이 이상한 아내는 보지 않아도 되니까.

창에서 희미한 소리가 났다. 내다보니 커다란 나방이 창틀에 몸을 부딪친 것이었다. 바깥은 이미 어두워졌다. 산기슭에 주홍빛 노을의 한 줄기 잔광이 빛나고 있었다. 병실의 밝은 불빛에 애가 타는 듯 갈색 나방은 어둠 속에서 집요하게 온몸을 유리창에 부딪쳤다.

도모코는 흰색 커튼을 내렸다. 노을의 잔광도 갈색 나방도 커튼 뒤로 사라졌다. 도모코는 침대에 누운 야스다카를 부드러운 눈길로 바라보았다. 그리고 시트 안으로 손을 찔러넣어 그의 사타구니를 손으로 훑었다.

"오늘 정말 고마워. 즐거웠어."

"그럼 내일 또 보자."

후미야의 차가 방향을 바꾸어 언덕길을 내려갔다. 히나코는
대문을 열고 들어갔다. 어둠 속에 작은 단층집이 검게 떠올랐다.
야쿠무라에 돌아온 지 닷새가 지났다. 처음에는 약간 서먹했던
이 집도 이제는 아주 친숙하게 느껴진다. 히나코는 속으로 '다
녀왔습니다' 하고 말하면서 현관문을 열었다.

저녁은 후미야와 함께 기타노초의 일식집에서 먹었다. 히나코
는 옷을 갈아입고 목욕을 하러 갔다. 욕조를 씻고, 물을 데웠다.
욕실 벽에 도마뱀이 기어가고 있었지만 처음처럼 놀라지도 않고
창을 열어 밖으로 쫓아냈다. 도쿄 생활도, 히데도, 꿈처럼 멀게
느껴졌다. 닷새가 아니라 한 달은 족히 여기 있었던 것 같다. 히
나코는 만족스러운 기분으로 온 집의 문을 하나하나 열었다.

나중에 지바에 있는 부모님에게 전화해서 이쪽 사정을 말씀
드려야겠다고 생각했다. 야쿠무라에 돌아온 뒤로 머릿속에는 온
통 후미야뿐이어서 미처 부모님 생각을 못 했다.

이대로 후미야와 잘 지낸다면 야쿠무라에서 생활하는 것도
나쁘지 않을 것 같다. 이 집을 개조하자. 도쿄에 사무실을 두고
일은 여기서 하자. 도회와 시골을 오가는 생활. 자신에게 맞을지

도 모른다. 그런 미래를 머릿속에 그리면서 툇마루 문을 열었을
때였다.

부스럭. 마당 끝에서 작은 소리가 났다. 히나코는 우뚝 멈춰섰
다. 전날 밤의 기분 나쁜 소리가 떠올랐다. 부스럭. 또 소리가 났
다. 끈끈한 밤공기가 떠돌았다. 온몸에서 식은땀이 났다. 정원
나무 사이에서 허연 모습이 떠올랐다.

"히나코……"

가느다란 여자 목소리가 났다. 히나코는 비명을 질렀다. 여자
가 다가왔다.

"쉿, 조용히 해. 나야."

유카리였다. 히나코는 놀라서 그녀를 보았다. 차림새가 엉망
진창이었다. 머리카락은 마구 헝클어지고, 입에서는 피가 흐르
고, 블라우스의 한쪽 소맷자락이 찢어져 있었다. 유카리는 툇마
루에 걸터앉아 겸연쩍은 듯이 말했다.

"미안해, 이렇게 밤늦게. 그렇지만 남편한테 들키지 않을 곳
을 생각하다보니 히나코밖에 없더라고."

"무슨 일 있었어?"

유카리가 히나코를 올려다보았다.

"바람피우다 들켰어."

히나코는 불꽃놀이 구경을 갔던 날 밤, 인파 속으로 사라지던
유카리와 기미히코의 모습을 떠올렸다.

"기미히코랑?"

유카리는 깜짝 놀랐다.

"너도 알았니?"

히나코가 어림짐작으로 한 말이라고 대답하자, 유카리는 안심한 것 같았다.

"히나코의 귀에까지 소문이 흘러들었다면 큰일이지."

유카리는 신경질적으로 웃더니 바람이 어떻게 들통났는지 이야기했다. 어제 불꽃놀이에서 두 사람의 모습을 본 누군가가 유카리의 남편에게 이른 모양이었다.

"우리 남편, 나를 뒈지게 패고는 씩씩거리며 기미히코를 찾아갔어. 기미히코, 괜찮을라나. 그렇지, 히나코, 전화 좀 쓸 수 있을까?"

히나코는 유카리를 부엌으로 안내한 뒤 전화를 가리켰다. 유카리는 수화기를 들다 말고 주춤거렸다.

"기미히코의 부인이 받으면 바꿔주지 않을지도 몰라. 히나코, 미안하지만 네가 전화를 걸어 기미히코 좀 불러주지 않을래?"

"나도 경계할지 모르잖아."

"괜찮아. 넌 도쿄 말 쓰니까. 나랑 관계있는 일이라고 생각 안 할 거야. 기미히코의 부인이 경계하는 건 마을 사람들뿐이야. 부탁할게, 응?"

유카리는 재빨리 다이얼을 누르더니, 히나코에게 수화기를 건넸다. 히나코는 할 수 없이 수화기를 귀에 댔다. 기미히코의 어머니인 듯한 노인의 목소리가 들렸다. 히나코는 자신의 이름을 말하고, 기미히코를 바꿔달라고 부탁했다. 노인은 잠시 망설이다가 아들을 불렀다. 히나코는 그가 전화를 받는 걸 확인하고 유카리에게 수화기를 건넸다.

"기미히코? 나 유카리."

유카리가 매달리듯이 말했다. 히나코는 툇마루에 나와 앉았다.

오노 집에서 왁자지껄한 소리가 흘러나왔다. 어제 들렀을 때, 토요일에는 아들과 딸이 올 거라던 말이 생각났다. 야스조는 자식들과 술 파티를 하면서 떠들고 있을 것이다. 밤의 어둠 속에 깜박이는 마을의 불빛을 보면서 담배를 피우고 있으니, 유카리가 부엌에서 나왔다.

"고마워."

유카리는 안정을 되찾은 모습이었다. 부엌에서 씻었는지 얼굴의 피는 사라지고, 머리카락도 얼추 정돈됐다. 유카리는 히나코 옆에 앉더니 재미있다는 듯이 말했다.

"우리 남편, 기미히코를 찾아가 호통치다가 되레 얻어터졌대. 쌤통이야."

"기미히코네 집에서도 난리났을 거 아냐."

"그런 것 같아. 우리 일이 들통났으니. 수화기 너머로 부인이 울부짖는 소리가 들렸어."

유카리는 의기양양하게 웃음을 머금고 있었다. 히나코는 어린 시절의 일이 생각났다. 초등학교 때, 유카리는 여왕이었다. 임원으로 뽑혔을 때나 학예회에서 주인공을 맡았을 때, 아이들의 선두에 서서 행동할 때면 반드시 이런 표정을 지었다. 히나코가 절대 흉내낼 수 없는 표정. 줄곧 남보다 우위에 서서 살아온 사람이 어릴 때부터 몸에 익힌 표정이었다.

유카리는 툇마루에 걸터앉아 다리를 흔들거리면서 말했다.

"들켜버려서 차라리 잘됐어. 이제는 둘이 같이 오사카에 가는 거지 뭐."

"그렇지만 유카리, 아이들은?"

히나코가 놀라서 물었다.

"시어머니가 보면 되지. 결혼하자마자 애 낳으라고 성화더니, 애가 태어나고 나니까 애 키우는 법 가지고 만날 잔소리야. 그렇게 애가 좋으면 자기가 실컷 키워보라지."

"그렇지만 기미히코한테도 부인하고 아이가 있지 않니? 너희가 그래버리면 남은 식구들이 안됐잖아."

"그 집 마누라, 기미히코를 내팽개쳐놓고 놀러만 다닌대. 자업자득이지. 기미히코가 나를 만날 때마다 그랬어. 내가 이혼하면 자기도 그런 여자하고 이혼할 거라고. 그리고 둘이 오사카에서 같이 살자고. 오사카, 재미있는 곳이라며? 우리 거기서 살 거야."

"오사카가 그렇게 좋은 곳이라고는 생각하지 않지만."

"히나코, 너는 도쿄에 있으니까 그렇게 말하지. 이 촌구석에 비하면 재미있을 게 틀림없어."

"난 야쿠무라도 좋은 곳 같은데……"

유카리가 갑자기 히나코를 쏘아보았다. 그 눈동자에는 분노가 섞여 있었다.

"네가 이 마을에 대해서 뭘 안다고 그러니? 옛날에 이 마을을 떠났으면서. 사요리도 그랬어. 도시로 가버린 히나코랑은 이제 이야기가 안 통한다고."

날카로운 침으로 심장을 뚫린 기분이었다.

"사요리가? 그게 무슨 소리야?"

유카리는 약을 올리듯 입을 다문 채 곁눈질로 히나코를 보았다. 히나코가 재촉하자, 느릿느릿 이야기를 시작했다.

"중학교 때였어. 개를 데리고 사카 강 강둑을 산책하다가 사요리와 마주쳤지. 사요리는 무서운 얼굴을 하고 다리 위에서 종이를 찢고 있더라. 편지였어. 봉투에 네 이름이 보이데. 내가 '히나코한테 온 편지네?' 그랬더니, 사요리가 눈을 치켜뜨고 이렇게 말했어. '히나코고 뭐고 이제 난 몰라. 도시에서 그림을 시작했다면서, 나더러도 뭘 시작해보라나 뭐라나. 사람 우습게보고 말이야.'"

히나코가 마지막으로 보낸 편지였다. 미술부에 들어갔다고 얘기하고 사요리도 관심가는 일이 있으면 한번 시작해보는 게

184

좋겠다고 권한 편지다. 그러나 사요리가 히나코의 그 편지를 그런 식으로 받아들였을 줄은 생각도 못 했다.

유카리는 파랗게 질린 히나코의 얼굴에서 자신의 발끝으로 시선을 옮겼다. 그리고 발가락 끝을 발레리나처럼 꺾어 보였다.

"별로 얘기를 하지도 않는 사요리가 나한테 그런 말까지 한 걸 보면 어지간히 화가 났던 거야. 난 사요리의 기분을 이해할 수 있었어. 자기 졸병처럼 생각했던 아이가 반대로 명령을 하니 충격이었겠지."

할 말을 잃은 히나코에게 유카리는 확인사살 하듯이 말했다.

"초등학교 때 히나코는 사요리의 금붕어 똥 같은 존재였잖아."

마음속에서 무언가가 와르르 무너졌다. 유카리는 자신을 사요리의 금붕어 똥이라고 생각하고 있었다. 동창생들 모두가 그렇게 생각했을까? 아니, 그보다도 사요리는? 사요리도 나를 부속물에 지나지 않는다고 생각했을까?

"실례합니다아."

현관에서 남자 목소리가 났다.

"기미히코다."

유카리의 얼굴이 빛났다. 좀 전까지의 심술궂은 표정은 눈 녹듯 사라졌다.

"그만 가볼게. 신세 많이 졌다. 너희도 잘되길 바란다."

히나코가 당황스러운 표정을 짓자, 유카리는 한 손으로 가볍게 그녀의 어깨를 흔들었다.

"알고 있어, 후미야하고."

히나코가 뭐라고 대꾸하기도 전에 유카리는 천진난만하게 손을 흔들고는 마당의 어둠 속으로 사라졌다. 문 밖에서 두런두런 기미히코와 이야기하는 소리가 나더니, 언덕길을 내려가는 두 사람의 발소리가 멀어졌다.

유카리가 가고 난 뒤에도 히나코는 툇마루에 꼼짝하지 않고 앉아 있었다. 믿을 수가 없었다. 믿고 싶지 않았다. 사요리가 자신을 자기 마음대로 움직일 수 있는 인형처럼 생각했다니.

오노의 집에서 까르르 웃음소리가 터졌다. 마치 히나코를 비웃는 것 같았다.

4

시게는 앞으로 고꾸라질 듯이 걷고 있었다. 한여름의 태양에 느릿느릿 흘러가는 사카 강 수면이 반짝거렸다. 가끔씩 차가 지나가기도 하는 강변길임에도, 시게는 전혀 전방에 신경 쓰지 않고 시종 고개를 숙이고 있었다. 실수로라도 고개를 드는 게 무서웠다. 또 그걸 볼까봐 두려웠다.

바로 조금 전의 일이었다. 툇마루에 앉아 바느질을 하고 있는

데, 언제 들어왔는지 눈앞에 한 남자가 서 있었다. 짧게 깎은 머리. 웃고 있는 듯한 눈. 가운데가 움푹 들어간 코. 어딘가 낯이 익었다. 시게는 손을 멈추고 "누구슈?" 하고 물었다. 그러나 남자는 아무 대꾸도 하지 않고 물끄러미 자신을 바라보기만 할 뿐이었다.

그리고…… 시게는 기억해냈다.

시노하라 다케오. 자신의 애인이었던 남자. 이미 죽은 사람이었다.

갑자기 목이 타들어갔다. 사고가 묶인 듯이 움직임을 멈췄다.

다케오는 소름 끼칠 만큼 차가운 눈으로 시게를 보았다. 마음속을 얼음 손으로 쓰다듬는 것 같았다.

그러더니 갑자기 사라졌다. 마치 조용한 오후의 햇살에 녹아버린 것처럼. 시게는 바느질감을 꼭 쥔 채 방금 전까지 다케오가 서 있던 지면을 응시했다. 닭이 새빨간 볏을 흔들면서 천천히 정원을 가로질렀다.

옛 애인의 얼어붙은 듯한 눈길은 시게를 불안하게 했다. 어째서 그렇게 차가운 시선을 던진 걸까? 그 이유를 알 것도 같았다. 그러나 막상 생각해보려 하면 안개가 낀 듯 머릿속이 몽롱해 기억을 더듬을 수가 없다. 어쨌든 아득히 먼 옛날 일이었다.

분명 다케오는 뭔가를 전하고 싶었던 것이다. 자신이 잊어버린 뭔가를. 그렇게 생각하니 가만히 있을 수가 없었다. 바느질감을 재봉상자에 넣어두고 툇마루에서 일어났다. 방으로 들어가 지갑을 몸뻬 주머니에 넣은 뒤, 고무를 덧댄 짚신을 끌고 밖으로 나왔다. 빨래를 널고 있던 치즈코가 어디 가냐고 물었지만, 대꾸하지 않았다. 그럴 여유가 없었다. 꼭 알아내야 한다고 생각했다. 사자가 말하고 싶어하는 것을. 마음속 어딘가에서 그만두라는 소리가 들렸지만, 시게의 발은 멋대로 앞으로앞으로 나아가고 있었다.

사카 강가에서 고지대 쪽으로 들어가자, 하얀 벽으로 둘러싸인 집이 시야에 들어왔다. 시게는 수건으로 흘러내리는 땀을 닦으면서 히우라 가의 고즈넉한 마당으로 들어섰다. 마당으로 난 유리문은 열려 있었다. 집 안은 깨끗하게 청소돼 있고, 새 다다미가 깔려 있었다. 시게는 유리문을 짚고 안을 들여다보았다. 대낮인데 안에 시커먼 그림자가 누워 있었다.

"있는가?"

불러보았지만 그림자는 움직이지 않았다. 희미하게 코 고는 소리가 들렸다. 시게가 몸을 내밀었다.

"요시코. 일어나봐."

그러나 상대는 꼼짝도 하지 않는다. 시게가 한 번 더 큰 소리로 부르자, 그제야 꿈틀 움직였다.

"난 데루코라고요. 어머니는 옛날에 돌아가셨구먼."

불만스러운 목소리였다. 그래서 시게는 또 자신이 착각했음을 깨달았다. 하지만 그런 건 아무래도 좋다. 히우라 가의 여자라면 누구라도 상관없다.

"부탁이 있어서 왔는데."

데루코는 무거운 몸짓으로 문을 열었다. 까칠해진 얼굴에는 흙빛이 돌았다. 치켜올라간 눈만이 묘하게 번득거렸다.

"공수를 부탁하려고."

데루코는 귀찮다는 얼굴로 요즘은 바빠서 그런 것 안 한다고 했다. 좀 전까지 자고 있던 주제에. 시게는 그렇게 말하고 싶었지만 꾹 참았다.

"이런 대낮에 죽은 사람이 나타나서 말이야. 가슴이 콩닥거려 견딜 수가 없어."

데루코의 까칠한 얼굴에 미소가 떠올랐다.

"그런 건 놀랄 일도 아닙니다. 우리 사요리도 밤낮 구분 없이 나오는걸요."

사요리라는 말에 시게는 당황했다. 어딘가에서 들은 이름이다. 기억 저 밑에서 여자아이의 얼굴이 가물가물 떠올랐다. 아마 데루코의 딸이었을 것이다.

"당신 딸은 옛날에 죽었잖아?"

데루코의 얼굴에 미소가 번졌다. 검게 그을린 해골이 웃는 것처럼 보였다.

"죽었지만 돌아왔습니다."

"죽었지만…… 돌아왔다고……?"

시게는 홀린 듯이 되뇌었다. 입에 올리는 것만으로도 불길했다. 데루코는 먼 산을 바라보며 고개를 끄덕였다.

"모두 돌아옵니다. 죽은 사람을 생각해주는 사람이 있는 곳에 기억 속 그대로의 모습으로 돌아옵니다."

원래 히우라 가의 여자들은 어딘지 모르게 현실과 동떨어져 있었다. 저세상의 사람을 부르기도 하고, 귀신을 물리치기도 하니 당연하다. 시게는 데루코의 말은 알아들을 수 없었지만, 순순히 "아, 그런가?" 하고 대답했다.

그리고 다시 공수를 부탁하려다 아차 싶었다. 히우라 여자의 공수에는 의동이 필요했다. 시게는 그 생각을 못 한 자신이 바보 같아서 인상을 찌푸렸다.

"이거 안 되겠네. 댁에는 이제 의동이 될 딸이 없으니 공수를 못 하잖는가."

"사요리는 있습니다. 공수할 수 있습니다."

데루코가 발끈하며 대답했다.

시게가 놀라서 "설마?" 하고 말했다. 그 말이 데루코를 화나게 한 것 같았다.

"할 수 있다니까요. 자, 올라오세요. 공수해드리겠습니다."

데루코는 강요하듯이 우겼다. 시게는 반신반의하며 히우라 가로 들어갔다. 북향의 안쪽 방은 시게도 예전에 기도하러 몇 번

들어간 적이 있었다. 어두컴컴한 6조짜리 방 한쪽에 제단이 차려져 있다. 신체인 녹색 돌을 금줄로 감아 나무 제단에 올려놓았다. 돌 양쪽으로는 녹나무와 하얀 신장대*도 있었다. 가업을 그만둔 뒤 영락한 히우라 가에서 이 방만은 옛날과 다름없이 보존되어 있었다.

데루코는 제단 앞에 앉아 선반 위의 양초에 불을 붙이고 시게에게 물었다.

"불러낼 사람의 이름은?"

시게는 우물거리면서 시노하라 다케오의 이름을 댔다. 데루코가 시노하라 다케오를 알 리 없다고 생각하면서도 옛 애인을 불러내는 것이 조금 꺼림칙했다. 그러나 데루코는 누군지 묻지도 않고 고개를 끄덕였다.

히우라 가의 여자는 입이 무거워서 신뢰를 얻고 있었다. 옛날부터 야쿠무라 여자들은 절에 상담하러 가기 어려운 일이 생기면 히우라 가의 문을 두드렸다. 드러내놓을 수 없는 관계로 생긴 아이를 어둠에 묻었을 때, 자신을 원망하며 누군가가 죽었을 때, 타인을 저주하고 싶을 때, 히우라 가에서는 누구에게도 알리지 않고 사자의 영혼을 달래기도 하고, 타인을 저주하기도 했다. 절이 사자를 위해 밝은 기도를 해주는 곳이라면, 히우라 가는 사자

---

* 무당이 신장을 내릴 때 쓰는 막대기.

에게 어두운 기도를 하는 곳이었다.

데루코는 잠시 제단을 향해 합장하더니, 시게를 방구석으로 물러나게 했다.

"의동이 있을 자리를 비워주세요."

시게가 방을 둘러보며 의동이 어디 있냐고 물었다.

"어디 있다니요, 오노 씨. 거기 있잖아요."

데루코는 방 한가운데를 가리켰다. 그러나 시게의 눈에는 아무것도 보이지 않았다. 시게는 마음속으로 데루코를 찾아온 걸 후회했다. 공수를 부탁하지 않은 지 아주 오래되었다. 데루코는 자신을 적당히 놀려먹을지도 모른다.

데루코는 제단을 향해 절을 올렸다. 그리고 낮은 소리로 시노하라 다케오의 이름을 열 번 정도 부르고, 나오라고 불렀다. 그러고는 자리에서 일어나더니 방 안을 왼쪽으로 빙글빙글 돌기 시작했다. 시게는 구석에 앉아서 손을 모았다.

맨발로 다다미를 디디는 소리에 녹나무를 흔드는 바스락바스락 소리가 섞였다. 어른거리는 촛불 속에서 데루코의 눈이 경련하듯이 치켜올라갔다. 이마에 땀이 배어났다. 방 공기가 묘하게 후덥지근했다. 숨을 죽이고 데루코의 모습을 보고 있던 시게는 조금씩 몸을 앞으로 내밀었다. 방 한가운데가 어두워진 듯했다. 자세히 보니 그 어두운 부분이 꼭 사람의 그림자 같았다.

획획. 데루코는 계속 돌았다. 원 안의 사람 그림자는 점점 또

렷해지기 시작했다. 반듯하게 앉아 있는 소녀 같았다. 갸름한 얼굴과 가냘픈 어깨선, 튀어나온 무릎이 검은 그림자의 형태로 나타나기 시작했다. 얼굴 생김은 분명하지 않았다.

놀란 나머지 입을 헤벌리고 있는 시게의 귀에 낮은 목소리가 들려왔다.

〈시게…… 시게.〉

남자 목소리였다. 소리는 그림자 같은 소녀 쪽에서 흘러나왔다. 시게는 떨리는 목소리로 물었다.

"다, 다케오 씨?"

남자 목소리가 그렇다고 했다. 너무나 그리운 다케오의 목소리였다. 시게가 할 말을 찾는 동안 다시 목소리가 울렸다.

〈잘도 나를 버렸지.〉

"버렸다고요?"

시게가 되물었다. 다케오는 무슨 말을 하고 싶은 걸까?

〈너는 나를 버리고 도망쳤다.〉

물 밑에서 들려오는 듯한 다케오의 목소리가 이어졌다.

〈태풍이 몰아치던 그날 밤에.〉

시게의 입에서 짓눌린 듯한 신음이 새어나왔다. 미친 듯이 부는 바람 소리를 들은 것 같았다. 폭포처럼 지붕에서 떨어지는 비. 눅눅했던 숯 굽는 오두막…… 단편적인 기억이 뇌리에 떠올랐다가는 사라졌다. 그것들은 조금씩 모여 하나의 형태를 만들었다. 잊고 있던 기억이 되살아났다. 시게는 몸서리를 쳤다.

〈나는 돌아올 거야. 너한테로 돌아올 거라고.〉

다케오의 목소리는 무거운 공기처럼 다다미 위를 기어서 시게의 몸을 감쌌다.

〈나는 돌아올 거야. 돌아올 거야, 돌아……〉

"그만해!"

시게가 원 안으로 뛰어들었다. 발을 들이민 순간, 의동의 흐릿한 형태는 사라졌다. 그곳에는 아무도 없었다. 시게는 거친 숨을 토해내면서 촛불에 비친 방을 둘러보았다. 방금 전까지의 답답하던 공기도 사라졌다. 발밑의 다다미가 젖은 것처럼 축축했다. 옆에 서 있던 데루코가 억양 없는 목소리로 중얼거렸다.

"죽은 자는 조만간 돌아옵니다."

데루코는 만족스러운 미소를 지었다.

태평양이 은색 기구氣球의 표면처럼 빛났다. 감색 세단은 요코나미 반도를 따라 계속 커브를 돌았다. 카스테레오에서 흘러나오는 팝송. 열어놓은 창으로 들어오는 바람. 핸들을 잡은 후미야는 줄무늬 반팔 셔츠에 청바지. 말쑥한 차림이 잘 어울렸다.

히나코는 바람에 머리카락을 날리면서 어젯밤 일을 생각했다.

— 히나코는 사요리의 금붕어 똥 같은 존재였잖아 —

유카리의 말은 가시처럼 심장을 찔렀다. 그렇다면 지금까지 믿어온 사요리와의 우정은 출발점부터 전혀 달랐던 것이 된다. 히나코는 사요리를 친구라고 믿었는데, 사요리는 자신을 졸병으로밖에 보지 않았다.

유카리가 거짓말을 한 것 같지는 않았다. 사요리에게 보낸 편지를 알고 있는 것이 그 증거다. 그 편지가 사요리의 분노를 샀으리라고는 생각도 못 했다.

"태풍이 오네."

후미야의 목소리가 히나코의 사고를 드라이브로 되돌려놓았다. 히나코가 되묻자, 후미야는 핸들에서 왼손을 떼어 바다를 가리켰다.

"봐, 바다색이 이상하지? 태풍의 영향이야."

바다는 어두운 회청색으로 가라앉아 있었다. 멀리 수평선 언저리는 납색으로 테두리를 칠한 것 같았다. 그와는 대조적으로 하늘에는 하얀 비구름이 한가로이 떠 있었다.

"이렇게 맑은데 태풍이라니 너무하네. 날씨 많이 나빠지려나?"

후미야가 웃었다.

"오늘 내일 오는 건 아니야. 안심해도 돼. 아직 드라이브할 시간은 충분해."

히나코가 미소지었다. 매일같이 데이트를 하는 것은 대학 시절 이후로 몇 년 만일까? 그때는 그랬었다. 일 년 남짓 만나는 동안 함께 있지 않으면 늘 안절부절못하는 심정이었다.

갑자기 가슴에 통증이 느껴졌다. 후미야와의 관계도 이대로 여름 한때의 즐거운 추억으로 사라지는 걸까? 사요리가 히나코를 제 마음대로 부릴 수 있는 부속물이라고 생각했듯이, 사람의 생각은 알 수 없다. 후미야는 자신을 어떻게 생각하고 있을까? 잠깐 고향에 돌아온 도쿄의 여자. 여름을 적당히 즐길 상대. 그 정도 존재일지도 모른다.

히데와 사귀기 시작했을 때도 처음에는 만날 때마다 가슴이 설레었다. 그런데 반년도 지나지 않아 그의 바람기가 도졌다. 히나코는 화가 났지만, 그걸 들추어내면 그를 잃을까봐 두려웠다. 결국 히나코는 너그러운 여자를 연기하는 쪽을 선택했다. 그렇게 두 사람 사이의 균형을 맞추려 애쓴 나머지, 자신의 내부가 텅 비어가는 것을 깨닫지 못한 채.

히데가 바람피운다는 걸 알게 되었을 때는 미미하게나마 존재했던 순진한 연인관계는 사라지고, 임기응변식 연애에 능숙한 남자와 상대의 바람기를 연애의 액세서리로 생각하고 마는 여자가 남았다. 임기응변에 능한 남자는 잘 놀았다. 히데와 함께 있으면 늘 즐거웠다. 그러나 그것은 공허한 즐거움, 얄팍한 오락에 지나지 않았다. 무감동과 익숙함보다 조금 나을 뿐이었다.

또 같은 결과가 나오지 않을 거라고 어떻게 말할 수 있을까? 히나코는 빈정거리듯 생각했다.

"요 앞에는 막부 말기의 지사인 다케치 즈이산의 동상이 있어."

후미야의 말이 끝나자마자 이내 청동상이 시야에 들어왔다.

"원래는 다른 동상이 서 있었지. 그런데 너무 사실에 충실한 나머지 머리가 대갈장군인 삼등신이었나봐. 보기 흉하다는 지역 주민들의 성화에 지금의 멋진 동상으로 바꾼 거야."

"실물하고 똑같이 만들면 안 되는 거였구나."

"사람들은 노골적인 현실은 보고 싶어하지 않는 것 같아."

나도 그래. 현실에서 눈을 돌리고 있어. 히나코는 목구멍까지 올라온 말을 참았다.

히데와 정기적으로 만나 자는 것이 애정의 증거라고 믿으려 했다. 그 내실의 공허함을 보는 것이 두려웠다. 거북이 등껍데기 안에 움츠리고 있던 어린 시절과 뭐가 다른가.

백미러에 자신의 얼굴이 비쳤다. 커다란 눈동자. 산뜻한 색깔의 루주를 바른 입술. 하지만 내면은 달라졌다고 할 수 있을까?

히나코는 담배를 꺼내 피우기 시작했다. 후미야가 희미하게 미간을 찡그렸다. 그는 나를 천박한 도시 여자라고 생각하는 걸까? 나 같은 여자는 싫어하는 게 틀림없다. 그리고 그렇게 생각하는 것과 동시에 비참해졌다.

"조금 더 가면 우라노우치 만灣이 보일 거야."

"우라노우치? 그러고 보니 초등학교 때 다 같이 선생님 댁에 놀러 가지 않았나? 버스를 타고 엄청 울퉁불퉁한 길을 몇 시간이나 흔들리면서. 이쯤이었던 것 같은데?"

후미야가 핸들을 쳤다.

"맞아! 거기 다케우치 선생님 댁. 여름방학 때 놀러 와서 자고 가라고 해서 다들 몰려갔지. 지금 생각하니 엄청 민폐였을 것 같아."

히나코가 소리내어 웃었다.

그때 그들은 빨간색 보닛 버스를 타고 바닷가의 좁은 도로를 달렸었다. 마주 오는 차를 만나면 한바탕 소동이 일어났다. 차장이 버스에서 내려 호루라기를 불면서 유도해야 했다. 차창 밖을 보면 파도가 밀려드는 바다가 바로 아래 보였다. 당장이라도 타이어가 미끄러져 바다로 굴러떨어지는 게 아닐까 싶어서 제정신이 아니었다.

"여기가 그 무서운 길이었다니 믿을 수 없네. 전혀 다른 곳 같아."

"우리가 성장한 것처럼 장소도 성장한 거야."

모퉁이를 돌 때, 전방에 흰옷을 입은 사람 두 명이 가로질러가고 있었다. 순례자다. 히나코의 눈에는 하얀 그림자처럼 보였다. 그 모습에 데루코가 겹쳤다. 그리고 또 한 사람. 아이 같은 하얀 모습……

후미야가 브레이크를 밟는 바람에 몸이 앞으로 쏠렸다. 평상복 차림에 흰옷을 걸친 부부 순례자가 전혀 차에 신경 쓰지 않고 도로를 가로질러갔다. 두 사람은 '오쿠노인 입구'라는 간판이 있는 산의 샛길로 사라졌다.

다시 차가 달리기 시작하자, 히나코가 물었다.

"이 주변이 순례길이야?"

"응. 이 요코나미 반도를 지나 아시즈리 곶 쪽으로 가고 있는 거야. 시코쿠 88개 영장은 대부분 시코쿠의 해안선을 따라 늘어서 있지. 더욱이 곶에서 쑥 튀어나온 곳에 자리 잡고 있어 험한 곳도 많다. 지금은 보통 차와 관광버스로 도는데, 옛날에는 모두 걸어다녔어. 그 시절의 순례자는 정말 힘들었을 거야."

데루코도 걸었다. 사요리가 소생하기를 기도하며 열다섯 번. 거꾸로 돌았다.

후미야는 흥이 난 듯 이야기를 이었다.

"시코쿠 88개 영장은 원래 슈겐도修験道*의 수행자들이 해변의 험한 길을 걸어서 수행하는 곳이었다는 설이 있어. 그 길에 있던 영장이 지금의 예배를 드리는 모체가 된 게 아닌가 해. 홍법대사도 8세기 말경에 영장을 돌았대. 그것이 현재의 시코쿠 순례로 이어지고 있는 거야. 저것 봐, 순례자의 삿갓에 '동행 2인'이라고 쓰여 있지? 바로 홍법대사와 함께 걷는다는 뜻이야."

"잘 아는구나."

후미야는 빙그레 웃었다.

---

* 나라 시대의 수도자 엔노오즈누를 시조로 하는 밀교의 한 파.

"그쪽으로 관심이 많아서 조사했어. 이래봬도 나 병아리 향토 사학자잖아."

그러더니 문득 진지한 얼굴이 되었다.

"하지만 홍법대사가 수행하며 걷던 것보다 훨씬 전부터 시코 쿠를 도는 순례길의 원형原型은 있었어. 오랜 옛날부터 무수한 사람들이 기도를 읊으면서 시코쿠를 계속 돌아왔다는 말이지. 원을 그리듯이 섬을 오른쪽으로 빙빙 도는 거야. 무슨 결계를 만 드는 것처럼. 오른쪽으로 도는 것도 뭔가 의미가 있는 걸까."

히나코가 중얼거렸다.

"왼쪽으로 도는 건 죽음의 나라에 가는 길……"

후미야가 놀란 듯이 그녀를 보았다.

"뭐라고?"

히나코는 손끝으로 입술을 눌렀다. 자신도 모르게 말이 나와 버렸다. 엊그제 데루코에게 들은 말이었다.

"언뜻 생각이 났어."

후미야는 한 번 더 히나코가 한 말을 물은 다음 생각에 잠긴 듯이 말했다.

"확실히 그러네. 할머니 장례식 때, 가족들이 관을 왼쪽으로 돌았던 기억이 나."

"왼쪽이 죽음의 세계로 들어가는 방향이라고 한다면, 오른쪽 은 삶의 방향……"

후미야는 고개를 끄덕였다.

"시코쿠 순례길이야. 무수한 순례자들이 오른쪽으로 도는 것으로 시코쿠에 삶의 결계를 만들고 있는지도 몰라. 그러나 그것으로 무엇을 멀리하고, 무엇을 지키려 하는 건지……"

가고메가고메…… 모두 원이 되어 빙글빙글 돈다. 둥근 고리 안에 갇혀 있는 술래. 술래가 갑자기 고개를 들었다. 사요리의 하얀 얼굴이었다.

백미러에 비친 자신의 얼굴이 일그러져 있었다. 어째서 사요리 생각만 자꾸 떠오르는 걸까?

도로 옆에 큰 표지가 보였다. '시코쿠 영장 제36번 쇼류 사青龍寺 입구'라고 적혀 있다.

"시코쿠 순례 이야기가 나온 김에 들러볼까?"

히나코는 고개를 끄덕였다. 내키지는 않았지만, 마땅히 거부할 이유도 생각나지 않았다.

차는 좁은 길로 접어들었다. 작은 촌락을 벗어나자, 산기슭을 따라 길이 나 있었다. 길에는 빨간 앞치마를 한 지장상이 줄지어 서 있고, 그 너머에 절이 있었다. 주차장에 차를 세워놓고 후미야와 히나코는 쇼류 사 문에 들어섰다. 흰옷 차림의 순례자들이 금강장을 짚고 본당으로 이어진 험한 돌계단을 오르내리고 있었다.

"시코쿠는 죽은 영혼들이 사는 섬인가?"

후미야가 불쑥 중얼거렸다. 히나코는 그 말의 울림에 오싹해져서는 무슨 말이냐고 되물었다.

"아니, 다카 씨…… 사요리의 아버지가 쓴 책을 발견했어. 거기에 그렇게 쓰여 있었어. 어이없다고 생각하지만…… 이렇게 죽음의 흰옷 차림으로 섬 전체를 도는 순례자들은 일본의 다른 지역에는 찾아볼 수 없지 않을까? 그걸 생각하면 시코쿠가 죽은 영혼이 사는 섬이라는 것도 꼭 헛소리라고 단정지을 수는 없을 것 같아."

"사요리네 아버지가 그런 생각을 하고 있었어?"

"응."

후미야는 돌계단을 올라가면서 지금까지 읽은 『시코쿠의 고대 문화』 내용을 대략 설명해주었다. 그의 이야기를 들을수록 히나코의 머릿속에서 종잡을 수 없었던 생각이 하나로 모아지기 시작했다.

오노 시게는 신의 골짜기가 죽은 이들이 돌아가는 곳이라고 했다. 히나코는 황급히 고개를 저었다. 후미야와 함께 있을 때는 죽은 사람 생각 따위는 하고 싶지 않다.

산 중턱에 있는 경내에는 본당과 대사당, 하쿠산 사白山社가 나란히 있었다. 주위에는 향냄새가 떠돌았다. 순례자 예닐곱 명이 나란히 경을 읊고 있었다. 절에 온 것은 오랜만이었다. 상쾌한 공기. 봉납받은 에마*와 기둥이나 격자창에 붙은 센쟈후다**.

기도를 올리고 사라지는 순례자들. 경내에 있는 것만으로 마음이 차분해진다. 히나코와 후미야는 불전을 던지고 추녀에 달린 줄을 당겨 방울을 울렸다.

돌아갈 때는 돌계단이 아닌 산길로 내려갔다. 어깨를 맞대고 걷고 있던 두 사람의 손끝이 닿았다. 그리고 그들은 서로 손깍지를 꼈다. 산의 녹음이 히나코와 후미야를 부드럽게 감쌌다.

갈림길이 나왔다. 하나는 입구로 나가는 길이지만, 다른 좁은 길은 산속으로 이어져 사라졌다. '오쿠노인'이라는 입간판이 서 있었다. 아까 차에서 본 순례자들의 목적지인 오쿠노인으로 이어지는 것 같았다. 후미야가 그녀의 얼굴을 보았다.

"가볼래?"

히나코는 고개를 끄덕였다. 후미야와 손을 잡고 산책을 더 하고 싶었다.

두 사람은 나뭇잎 사이로 햇살이 비치는 산속으로 들어갔다. 잡목림 사이로 오르막길이 이어지고, 언덕을 따라 작은 강이 흐르고 있었다. 산길 옆에는 바위가 비바람에 깎여나간 표면을 드러내고 있었다. 지장상과 묘비도 나란히 있었다. 묘비는 순례 도중 쓰러진 사람의 것이리라. 이름도 없이 그저 돌을 세워놓기만

---

* 신사나 절에 봉납하는 말 그림 액자.
** 절이나 신사를 참배한 기록이나 자신의 신상 명세를 적은 종이.

한 묘표였다. 히나코는 아픔이 담긴 눈으로 묘표를 바라보다가 후미야의 얼굴로 시선을 옮겼다. 그리고 그녀는 걸음을 멈추었다. 후미야도 히나코를 바라보고 있었다. 그의 눈동자에 히나코의 얼굴이 비쳤다. 두 사람은 가슴과 가슴이 맞닿을 만큼 가까워졌다. 후미야가 무슨 말을 하고 싶은 듯이 입을 열려고 했다.

그때였다. 세찬 바람이 불어와 히나코의 등을 떠밀었다. 히나코는 비명을 지르며 후미야에게 매달렸다. 그의 체취와 갓 빤 셔츠 냄새가 났다. 그러나 황홀했던 것은 잠깐이었다. 이번에는 옆구리를 때리는 돌풍에 비틀거렸다.

데굴데굴 구르는 돌 위에서 구두 신은 발이 미끄러졌다. 히나코는 그대로 쓰러져 강에 빠졌다. 비말이 흩날렸다.

"히나코!"

후미야가 소리쳤다. 히나코는 몸을 일으키려고 했다. 차가운 강바닥에 양손을 짚었을 때, 온몸이 얼어붙었다.

그곳에 두 개의 눈이 떠올랐다. 치켜올라간 눈동자는 증오에 불타며 히나코를 찌를 듯이 노려보았다. 바로 가까이 있는 것 같기도, 아득히 멀리 있는 것 같기도 했다. 그러나 거리는 문제가 아니었다. 히나코를 죽일 듯한 강렬한 증오는 아프리만큼 가깝게 느껴졌다.

그것은 사요리의 눈, 질투로 불타는 소녀의 눈이었다.

"히나코, 어떻게 된 거야?"

후미야의 손이 그녀를 흔들었다. 히나코는 깜짝 놀라 고개를 들었다.

"누, 눈이……" 하고 말하면서 흠칫흠칫 수면으로 시선을 돌렸다. 그곳에 있는 것은 검은 돌이었다. 마치 사람의 눈처럼 옆으로 두 개가 나란히 있었다.

돌을 잘못 본 것뿐이었다. 히나코는 그렇게 생각하려고 했다. 하지만 마음속에서는 다른 소리가 들렸다. 사요리는 후미야를 좋아했고, 그래서 화가 난 거라고. 후미야를 빼앗으려는 히나코에게 살의에 가까운 증오를 느낀 거라고.

"감기 걸려. 자, 일어나."

후미야가 그녀의 손을 잡고 일으켜세워주었다. 히나코는 후미야의 도움으로 강에서 올라왔다. 발밑에 물이 뚝뚝 떨어졌다. 아까의 돌풍이 거짓말인 양 산은 다시 고요해졌다.

히나코는 그의 가슴에 얼굴을 묻었다. 몸이 떨렸다. 공포와 안도가 뒤섞인 감각이었다.

"저거…… 사요리야."

후미야가 놀란 얼굴로 히나코를 보았다.

"강바닥에서 눈을 보았어. 사요리의 눈이야."

"바보 같은 소리 하지 마."

히나코는 그의 가슴에서 몸을 뗐다.

"여기 있어. 우리 옆에. 알잖아. 신의 골짜기에서도 그랬던 거. 사요리의 목소리였잖아. 사요리가 노래를 불렀잖아."

"환청이야. 사요리는 죽었다고."

"그럼 아까 바람은 뭐였어? 갑자기 불어온 게 예사롭지 않았 잖아?"

히나코의 말투가 거칠어졌다.

"바람 같은 건 언제든지 불어. 그런 일로 일일이 겁먹지 마."

후미야는 차가운 말투로 대답했다.

히나코는 그를 물끄러미 보았다. 그의 얼굴은 감정을 죽인 가면 같았다. 갑자기 그와의 사이에 벽이 하나 생겨난 것 같았다.

"왜 인정하지 않는 거야? 신의 골짜기에서의 일도, 지금 일도. 단순한 일이 아닌 거 알잖아?"

후미야는 그녀에게서 고개를 돌렸다.

"그냥 바람일 뿐이야."

후미야의 목소리는 얼음처럼 차갑게 울렸다. 조금 전까지의 따뜻한 감정은 어딘가로 사라지고 없었다.

히나코는 고개를 숙이고 치맛자락의 물기를 짜기 시작했다. 물방울이 눈물처럼 풀 사이로 뚝뚝 떨어졌다.

멀리서 파도 소리가 들렸다. 남자는 발을 멈추고 귀를 기울였다. 동백나무 숲속에서 바닷바람이 불어왔다. 눈에는 보이지 않지만 끝없이 펼쳐져 있는 태평양을 느끼고 그는 문득 두려워졌다.

시코쿠의 최남단 아시즈리 곶. 햇빛을 받아 반짝거리는 산수유 잎이 곶 전체를 덮고 있었다. 여기까지 오면 시코쿠 순례여행은 반을 지난 것이다. 산수유 숲 위로 곤고후쿠 사金剛福寺의 탑머리가 우뚝 솟아 있었다. 남자는 탑머리를 올려다보면서 발걸음을 재촉했다. 산수유 숲속에 조성된 산책길은 곶 전체로 뻗어나갔다. 평일임에도 여기저기서 관광객들이 스쳐 지나갔다. 팔짱을 끼고 사이좋게 걸어가는 젊은 신혼부부를 보며, 남자는 예전에 아내와 함께 아시즈리 곶에 왔을 때의 기억을 떠올렸다.

결혼하고 몇 년 지났을 때였다. 겨울이었던 것만큼은 분명하다. 아내는 이웃에게 아시즈리 곶 이야기를 들었다고 했다. 겨울이면 추위가 혹독했던 남자의 마을과는 달리 아시즈리 곶은 따뜻하다는 이야기를. 아내는 그곳에 가서 며칠 쉬고 싶다고 말했다.

순례중에 몇 번 간 적이 있긴 했지만, 남자도 기꺼운 마음으로 아내와 함께 2박 3일 여행에 나섰다. 승용차도 없었다. 열차와 버스를 갈아타는 긴 여행이었다. 기근氣根을 늘어뜨리고 바다를 내려다보고 있는 용수*와 부채 같은 잎을 펼친 빈랑나**. 버스

---

* 열대 아시아에 분포하는 뽕나무과의 상록교목.
** 야자과의 상록교목.

창으로 지금까지 한 번도 본 적 없는 남국의 식물을 내다보면서 아내가 진지하게 하던 말이 기억난다.

"당신은 이렇게 넓은 시코쿠를 걸어서 돌았군요."

그후 아내는 남자가 순례를 떠나기 전이면 예전보다 더 애타게 말했다.

"당신이 없으면 나는 어떻게 살라고요."

남자는 아내의 걱정에서 도망치듯이 마을을 뒤로했다.

아내와 좀더 여행을 다녔더라면 좋았을걸. 순례라는 운명을 짊어지운 그 마을을 떠나 아내와 둘만의 시간을 좀더 가졌으면 좋았을걸. 아내가 마을을 떠나본 건 손가락으로 꼽을 수 있을 정도에 불과했다. 죽을 때까지 같은 풍경, 같은 사계만 바라보며 살다가, 살고 있던 그 장소에 묻혔다.

남자는 화난 표정으로 눈앞의 산수유 가지를 치웠다. 주차장이 나타났다. 남자는 차들 사이를 지나 도로를 건너, '시코쿠 영장 제38번 곤고후쿠 사'라는 팻말이 걸린 빨간색 산문을 지나갔다. 돌계단을 올라가 넓은 경내에 발을 들였다. 평상복 위에 형식적으로 흰옷을 걸친 가족들, 오토바이 여행중인 듯 헬멧을 안고 있는 젊은이, 그리고 단체로 온 순례자들이 오가고 있었다. 경내의 혼잡스러움에 피곤해진 남자는 근처 벤치에 앉았다.

옛날에 비해 기력이 많이 떨어졌다. 무리도 아니다. 남자의 아버지는 그 나이에 순례를 그만두었다.

"여기 좀 앉아도 될까요?"

눈앞에 초로의 여자가 서 있었다. 남자는 묵묵히 벤치 한 끝으로 옮겨앉았다. 격자무늬 원피스를 입은 여자는 목에 카메라를 건 남편을 불러서 사이좋게 앉았다.

"여기 절은 옛날에 후다라쿠도카이*가 있었던 곳이래. 훌륭한 스님이 되면 밖으로 나가지 못하도록 배에 태워 바다로 띄워보냈다네."

남편이 절의 안내서 같은 것을 펼쳐들고 아내에게 읽어주고 있었다.

"그럼 자살 아냐?"

"자살은 아니지. 그렇게 해서 극락정토에 가는 거지."

"난 굶어 죽으면서까지 극락에 가고 싶지 않은데."

"넌 극락에 가지도 못해."

남편이 어이없다는 듯이 웃었다. 남자는 그 웃음소리에서 도망치듯이 벤치에서 일어섰다.

경내를 가로질러 오쿠노인으로 이어지는 작은 길로 들어서니 그곳은 정적에 감싸인 별세계였다. 압도될 듯한 녹색의 아열대 숲이 이어졌다. 여기까지 들어오는 순례자는 거의 없었다.

---

* 남쪽 저 건너편에 있다고 믿었던 극락정토 후다라쿠로 배를 타고 바다를 건너가는 사신의 수행인.

수풀을 헤치고 걸어가는 남자의 마음속에 복잡한 생각이 들 끓었다.

저 부부와 같은 인생을 살 수도 있었을 것이다. 나이를 먹으면 카메라와 캠코더를 들고 아내와 함께 88개의 영장을 구경 삼아 돈다. 그 인생에는 순례중에 아내가 죽는 일도 없었을 테고, 자식도 살아 있었을 것이다. 남자의 볕에 그을린 얼굴에 괴로운 표정이 떠올랐다가 천천히 피부 아래로 가라앉았다.

그 마을에서 태어나지만 않았더라면 아내는 그렇게 죽지 않았을 것이었다. 적어도 아내나 아이, 둘 중 하나는 살릴 수 있었다. 시설이 제대로 갖춰진 병원으로 데려갔더라면 두 사람 다 목숨을 구할 수 있었을지 모른다. 아무리 노령의 초산이었다고는 하지만, 결과가 그렇게 되지는 않았을 것이다. 자신만 옆에 있었더라면……

문득 뭔가가 남자의 시야에 들어왔다. 축 늘어진 용수 뿌리 사이에 하얀 것이 걸려 있다. 마치 남자에게 손을 흔드는 것처럼 하늘거렸다.

남자는 풀숲을 헤치며 가까이 갔다. 그것은 찢어진 하얀 천조각이었다. 남자는 불길한 예감을 느끼면서 용수의 뿌리께로 다가갔다. 병풍처럼 우뚝 솟은 재색 뿌리 사이에 누가 등을 기대고 앉아 있었다. 비바람을 맞아 너덜너덜해진 흰옷에 싸여 있다. 남자는 멈춰섰다.

아무렇게나 뻗은 두 다리. 앞으로 푹 꺾인 고개. 마치 아무렇게나 버려진 인형 같았다. 남자는 이루 말할 수 없는 공포를 느끼면서 용수의 나무 그늘로 들어갔다.

그때, 흰옷 차림의 사람이 번쩍 고개를 들었다. 파랗게 부은 얼굴. 눈은 시커멓게 꺼져 있다. 남자는 깜짝 놀랐다. 같은 마을 사람이다! 남자보다 앞서서 순례를 떠나 죽은 줄로만 알았던 자였다.

〈돌아가라.〉

새파란 입술이 움직이고, 귀에 익은 동료의 목소리가 흘러나왔다.

〈빨리…… 돌아가…… 엄청난…… 일……이……〉

마지막 말은 알아들을 수 없었다. 동료의 육체가 연기처럼 허물어지기 시작했다. 얼굴도 몸도 하얀 옷도 흐물거리는 공기 덩어리가 되어 소용돌이치는가 싶더니, 갑자기 둘로 나누어졌다.

그리고 하나는 용수의 가지 끝에서 하늘로 사라지고, 다른 하나는 시커먼 흙 속으로 빨려들어갔다.

남자는 동료의 이름을 부르며 뿌리 쪽으로 달려갔다. 푹. 짚신이 부드러운 흙 속에 빠졌다. 지독한 악취가 코를 찔렀다. 그곳에는 백골이 드러난 채 부패한 사체가 뒹굴고 있었다. 새와 들개의 소행인 듯 내장과 팔, 허벅지 살이 뜯겨나간 채였다. 짧은 머리카락이 드문드문 남은 두개골, 살점이 말라붙은 대퇴골. 지면에는 무수한 구더기가 번들번들 몸을 빛내면서 기어다녔다.

죽은 지 한 달은 지난 것 같았다. 동료는 남자가 오기를 기다리고 있었다. 그에게 아까 그 말을 전하기 위해. 그리고 말을 전한 뒤에야 동료의 영혼은 육체를 떠나갔다.

남자는 침통한 얼굴로 동료의 사체를 내려다보았다. 구더기의 바다에 가라앉은 해골 속에 불쑥 튀어나온 팔뼈에 시선이 멈추었다. 뼈는 구더기 떼에 밀려 건들건들 흔들렸다. 그 검지가 한 방향을 가리키고 있었다. 남자는 백골의 손끝이 가리키는 방향을 보았다. 아열대 삼림 깊숙이. 남자의 마을이 있는 쪽이었다.

5

차 안에는 음울한 공기가 가득했다. 후미야는 운전을 하면서 조수석의 히나코를 연방 힐끔거렸다. 입을 꾹 다물고 있는 그녀에게 무슨 말을 해야 좋을지 몰랐다.

쇼류 사에서 나와 어색하게 점심식사를 마치고 나자, 히나코는 돌아가자고 했다. 후미야도 반대하지 않고 귀로에 들어섰지만, 마음속에 무거운 추를 매단 채 질질 끌고 가는 것 같았다.

자신이 잘못한 것은 알고 있었다. 쇼류 사와 신의 골짜기에서 일어난 일은 단순한 자연현상이라고 치부하기에는 너무나도 불가사의하다. 자신도 느끼고 있었다. 하지만 인정할 수는 없었다. 인정하면 주변의 현실이 송두리째 붕괴한다. 인정하면 그 시선도 현실이 된다.

그 시선.

후미야는 핸들을 꽉 잡았다.

그렇게 생각만 했는데도 또 지켜보고 있는 듯한 기분이 들었다.

사요리가.

언제부터였더라? 사요리가 자신을 바라보는 시선을 깨달은 것은. 중학교에 들어가서부터? 아니, 훨씬 전이었다. 누군가 보고 있는 것 같아서 주위를 둘러보면 그곳에는 항상 사요리가 있었다. 학교 뒤 그늘에서, 교실 창가에서, 운동장 구석에서, 과학 동아리 부원들의 무리 속에서, 그 시선을 보내고 있었다. 후미야는 무대 위의 배우 같았다. 항상 한 명의 관객이 그를 보고 있었다. 피부가 희고 아름다운 소녀. 때로는 그 관객을 의식해 친구와 장난치기도 하고, 싸움 같은 것도 했다. 그러나 대개는 쑥스러워서 그 시선을 일부러 모른 척했다.

사요리가 자신을 좋아한다는 건 어렴풋이 눈치챘지만, 심각하게 생각한 적은 없었다. 그렇게 생각하는 것이 두려웠을지도 모른다.

중학교 3학년 여름이었다. 사요리의 집에서 열리는 오봉 잔치에 후미야의 가족도 초대받았다. 후미야는 커다란 접시에 푸짐하게 담긴 생선회를 묵묵히 먹고 있었다. 술 취한 다이스케 삼촌이 후미야 쪽으로 왔다. 놀릴 상대를 찾고 있었는지 후미야의 어깨에 팔을 두르며 큰 소리로 물었다.

"많이 컸네, 후미야. 어때, 좋아하는 여자친구는 있냐?"

후미야는 얼굴이 빨개져서 없다고 대답했다.

"한심한 놈이네. 여자친구 하나쯤은 만들어야지."

삼촌은 크게 웃으면서 후미야의 등을 철썩 쳤다. 고개를 움츠렸다가 들었을 때, 문 뒤에서 들여다보고 있는 여자아이의 하얀 얼굴이 눈에 들어왔다.

사요리였다. 심장을 망치로 얻어맞은 것 같았다. 가슴이 훤히 팬 하얀 원피스를 입은 사요리는 놀라우리만치 어른스러워 보였다. 눈초리가 긴 눈이 아름다웠다. 그러나 후미야와 시선이 마주치는 순간, 사요리는 고개를 숙이고 피했다.

그리고 사흘 뒤, 그녀는 사카 강에 빠져 죽었다. 생각해보면 그 오봉 잔치 자리가 살아 있는 사요리를 마지막으로 본 순간이었다. 지금도 그때의 사요리 얼굴이 기억 속에 선명하게 남아 있다. 문 그늘에서 후미야를 물끄러미 바라보고 있던 하얀 얼굴이.

후미야는 자신의 결혼이 원만하지 못했던 것도 그 시선 탓이라고 생각했다. 신혼여행지는 하와이의 와이키키 해변. 호텔의 넓은 침대 위에서 아내 준코를 안고 키스했다.

그때 시선을 느꼈다. 후미야는 준코의 머리 너머로 방을 둘러보았다. 반쯤 열린 커다란 옷장이 눈에 들어왔다. 껴안은 두 사람의 모습이 좌우의 거울에 무수히 비치고 있었다. 시선은 그 옅은 녹색 거울 깊은 곳에서 날아오고 있었다. 후미야는 옷장 문을 꼭 닫고 와서 다시 준코의 몸을 더듬기 시작했다. 그러나 아무리 집중하려고 해도 그날 밤 후미야는 아내를 만족시킬 수가 없었다. 그뒤로도 한 달에 며칠 밤에는 그런 일이 있었다.

물론 그 시선이 이혼의 원인이었다고 하는 것은 논리적이지 않다. 파국에 이른 이유는 이혼한 부부 대부분이 말하듯 성격 차이였다. 자신과 아내가 보내는 시간의 흐름이 서로 달랐다. 처음에는 그 차이가 신선했다. 준코는 톡톡 튀는, 발효중인 포도액 같은 여자였다. 후미야의 손을 잡고 여기저기 끌고 다니며 큰 소리로 웃고, 큰 소리로 화를 냈다. 처음에는 그 넘치는 열기가 좋았다. 그러나 함께 살다보니 몹시 지쳤다. 그의 활력까지 그녀가 빨아들이는 것 같았다. 남자가 생겼다며 준코가 이혼하자는 말을 꺼냈을 때, 한편으로는 안도감마저 들었다.

물론 이혼에는 아픔이 따랐다. 헤어지기 전, 준코는 그 왕성한 활력으로 후미야의 문제점을 일일이 열거했다.

"당신이 한심한 사람이어서 이렇게 된 거야. 휴일에는 드라이브나 가는 게 고작이고, 여행을 가도 차라리 단체여행만 못하고. 무엇에도 감동하는 법이 없고, 늘 멍하니 있기만 할 뿐이잖아. 난 더 즐거운 생활을 바랐다고. 그 꿈을 깬 건 당신이야. 내가 애인을 만든 건 어쩔 수 없는 일이었단 말이야."

그런 식으로 자신을 합리화하며 준코는 다른 남자의 품으로 가버렸다. 반년 후, 재혼했다는 소식을 들었다. 그러나 두번째 남편도 후미야와 성격이 별반 다른 것 같지도 않다고 친구가 전해주었다. 후미야는 쓴웃음을 지었다. 그래도 아직 이혼했다는 얘기가 없는 걸 보면 잘 살고 있는 것 같다. 결국 자신과 같은 타입으로 보여도 그 남자는 그녀와 잘 맞는 모양이다.

준코는 자신에게 맞는 남자를 찾아 새로운 인생의 길을 걷고 있다. 그리고 자신은 간신히 히나코라는 여자를 발견했다. 그런데 이런 일로 잃어버리는 건가?

히나코는 골똘히 생각에 잠긴 얼굴로 전방만 주시했다. 문득 어린 시절의 그녀가 생각났다. 입을 여는 게 두려운 듯 언제나 이런 긴장된 표정을 짓고 있었다.

"미안해."

후미야가 말했다. 히나코가 놀란 얼굴로 이쪽을 돌아보았다.

"아까 일, 내가 잘못했어."

히나코의 눈초리가 처졌다.

"그런 일, 잊어버리자."

후미야는 고개를 끄덕였다. 차 안의 공기가 조금 가벼워졌다. 차는 기타노초를 지나 사카 강을 따라 올라갔다. 히나코가 어젯밤 후지모토 유카리가 불쑥 찾아왔던 이야기를 꺼냈다.

"기미히코하고 바람난 걸 남편한테 들켰나봐."

후미야의 눈이 휘둥그레졌다.

"그거 큰일이네. 유카리네 남편, 사람은 좋지만 욱하는 편인데. 기미히코는 알다시피 줏대 없는 녀석이고."

"둘이 도망가 오사카에서 살 거라던데."

"하지만 서로 자식까지 있는데 그게 그렇게 쉬울까?"

"유카리, 완전히 신났던걸. 도시에서 산다고. 시골생활에 아주 진력이 난 것 같았어."

모퉁이 길 너머로 야쿠무라가 보이기 시작했다. 마을사무소와 농협이 나란히 있는 중심지를 둘러싸고 여유로운 전원 풍경이 펼쳐져 있다. 히나코도 이 마을에서의 생활이 지루할까?

마치 후미야의 마음을 읽은 것처럼 히나코가 말했다.

"나는 여기 생활도 좋은데. 도쿄보다 훨씬 살기 좋은 것 같아."

히나코는 진지한 얼굴로 후미야를 보았다.

"난 야쿠무라로 돌아와도 괜찮을 것 같아."

후미야는 자기도 모르게 얼굴이 환해졌다.

"좋은 생각이야."

그는 그렇게 말한 후, 느릿한 어투로 덧붙였다.

"그러면 더 자주 만날 수도 있고."

히나코의 얼굴이 기쁨으로 반짝 빛났다.

차는 사카 강을 건너서 오노 집 옆을 지나 언덕길로 올라가다가, 히나코의 집 앞에서 멈추었다. 히나코는 조수석에서 내리려고 하다가 후미야를 돌아보았다.

"잠깐 들어갔다 갈래?"

속삭이는 듯한 목소리에 후미야는 가슴이 철렁했다. 이제 막 오후 세시가 지났다. 히나코의 집에 둘만 있는 것의 의미가 머릿속을 스쳐갔다. 후미야는 "좋아" 하고 대답했다. 두 사람은 차에서 내려 같이 문을 열고 들어갔다.

"이제 온 거야?"

마당 쪽에서 소리가 났다.

거기에 한 남자가 서 있었다. 웨이브 머리, 살집이 적당히 있고 균형 잡힌 체격이지만, 배 부분이 처졌다. 이목구비가 또렷한 얼굴에 은테 안경을 끼고 마직 양복을 입고 있었다.

히나코가 그 자리에 우뚝 멈춰섰다. 그녀의 표정에서 후미야는 금세 알아차렸다. 두 사람의 관계가 친구 이상이라는 것을. 몸의 내부가 모래가 되어 발밑으로 좌르륵 쏟아지는 듯했다.

남자도 후미야를 발견하고 인사를 했다.

"히나코가 신세를 지고 있는 것 같군요."

"히데, 조용히 해!"

히나코가 소리쳤다.

"저는 히나코의 초등학교 동창입니다. 별로 신세 지는 것 없습니다."

후미야가 도쿄에서 온 남자에게 말했다.

그리고 히나코에게 딱딱한 어투로 말했다. "갈게" 하고. 히나코는 당장이라도 울음을 터뜨릴 것 같았다. 도쿄에서 온 남자가 붙임성 있게 말했다.

"그냥 계셔도 됩니다. 초등학교 때의 히나 이야기도 듣고 싶네요. 이 친구, 나한테는 어린 시절 이야기를 하고 싶어하지 않아서요."

"아뇨, 그만 가보겠습니다."

후미야는 휙 등을 돌렸다.

"후미야!"

히나코가 불렀지만, 후미야는 뒤도 돌아보지 않고 차에 올랐다. 거칠게 차 문을 닫고 시동을 걸었다.

내 행복이 도망친다. 멀어져가는 차를 바라보면서 히나코는 생각했다. 뒤쫓아가서 후미야를 붙잡고 싶었다. 그러나 뭐라고 변명해야 좋을까. 제멋대로 살아가는 자신이 적나라하게 드러날 뿐이다. 매듭을 짓지도 못하고 도망치기만 하는 자신의 모습을 보여주는 것뿐이다. 그는 점점 히나코를 싫어하게 될 것이다.

히데가 희미하게 미소지으며 다가왔다.

"아주 촌구석이네. 길에서 당신 집을 물으니 금방 가르쳐주던 걸. 도쿄에서 온 아가씨네 집 말이지 하면서. 좁아터진 촌이야."

히나코는 그의 말을 가로막았다.

"뭐 하러 온 거야?"

히데는 부루퉁한 얼굴이 되었다.

"인사가 고작 그거야? 잘 왔다고 한마디쯤 해주면 어디가 덧나나. 일주일이나 일을 내팽개치고 있으니 걱정돼서 왔지. 전화로 고치의 야쿠무라란 말만 듣고 이렇게 찾아온 걸 봐."

온 게 아니라, 와주었다는 울림이 담겨 있었다. 또구나. 히나코는 생각했다. 상대가 자신보다 약하다 싶으면 히데는 강압적으로 변했다. 그것은 그의 태도와 어투의 바닥에 흐르는 기조 같은 것이었다. 평소에는 다른 가락에 숨겨져 있어 귀를 기울여야만 알아챌 수 있다. 그러나 지금 히나코에게는 특별히 귀를 기울이지 않아도 잘 들렸다.

"데리러 오란 부탁 같은 건 하지 않았어."

히데는 빈정거리듯이 은테 안경 속의 눈을 반짝거렸다.

"하하, 내가 바람피웠다고 복수하려다가 방해받아서 삐쳤구나."

"당신 바람기하고는 상관없는 일이야."

"이제 그만 기분 풀어. 여자하고 잠깐 논 것 가지고 싸우는 건 관두자고. 우리 사이하고는 차원이 다르니까."

히데는 과거 무수히 상대를 바꿔가며 바람을 피울 때마다 하던 말을 또 입에 올렸다. 이번에 그의 상대는 모델 지망생 아가씨였다. 다른 상대도 별 차이 없다. 가수 지망생, 피아노 교사, 술집에서 아르바이트하는 여대생, 스타일리스트…… 그때마다 언쟁을 했지만 모두 유야무야되어버렸다.

"그만 끝내."

히나코가 단단히 결심하고 말했다. 심장이 크게 파도쳤다. 히데가 어이없다는 표정을 지었다.

"갑자기 무슨 소리를 하는 거야."

"이 관계를 계속해봐야 아무것도 되지 않는다는 거 알아. 당신은 계속 바람을 피울 거고, 나는 그런 당신을 관대히 받아주는 성숙한 여자를 연기할 뿐이고. 무의미해."

히데가 자기 생각을 말하려고 입을 열려 했다. 히나코는 그에게 말할 틈을 주지 않고 빠르게 말을 이었다.

"오 년이나 사귀었지만 우리 사이는 늘 같아. 적당히 거리를 두고 서로에게 특별히 해 끼치는 일 없이 마주 보고 있어. 앞으로 몇 년이 지나도 마찬가지일 거야."

히데는 빙그레 웃으며 히나코를 보았다.

"결혼하고 싶지?"

"결혼?"

"그래. 당신이 결혼을 원하는 건 알고 있었어. 지금 이런 상태가 싫어진 거지. 나도 결혼 생각이 전혀 없는 건 아냐. 시기를 보고 있을 뿐이지."

히나코는 히데를 혐오스러운 눈으로 바라보았다. 물론 히나코는 결혼을 원했다. 그러나 그는 항상 뺀들뺀들하게 빠져나갔다. 그걸 이제 와서 함부로 쓰지 않는 비법이라도 되는 양 꺼낸다. 남자들은 결혼이 여자를 붙잡는 마지막 무기라고, 여자는 언제든지 고마워하며 그걸 받아들일 거라고 믿는다.

"결혼해도 달라지는 건 없을 거야. 우리 관계는 예전에 끝났어. 이미 끝난 관계를 계속 붙잡고 있을 뿐이야."

히나코는 큰 소리로 말했다.

끝났는데 끝내지는 않았다. 그와의 관계에서 아무것도 생겨나지 않는 것과 마찬가지로, 두 사람의 관계를 단절해도 잃을 것도 얻을 것도 없다. 계속하든 계속하지 않든 마찬가지라면 계속해도 좋을 거라고 생각했었다. 애인의 존재는 없는 것보다 있는 게 낫고, 섹스도 안 하는 것보다 하는 게 좋다. 모호한 채로 여기까지 왔다. 그런데 어떤가? 진지하게 연애하려는 순간, 호된 보복을 당했다. 자기 자신이 불러온 결과다. 더는 어리석은 짓을 반복하고 싶지 않다.

히나코는 현관 자물쇠를 열고 안으로 들어갔다. 히데가 여행 가방을 들고 격자문 안으로 살짝 들어왔다. 히나코는 부은 듯이 하얀 그의 얼굴을 노려보았다. 이 남자는 이런 식으로 내 안에 들어왔다. 마음의 문틈으로 미끈거리는 파충류처럼 슬며시. 그걸 받아들인 내 몸은 그의 보금자리 중 하나가 되어버렸다.

히나코는 곧장 부엌으로 향해 전화번호부를 뒤져서 기타노초의 택시 회사를 찾았다.

"투정부리지 마. 끝났다니, 난 그렇게 생각 안 해. 너도 그럴 생각 없잖아. 여기까지 내려와서 일부러 나한테 전화까지 했으면서. 목소리 듣고 싶다고 해서 데리러 왔잖아. 대체 불만이 뭐야?"

히데는 부엌 의자에 멋대로 걸터앉아 그녀에게 말을 걸었다. 히나코는 아랑곳하지 않고 다이얼을 돌려 택시를 불렀다. 야쿠무라의 묘진으로는 통하지 않았지만, 오노의 집 위라고 하자 바로 알아들었다. 전화를 끊고, 이십 분 뒤에 택시가 올 거라고 했더니, 히데는 안도하는 표정이었다.

"아, 다행이네. 이런 촌구석에 오래 있고 싶지 않았는데. 오늘밤은 고치 시내에 머물고, 내일 마을을 안내해줘. 그리고 내일밤 비행기로 도쿄로 돌아가자."

"당신 혼자 돌아가."

히나코는 히데의 가방을 들고 현관으로 나가 털썩 바닥에 내려놓았다.

"우리 집에서 나가줘."

"이봐, 히나. 괜한 고집은 그만 부려. 너한테는 내가 필요하고, 나한테도 네가 필요해. 이번 일은 내가 잘못했어. 용서해줘."

히데는 그녀를 달래듯이 말했다.

다가와 키스를 하려는 히데를 히나코는 밀쳐냈다. 그는 여전히 히죽거리면서 말을 계속했다.

"고집쟁이네. 하지만 너의 그런 점이 좋아."

히데는 히나코의 좋은 점을 읊었다. 그리고 이렇게 그녀를 인정해주는 자신과의 관계를 끝내려고 하다니 어리석다고 말했다.

"도쿄에 돌아가면 이번에야말로 잘 생각해보자. 함께 살아도 좋아. 그러면 너도 안심이 되겠지."

히나코는 귀를 막고 싶었다.

히데는 사람을 설득하는 데 능숙하다. 그와 이야기하다보면 말려들 게 뻔하다. 지금까지 늘 그래왔다. 이야기하고, 서로 알면 알수록 달콤한 향기를 뿌리는 그의 논리 속에서 헤맸다. 이윽고 그 달콤한 냄새에 머리가 마비되고, 아무래도 좋다고 생각하게 된다. 이제는 지겹다. 분명한 것은 같은 장소에 언제까지나 있고 싶지는 않다는 것. 히나코는 히데의 가방을 현관 밖으로 내던졌다. 가방은 흙바닥에 뒹굴었다.

"뭐 하는 거얏!"

히데의 목소리가 거칠어졌다.

"돌아가라고 했잖아."

히데의 얼굴이 시뻘게졌다. 구두를 신더니 성큼성큼 현관에서 나갔다.

"다른 남자 생겼다고 이제 안녕이란 건가? 사람을 실컷 이용해놓고 이제 좀 잘나간다고 버리는 거야? 무서운 여자네."

히나코는 웃고 싶었다. 텔레비전 드라마의 주인공 같은 그런 흉내를 낼 수 있었다면, 이렇게 오래 히데와 사귀지도 않았을 텐데.

"안녕."

히나코는 미닫이문을 닫으려고 했다. 그 문을 히데가 잡았다.

"여기까지 온 나한테 이러면 안 되지."

히데의 얼굴은 상처 입은 자존심으로 일그러졌다. 히나코는 마음 한구석이 찔렸다. 연유야 어찌 됐든 이별을 선언했고, 그에게 상처를 입혔다. 이런 날이 오리라고는 한 번도 생각해본 적이 없었다. 그에게 버림받는 일은 있어도 자기가 먼저 히데와의 관계를 끊는 일은 없을 줄 알았다. 히나코는 목구멍에 걸려 있는 안녕이란 말을 한 번 더 밀어냈다.

"어이, 히나!"

히데가 격자문을 열려고 했다.

"돌아가."

힘을 주어 격자문을 잡고 있었다. 그때 히데가 비명을 질렀다. 손가락을 낀 것 같았다.

"아!"

히데는 분노에 차서 고함을 지르며 힘껏 격자문을 열어젖혔다. 문은 단번에 열렸다. 히데는 오른손 손끝을 왼손으로 문지르고 있었다. 그 얼굴은 분노로 시커멓게 보였다. 평소의 냉정함은 사라지고 없었다. 온몸에서 수증기처럼 분노가 끓어오르는 것 같았다. 맞겠다. 순간 히나코는 그렇게 생각했다. 히데가 한 걸음 집 안으로 들어설 때였다.

빵빵. 문 밖에서 클랙슨이 울렸다. 택시가 온 것이었다. 운전
기사가 놀란 얼굴로 마당에 뒹구는 가방을 보았다. 히데는 히나
코에게 증오의 시선을 보내더니 현관에서 나가 가방을 챙겨들
었다.

"나중에 돌아오고 싶다고 해도 어림없을 줄 알아."

그렇게 내뱉고 그는 성큼성큼 택시를 타러 갔다. 문이 닫히는
소리와 함께 택시는 떠났다.

히나코는 격자문을 천천히 닫았다. 문이 끝까지 닫히고 나서
야 집 안으로 들어갔다.

마루에 앉아 담배에 불을 붙였다. 흰 연기가 마당으로 흘러나
갔다. 마음속이 텅 비었다. 아무 생각도 할 수 없었다. 담배 연기
를 들이마셨다가 토해냈다. 들이마시고, 토하고, 들이마시
고…… 눈물이 흘렀다.

감정은 무감각한데 눈물이 쏟아진다. 히나코는 눈물을 닦으
려고도 하지 않고 담배만 피워댔다.

신의 골짜기는 야쿠무라 북쪽에 있는 작은 골짜기다. 신기
하게도 나무는 자라지 않고 꽃과 풀만 흐드러지게 핀 조용한
산간의 땅이다.

이 신의 골짜기에서 솟아난 지하수가 마을을 가로지르는

사카 강의 원류이다. 사수死水*와 묘에 뿌리는 물은 사카 강에서 퍼온다는 말이 마을에 전해내려온다. 이 말에 비추어봐도 사자와 사카 강, 그리고 그 원류에 해당하는 신의 골짜기는 깊은 관계가 있는 듯하다.

한편, 사카 강과 합류하는 니요도 강은 고대에는 신하神河라고 불렸다. 신하인 니요도 강은 시코쿠 최고봉인 이시즈치 산을 원류로 하고 있다. 이시즈치 산은 일본 슈겐도의 창시자인 엔노오즈누가 연 영봉靈峰이라고 한다. 이시즈치는 돌의 영혼을 의미하는 고어이다. 정말로 이시즈치 산은 돌의 영혼이 깃든 산이다.

이시즈치 산 부근에서는 조몬시대 전기의 가미쿠로이와上黑 岩 암각 유적도 발견되었다. 또 그 근처에 '후타나'라는 지명이 있다. 나는 이 땅이야말로 『고지키』에서 시코쿠를 의미하는 '이요노후타나노시마'의 발상지로 보고 있다. 이상의 사실로 이시즈치 산 일대는 옛날부터 시코쿠의 성역이었음을 추측할 수 있다.

후미야는 한기를 느끼고 팔을 문질렀다. 히우라 야스다카의 책을 덮고, 침대에서 일어나 벽장에서 담요를 꺼내 덮었다. 한밤

---

* 사람이 죽으면 먹이는 물.

중이었다. 덧문 밖에는 달빛 아래 마을이 잠들어 있다.

밤이라고는 하지만 아직 한여름이다. 추운 게 이상했다. 불을 환하게 켜놓았는데도 방 안은 묘하게 어둡다. 나사가 느슨해져 기울어진 블라인드, 주름투성이 침대 커버, 먼지 쌓인 책들. 방 안은 생기를 잃고 죽은 듯이 보인다. 지금 그의 기분과 너무나 어울리는 분위기였다.

— 난 야쿠무라로 돌아와도 괜찮을 것 같아 —

히나코의 목소리가 되살아나 위가 찌릿찌릿 조여드는 기분이었다.

새빨간 거짓말이었다. 진지하게 야쿠무라에 돌아올 마음이라 곤 없었다. 그녀에게 후미야는 여름 한철의 연애 상대. 들떠서 거듭 데이트를 신청한 자신을 생각하니 굴욕감이 들끓었다.

히나코는 잊어버리자. 지금까지 그래왔던 것처럼 앞으로도 아무 관계가 없을 것이다. 그녀는 도쿄라는 별세계의 여자. 곧 야쿠무라를 떠날 존재.

그러나 한편으로는 오늘 헤어질 무렵에 본 히나코의 상처 입은 표정이 생각났다. 애인 같은 남자의 출현에 동요하며 혐오감까지 내비쳤다. 사실 그녀는 자신이 짐작하고 있는 그런 여자가 아닐지도 모른다……

후미야는 얼른 독선적인 생각을 지웠다. 달콤한 희망을 품었다가 또 환멸에 빠지고 싶지 않았다. 잊자, 히나코는. 자신은 야쿠무라에 살고 있다. 도쿄로 돌아갈 여자는 머리에서 쫓아내자. 그는 담요를 둘둘 감고 다시 책에 집중했다.

고대부터 높은 산은 신이 있는 장소로 간주되어왔다. 신이란 선조의 영이다. 이시즈치 산에 있다는 돌의 영의 실체는 조령祖靈이라는 게 나의 생각이다. 사자의 혼이 높은 산에 올라감으로써 정화되면서 조령이 되어 자손을 지키는 것이다.

그런데 사자의 영은 이처럼 수호신의 존재로 추앙받는 한편, 지벌을 내리는 사령死靈으로 두려움의 대상이 되기도 했다. 사자의 영이 지닌 이면성은 영이 지닌 두 가지 성질에서 나온다고 나는 생각한다.

영의 두 가지 성질을 이야기하기에 적합한 말로 혼백魂魄이 있다. '혼魂'이란 죽음과 함께 육체에서 떨어져나가기를 원하는 영, '백魄'은 육체를 떠나길 원치 않는 영이라고 나는 생각한다.

혼이라는 글자는 '운云'과 '귀鬼'로 이루어졌다. 운은 구름 운雲을 만드는 글자이다. 귀는 사자란 뜻. 따라서 혼은 증기처럼 모락모락 피어올라가는 사자를 가리킨다. 하늘로 올라가 정화되기를 바라는 영. 즉, 조령이 될 혼이다.

백魄은 '백白'과 '귀鬼'로 이루어진다. 백白은 백골이 된 몸을 가리킨다. 또한 몸에 깃든 활력도 나타낸다. 따라서 썩어서 구더기에게 먹히고 하얀 골이 보일 때까지 육신 곁에 남아 있는 사자의 영이 백이다. 이것은 인간의 사고에서 생겨난 '마음'이라고 하는 편이 이해하기 쉬울 것이다. 마음은 육체를 고집한다. 생을 고집한다. 육체가 소멸해도 생에 미련을 두고 지상을 떠돈다.

이처럼 사자의 영은 혼과 백 두 부분을 함께 갖고 있다. 어느 쪽의 비중이 큰지는 사람마다 다르다.

시코쿠에서 혼이 정화를 찾아 모이는 장소가 이시즈치 산이다. 한편, 신의 골짜기는 육체를 고집하고 살아가는 것에 집착하는 사자의 마음, 백이 모인 장소다.

이 두 영장은 신하인 니요도 강에서 만난다. 물에 의해 혼과 백은 결합하기도 하고, 떨어지기도 한다. 만약 혼과 백이 분리되지 않는다면 어떻게 될까? 사후에도 혼과 백이 하나로 존재한다면, 육체의 유무 말고는 산 자와 죽은 자를 나눌 수 있는 요소가 없어져버린다. 하지만 만약 혼과 백만으로 육체를 형성할 수 있다면……

도사 지방은 귀신이 사는 곳, 사자가 사는 곳이다. 이런 호칭이 남아 있는 것은 일찍이 사람이 사후에도 혼과 백으로 분리되지 않고 어떤 형태로, 이 세상에 존재했다는 증거가 아닐까? 죽은 자도 산 자도 똑같이 이 세상에 존재한 때가 있었던 게 아닐까? 만약 그랬다면 그 땅이야말로 사령이 사는 섬, 사국 死国 — 그렇다, 이 시코쿠 四国였을 것이다.

후미야는 무의식적으로 목덜미를 긁적거렸다. 목덜미의 잔털이 거꾸로 섰다.

히우라 야스다카는 여기서 논설을 멈추었다. 후반부는 시종 시코쿠에 전해지는 오랜 전승을 기술한 것이었다. 후미야는 책을 가슴 위에 올리고 천장을 보고 누웠다.

육신을 떠나길 원하는 영은 이시즈치 산으로 올라가고, 육신을 고집하는 영은 신의 골짜기에 모인다. 그러면 이시즈치 산의 돌기둥이 신의 골짜기에 있는 것은 어째서일까?

신의 골짜기는 사자의 마음이 모이는 장소. 그곳에 이시즈치 산의 돌기둥을 두는 것으로 고대인은 무엇을 하려고 한 것일까?

열어둔 창으로 파르스름한 달빛이 흘러들어왔다. 방은 점점 추워졌다. 그러나 이제 한기는 느껴지지 않았다. 후미야는 팔베개를 하고 천장을 노려보았다.

돌기둥을 둘러싸고 있는 고대인들의 모습이 떠올랐다. 풀을 밟고, 무슨 말을 중얼거리면서 신의 골짜기 와지에서 원을 이루어 춤을 춘다. 얼굴에는 문신을 하고, 손발에는 큰 팔찌와 발찌를 차고, 사슴이나 멧돼지의 이빨로 만든 목걸이를 걸고 있다. 그 정경이 눈앞에 생생하게 떠올랐다.

방 안의 어둠이 조금씩 짙어짐과 동시에 습한 악취가 떠돌았다. 썩기 시작한 물 냄새가 축축한 진흙 같은 어둠 속에서 끓어 올라왔다.

후미야는 눈도 깜박이지 않고 누워 있었다. 몸이 아래로 가라앉는 것 같았다. 어두운 세계의 바닥으로 푹푹 빠져들어갔다. 그의 의식도, 어딘가 깊은 지하로 가라앉고 있다. 그곳은 차가운 의식의 수면 아래. 물속에서 밖을 보는 것처럼 주위에서 춤을 추는 고대인의 모습이 흔들리고 있다. 손발을 휘두르며 황홀한 표정으로 미친 듯이 춤을 추고 있다. 그러나 그에게는 그 춤의 음악도 뜨거운 입김도 전해지지 않는다. 후미야는 얼음 같은 공기에 안겨 있었다. 몸은 차가워지고 입술은 파랗게 질렸다. 그러나 그 차가움이 편하게 느껴졌다. 후미야는 밤의 세계의 심연에서 미소짓고 있었다.

6

검은물잠자리가 검은 그림자처럼 수면으로 올라온 돌에 내려앉았다. 물속에서는 물고기가 시원하게 지느러미를 흔들고 있다.

히나코는 스케치북을 무릎에 올려놓고 사카 강가에 앉아 있었다. 강 너머에 야쿠무라의 집들이 점점이 흩어져 있다. 무논 사이로 난 길을 녹색 제복을 입은 우체부가 오토바이를 타고 달려갔다. 태양이 내리쬐긴 하지만, 볕이 강하지는 않았다. 그래도 묘하게 푹푹 찌는 날씨라 집에 틀어박혀 있기가 답답했던 히나코는 아침을 먹자마자 스케치를 하려고 나섰다.

어젯밤에는 잠을 이루지 못했다. 히데를 쫓아낸 것에는 후회가 없었지만, 후미야에게 상처를 입혔다는 사실이 밤의 어둠과 함께 그녀를 덮쳐왔다. 아침에 눈을 떠서도 기분은 전혀 가벼워지지 않았다. 후미야를 잃었다. 그것이 이부자리에서 제일 먼저 머리에 떠오른 생각이었다. 그리고 커다란 공백감을 느꼈다.

겨우 완성되어가던 그와의 사이를 잇는 다리가 무너졌다. 어떻게 해야 다리를 다시 놓을 수 있을지 모르겠다. 앞으로 갈 수도 뒤로 물러날 수도 없다. 벼랑 끝에 우두커니 서 있을 뿐. 무너진 다리가 탁류에 떠내려가는 것을 지켜볼 수밖에 없다······

문득 등뒤에서 발소리가 났다. 돌아보니 한 남자가 강변길을 따라 걸어오고 있었다. 지카다비를 신고 삼베 자루를 짊어지고 있는 오노 야스조였다.

"안녕하세요?"

히나코는 고개를 숙였다. 야스조는 마지못한 듯이 입속말로 우물우물 답례를 했다. 나흘 전, 술을 마시면서 제멋대로 떠들던 야스조의 모습은 온데간데없고 영 딴사람처럼 무뚝뚝했다. 그러나 그대로 지나쳐가지 않고 걸음을 멈추었다.

"어제 말인데, 남자 하나가 너희 집을 물으러 왔더라. 그래서 가르쳐줬는데, 만났냐?"

히데가 온 것을 이미 알고 있다. 이 정도라면 그뒤 자기가 후미야와 같이 차를 타고 돌아온 것도 알 게 뻔하다. 불길한 예감이 들었지만, 일단 상냥하게 대답했다.

"덕분에 잘 만났습니다. 도쿄에서 지인이 인사하러 들렀다고 합니다. 바로 돌아갔습니다만."

"허, 도쿄에서."

야스조는 시선을 돌렸다.

"일부러 널 만나러 여기까지."

야스조가 히데의 이야기를 더 듣고 싶어한다는 걸 알았지만, 히나코는 화제를 바꾸려고 밭일 가는 길이냐고 물었다. 야스조는 떨떠름한 얼굴이 되었다.

"밭에 심을 감자를 캐러 가는 참이야. 빨리 캐오라고 하도 잔소리를 해서. 다른 때 같으면 어머니가 하는 일인데, 어제부터 상태가 좀 이상해서."

"시게 할머니가요?"

"어머니답지 않게 이 더위에 창문도 꼭꼭 닫고 방 안에만 틀어박혀 있지 뭐냐. 밭에 가보라고 해도 신의 골짜기에 가까이 가고 싶지 않다고 하고."

"밭이 신의 골짜기에 있어요?"

"골짜기에 가는 도중에 있어. 하긴 요즘은 만날 이상한 소리만 해댔지. 어제는 길에서 어머니와 마주쳤는데 얼굴빛이 하도 이상해서 왜 그런가 물었더니, 글쎄 유령을 봤다지 뭐냐. 죽은 아버지가 나타났다고 대낮부터 새파랗게 질려가지고. 히로시 녀석까지 가게에 온 손님도 같은 말을 했다고 하고. 다들 더위 먹어서 머리가 이상해진 건지."

야스조는 일단 이야기를 시작하자 멈추지 않고 줄줄 늘어놓았다.

"게다가 후지모토 가게의 새댁이 남자하고 눈 맞아서 도망가는 바람에 그 집도 난리야."

히나코는 입이 벌어질 뻔한 것을 겨우 참았다. 야스조는 얼굴을 찌푸렸다.

"요즘 젊은 사람들은 대체 무슨 생각을 하고 사는지 모르겠다. 상대는 시마자키 씨네 아들이라는군. 남자도 마누라하고 새끼들 버리고 도망쳤다지."

역시 유카리는 기미히코와 오사카에 간 것이다. 그제 히나코의 집에서 나간 그 길로 사랑의 도피를 한 게 분명하다.

야스조는 재미있다는 듯 말했다.

"어제 우리 마누라가 후지모토에 물건 사러 갔더니, 그 집 아들이 마누라 찾으러 간다고 한바탕 시끄러웠던 모양이야. 나 같으면 그런 짓 안 하고 새장가 가겠구먼."

야스조가 굵은 목소리로 웃었다.

"히나코, 후지모토네 집에 시집가면 어떻겠냐?"

히나코는 그 농담이 불쾌해서 대답도 하지 않았다. 야스조는
쉰 목소리로 껄껄 웃으면서 신의 골짜기 쪽으로 가버렸다.

히나코는 한동안 강가의 풀밭에 멍하니 앉아 있었다.

유카리는 히나코에게 야쿠무라를 모른다고 비난했다. 그럴지
도 모른다. 히나코가 야쿠무라에 온 것은 마음의 상처를 치유하
고 싶어서였다. 그것부터가 터무니없는 착각이었다. 결국은 사
요리와의 우정에 환멸을 느끼고, 후미야와의 관계를 엉망으로
만들지 않았는가. 야쿠무라에 돌아오지 않았더라면 사요리의 죽
음을 알게 될 일도, 후미야와 사랑에 빠질 일도 없었을 텐데. 지
금까지 그랬던 것처럼 히데와 싸우면서도 계속 만났을 텐데.

……안 돼. 그것도 이제 와서는 아무 매력 없는 생활이야.

히나코는 그 이상 생각하기도 싫어서 다시 스케치북으로 돌
아왔다. 사인펜을 잡고 종이 위로 몸을 구부리던 히나코가 멈칫
했다.

거기에는 강가의 풍경이 그려져 있지 않았다. 대신 완만한 골
짜기, 와지, 무성한 풀들…… 신의 골짜기가 있었다. 어떻게 된
일인지 영문을 알 수 없었다. 아까까지 분명 강가를 스케치했는
데. 어느새 강가가 신의 골짜기로 바뀌어 있었다.

히나코는 문득 자신이 있는 곳이 신의 골짜기가 아닌가 하는

공포에 휩싸여 고개를 들었다. 사카 강이 고요히 흐르고 있었다. 검은물잠자리가 검은 날개를 떨며 날아다녔다. 자신이 있는 곳은 사카 강가였다.

히나코는 다시 스케치북을 보았다. 역시 신의 골짜기가 그려져 있다. 검은 사인펜으로 음영까지 칠해놓았다. 앞장을 넘겼다. 거기에는 며칠 전 신의 골짜기에 갔을 때 그린 그림이 있었다. 두 장의 그림을 비교해보았다. 같은 구도였다. 똑같이 돌기둥이 서 있다.

그러나 방금 그린 스케치에서는 돌기둥이 서 있는 와지가 연못으로 그려져 있었다. 수면에서 연기 같은 것이 피어올랐다.

그 연못 주위에 사람이 있었다. 한 사람은 남자. 또 한 사람은 소녀.

히나코는 그림을 자세히 보았다. 거친 터치로 그린 선 속에서 희미하게 얼굴이 떠올랐다. 남자는 후미야. 그리고 소녀는…… 사요리.

손을 잡고 연못으로 들어가려는 참이었다. 두 사람 다 행복하게 미소짓고 있다. 하지만 그 얼굴은 생기가 없고 축 늘어져 보인다. 죽은 사람의 얼굴이었다.

두 사람은 풀과 나무 들로 둘러싸여 있었다. 그림 속 식물의 그림자는 하나같이 사람의 얼굴로 보였다. 트롱프뢰유*처럼 계곡의 풀과 나무 들 사이에서 무수한 사람들의 얼굴이 떠올랐다.

남자, 여자. 노인, 젊은이, 어린아이. 웃는 얼굴, 슬픈 얼굴, 화난 얼굴이 빼곡하게 배경을 메우고 있다. 종이 표면에서 무수한 얼굴이 쏟아지고 있었다.

히나코는 비명이 터지려는 것을 꾹 참고 스케치북을 덮었다. 숨이 거칠어졌다. 가슴속에서 불안이 부글부글 끓어올랐다.

요전에 신의 골짜기에서 돌기둥이 서 있는 정경을 스케치했다. 그러고 나서 후미야가 돌기둥을 찾아냈다. 그림은 현실이 되었다. 그렇다면 이 그림도 현실이 된다는 말인가? 후미야와 사요리가 손을 잡고 걸어가는 모습이……

어제 물속에서 노려보고 있던 사요리의 눈. 후미야에게 마음을 빼앗긴 히나코에게 화를 내고 있었다. 사요리도 후미야를 원했던 것이다. 내버려두면 후미야는 손이 닿지 않는 곳으로 가버린다. 지금 이 시간에도 후미야와 사요리는 신의 골짜기에 있을지 모른다.

히나코는 스케치북을 팽개치고 강변길을 달리기 시작했다.

길은 곧장 산속으로 이어졌다. 매미들이 그녀를 부추기듯 울어댔다. 앞서 가는 남자의 등이 보였다. 오노 야스조다. 좀더 가면 따라잡겠다 싶을 때, 야스조는 숲 사이로 난 다른 지름길로 들어갔다. 히나코는 그대로 신의 골짜기로 가는 길을 달렸다. 숨

---

* 회화에서 관람자가 그림을 실제로 착각할 만큼 대상을 사실적으로 재현한 것.

이 가빴다. 온몸에서 땀이 쏟아졌다. 이 불안이 쓸데없는 걱정이길 바랐다.

신의 골짜기가 나타났다. 지난번과 다름없이 붉은빛 참나리가 한창이었다. 히나코는 꽃을 쫓아내듯 와지로 달려갔다. 돌기둥이 보였다. 그 옆에 사람의 그림자가 어른거렸다.

돌기둥을 중심으로 하얀 사람 그림자가 돌고 있었다. 후미야인가 했지만, 이내 아니라는 사실을 확인했다. 사요리의 어머니 데루코였다. 안도감과 함께 자신을 비웃고 싶었다. 그림 속의 일이 현실로 나타날 리 없지 않은가. 히나코는 천천히 언덕을 내려갔다.

바닥의 진흙탕은 나흘 전에 왔을 때보다 더욱 넓어진 것 같았다. 그 보드라운 흙에 발목까지 푹푹 빠지면서 데루코가 걷고 있었다. 순례자처럼 흰옷으로 몸을 감싸고 돌기둥을 왼쪽으로 돌고 있다. 흙으로 더러워진 맨발. 진흙이 시커멓게 튄 하얀 등. 시선은 허공을 헤매며 뭐라고 입속말을 중얼거리고 있다. 히나코는 그 모습이 예사롭지 않음을 느끼고 눈썹을 찡그렸다.

"아주머니."

불러도 들은 척하지 않았다. 히나코는 터덜터덜 걷는 데루코를 쫓아가 어깨를 붙잡았다.

"아주머닛!"

데루코는 누렇게 흐린 눈으로 히나코를 돌아보았다. 히나코를 못 알아보는 것 같았다.

"저예요. 묘진 히나코. 사요리의 친구였던……"

친구라고 할 때, 가슴에 통증을 느꼈다. 사요리는 정말로 내 친구였을까……?

사요리라는 말을 듣고 데루코의 몽롱한 눈에 빛이 반짝였다.

"사요리? 사요리라면 나하고 같이 있는데. 여기 있잖아."

데루코는 푸르스름한 혈관이 드러난 손을 흐늘거리며 뻗어 자기 앞을 가리켰다. 흙냄새가 히나코의 발밑에서 천천히 기어올라왔다. 그녀는 실로 조종당하듯이 주뼛주뼛 전방을 보았다.

거기에는 아무도 없었다. 정적에 휩싸인 골짜기에 검은 진흙탕이 펼쳐져 있을 뿐이었다.

초원에 길쭉한 바위가 솟아 있었다. 그 아래서 남자와 여자가 성행위를 하고 있었다. 볕에 그을린 남자의 등이 부드러운 여자의 몸으로 가라앉는다. 남자도 여자도 뜨거운 숨을 몰아쉬고 있다. 하늘에서 달빛이 밝게 빛났다. 남자가 크게 소리 지르며 정액을 뿜어냈다. 여자의 월과* 같은 뺨에 만족스러운 미소가 번졌다. 가늘고 긴 눈 속에서 어둠의 빛을 띤 보름달처럼 반짝이는 눈동자. 여자의 머리 위로는 녹색 바위가 남근처럼 솟아 있었다.

---

* 참외의 한 변종인 덩굴풀. 열매는 둥글며 식용한다.

"……씨, ……자와 씨."

누가 어깨를 흔드는 바람에 후미야는 고개를 들었다. 옆에 앉아 있던 모리타 겐이 히죽히죽 웃고 있었다.

"월요병입니까?"

후미야는 눈을 비볐다. 현 홍보자료를 정리하다가 책상에 엎드려 잠들어버린 것 같았다. 무슨 꿈을 꾸고 있었던 것 같은데 생각이 나지 않았다. 겐은 볼펜 끝으로 소장실을 가리켰다.

"소장님 호출입니다."

후미야는 알겠다고 하고 의자에서 일어섰다. 아직 머리가 멍했다. 어젯밤 잠을 잤는지 못 잤는지 그것도 생각나지 않았다. 침대에 누워 있는 동안은 기분이 좋았는데, 아침에 일어나니 온몸이 나른하고 피곤했다. 후미야는 구름 위를 걷는 기분으로 소장실 문을 두드렸다. 안으로 들어가니 가와카미 소장이 야쿠무라의 항공사진 액자 앞에 앉아 있었다. 후미야를 보더니 짙은 눈썹을 여덟팔자로 그리며 웃었다.

"아아, 아키자와 군. 이것 좀 보게."

소장이 가리키는 손가락 끝에는 오늘 아침 막 나온 『야쿠무라 소식』이 쌓여 있었다.

"이야, 잘 만들었더구먼. 내 입으로 이런 소리하기 뭣하지만, 내 글, 인쇄해놓으니 아주 그럴듯한데."

문장은 후미야가 손본 것이었지만, 소장은 전혀 알아차리지 못한 것 같았다. 후미야는 예에 하고 대답만 할 뿐이었다.

"9월의 『야쿠무라 소식』에는 말이야, 내 글 분량을 좀더 늘려주게."

소장은 신이 나서 야쿠무라 소식지에 대해 이것저것 주문하더니 후미야에게 나가보라고 했다. 후미야는 자기 자리로 돌아와 읽다 만 자료를 다시 훑어보기 시작했다. 텔레비전에서 뉴스가 들려왔다.

─오가사와라 열도 부근에서 발생한 대형 태풍 24호가 오늘 오키나와에 상륙했습니다. 조금씩 진로를 바꾸면서 북북동으로 향하고 있고, 이르면 내일 오전에는 규슈 지방이 태풍의 영향권에 들어갈 전망입니다.

넥타이를 맨 아나운서가 힘찬 목소리로 날씨를 전하고 있었다. 그러나 그 목소리도 어딘가 먼 곳에서 들려오는 것 같았다.

누군가가 오늘은 푹푹 찐다고 투덜거렸다. 그러나 후미야는 오히려 추웠다. 자료의 글씨가 부옇게 보였다. 하얀 종이 위에 검은 글씨가 번져갔다. 그것들이 크고 작은 다양한 모양의 돌로 보였다. 돌은 산처럼 쌓여갔다. 후미야는 물끄러미 지면을 보았다. 마을사무소의 전화벨 소리도, 이야기 소리도, 모두 먼 세계로 사라져갔다.

집 안쪽에서 소리가 났다. 히나코는 움찔 놀라 고개를 들었다.

귀를 쫑긋 세웠지만, 이미 소리는 멎었다.

히우라 가에 와 있다. 옛날 집이어서인지 맹장지로 칸막이가
된 방이 이어져 있다. 히나코 앞에는 데루코가 누워 있다. 코를
골면서 자고 있다. 그 잠든 얼굴은 집에 돌아온 것이 불만인지
어딘지 모르게 초조해 보였다.

신의 골짜기에서 히나코가 정신이 온전치 못한 듯한 데루코
를 앞에 두고 난감해하다 생각해낸 사람이 오노 야스조였다. 급
히 그의 모습이 사라진 갈림길까지 되돌아가자, 마침 감자를 자
루에 담아 돌아가던 야스조를 만날 수 있었다. 야스조의 도움을
받아 간신히 데루코를 히우라 가로 데리고 돌아왔다.

집으로 오자 갑자기 얌전해진 데루코는 자리에 눕히니 바로
잠들었다. 야스조는 히나코에게 그녀를 잘 보고 있으라고 부탁
하고 히우라의 친척에게 연락을 취하기 위해 일단 집으로 갔다.

열어놓은 문 너머로 고즈넉한 정원이 펼쳐졌다. 데루코는 아
직 코를 골고 있다. 히나코는 정원으로 나왔다. 저녁 무렵이 가
까워져서 태양도 힘을 잃어가고 있었다. 쓸쓸한 양조장은 당장
이라도 무너질 듯 보였다.

어릴 때 사요리와 함께 이 마당에서 놀았다. 그 시절의 데루
코는 아름답고 우아했고, 야스다카는 온화하게 웃고 있었다. 고
지는 약간 어두운 느낌은 있었지만 착한 소년이었다. 히우라 가
에 이런 미래가 기다리고 있을 줄은 누구도 상상하지 못했을 것

이다.

히나코는 예전의 히우라 가의 기억을 더듬듯이 마당을 걸었
다. 양조장에도 창고에도 자물쇠가 단단히 채워져 있다. 술 창고
와 양조장 사이로 난 좁은 길로 들어갔다. 썩은 술통과 먼지 쌓
인 설거지통이 놓여 있었다. 그곳을 빠져나가자, 막다른 곳에 허
름한 헛간 같은 집이 있었다. 기와지붕에는 이끼가 끼고, 작은
창에는 덧문이 닫혀 있었다. 오랫동안 사용하지 않은 흔적이 역
력했다.

기억 속의 야스다카는 언제나 좁은 이 길에서 모습을 나타냈
다. 그는 이 집에서 나왔던 것인지도 모른다. 히나코는 흥미를
느끼고 허름한 집의 문에 손을 댔다. 썩어가는 미닫이문은 덜컹
덜컹 소리를 내며 문턱에서 미끄러졌다.

집 안에는 6조 넓이의 공간이 있었다. 작은 젖빛 유리창으로
빛이 약간 들어와 희뿌옇게 보인다. 벽 대부분을 메우고 있는 책
장. 두껍게 먼지가 쌓인 판자 바닥. 히나코는 신발을 신은 채 안
으로 들어갔다. 곰팡이 냄새가 코를 찔렀다. 벽과 책등은 퍼런
곰팡이로 뒤덮여 있었다. 책장에는 민속학과 고전, 민화 책 등이
꽂혀 있었다. 그러나 그런 두꺼운 책도 좀이 먹어 너덜너덜했다.
책장 사이에 흠집투성이 나무 책상이 놓여 있었다.

이곳은 히우라 야스다카의 서재 같았다. 방 주인이 쓰러진 후,
아무도 이 방에 들어온 적이 없었을 것이다. 야스다카가 살던 시

절 그대로였다. 책상에 먼지를 뒤집어쓴 하얀 원고지가 놓여 있었다. 막 쓰려던 참이었는지 옆에 만년필이 놓여 있다. 다 쓴 원고는 왼쪽에 뒤집힌 채 놓여 있었다. 뒤집어보니 첫 장의 제목이 눈에 들어왔다. 「시코쿠의 고대 문화·보철補綴」이라고 쓰여 있었다.

후미야가 말한 책 『시코쿠의 고대 문화』에 덧붙이고 싶었던 것이리라. 히나코는 원고를 들었다. 이십 년 가까이 그곳에 있던 것이다. 읽어도 누가 뭐라고 하지 않겠지. 히나코는 원고를 들고 먼지를 털면서 밖으로 나왔다. 그리고 여전히 자고 있는 데루코에게 이따금 시선을 보내면서 툇마루에서 원고를 읽기 시작했다.

오랜 세월의 연구 성과를 『시코쿠의 고대 문화』로 정리한 지 반년이 지났다. 그러나 나는 아직도 만족스럽지 못하다. 시간이 지날수록 후회가 밀려온다. 그 책에 쓰지 못한 것이 아직 많다. 나 자신의 심정을 정리하기 위해서라도 그 사실을 여기에 덧붙여 쓰려고 한다.

지금은 밤이다. 이 헛간에 있어도 고지가 틀어놓은 시끄러운 서양음악이 들려온다. 사요리를 위해 순례를 떠난 데루코는 시코쿠 어딘가의 여관에서 자고 있을 것이다. 사요리가 죽고 난 뒤 아내는 변했다. 히우라 가 여자의 피가 끓겼다고 날마다 한탄이다. 내가 아들이 있지 않냐고 해도, 남자는 안 된다고, 여자의 피를 이어야만 한다고 비명을 지르듯이 되받아친다. 이 사실이 고지에게 어떤 영향을 미칠지 염려스럽다. 엄마에게 버림받은 기분이 들지 않을까? 날이 갈수록 삐뚤어져가는 그 아이의 모습을 보는 게 나는 고통스럽다.

본심을 말하자면 내게는 사요리보다 고지가 더 내 자식 같다. 사요리가 죽기 전까지 내내 그애가 과연 내 딸인가 하는 의심이 들었다. 사요리도 내게 응석을 부리긴 했지만, 마음은 절대 열지 않았다. 언제나 그 찢어진 눈으로 나를 평가하듯 보았다. 딸이 무섭다고 생각한 적조차 있다. 그것은 아내 데루코도 마찬가지였다. 두 사람 다 철저하게 나를 거부했다. 그 까닭은 두 사람이 히우라 가의 여자였기 때문이란 걸 이제야 깨달았다.

데릴사위로 이 집에 들어온 후, 나는 히우라 가 여자의 피가 얼마나 진한지 보아왔다. 이 집에서 남자의 존재는 종마 이외의 아무것도 아니다. 히우라 가의 여자가 중요하게 여기는 것은 모녀의 유대다. 히우라의 가계는 여자를 통해서만 계승되기 때문이다. 즉, 야쿠무라의 공수 무당 역할을 계승하는 것이다.

공수 무당으로서 히우라 가의 여자들에 대해 진지하게 생각하는 계기가 된 사건은 데루코와 보낸 첫날밤이었다. 장모인 요시코는 나에게 데루코와 신의 골짜기로 가라고 했다. 이 집에서는 장녀가 결혼하는 첫날밤에는 남편을 신의 골짜기로 데려가 장래를 약속하는 것이 관습이라는 것이었다.

신의 골짜기는 옛날부터 사자의 장소라고 불렸다. 그런 곳에서 첫날밤을 맞는 것은 기묘한 풍습이라고 생각했다. 그러나 장인과 장모에게 떠밀려 마지못해 고개를 끄덕였다. 히우라가의 데릴사위로 들어갔으면 그 집 풍습을 따를 수밖에 없다.

겨울이었다. 하늘에는 밝디밝은 별이 빛나고 있었다. 데루코와 나는 별빛에 의지해 산길을 걸었다. 신의 골짜기에 이르자 데루코는 골짜기 한가운데의 와지로 나를 이끌었다. 풀도 나지 않은 습지였다. 데루코는 그곳에 몸을 뉘었고 우리는 관계를 가졌다.

기분이 이상했다. 주위에는 아무도 없는데 누가 보는 것 같았다. 내 피부에 무수한 자들의 시선이 와 박혔다.

이윽고 데루코는 임신했다. 그러나 태어난 아이가 남자아이란 걸 알자마자 데루코도 장모도 내게 비난의 화살을 돌렸다. 장모는 분해서 눈물을 흘렸을 정도다. 그러더니 내가 신의 골짜기의 신을 공경하지 않았기 때문에 남자아이가 태어났다며 나무랐다. 히우라 가에서 첫 아이는 무조건 여자아이여야 한다. 남자의 씨를 뿌린 내가 나쁘다고 했다.

고지에게서 손을 뗄 만해졌을 무렵, 데루코는 다시 나를 신의 골짜기로 데려갔다. 첫날밤을 다시 치른다는 것이었다. 나는 다시 신의 골짜기로 갔다. 그때의 나는 어디라도 갔을 것이다. 고지가 태어난 후 아내는 내게 몸을 허락하지 않았으니까. 데루코와 나는 다시 신의 골짜기의 그 와지에서 관계를 맺었다. 이번에도 나를 지켜보는 무수한 눈을 느꼈다. 냉기가 온몸을 뚫고 지나갔다. 나는 완전히 몰두했다. 처음보다 훨씬 황홀했다. 어떻게 일을 끝내고 집에 왔는지 기억나지 않을 정도였다.

그리고 사요리가 태어났다.

딸인 사요리는 신의 골짜기를 좋아하는 아이였다. 때때로 나는 딸이 자신의 생명이 잉태된 장소를 알고 있는 게 아닌가 의심했다. 그러다가 어떤 사실을 깨달았다.

히우라 가의 여자들은 신의 골짜기에서 남자들과 관계를 맺고 딸을 낳았다. 요컨대 히우라 가의 여자는 모두 신의 골짜기에서 태어났다. 사자의 장소에서 태어난 여자들이 사자의 공수를 하는 것은 당연하다.

나는 옛날 그녀들은 신의 골짜기에서 공수를 한 게 아닌가 생각한다. 어쩌면 신의 골짜기에서 살았을지도 모른다. 사람들은 지금 우리 집에 찾아오듯이 사자의 영혼을 만나기 위해 신의 골짜기를 찾았다. 사람들이 신의 골짜기를 두려워하게 된 것도 사자가 있는 장소이기 때문이 아닐까?

나는 신의 골짜기에 대해 조사하기 시작했다. 그러나 데루코는 공수 무당과 신의 골짜기의 관계를 물으면 입을 딱 다물었다. 공수를 하는 곳도 내게는 숨기려는 것 같았다. 내가 한창 일을 하는 대낮에만 의식을 행했던 것이다. 나는 내 아내인 데루코를 알 수는 있었지만, 공수 무당 데루코를 접할 수는 없었다.

작년에 사요리가 죽었을 때, 데루코는 반미치광이가 되었다. 히우라 가 여자의 핏줄이 끊겼다는 것이다. 자식을 잃은 것보다 핏줄이 끊겼다는 사실을 슬퍼하는 것처럼 보였다. 마지막에는 사요리가 죽은 원인이 나라고 단정했다. 사요리가 첫 아이로 태어났더라면 강한 운을 가졌을 것인데, 처음에 여자아이를 잉태시켜주지 않은 내가 나쁘다고 비난했다.

마구 울부짖으며 나를 실컷 나무라더니 데루코는 어이없는 말을 꺼냈다.

"당신, 시코쿠가 죽음의 나라, 사국이라는 거, 알아?"

들은 적도 없다고 하자, 데루코는 소름 끼치는 미소를 지었다.

"시코쿠는 사국. 이 세상에서 죽음의 나라와 가장 가까운 장소가 시코쿠라고. 왜냐하면 먼 옛날, 시코쿠와 사국은 하나였거든."

신의 골짜기는 영적으로 사국에 가장 가까운 장소. 히우라

가의 여자는 그 신의 골짜기의 무당이라고, 데루코는 자못 중대한 비밀이기라도 한 듯이 속삭였다.

"난 사국으로 가버린 사요리를 데려올 거야. 순례를 떠나 시코쿠를 왼쪽으로 돌면 돼. 왼쪽으로 도는 것은 사국 방향. 사국에서 사요리의 영혼을 데려올 거야."

데루코는 제정신을 잃어가고 있었다. 나는 한기를 느꼈다. 그러나 겉으로는 그 말을 이해하는 척했다. 아내는 내게 비밀을 털어놓음으로써 차분해진 것 같았다. 나는 딸의 죽음에서 이제야 안정을 찾았구나 하고 안심했다. 그리고 『시코쿠의 고대 문화』 집필에 열을 올렸다. 나는 그렇게 하면서 나름대로 사요리의 죽음을 잊으려고 했다.

책을 출판한 지 한 달 정도 지났을 때였다. 갑자기 데루코가 사라졌다. '순례를 떠난다'고 한마디 쓴 메모만 남긴 채. 나는 가출 신고를 냈다. 이 주일쯤 지나 데루코를 집으로 데려올 수 있었다. 그녀는 나를 죽일 듯이 서슬이 시퍼래져서 대들었다. 히우라의 친척들도 사자를 애도하는 순례를 반대하는 것은 너무 심하다고 나를 나무랐다. 그후로 나는 순례를 떠나는 데루코를 더는 막지 않았다.

사요리의 죽음을 계기로 모든 것이 미쳐 날뛰기 시작한 것 같다. 어쩌면 그 원인은 사요리가 아직 죽지 않았기 때문인지도 모른다. 사요리는 데루코의 마음속에 아직도 살아 있다. 자신의 대를 이을 사람으로.

그러나 정말로 사요리는 죽은 것일까? 얼마 전 나는 혼자 신의 골짜기에 가보았다. 꽃이 흐드러지게 핀 골짜기에서 지금도 사요리가 놀고 있는 듯했다. 그리고 문득 이런 생각이 떠올랐다. 신의 골짜기에 모인 사자의 마음은 여기서부터 사국을 향해 가는 게 아닐까 하고.

죽음의 나라는 예로부터 뿌리의 나라나 황천의 나라라고 불려왔다. 그것은 정화를 희망하는 혼이 만들어낸 게 아니다. 생에 집착하는 사자의 마음이 만들어낸 것이다. 죽었으나 아직 살기를 희망하는 사자의 마음이 만들어낸 생의 나라와 비슷한 죽음의 나라.

시코쿠는 사국. 시코쿠는 원래 사국이었다. 사국은 일찍이 이 세상에 존재했다. 그리고 지금도 신의 골짜기를 통해 사국으로 연결되어 있다. 그러나 산 자가 사국에 가려면 다른 길로 갈 수밖에 없다. 그것이 왼쪽으로 역행하는 순례길……

내가 무슨 말을 하고 있는 건가. 어느새 나는 데루코의 말에 영향을 받고 있다. 이런 생각을 하는 것은 나 역시 데루코처럼 사요리의 죽음을 받아들이지 못했기 때문일 것이다. 데루코는 데루코 나름대로, 나는 나 나름대로 사요리의 죽음과 마주하고 있다. 그러나 데루코는 사요리를 다시 살리길, 나는 사요리를 묻어주길 희망하고 있다.

내일 나는 이시즈치 산에 오를 생각이다. 이유는 모르겠으나, 산에서 나를 부르는 듯한 느낌이다.『시코쿠의 고대 문화』에 적은 대로 생에 집착하는 사자의 마음이 향하는 곳이 신의 골짜기라면, 이시즈치 산에 가는 것은 정화를 희망하고 하늘에 오르기를 희망하는 혼. 이시즈치 산에 사요리의 혼이 있을 것이다. 나는 그곳에서 딸의 명복을 빌 생각이다.

지금도 내 마음속에는 사요리가 살고 있다. 그러나 사요리는 묻어주지 않으면 안 된다. 사요리를 제대로 묻어주는 것이 남은 가족이 재기할 수 있는 유일한 길이다.

어딘가에서 들개가 짖었다. 남자는 날카로운 눈으로 사방을 둘러보았다. 짐승의 기척은 없었다. 근처에는 없는 것 같았다. 들개가 된 녀석들은 기분이 내키면 덮친다. 조심하는 것밖에 방법이 없다.

남자는 달빛 속에서 돌계단을 올라갔다. 밤하늘을 뒤덮듯이 무성한 삼나무 숲. 길옆에는 작은 지장보살상이 빼곡하게 서 있고, 눈앞에는 거뭇거뭇한 바위산이 우뚝 솟아 있었다. 시코쿠 영장 제45번 사찰, 이와야 사岩屋寺다. 불쑥 솟아오른 바위산을 삼킬 듯이 본방本坊이 서 있다. 남자는 본방에 기거하는 승려들이 눈치채지 못하도록 돌계단을 더 올라갔다.

본당과 대사당이 달빛 속에 떠올랐다. 계단 중간에서 오른쪽으로 돌아가면 막다른 곳에 바위산이 있다. 그곳 산 표면에 작은 불당이 달라붙은 듯 서 있다. 남자는 불당 안으로 들어갔다. 왼손에 습한 공기의 흐름이 느껴졌다. 불당 왼쪽으로는 바위에 뚫은 동굴이 이어져 있었다. 동굴 속에서 촛불의 불빛이 새어나왔다. 남자는 손으로 더듬어 바위를 짚고 칠흑 같은 어둠 속으로 발을 들이밀었다. 어둠을 타고 먼 세계로 향했다. 촛불의 희미한 빛에 떠오른 세계는 이 세상과는 다른 세계처럼 보였다.

동굴 끝에 도착했다. 그곳에 여섯 평쯤 되는 공간이 있었고, 돌로 된 지장보살이 몇 개 놓여 있다. 조잡하게 만든 불단에는 신자들이 가져온 듯한 위패와 작은 불상이 늘어서 있었다. 남자는 목에 건 수행 자루를 내려놓고, 동굴 벽에 등을 기대앉았다.

이미 늦었다. 오늘 하룻밤은 여기서 보낼 생각이었다. 산속에서 자지 않아도 되는 것만도 다행이다. 뼛속까지 피곤했다. 오늘은 여기까지, 더는 앞으로 나아갈 수 없었다.

동료는 죽어서까지 무슨 말을 전하고 싶었던 걸까? 순례를 중단하고 마을로 돌아가라니 심상치 않다. 남자의 마음속에 시커먼 불안이 소용돌이쳤다.

그러나 마음이 아무리 급해도 몸이 따라주지 못하니 어쩔 수 없다. 뭐, 됐다. 내일 마을로 돌아가자. 돌아가보면 무슨 일이 일어났는지 알 수 있겠지.

남자는 깊은 숨을 내쉬고 머리를 뒤로 기댔다.

동굴에 가득 찬 무거운 공기는 순면 이불처럼 따뜻하게 그를 감싸주었다. 불안한 기분도 조금씩 엷어져갔다. 일찍이 시코쿠를 순례하는 길에는 이런 암굴이 몇 개 있었다. 암굴이 그들의 숙소이자 예배소였다. 암굴은 성스러운 장소를 의미했다. 그의 선조들은 곳곳에 성스러운 장소가 있는 길을 더듬어 시코쿠를 순례했다.

시대가 바뀌자, 암굴이 있던 장소에 시코쿠 영장이라고 불리는 절이 생기게 되었다. 남자들은 선조가 지나간 길을 답습해 시코쿠를 돌았다. 시코쿠 영장과 겹치는 장소가 있는가 하면, 산속 깊은 곳에 무너져가는 암굴로 남은 장소도 있다. 그러나 도는 방향은 마찬가지다. 시코쿠를 오른쪽으로 돈다.

시코쿠를 도는 것은 이시즈치 산 둘레를 도는 것. 그렇게 함으로써 신이 있는 산, 이시즈치 산을 해악으로부터 지키는 것이다. 이시즈치 산을 성스러운 산으로 지키는 것, 그것이 남자들이 시코쿠를 순례하는 사명이다.

남자는 목덜미를 긁었다. 햇빛에 탄 피부가 일어났다. 빨간 앞치마를 한 지장보살이 물끄러미 어둠 속을 바라보고 있었다. 공양한 국화꽃잎이 촛불의 불빛을 반사했다. 불교의 영장이 되기 전 이곳은 그들이 믿는 신의 예배장이었다. 지금도 바위 표면에서 배어나오는 신의 숨결이 느껴졌다.

내일은 마을로 돌아간다. 신의 가호를 받고 있는 마을로. 생각만 해도 마음이 평온해졌다.

남자는 축축한 바위에 머리를 기댔다. 머리가 몽롱했다. 사지가 당겼다. 피로감이 온몸을 감쌌다. 눈꺼풀이 무거워졌다.

〈마을이 아니다.〉

머릿속에 소리가 울렸다. 장로의 목소리인가? 아니, 할아버지…… 아버지의 목소리 같기도 했다. 남자는 졸음 속에서 생각했다. 그리고 생각나는 사람들은 모두 죽었다는 사실을 깨달았다.

〈막아라.〉

다시 소리가 들려왔다. 남자는 깜짝 놀라 눈을 떴다.

촛불의 불꽃이 꺼져가고 있었다. 바로 옆에서 신의 입김이 느껴졌다. 남자는 암굴을 둘러보았다. 지장보살에게 공양한 꽃 앞에 시선이 멈추었다. 아까까지 생생했던 국화가 누렇게 시들어 있었다. 마치 사신의 손이 쓰다듬어 단숨에 생을 잃어버린 것 같았다.

〈이시즈치가 더러워지려 하고 있다.〉

또렷한 목소리가 암굴의 공기를 흔들었다. 그 공기의 떨림이 옮겨온 듯이 남자도 몸을 떨기 시작했다.

장로가 이야기한 무서운 일을 떠올렸다. 설마 그 일이 일어난 건 아니겠지? 단순한 전설일 뿐이다.

그러나 지우려고 할수록 불안이 끓어올랐다. 이시즈치 산이

더러워지려 한다는 것은 그 전조 말고는 다른 의미가 있을 수
없다.

남자는 어금니를 악물었다. 하지만 몸의 떨림은 도무지 멈출
것 같지 않았다.

3부

·
·
·

바로 뒤에 있는 사람, 누구게

1

사삭사삭. 재색 숫돌 위에서 반달 모양의 낫이 소리를 낸다. 시게는 날을 갈면서 이틀 동안 끊임없이 머릿속에 울리는 소리를 듣고 있었다.

—나를 버렸지—

히우라 가의 어두컴컴한 방에서 그 목소리가 말했다. 그리고 시게는 기억해냈다. 모든 것을……

이미 오십 년도 더 전의 일이었다. 잊으려고 애쓴 끝에 훌륭하게 묻어버린 기억이었다. 시게는 그 기억을 떠올린 걸 후회했다. 데루코에게 가는 게 아니었다. 사자의 공수 따위는 부탁하는 게 아니었다.

남편의 공수를 해달라고 하는 편이 차라리 나을 뻔했다. 얼굴조차 떠오르지 않는 남편이라면, 시게를 위협하는 말은 하지 않았을 텐데.

　—나는 돌아올 거야—

데루코도 같은 말을 했다. 사자들이 돌아온 거라고. 돌아왔다는 것이 무슨 의미인지 모르겠지만, 듣기만 해도 소름 끼쳤다.

데루코는 미쳤다. 입에서 나오는 대로 지껄인다. 자신은 그 집에서 홀린 것이다. 무엇보다 의동도 없이 공수를 했을 리가 없다.

하지만 그 소리는 틀림없이 다케오의 것이었다. 부드럽고 남자치고는 약간 톤이 높은 목소리. 아득히 먼 옛날, 시게의 마음을 녹여주었던 목소리였다. 그 목소리로 시게에게 반했다고 말해주고, 몸매가 멋지다고 속삭여주었다. 목소리는 기억을 끌어당기는 질긴 실이다. 아무리 오래 만나지 않은 사람이어도 그 목소리를 듣는 것만으로 기억이 되살아난다. 그렇기 때문에 다케오의 목소리에 잊고 있던 과거가 떠오른 것이다.

터무니없는 일이다. 다케오가 돌아오다니. 애인이긴 했지만, 그의 유령까지 만나고 싶지는 않다. 하물며 그런 일이 있었으니.

날카롭게 간 날을 햇빛에 비춰보았다. 파란 하늘을 배경으로 쥐색 날이 번쩍거렸다. 시게는 옆에 놓아둔 장대를 들고 그 끝에 낫을 묶기 시작했다.

"어머니, 뭐 하세요?"

청소기를 돌리던 치즈코가 마당에 있는 시게에게 말을 걸었다. 시게는 낫의 손잡이를 묶은 장대 끝을 보여주었다.

"다쓰요케잖냐. 이걸 달면 폭풍우가 몰아쳐도 끄떡없어. 바람도 집을 피해서 지나갈 거다."

치즈코는 하늘을 올려다보았다. 구름은 많지만 화창했다. 그녀는 뚱뚱한 몸을 흔들며 웃었다.

"일기예보에서 태풍은 규슈 쪽으로 빠져나간대요."

그러나 시게는 입술을 삐죽거리며 장대를 세웠다. 치즈코가 얼른 마당으로 나와 거들었다.

"이런 건 쓰러지면 위험해요, 어머니. 단단히 묶어야지."

치즈코가 투덜거리면서 빨랫줄에 장대를 꼭 묶었다. 시게는 하늘을 향해 우뚝 선 장대를 올려다보면서 얼마 전 오봉 때의 호카이를 떠올렸다. 어쩌면 호카이에 불려왔던 사자의 영이 오봉이 끝나도 저세상으로 돌아가지 않았을지 모른다.

"보세요, 이 정도는 돼야 마음이 놓이지."

치즈코는 빨랫줄에 단단히 묶은 다쓰요케를 흔들어 탄탄하게 서 있는 것을 확인했다.

"태풍이 올 때마다 다쓰요케 세우는 건 우리 집뿐일 거예요."

치즈코는 귀찮은 일을 벌이는 시게를 은근히 비난하듯 작은 소리로 말하더니, 다시 청소를 하러 갔다.

바람이 불어왔다. 다쓰요케의 낫이 바람을 갈랐다. 시게는 아랫입술을 삐죽 내밀고 혼자 고개를 주억거렸다. 일기예보에서 뭐라고 하든 시게는 알고 있었다. 태풍이 다가오고 있다. 습기와 폭발할 듯한 힘을 품은 바람이 그걸 알려주고 있다. 어릴 때부터 익히 알아온, 몸이 근질거릴 정도로 위험한 바람이다.

—나는 돌아올 거야. 너한테로 돌아올 거라고—

바람 속에서 다케오의 목소리가 들려오는 것 같았다.

시게는 도망치듯 집 안으로 들어갔다.

택시가 기타노초의 잘 닦인 아스팔트를 가로질러 병원 앞에 섰다. 히나코는 요금을 내고 택시에서 내렸다. 아스팔트에서 피어오르는 후끈한 열기에 얼굴을 찡그리면서 정면의 낡은 콘크리트 건물을 올려다보았다. 현립 쇼노 병원. 이 일대에서 가장 큰 종합병원이다.

현관 계단을 올라가 자동문을 통해 안으로 들어갔다. 슬리퍼로 갈아 신고 넓디넓은 대합실을 가로질러 접수처로 향했다. 에어컨의 차가운 공기에 소독약 냄새가 섞여 있다. 통원 환자들이 소파에 앉아 담배를 피우거나 텔레비전을 보고 있었다.

빨간색 여름 스웨터에 몸에 붙는 청바지 차림. 꽃무늬 가방을 들고 선글라스를 낀 히나코의 모습이 눈에 띄는지, 등에 쏠리는 시선들이 느껴졌다. 히나코는 선글라스를 벗고 접수처에 있는 여자에게 물었다.

"히우라 야스다카 씨의 병실은 몇 호인가요?"

늘어진 턱이 도마뱀을 연상시키는 여자가 히나코의 얼굴을 말똥말똥 보면서 바로 대답했다.

"4층 뇌신경 외과 병동입니다."

여자가 조금도 지체하지 않고 금방 대답해서 놀랐지만, 이내 당연하다는 걸 깨달았다. 히우라 야스다카는 혼수상태로 십칠 년이나 이 병원에 입원해 있으니까. 히나코는 감사의 말을 하고, 엘리베이터로 갔다.

히우라 야스다카를 만나봐야겠다고 생각한 것은 어제 읽은 원고 때문이었다. 혼수상태인 사람을 만나봐야 아무 소용 없다는 것은 알고 있었다. 그러나 그 원고를 읽고 난 뒤 히우라 야스다카가 몹시 친근하게 여겨졌다. 오랫동안 아무도 병문안을 오지 않았을 거라 생각하니 가엾기도 했다.

엘리베이터 문이 열리고 히나코는 다른 환자, 문병객과 함께 밖으로 쏟아져나왔다. 4층 복도는 1층에 비해 한산했다. 병실 창문 너머로 침대 위에서 쉬고 있는 환자들의 모습이 보였다.

히나코는 복도를 걸어가 히우라 야스다카의 이름표가 걸려 있는 병실 앞에서 멈춰섰다. 그 병실 침대 여섯 개에는 모두 혼수상태인 환자들이 누워 있었다. 산소호흡기를 달고 누워 있는 여자. 캠퍼주사*를 맞고 있는 노인. 복도 쪽 침대 옆에는 문병 온 가족이 의식이 없는 아버지를 부르면서 울고 있었다.

사국 263

히우라 야스다카의 이름은 창가 침대에 붙어 있었다. 히나코는 머리 쪽으로 돌아가서 그를 내려다보았다. 야스다카는 얼핏 건강해 보였다. 뺨은 복숭앗빛을 띠었고 몸도 그다지 마르지 않았다. 백발이 섞인 머리를 짧게 깎은 야스다카는 어딘지 초등학생 같은 느낌도 주었다.

하지만 그 표정에는 움직임이 결여되어 있었다. 천장의 한 점만 응시하고 있는 눈. 얼굴의 근육은 늘어지고, 입은 반쯤 벌어져 있다. 표정을 지으려고 하는 힘을 잃은 것이다. 인간에게서 표정을 빼면, 누구나 얼굴이 비슷비슷해진다. 개성을 잃은 얼굴은 부패 단계에 접어들기 전의 사자死者처럼 보이기도 했다.

히나코는 시트 위로 나와 있는 야스다카의 손을 살며시 잡았다. 따뜻하고 부드러운 손이었다. 그 온기는 야스다카가 살아 있다는 증거였다.

남편을 문병 온 아내와 두 아이가 어깨를 축 늘어뜨리고 병실을 나갔다. 병실에는 혼수상태로 누워 있는 환자들과 히나코만 남았다. 주위가 조용해지자, 크게 코 고는 소리와 목에서 가래 끓는 소리가 귀에 거슬렸다.

계속 잠만 자는 야스다카, 정신의 균형을 잃어버린 데루코, 행

* 강심제주사. 혈관운동중추를 자극해 혈압을 높이고 호흡중추를 자극해 호흡을 증대시킨다.

방불명인 고지, 그리고 죽어버린 사요리…… 어쩌다가 히우라가는 이렇게 돼버린 걸까. 사람의 운명은 한 치 앞이 어둡이다. 아니, 그렇지 않으면 이 모든 것이 정해진 운명일까? 사요리의 죽음이 기폭제가 되어 연쇄 폭발해가는 운명의 다이너마이트……

그때, 야스다카가 희미하게 움직이더니 히나코의 손을 되잡았다. 히나코는 깜짝 놀라 야스다카를 보았다. 야스다카의 입술이 떨리고 있었다.

"아저씨."

히나코는 귓가에 대고 불러보았다. 야스다카의 구슬 같은 눈동자가 움직이는 것 같았다. 의식을 되찾은 것일까? 히나코는 야스다카의 어깨를 가볍게 흔들었다. 야스다카의 동공이 조여졌다. 그는 히나코에게 시선을 돌렸다.

"사……요……리가……"

쉰 목소리가 새어나왔다. 십칠 년 만에 입을 연 것이다. 야스다카는 발성 연습을 하듯이 한 마디, 두 마디, 괴롭게 숨을 쉬며 말을 밀어냈다.

"도……돌……은 사령을…… 모으는 힘이 있다…… 신의…… 골짜기…… 바닥에서…… 나와버렸다……"

히나코는 누군가를 부르려 했다. 그러나 야스다카는 절대 놓지 않겠다고 결심이라도 한 듯 히나코의 손을 꽉 잡았다.

"그 아이는…… 신의…… 골짜기를…… 신을…… 무서……운…… 일…… 이……"

야스다카의 눈이 번쩍 뜨였다.

"사요리……를…… 막아줘…… 나는…… 못 해…… 나는…… 반은, 죽음의 나라에…… 있다. 죽음의 나라에……"

히나코는 얼떨떨한 표정으로 야스다카의 얼굴을 응시했다. 미간에 주름이 생겼다. 말을 할수록 어디가 아픈 듯이 얼굴을 찡그렸다. 아까까지 무표정했던 남자는 이제 없었다. 야스다카는 고요가 감도는 죽음의 심연에서 머리를 내민 물고기처럼 헐떡이면서 말을 내뱉었다.

"사요……리를……"

야스다카의 입 속에서 굳어가는 혀가 보였다. 그래도 그는 말을 하기 위해 엄청난 노력을 하고 있었다.

"막……아……줘……"

히나코를 꽉 잡고 있던 야스다카의 손에서 힘이 빠져나갔다.

"아저씨!"

히나코는 몸을 구부려 야스다카의 얼굴을 보았다. 야스다카는 매달리는 듯한 시선으로 그녀를 보았다. 그 눈동자의 초점이 점점 흐릿해졌다. 그리고 눈을 감았다. 머리가 베개에 가라앉았다.

히나코는 병실을 뛰쳐나갔다.

"간호사님, 간호사님!"

복도를 지나가던 몸집이 작은 간호사를 붙잡고 야스다카가 의식을 되찾았음을 알렸다. 깜짝 놀란 간호사는 히나코와 함께 병실로 들어갔다. 야스다카의 모습을 보고는 고개를 가로저었다.

"여전히 잠들어 있는데요."

"그렇지만 좀 전에 분명히 말을 하고……"

'야스다 도모코'라는 이름표를 단 간호사는 당황스러운 표정을 지었다. 무리도 아니었다. 십칠 년간 혼수상태에 빠져 있던 환자가 잠깐 의식을 되찾았다고 해도 믿을 수 없을 것이다. 히나코는 야스다카에게 말을 걸어보았다. 그는 눈을 감은 채였다.

"당신은…… 히우라 씨와는 어떤?"

간호사가 경계하는 눈빛으로 물었다. 딸의 친구라고 대답하자 표정이 누그러졌다.

"일부러 문병을? 히우라 씨도 기뻐하겠네요."

쉰 살 정도 되었을까? 눈가와 입가의 잔주름이 곶감을 연상시키는 동그란 얼굴의 간호사였다. 사람 좋아 보이는 얼굴에 비해 작은 눈만은 묘하게 강렬한 빛을 띠고 있었다. 시트 위로 야스다카의 몸을 쓰다듬으며 말했다.

"정말로 의식을 회복했다면 좋을 텐데, 오랫동안 이 상태이니. 별로 기대는 하지 않는 편이 좋을 거예요."

"……그렇군요."

히나코는 한 번 더 야스다카의 손을 잡아봤지만 아무런 반응도 없음을 깨닫고 포기했다.

그것은 일시적인 반응이었던 것이다. 하지만 그녀의 손에는 아직 야스다카가 손을 잡았을 때의 감촉이 남아 있었다.

히나코는 간호사에게 인사를 하고 병실을 나와 엘리베이터를 타고 1층에서 내렸다. 야스다카의 수수께끼 같은 말이 머릿속에 남았다. 그러나 그는 오랜 세월 혼수상태에 빠져 있던 사람이다. 의식이 회복되었다고 해도 의미 있는 말을 했을지는 의문이다.

하지만 마음에 걸렸다. 어떻게 *그가* 돌을 알고 있을까? 아까 야스다카가 말한 돌은 후미야가 신의 골짜기에서 발견한 돌기둥이라고밖에는 생각할 수 없었다. 혼수상태인 야스다카가 어떻게 그걸 알았을까?

혹시 야스다카는 사령이 되어 보고 있는 것일까? 야스다카의 영이 지금 이곳을 떠돌고 있을지도 모른다. 히나코는 오싹해져서 주위를 둘러보았다. 벤치에 앉아 조용히 잡담을 나누는 환자들. 오가는 간호사. 의사를 부르는 원내 방송. 특별히 색다를 것 없는 병원 로비 풍경 어딘가에 야스다카의 영혼이 섞여 있는 걸까?

─사요리……를…… 막아줘…… 나는…… 못 해…… 나는…… 반은, 죽음의 나라에…… 있다─

야스다카가 드문드문 뱉어내던 말이 머릿속에서 메아리쳤다.

무수한 녹색 돌이 허공에 떠 있었다. 돌들은 천천히 움직이면서 한 장소로 모여들었다. 마치 누군가가 돌산을 쌓고 있는 것 같다. 미미한 틈새도 남기지 않고 쌓여가는 돌조각은 산처럼 높이 솟아 하늘을 찔렀다.

후미야는 깎아지른 듯한 산꼭대기를 올려다보았다. 그의 몸 역시 그 돌산으로 빨려들어갔다. 녹색 돌이 만든 준엄한 산의 정상으로.

〈후미야, 후미야.〉

누가 자신을 부르고 있었다. 산의 영상과 겹쳐 어머니의 얼굴이 보였다. 뭐라고 열심히 말하고 있는데, 그 말은 벌의 날갯짓 소리처럼 의미가 없다. 아직 이 산을 더 보고 있고 싶은데, 어머니의 얼굴이 방해한다. 후미야는 성가셔서 고개를 가로저었다.

어머니의 얼굴이 사라지고 다시 험악한 산이 눈앞으로 다가왔다. 후미야는 산을 오르기 시작했다. 산을 기어올라가는 구름이 된 것 같다. 돌투성이인 언덕을 천천히 올라갔다.

정상이 보였다. 앞으로 조금밖에 남지 않았다. 후미야는 더 위로 올라가려고 했다. 그때, 뭔가가 그의 몸을 잡아당겼다. 돌이 하나둘 무너지기 시작했다. 후미야는 무수한 돌조각과 함께 낙하했다.

그는 부르르 몸을 흔들며 눈을 떴다. 집 안은 고요했다. 블라인드 틈으로 약하디약한 빛이 새어들어왔다. 베갯머리의 시계를 보니 열시 이십분이었다. 마을사무소에 지각이지만, 별로 대수로운 일은 아니다.

그의 머릿속에는 조금 전까지 생생하게 보이던 산이 있었다. 후미야는 침대에서 일어났다. 몹시 밝은 바깥과는 대조적으로, 방 안은 아주 어두웠다. 책장 구석과 책상 아래, 맹장지 너머에 깃든 어둠이 방 안 전체에 배어든 것 같다.

후미야는 파자마를 벗었다. 상의가 땀에 흠뻑 젖었다. 이마와 겨드랑이도 땀으로 흥건했다. 오한이 났다. 감기라도 걸린 걸까. 일을 쉴까. 지금 몇 시일까. 후미야는 또 시계를 보았다. 열시 이십팔분. 바닥에서 주워든 파자마 상의는 땀에 젖어 축축했다. 그러고 보니 방금 벗어놓고, 또 입으려고 한 것이었다. 마을사무소에 가야 한다면서. ……아니, 쉬려고 하지 않았나?

물속에 떨어지는 빨간 피처럼 사고가 아래로 무겁게 가라앉아 의식의 바닥에 고인다. 후미야는 옷장에서 천천히 옷을 꺼냈다. 셔츠를 입었다. 바지에 다리를 찔러넣었다. 몸은 언제나처럼 움직이고 있지만, 의식은 혼돈스러운 세계를 방황했다. 그 세계에서 단 한 가지, 현실감으로 가득 차서 다가오는 광경이 있었다.

허공에 뜬 무수한 녹색 돌. 돌들은 천천히 움직이면서 한 장소로 모여들었다. 마치 누군가가 돌산을 쌓고 있는 것 같다. 돌산은 높이 솟아올라 하늘을 찌른다······ 후미야의 의식은 다시 녹색 산을 높이높이 오르기 시작했다.

"믹스 샌드위치 시키셨죠?"

히나코는 화들짝 놀라 고개를 들었다. 고등학생으로 보이는 여자아이가 샌드위치 접시를 들고 서 있었다. 히나코는 고개를 끄덕이며 테이블을 가리켰다. 머리카락을 빨갛게 물들인 여자아이는 접시를 내려놓고는, 가게에 흐르는 음악에 맞추듯이 엉덩이를 흔들면서 걸어갔다.

기타노초의 커피숍이었다. 병원을 나와 가볍게 식사를 하려고 들른 가게였다. 무거워 보이는 빨간 벨벳 커튼, 짙은 갈색 의자, 모조 대리석 천판을 박은 테이블. 한껏 중후해 보이는 싸구려 장식품으로 통일시켜놓았다. 아직 점심 전이어서 손님은 드문드문 자리를 채우고 있었다. 히나코는 커피를 마시고 샌드위치를 한입 베어물었다.

눈앞의 벽에 포스터가 있었다. 창가에서 본 해변 풍경을 그린 세련된 그림이다. 문득 일 생각이 머리에 떠올랐다. 이제 그만 도쿄로 돌아가야겠지. 작업 의뢰도 들어와 있을 텐데 그냥 방치하고 있었다. 요 이틀 동안은 음성메시지도 확인하지 않았다. 공중전화가 바로 옆에 없으면 그만 듣는 걸 깜박 잊게 된다. 아니, 그보다도 일 생각을 할 여유가 없었다.

머릿속은 오로지 후미야 생각으로 꽉 차 있었다. 그를 생각하니 또다시 가슴이 아팠다. 이대로 도쿄로 돌아갈까? 그리고 후미야와 아무 관계도 없었던 것처럼 살아갈까?

또 도망치려고? 마음속에서 비웃는 소리가 들렸다. 히나코는 먹던 샌드위치를 접시에 내려놓았다.

후미야는 자신을 못된 여자라고 생각하며 화를 내고 있을 것이다. 도쿄로 돌아가버리면 후미야에게 자신은 영원히 바람둥이 여자가 될 것이다. 그런 사람이 아니라고 주장하지 않는 한, 그런 생각은 바뀌지 않을 것이다.

사요리도 마찬가지다. 히나코가 아무 말 하지 않아도 두 사람의 마음은 통할 거라고 생각했다. 터무니없는 착각이었다. 히나코가 사요리에 대해 생각했던 것과 사요리가 히나코에 대해 생각했던 것에는 큰 차이가 있었다. 잠자코 있으면 그만큼 두 사람의 거리는 벌어질 뿐이다.

껍데기에서 벗어나야 한다. 후미야를 만나 이야기하자. 거절당하더라도 오해만은 풀고 싶다. 그렇게 생각하자 마음이 급해졌다. 지금 야쿠무라로 돌아가면 마을사무소의 점심시간이다. 후미야를 만날 수 있다.

히나코는 자리에서 일어나 계산을 하고 커피숍을 나왔다. 도로 건너편에 택시 회사 간판이 보였다. 히나코는 횡단보도 앞에 섰다.

보행자 신호가 파란불로 바뀌는 찰나였다. 맞은편에서 초등학생 두 명이 뛰어나왔다. 히나코는 횡단보도를 건너기 시작했다. 달려오던 감색 세단이 속도를 줄였다. 후미야와 같은 차라고 생각하며 무심코 운전석을 보던 히나코는 깜짝 놀랐다. 핸들을 잡고 있는 사람은 정말로 후미야였다.

　히나코는 반가운 마음에 그에게 손을 흔들었다. 그러나 후미야는 그녀를 보지 못했는지 서 있는 차 안에서 멍하니 앞만 보고 있다. 무시하는 걸까? 히나코는 손을 내렸다. 슬픈 기분으로 다시 횡단보도를 건너기 시작했다. 눈앞에 택시 회사 간판이 있다. 저기서 택시를 타고 마을사무소에 가려고 했다. 후미야를 만날 생각이었다. 그런데 후미야는 여기 있다. 횡단보도를 건너고 나면 히나코가 갈 곳이 없다.

　파란불이 깜박거리기 시작했다. 히나코는 감색 세단을 보았다. 자신이 가고 싶었던 곳은 저기다. 횡단보도 건너편이 아니다.

　히나코는 후미야의 차로 달려갔다. 앞자리 창이 열려 있었다. 그녀는 운전석의 후미야에게 말했다.

　"후미야, 할 이야기가 있어."

　그가 고개를 이쪽으로 돌렸다. 그 시선은 히나코를 빠져나가 건너편 어딘가를 향해 있었다. 히나코는 당황했다. 그의 허무한 표정은 데루코를 떠올리게 했다.

　"타도 돼?"

히나코는 머뭇머뭇 물었다. 후미야가 뭐라고 대답했지만, 소리가 또렷하지 않아 알아들을 수 없었다. 히나코가 한 번 더 물으려고 할 때, 뒤에서 클랙슨을 빵빵거렸다. 차도의 신호가 파란불로 바뀌었다. 후미야의 차가 출발하려 했다. 히나코는 얼른 창으로 손을 넣어 잠금장치를 풀고 조수석에 올라탔다. 문이 닫히는 것과 차가 출발한 것은 거의 동시였다. 그 충격으로 히나코는 중심을 잃고 후미야의 어깨에 부딪혔다.

"미안해."

후미야는 아무 말도 하지 않았다.

"화났어?"

거듭 물었지만 대답이 없었다. 히나코는 아랫입술을 깨물고 창밖을 보았다. 차는 기타노초의 중심가를 지났다. 그대로 33번 국도를 따라 니요도 강을 거슬러 올라갔다.

"어디 가는 거야?"

그는 핸들을 잡고 앞만 보고 있을 뿐이었다.

어제 하루 만나지 않았을 뿐인데 후미야가 달라 보였다. 까칠한 얼굴, 다크서클이 생긴 눈, 열을 띤 듯한 눈매.

"저기, 후미야. 뭐라고 말 좀 해봐. 마을사무소는 오늘 쉬는 거야?"

후미야가 히나코를 보았다. 이번에는 초점이 히나코에게 맞았다. 그러나 그것은 마치 길가의 돌멩이를 보는 듯한 시선이었

274

다. 찬물을 뒤집어쓴 것 같아서 히나코는 입을 다물었다.

차는 시코쿠 산맥을 향해 달렸다. 어디로 갈 생각일까? 히나
코는 '마쓰야마'라고 적힌 국도 표시를 바라보았다. 이렇게 되
면 후미야의 목적지까지 묵묵히 따라갈 수밖에 없다. 히나코는
각오를 단단히 하고 좌석에 몸을 묻었다.

대형 트럭과 승용차가 스쳐 지나갔다. 후미야는 엄청나게 속
도를 내고 있었다. 히나코는 문득 백미러로 시선을 옮겼다. 길쭉
한 거울에 뒷좌석이 비쳤다. 뒷유리창 앞에 놓인 티슈통, 작은
오리 인형 카 액세서리가 흔들리고 있는 창. 지저분한 유리 너머
로 검은 것이 보였다. 히나코는 시선을 집중했다. 검은 머리카락
이었다. 찰랑찰랑한 검은 머리카락이 바람에 나부끼고 있었다.
마치 누군가가 차 지붕에서 거꾸로 들여다보는 것처럼······

히나코는 비명을 지르며 눈을 감았다. 그녀는 어둠에 갇혔다.
부우우웅. 낮은 엔진 소리가 들려왔다. 조금씩 마음이 차분해졌
다. 히나코는 눈을 뜨고, 큰마음 먹고 뒤돌아보았다.

아무것도 없었다. 뒷유리창에는 뒤따라오는 밴이 비칠 뿐이다.

히나코는 숨을 헐떡이면서 후미야를 보았다. 그는 조금 전의
비명을 듣지 못한 듯 운전만 할 뿐이었다.

환각이었을까? 자신이 비명을 지른 것도 환각이었을까?

히나코는 무릎 위에서 양손을 꼭 맞잡았다. 차는 험한 시코쿠
산맥을 향해 질주했다.

누군가가 거칠게 어깨를 흔들었다. 남자는 신음하며 게슴츠레 눈을 떴다. 눈부신 빛이 얼굴에 쏟아졌다. 등뒤의 어둠 속에 여러 명의 남자가 자신을 둘러싸고 있다.

남자는 눈을 비볐다. 암굴 안이었다. 어젯밤 이와야 사에서 보낸 일을 떠올렸다. 이 어둠으로는 아침인지 밤인지 알 수 없다. 얼마나 잔 걸까? 피로가 쌓인 탓인지 몸이 축축 늘어졌다. 너무 많이 잤나보다.

"당신, 여기서 잤어?"

손전등을 들고 있는 남자가 물었다. 남자는 잠긴 목소리로 그렇다고 대답했다.

"역시 수상해."

"이 녀석이 틀림없어."

주위를 둘러싼 남자들이 저마다 한마디씩 했다. 무슨 소리인지 몰라 남자가 어리둥절해하자, 누군가가 그의 팔을 잡고 일으켜세웠다.

"어쨌든 여기서 나가자."

남자는 질질 끌리듯이 암굴에서 나왔다.

바깥은 밝은 빛으로 가득 차 있었다. 기온이 꽤 올라간 것으로 보아 벌써 점심때가 다 된 것 같았다. 맙소사. 남자는 생각했다. 한심하게 자고 있을 때가 아니었다.

그는 여러 명의 남자에게 둘러싸였다. 한 남자는 제복을 입은 경찰이고, 나머지는 절 사람들이다. 하나같이 살기등등한 얼굴을 하고 있다. 절 사람 중 한 명이 경찰에게 이 남자라고 속삭였다. 경찰은 고개를 끄덕이더니, 남자에게 다그쳤다.

"너, 누구냐?"

남자는 이럴 때를 대비한 틀에 박힌 대답을 했다.

"시코쿠 사람입니다. 순례를 하고 있습니다."

순례를 한다고 하면 대체로 성가신 일은 피할 수 있었다. 부랑자처럼 어느 처마 밑에서 자도 흰옷으로 몸을 감싸고 있으면 존경 섞인 눈길로 봐주었다.

그러나 이 경찰은 달랐다. 여전히 따지듯이 말했다.

"그런 걸 묻는 게 아니야. 이름과 주소를 대."

"이름은 센토 나오로라고 합니다. 집은 후타나 맞은편 마을입니다."

나오로는 마지못해 떨떠름하게 대답했다. 절 사람들이 서로 얼굴을 마주 보았다.

"가깝잖아?"

"후타나라면 구마 강 끝인가?"

"그렇습니다."

경찰이 수상하다는 눈길로 그를 보았다.

"이 부근 사람이 어째서 집 놔두고 여기서 자는 거야?"

"그러니까 순례중이라고……"

나오로는 내심 초조해하면서 말했다. 이런 곳에서 시간을 허비할 시간이 없다. 곧 산이 더러워진다.

"너, 사실은 불전佛錢 도둑이지?"

경찰이 수상하다는 눈으로 그를 보았다.

"말도 안 됩니다."

나오로는 고개를 가로저었다.

"거짓말하지 마. 요즘 자꾸만 불전이 없어졌는데, 네놈이 훔쳐간 게 틀림없어."

경찰은 나오로의 팔을 잡았다.

"파출소까지 가자. 이야기를 들어봐야겠다."

얌전하게 따라가면 오해는 풀릴 것이다. 그러나 그러기 위해서 몇 시간을 허비하고 싶지 않았다. 나오로는 경찰의 팔을 뿌리치고 도망치기 시작했다.

"기다려!"

"이놈!"

절의 남자들이 뒤따라와서 매달렸다. 나오로는 맹렬하게 달라붙는 남자를 냅다 걷어찼다. 절의 남자는 비틀거리던 끝에 발이 미끄러지고 말았다.

"으아아아아아아아아악!"

비명을 지르면서 돌계단을 굴렀다. 다른 남자가 앞을 막아섰다. 나오로는 그 남자의 사타구니를 걷어찼다. 남자는 쓰러지면서 돌에 머리를 찧었다. 빡빡 깎은 머리에서 피가 철철 흘렀다.

"서라! 서지 않으면 체포하겠다!"

경찰이 소리 지르며 나오로에게 경찰봉을 내리쳤다. 머리를 맞는 순간 정신이 아득해졌다. 한 남자가 즉시 나오로를 꼼짝 못 하게 했다. 경찰이 수갑을 꺼내는 것이 보였다. 나오로는 그를 누르는 남자의 손을 물어뜯었다. 남자가 비명을 지르며 손을 뗐다. 나오로의 입이 남자의 손등 살을 뜯어냈다. 입가가 새빨개졌다.

경찰의 얼굴에 공포가 달렸다. 그 틈에 나오로는 계단을 뛰어 올라갔다. 경찰과 절의 남자들이 "살인자다!" 하고 고함을 지르면서 쫓아왔다. 본당이 있는 경내로 나왔다. 왼쪽으로 산문이 보였다. 산문 맞은편으로 길이 이어졌다. 산속으로 이어진 옛날 길이었다.

"서라, 쏜다!"

등뒤에서 아우성을 치는 소리가 들려왔다. 입 안에 피맛이 남아 있다. 나오로는 침을 뱉으면서 계속 달려갔다. 빵, 소리가 울렸다. 그는 어깨에 심한 통증을 느끼면서 비틀거렸다.

"맞았어!"

놀란 듯한 목소리가 들렸다.

다갈색으로 더러워진 흰옷이 피로 물들어갔다. 그러나 나오로는 몸을 일으켜 다시 달리기 시작했다. 돌투성이인 산길을 올라갔다.

— 막아라 —

— 이시즈치가 더러워지려 하고 있다 —

머릿속에 신의 목소리가 울려 퍼졌다.

2

니요도 강에는 청록색 물이 조용히 흐르고 있었다. 그 앞길에는 푸른빛이 도는 시코쿠 산맥의 산들이 서로 포개져 있었다. 길 양쪽까지 바싹 다가선 산들. 산 정상까지 계속 이어지는 계단식 논. 언덕에 달라붙듯이 농가들이 곳곳에 흩어져 있었다.

후미야의 차는 33번 국도를 달렸다. 그는 여전히 입을 꾹 다물고 있다. 차 안에 히나코 따위는 없다는 듯이 운전만 할 뿐이었다. 낯선 타인도 이보다 더 완벽하게 무시할 수는 없을 것이다.

후미야의 모습은 석연치 않았다. 히나코에 대한 분노가 아니다. 뭔가 정체 모를 것이 그의 내부에 버티고 있었다. 대체 무엇이 그의 의식을 점령하고 있을까?

히나코는 그의 마음을 알 수 없어 답답해하며 가방에서 담배를 꺼내 물었다. 하얀 연기가 창틈으로 미끄러져 나갔다. 야쿠무라를 빠져나올 때까지 맑았던 하늘이 구름으로 뒤덮이기 시작했다. 창으로 들어온 바람이 끈적끈적 피부에 달라붙었다.

히나코는 담배꽁초를 재떨이에 버리고, 창을 닫았다. 갑자기 차 안이 조용해졌다. 앞을 보는 후미야의 옆얼굴은 조각상처럼 미동도 하지 않았다. 히나코는 그의 약간 뾰족한 턱선이 참 아름답다고 생각했다.

"무슨 생각 해?"

히나코가 물었다. 후미야는 역시 아무 대답도 없었다.

히나코는 울고 싶었다. 이대로라면 어찌할 도리가 없다. 침묵을 견딜 수 없어서 그에게 묻지도 않고 라디오를 켰다. 후미야가 불평한다면 그편이 차라리 고마울 것 같았다. 그러나 그는 아무 말도 하지 않았다. 지방 방송국 디제이의 목소리가 흘러나왔다.

—자, 다음은 고호쿠에 사는 야마모토 씨의 전화가 들어와 있습니다. 야마모토 씨, 야마모토 씨? 우리 마을의 자랑. 자, 무엇이 있을까요?

전화를 건 여자가 밭에서 거대한 호박을 땄다고 자랑했다.

—양손으로 들 수 없을 만큼 엄청나게 커서요. 이웃 사람들도 다 모여서 도깨비 호박이라고 난리예요. 요전에는 기념사진을 찍으러 오는 사람도 있었답니다. 아무튼 난리예요.

—와, 저도 한번 보고 싶군요. 그런데 그런 도깨비 호박은 어떻게 먹을 생각이십니까?

—먹지 않을 거예요. 이런 걸 먹으면 정말 도깨비가 될지도

모르잖아요.

여자의 밝은 웃음소리가 차 안에 퍼졌다.

후미야는 앞 차를 잇따라 추월해나갔다. 그가 서두르는 게 히나코는 마음에 걸렸다.

도로 옆에 '에히메 현' 표시가 나왔다. 니요도 강은 오모고 강으로 이름을 바꾸었다. 차는 강을 따라 시코쿠 산맥 속을 헤치고 들어갔다. 이윽고 강이 커다랗게 우회하면서 모래톱이 형성된 장소가 나왔다. 강가로 튀어나온 커다란 바위. 녹색과 파란색이 섞인 물색. 깊은 산속에서 흘러나온 오모고 강과 구마 강 두 가닥이 여기서 합류했다. 두 갈래의 흐름이 부닥치는 합류 지점에서는 초록빛이 도는 수면이 호수처럼 고요했다.

후미야가 핸들을 꺾었다. 차는 '오모고무라'라는 이정표를 따라서 우회전했다. 히나코는 다른 이정표에 '이시즈치 스카이라인'이라는 글씨를 발견하고 깜짝 놀랐다.

"이시즈치 산에 가는 거야?"

후미야는 대답하지 않았다. 앞유리창을 뚫어지게 응시하고 있을 뿐이다.

야스다카의 원고에 등장했던 이시즈치 산. 산이 부르고 있다고 썼다. 후미야의 목적지도 그곳일까?

차는 오모고 강을 따라 좁은 길을 달려갔다. 마주 오는 차는 거의 없었다. 오른쪽은 산의 급경사면. 왼쪽은 깊은 계곡. 깎아

지른 듯 솟은 벼랑 아래로는 맑은 강이 흐르고, 곳곳에 낙석 주의 간판이 있다. 도로 옆에는 산에서 떨어진 큰 바위가 뒹굴고 있다. 아스팔트로 보수하지 않고, 그물만 덮어놓은 도로 옆의 비탈면도 많다. 낙석 사고가 일어나도 이상할 게 없었다.

앞유리창에 작은 빗방울이 뚝뚝 떨어졌다. 비다.

"아, 싫어라."

히나코가 중얼거렸다.

후미야는 여전히 말이 없었다. 히나코는 울고 싶어졌다.

먼 산꼭대기에 하얀 안개가 내렸다. 후미야가 와이퍼를 작동시켰다. 앞유리창의 빗방울이 와이퍼에 밀려갔다. 삭삭 하는 희미한 소리가 차 안에 울렸다. 히나코는 돌아가는 편이 좋겠다고 말하고 싶은 걸 참았다. 뭐라고 말해도 소용없을 것이었다. 대체 무엇이 그를 이렇게까지 완고하게 만들었는지 알 수 없었다.

비는 점점 거세졌다. 산꼭대기에서 내려온 안개가 점점 시야를 가리기 시작했다. 굵은 빗방울이 지면을 때렸다. 강가에 있는 바위의 윤곽이 부서지는 빗방울 때문에 부옇게 흐려 보였다.

라디오에서는 일기예보가 흘러나오고 있었다.

—날씨를 전해드리겠습니다. 태풍 24호는 오늘 오후부터 진로를 동북동으로 바꾸어, 점차 세력이 강해지면서 시코쿠 방면으로 향하고 있습니다. 오늘 저녁 무렵에는 아시즈리 곶에 상륙할 것 같습니다. 이미 시코쿠 산간 지방을 중심으로 날씨가 흐려

지고 있어서, 오늘 밤부터 내일 새벽에 걸쳐 강한 폭풍우가 몰아칠 전망입니다. 현재 시코쿠 전역에 홍수주의보, 파랑경보, 폭풍경보가 내려 있습니다.

히나코는 후미야의 얼굴을 보았다. 후미야는 핸들을 꽉 잡고 있다. 일기예보도 내리치는 비도 안중에 없는 것 같다. 그저 앞만 보며 운전할 뿐이었다. 히나코는 그 옆얼굴에서 데루코를 떠올렸다. 어제 신의 골짜기에서 돌기둥 주위를 돌던 데루코의 얼굴. 줄곧 허공의 한 점에 고정되어 있던 시선. 뭔가에 마음을 빼앗겨 다른 생각은 할 수 없는 상태. 생각하는 것은 온통 사요리뿐.

"후미야!"

히나코는 더는 참을 수가 없어서 소리를 질렀다.

후미야는 돌아보지도 않았다. 히나코는 그의 어깨를 흔들었다. 그의 손이 미끄러지며 핸들이 헛돌았다. 차가 옆으로 미끄러졌다. 끼이이이익! 브레이크의 날카로운 소리가 귀를 찔렀다.

히나코도 후미야도 크게 앞으로 고꾸라졌다. 후미야의 머리가 퍽 큰 소리를 내며 차창 틀에 부딪혔다. 그리고 차는 멈추었다. 도로를 가로막듯이 옆으로 향한 채. 눈앞에 깎아지른 산의 비탈면이 다가와 있다. 정면충돌하기 직전이었다. 손발 끝으로 피가 파도쳤다. 온몸에 피를 보내는 걸 멈추고 있던 심장이 다시 움직이기 시작한 것 같았다.

"어떻게 된 거지……"

후미야가 중얼거렸다. 히나코가 차에 탄 후 처음 듣는 말이었다. 안도와 동시에 죽을 뻔했다는 실감이 끓어올랐다. 히나코는 떨리는 목소리로 말했다.

"미안해. 후미야가 전혀 태풍을 신경 쓰지 않는 것 같아서……"

"태풍이 어쨌다고?"

"일기예보 안 들었니? 지금부터 시코쿠에 상륙한다잖아."

그제야 후미야는 비가 세차게 내린다는 걸 알아차린 것 같았다. 차를 차선으로 돌리고 시동을 끄더니, 당황한 목소리로 말했다.

"엄청나게 쏟아지네. 어떻게 이런 데로 왔을까?"

"내가 묻고 싶은 말이야. 대체 어떻게 된 거야? 한마디도 안 하고 운전만 하고……"

후미야가 의아한 얼굴로 히나코를 보았다.

"왜 여기 있는 거야?"

히나코는 심장을 불로 달구는 듯한 기분을 느끼면서 말했다.

"기타노초에서 탔잖아. 후미야, 전혀 몰랐어?"

후미야는 기억나지 않는 것 같았다. 무슨 말을 하려다 입을 다물었다. 잠시 핸들에 몸을 기대고 생각에 잠겨 있더니, 이윽고 입을 열었다.

"오늘 늦잠을 잤는데…… 일어나는 순간, 이시즈치 산에 가야겠다는 생각이 들었어……"

역시 그랬구나 하고 히나코는 생각했다. 후미야는 이시즈치 산에 가는 길이었다.

"왜 이시즈치 산에?"

후미야는 모르겠다는 듯이 고개를 가로저었다.

"너야말로 내 차에는 어떻게 탄 거야?"

그의 말에는 가시가 있었다. 왜 그런 말을 하는지는 알고 있었다. 히나코는 고개를 떨구고 자기 무릎만 응시했다.

"후미야하고 이야기를 하고 싶었어. 그제 일로."

"듣고 싶지 않아."

퉁명스러운 후미야의 대답에 귀를 막고 히나코는 단숨에 말했다.

"그 사람, 도쿄에서 온 사람은 바로 돌아갔어. 이제 끝났어. 헤어졌다고."

후미야는 물끄러미 히나코를 바라보더니 시선을 돌렸다.

"그만 가자."

후미야는 시동을 걸었다. 유턴을 하기 위해 핸들을 꺾으려고 했다. 그러더니 신음 소리를 냈다.

"왜 그래?"

후미야는 미간을 찡그리며 핸들이 무겁다고 했다. 힘쓰는 일이라도 하는 것처럼 낑낑거리며 힘들게 핸들을 꺾었다. 차는 움직이기 싫어하는 말처럼 간신히 방향을 바꾸었다. 노면에는 빗방울이 춤을 추고 있었다. 성나서 날뛰는 듯한 바람이 산의 나무들을 뒤흔들었다. 차는 천천히 왔던 길을 되돌아가기 시작했다.

"이상하네, 뭔가 상태가……."

그 말을 끝내기도 전에 머리 위에서 뭔가가 깨지는 듯한 소리가 울렸다. 앞을 보던 히나코는 비명을 질렀다. 소만 한 바윗덩어리 두세 개가 산비탈에서 굴러떨어졌다. 후미야가 브레이크를 밟았다. 쿵 하고 땅이 울리는 소리와 브레이크 소리가 빗속에 메아리쳤다.

빗줄기와 토사로 앞이 보이지 않았다. 탁탁탁탁. 작은 바위 파편이 차에 부딪히며 불꽃 같은 소리를 냈다. 두 사람은 어쩔 줄 모르고 한참을 차 안에서 숨을 죽이고 있었다. 이윽고 흙먼지가 사라졌다. 후미야가 앞유리창 너머를 보더니 낮은 목소리로 말했다.

"돌아갈 수 없게 됐네."

떨어진 바위로 도로가 막혔다.

그렇다. 바위가 굴러떨어졌다. 태풍이 오는 그날 산사태가 일어나서. 시게는 불어닥치는 비바람 소리를 들으면서 불단으로 향했다. 치즈코가 저녁 먹으라고 부르러 왔지만 생각 없다고 대답하고, 방 안에 틀어박힌 채 불단 앞에서 유일하게 아는 반야심경을 외우고 있었다.

"관자재보살, 행심반야바라밀다시, 조견오온개공, 도일체고
액……"

꼭 닫은 덧문 너머에서는 바람이 미친 듯이 불었다. 오십 년도
더 전의 태풍을 연상시켰다. 그날, 시게는 다케오와 몰래 만났
다. 다 쓰러져가는 숯 굽는 오두막이 두 사람의 밀회 장소였다.
문이 꼭 닫힌 캄캄한 오두막 안에서 두 사람은 땀투성이가 되도
록 서로를 안았다. 그때 처음으로 바깥의 빗소리를 깨달았다. 지
붕을 찢을 듯 세찬 비였다.

다케오가 놀라서 "벌써 태풍이 온 건가?"라고 했다. 두 사람
다 태풍이 다가오고 있다는 건 알고 있었다. 하지만 이렇게 빨
리 오리라곤 미처 예상하지 못했다. 부랴부랴 옷을 챙겨 입고 밖
으로 나오자, 이미 주위는 어둡고 귀를 찢을 듯한 천둥소리가 울
렸다.

그러나 태풍이 지나가기를 기다리다간 아침이 돼버릴 터였
다. 아침바람부터 산에서 내려가는 두 사람을 누가 보기라도 하
면 온 마을에 소문이 날 게 뻔했다.

시게와 다케오는 빗속을 달리기 시작했다. 거센 바람에 떠밀
리듯이 산길을 뛰어내려갔다. 그리고 산사태를 만난 것이다. 굉
음과 함께 떨어진 토사와 바윗덩어리가 앞서 달리던 다케오를
삼키는 것을 보았다. 순식간의 일이었다. 시게는 다케오의 이름
을 부르면서 달려갔다. 손으로 토사를 파헤치고 다케오를 끌어

냈다. 그는 이미 숨이 끊어져 있었다. 바위에 정통으로 맞은 머리는 절반쯤 짜부라져 있었다. 시커먼 피가 비와 함께 흙을 더럽혔다. 탁한 뇌척수액이 천천히 바닥에 퍼져갔다. 시게는 비명을 지르며 엉덩방아를 찧었다.

비는 폭포처럼 내렸다. 토사는 된장처럼 걸쭉해져서 흘러내렸다. 다케오의 몸이 흙 속에 묻혔다. 도움을 청해야…… 안 된다. 그런 짓을 했다가는 다케오와 함께 있었던 것이 들통난다. 시게는 혼란스러운 머리로 어떻게 해야 좋을지 생각했다.

비가 사정없이 다케오의 얼굴을 내리쳤다. 하지만 그는 무표정한 얼굴로 하늘을 노려보고 있었다. 다케오는 죽었다. 시게는 생각했다. 도움을 청해도 이미 늦다. 청상과부로 살아온 생활을 지키는 것이 중요하다.

시게는 도망쳤다. 구르듯이 산길을 내려와 집으로 갔다.

다케오의 시신은 사흘 뒤에 발견되었다. 태풍이 오는데 어째서 그렇게 인적 없는 곳에 갔는지 의아해하는 사람도 있었지만 그뿐이었다.

그리고 시게의 생활에서 다케오는 지워졌다. 그를 내버려두고 도망친 기억도 아침이슬처럼 지워져갔다. 시게는 잊으려 애썼고, 잊을 수 있었다. 다케오와의 즐거운 추억만을 남겼다. 데루코에게 가기 전까지는……

쾅쾅쾅쾅. 가까이서 천둥 치는 소리가 났다. 시게는 불단 앞에서 손을 모았다.

다케오. 부디 지금 있는 장소에 있어줘. 나를 그냥 내버려둬.

"불생불멸, 불구부정, 부증불감, 시고 공중무색, 무수상행식, 무안이비설신의……"

시게의 기도는 어둠 속에서 쉴새없이 내리는 빗소리에 녹아들어갔다.

센토 나오로는 질퍽거리는 길을 계속 걸었다. 온몸에서 빗물이 뚝뚝 떨어졌다. 총에 맞은 왼쪽 어깨가 욱신거렸다. 풀로 뒤덮인 동굴이 보였다. 나오로는 그 안에 들어가 쓰러져, 기다시피하여 좁은 동굴 안 바위에 몸을 기댔다. 바깥 경치가 천둥에 부옇게 떠올랐다. 바위 끝에서 끝없이 떨어져내리는 비. 한기가 발밑에서 기어올라왔다. 상처를 입은 어깨만 불에 덴 듯 뜨거웠다.

나오로는 웃옷을 젖히고 상처를 살폈다. 다행히 총알은 관통한 것 같았다. 상처에서 짓이겨진 피부조직이 보였다. 그 사이로 뼈가 드러났다. 옷과 소지품이 들어 있는 자루는 이와야 사에 두고 와버렸다. 할 수 없이 웃옷 소매를 찢어서 붕대 대신 감았다. 천은 금세 피로 물들었다.

나오로는 상처를 달래듯이 동굴에 누웠다. 아마 이곳도 그의 선조들이 사용했던 암굴 중 하나일 것이다. 이와야 사에서 이시즈치 산까지 옛날 길이 이어져 있었다. 그 길은 나오로의 마을에서 이시즈치 산을 향하는 길과 합류했다. 지금은 사용하지 않아 짐승밖에 다니지 않는 길이다. 나오로를 쏜 경찰들은 절대 찾지 못할 것이다. 나오로네 마을 사람들밖에 모르는 이시즈치 산으로 가는 길이었다.

나오로의 마을에서는 사람이 죽고 나서 일 년이 지나면, 가족들은 이 길을 통해 이시즈치 산으로 올라갔다. 그리고 산 정상에서 사자에게 기도를 올리고 내려왔다. 부모님이 죽었을 때도, 아내 세쓰코가 죽었을 때도, 나오로는 이 길을 지나 이시즈치 산으로 올라갔다. 지금도 그는 이 길을 통해 산으로 가려고 했다. 그 목소리가 알려주었듯이 이시즈치 산이 더러워지려 하고 있다면, 가서 막아야 한다.

이시즈치 산은 성스러운 자만 오를 수 있는 산이다. 나오로의 마을 사람들도 볼일이 없으면 이시즈치 산에 올라가지 않는다. 산에 있는 신은 고요함을 즐긴다. 하늘 가까이서 떠돌며 손자인 나오로의 마을 사람들을 지켜주고 있다. 더러워진 자는 그곳에 가까이 갈 수 없다. 그리고 또 가까이 가는 걸 막기 위해 나오로의 마을 사람들은 시코쿠를 순례해왔다.

세찬 빗소리 속에서 나오로는 자신의 선조를 생각했다. 시코쿠를 계속 순례해온 선조를. 몸이 따뜻해졌다. 어깨의 통증이 한층 덜했다.

신은 곁에 있다. 그의 얼굴에 미소가 번졌다.

맥주의 하얀 거품이 흘러넘치려고 하자 후미야가 얼른 입을 갖다댔다. 히나코가 "미안해" 하고 웃었다.

두 사람은 유카타 차림으로 마주 보고 있었다. 앞에는 생선 요리가 차려져 있다. 밖에는 여전히 숲이 성난 파도 같은 소리를 내며 울고 있었다. 그러나 덧문 안쪽까지 꼭꼭 닫혀 광풍이 기어 들어올 틈은 없었다.

오모고무라에서 간신히 발견한 목조 여관이었다. 태풍에 대비해 여관 주인이 한창 현관 부근을 정리하고 있을 때 뛰어들었다. 마침 예약 취소 전화가 잇따른 듯 방은 있었다. 다만 따로 방을 잡고 싶다고 하자, 주인이 곤란한 표정을 지었다. 태풍 때문에 본관에 있는 방만 사용해주었으면 했다. 본관에는 2층에 방이 세 개밖에 없는데, 나머지 방 두 개에는 이미 손님이 들어 있었다. 후미야가 난감해하며 히나코를 보자, 그녀는 "난 괜찮아" 하고 말했다.

후미야는 오늘 밤 한방에 있게 될 걸 생각하다가 얼른 히나코의 얼굴에서 눈을 돌렸다. 자신의 상상이 그녀에게 전해질까 부끄러웠다. 그때 마침 열쇠를 들고 온 여관 종업원이 방을 안내해주겠다고 해서 살았구나 싶었다.

하지만 이렇게 따뜻한 방에서 저녁식사를 하고 있으니 당혹스러움도 가셨다. 처음에는 긴장했던 히나코도 지금은 편안한 모습이었다. 두 사람은 사랑의 도피를 한 기미히코와 유카리 이야기로 꽃을 피웠다.

문득 후미야는 여기 이렇게 있는 것이 신기하게 느껴졌다. 어째서 산사태가 날 정도로 비가 거세지기 전에 돌아가지 않았을까. 히나코가 어깨를 흔들어 정신을 차리기 전까지는 자신이 자신이 아니었던 것 같다. 비가 내리기 시작한 것도 어딘가 먼 세계의 일처럼 느껴졌다. 이시즈치 산에 가야 한다는 생각만 꽉 차 있었다.

대체 자신이 어떻게 됐던 건지 모르겠다. 아까 마을사무소에 연락했더니 무단결근을 한 적이 없었던 후미야인만큼 다들 놀랐다. 그러나 누구보다 놀란 사람은 후미야 자신이었다.

"어릴 때는 태풍이 좋았어."

히나코가 산채튀김을 젓가락으로 집으면서 말했다. 후미야는 일부러 놀란 표정을 지어 보였다.

"여자들은 태풍을 무서워하는 줄 알았는데."

히나코가 웃는 얼굴로 고개를 가로저었다. 취기 탓인지 복숭앗빛으로 물든 뺨이 윤기 나는 검은 머리카락에 감싸여 있었다. 그 모습이 너무나 요염해 보여서 후미야는 움찔했다. 한참 느껴보지 못했던 여자의 존재감이었다.

그녀의 남자관계는 어땠을까? 도쿄에서 왔다는 희멀건 남자와 육체관계가 있었으리란 건 상상이 갔다. 히나코가 그 남자와 헤어지고 자기한테 할 말이 있어서 왔다고 했을 때, 인정하고 싶지는 않지만 후미야는 기뻐서 몸이 뜨거워졌다. 그러나 지금 이대로 히나코를 받아들이면 다음에 또 어떤 일이 생기게 될지 두려웠다.

남자와 여자의 관계는 한곳에 머물러 있을 수 없다. 끊임없이 앞으로 달려나가는 열차와 같다. 연애가 이루어져도 열차는 계속 달린다. 연료는 여자의 감정이다. 여자는 언제나 새로운 장소를 찾는다. 앞으로 보게 될 경치가 지금 보는 경치보다 아름답다고 믿는다. 그리고 열차여행에서 마지막으로 보게 된 경치에 환멸을 느끼면 다른 열차로 갈아타고, 이번에야말로 아름다운 광경을 만날 수 있으리라고 기대한다. 여자는 기본적으로 낙천가라고 생각한다.

히나코와 함께 열차를 타면 어떤 역에 도착할까? 반드시 '실패'라는 이름의 역에 도착하지만은 않을 것임은 알고 있다. 하지만 '행복'이라는 이름의 역에 도착한다고도 장담할 수 없다. 그런데 도대체 행복이란 게 뭘까? 사람은 누구나 행복과 불행 사이를 왔다갔다한다. 설령 연애를 한다 해도 늘 행복 쪽에 있을 수는 없을 것이다.

히나코가 맥주를 따라주었다.

"후미야는 태풍 싫어해?"

그는 좋아하기도 하고 싫어하기도 한다고 대답했다. 좋아하는 까닭은 밖에 나가지 않아도 되는 이유가 생기기 때문에. 싫어하는 까닭은 침수가 되기 때문에.

"우리 집 마루 아래까지 물이 찼었어. 그때는 집을 새로 짓기 전이어서 화장실도 밖에 있었거든. 물이 빠지고 난 뒤 마당을 걸으면 냄새가 진동해서 한동안 고생했지."

두 사람은 함께 웃었다. 세찬 바람이 건물에 불어닥쳐서 2층 방이 흔들렸다. 마치 웃음소리가 강풍을 불러일으킨 것 같았다.

"실례합니다."

문이 열리고 종업원이 상을 치우러 들어왔다. 재빨리 접시를 정리하면서 상냥하게 말을 걸어왔다.

"모처럼 오셨는데 날씨가 이래서 안됐군요."

"고치에서 왔는데, 산사태로 도로가 막혀 돌아갈 수 없게 되었어요."

"그러시다면서요. 다른 손님들도 어떻게 해야 할지 걱정이셨습니다. 이런 일은 좀처럼 없거든요. 어쩌면 이틀 정도 통행금지가 될 것 같더군요. 마을 사람들도 아주 난감해하고 있답니다."

종업원이 마른 몸을 자벌레처럼 뻗쳐 상을 닦으면서 말했다. 히나코가 곤란한 얼굴로 후미야를 쳐다보았다.

"이틀이나 통행이 금지된대."

"큰일이네. 아무리 그래도 일을 사흘이나 쉴 수는 없는데……"

"손님, 고치에서 오셨다고 했죠?"

종업원이 접시를 올린 쟁반을 구석에 내려놓고 행주로 상을 닦으면서 말했다. 후미야가 고개를 끄덕였다.

"그렇다면 다른 길을 통해 가실 수 있습니다. 이시즈치 산의 즈치고야에서 가메가모리 산간도로를 지나가면, 간푸 터널 입구가 나옵니다. 그곳은 194번 도로니까, 고치로 빠져나갈 수 있을 겁니다."

"그거 다행이군요."

종업원은 일단 상을 물린 후, 다시 들어와 이불을 깔아주었다. 그리고 오늘 밤 태풍이 심해진다고 하지만, 건물은 탄탄하니 안심하라고 말하고 물러갔다.

후미야와 히나코는 그러고도 한참 이야기를 나누었다. 지금 하는 일, 도쿄 생활, 히우라 야스다카가 쓴 책에 대해. 이야기가 끊겼을 때, 두 사람은 어깨가 맞닿을 만큼 가까이 있었다.

후미야는 히나코에게 키스를 했다. 아니, 먼저 다가온 것은 히나코였을지도 모른다. 두 사람은 인력에 이끌리듯 조금씩 가까워져서 서로 껴안았다.

후미야는 히나코의 유카타에 손을 밀어넣으면서 자신이 열차에 올라타버렸음을 느꼈다. 망설이기도 전에 먼저 몸이 움직여 트랩에 발을 올리고 있었다. 후미야는 히나코의 부드러운 입술을 빨고, 은은한 향수 냄새에 얼굴을 묻었다. 이윽고 히나코가 일어나 불을 껐다. 방 안은 캄캄해졌다. 그리고 두 사람은 이불

위를 뒹굴며 유카타를 벗어젖혔다.

밖에서는 비가 거세게 퍼부었다. 멀리서 천둥소리가 들려왔다. 히나코가 후미야의 귓가에 대고 속삭였다.

"나한테 화났어?"

후미야는 화나지 않았다고 속삭였다. 히나코가 그의 몸에 바짝 매달려왔다. 히나코의 정열이 그의 망설임을 다 태워버린 듯했다. 후미야는 그녀의 안에 타고 있는 정열의 불꽃에 손을 뻗었다. 몸에 힘이 찰랑이는 걸 느꼈다. 이대로 히나코와 함께 어딘지 모를 미래로 가도 좋다고 생각했다. 노인도 아니고, 촌구석에서 은거하듯 사는 것은 어리석다. 자신에게는 아직 다양한 미래가 있을 텐데.

후미야는 히나코 속의 정열의 불꽃을 받아 삼켰다. 몸속에서 불이 활활 타올랐다. 히나코가 신음을 흘렸다. 두 사람은 꼭 끌어안고 서로의 불꽃에 타올랐다. 불 주위를 돌면서 춤을 추는 원시 종교의 숭배자처럼 격렬하게 몸을 움직였다. 흥분과 도취 속에서 후미야는 신의 골짜기의 돌기둥을 떠올렸다.

일찍이 사람들은 황홀한 표정으로 그 돌기둥 주위를 돌다가 관계를 맺었다. 눈두덩 위로 어제부터 끊임없이 떠오르던 영상이 나타났다. 돌기둥 아래서 헐떡이는 남자와 여자. 소리를 내지르며 사정하는 남자. 만족스럽게 웃는 여자. 히우라 가의 여자…… 그리고 그녀들은 이 세상에 자신의 분신을 낳는다. 사자와 산 자를 이을 자, 사자를 부활시킬 여자를……

후미야는 몸을 떨며 단번에 사정했다.

덜커덩. 세찬 바람이 여관을 직격하여 방이 크게 흔들렸다. 창이 덜컹덜컹하더니 갑자기 창밖이 밝아졌다. 덧문이 떨어진 것이다. 마치 느닷없이 텔레비전 전원이 켜진 듯했다. 유리창에 마구 흔들리는 나무들과 번개가 번쩍이는 하늘이 비쳤다. 세찬 비바람이 유리창을 뒤흔들었다. 희부연 빛 속에 히나코의 알몸이 떠올랐다. 그녀는 몽롱한 얼굴로 미소짓고 있었다.

"태풍이 좋아……"

그 소리에 호응하듯 천둥이 쳤다. 빠지직빠지직. 나무가 찢기는 듯한 소리가 울리고, 창 너머의 계곡 위로 파란 불기둥이 솟아올랐다. 벼락이 떨어진 것이다. 이내 다시 구불거리는 뱀처럼 하얀 번개가 하늘을 지나갔다. 방 전체가 살짝 흔들렸다. 벽에 걸려 있던 족자가 떨어졌다. 분명히 꺼놓았던 불이 다시 켜졌다.

히나코의 얼굴에 공포가 서렸다. 태풍을 좋아한다면서? 하고 그녀를 놀려주고 싶었지만, 후미야 역시 공포에 가까운 것을 느끼기 시작했다. 그는 히나코를 이불 속으로 불러들여 꼭 껴안았다. 몸의 온기가 공포를 쫓아주는 것 같았다.

그렇게 생각한 순간, 한층 더 강한 바람이 여관을 흔들었다. 쨍! 날카로운 소리와 함께 유리창이 깨졌다. 유리 파편이 방에 흩어졌다. 비바람이 불어와 커튼이 찢길 정도로 거세게 펄럭였다. 찻잔이 쓰러졌다. 테이블 위에 시커먼 피 같은 색의 차가 점점 퍼져갔다. 히나코가 떨고 있었다.

"괜찮아. 유리창이 깨진 것뿐……" 이라고 말을 꺼내는 순간, 그 시선을 느꼈다. 자신을 바라보는 뜨겁고도 차가운 시선을. 후미야는 공포를 느끼고 몸을 반쯤 일으켰다.

히나코가 무슨 말인가 묻고 싶은 얼굴로 그를 보았다. 그의 눈동자에 뭔가를 인정하는 듯한 기색이 떠올랐다. 히나코의 얼굴이 일그러졌다.

"사요리……"

히나코가 쉰 목소리를 흘렸다.

"아니야!"

후미야가 소리쳤을 때였다. 뚝, 바람이 멎었다. 방 안이 조용해졌다. 모든 것이 움직임을 멈추었다. 공기조차 얼어붙었다. 쏴쏴 하는 빗소리만이 방을 채웠다. 정적 속에서 그 시선은 더욱 강해졌다. 그것은 일찍이 없었을 정도로 강렬한 분노를 담아 후미야의 등을 파고들었다.

아냐. 사요리가 아냐. 사요리는 죽었어.

후미야는 마음속으로 소리쳤다. 그리고 이를 악물고 뒤돌아보았다. 깨진 창이 있었다. 그는 창 너머를 노려보았다.

어둠이 떠돌고 있었다. 밤하늘에 비친 그림자 그림 같은 나무들 사이로 어둠이 끝없이 펼쳐져 있었다. 칠흑 같은 어둠은 움직이고 있었다. 숲을 빠져나가 이 방으로 몰려오려 하고 있었다. 주위에 떠도는 정적이야말로 어둠의 발소리. 후미야를 삼켜버리려고 깨진 창에서 그 시커먼 혀를 날름거린다…… 그는 자기도 모르게 몸서리를 쳤다.

나무들이 흔들리기 시작했다. 숲속에서 바람 소리가 들려왔다. 휘이이이이이이잉. 누군가 우는 듯한 소리와 함께 돌풍이 방 안으로 몰아닥쳤다.

3

파란 하늘이 제법 높아 보였다. 험한 산들에 끼여 서투른 솜씨로 바위를 깎아놓은 듯한 이시즈치 산이 모습을 드러냈다. 후미야의 차는 이시즈치 스카이라인을 달리고 있었다. 막힌 길을 피해 야쿠무라로 돌아가려면 일단 이시즈치 스카이라인을 통해서 등산길에 있는 즈치고야로 나와 우회해야 했다.

열어놓은 창으로 상쾌한 바람이 불어왔다. 어젯밤 지나간 태풍의 흔적을 보여주듯 나뭇잎과 잔가지 들이 길에 흩어져 있었다. 앞에도 뒤에도 차는 보이지 않았다. 태풍이 지나가자마자 이렇게 이른 아침부터 이시즈치 산을 찾는 사람은 없을 터였다.

히나코는 창밖으로 고개를 내밀고 숨을 들이마셨다. 차가운 공기가 수면 부족으로 멍한 머리에 기분 좋게 느껴졌다.

어젯밤, 창문이 깨진 후 두 사람은 급히 옷을 입고 여관 숙직실 문을 두드렸다. 심야에 잠을 깨운 두 사람 때문에 언짢아하던 종업원도 방의 참상을 보고 깜짝 놀라며 당장 다른 방을 마련해주었다. 그러나 방을 옮겨도 공포는 가시지 않았다. 히나코와 후미야는 습기 찬 방에서 겁먹은 아이들처럼 서로 꼭 껴안고 누웠다. 그대로 아침까지 잠을 이루지 못했다.

히나코는 꽃무늬 가방에서 콤팩트를 꺼내 거울을 들여다보았다. 눈 아래 다크서클이 생겼다. 피부도 생기가 없다. 히나코는 후미야를 보았다. 희미하게 자란 수염. 초췌했다. 히나코가 씁쓸하게 웃었다.

"왜 그래?"

"우리 둘 다 얼굴이 못쓰겠다."

후미야가 왼손으로 턱을 쓰다듬었다.

"지독한 밤이었으니까……"

그는 그렇게 말한 뒤 히나코를 보더니 어색한 표정을 지었다. 히나코는 창밖으로 고개를 돌렸다. 얼굴이 일그러졌다.

지독한 밤! 둘이서 보낸 첫날밤을 그렇게 표현하다니! 보통 같으면 두 사람은 서로 웃으며 행복감에 감싸여 있었을 것이다. 히나코의 눈에 눈물이 고였다. 오열이 끓어올랐다.

후미야는 속도를 줄이더니 길가에 차를 세우고 물었다.

"왜 그래?"

히나코는 말없이 고개를 숙였다. 무릎에 올려놓은 손이 눈물로 젖어 있었다. 후미야가 그 손에 자기 손을 포갰다. 히나코는 그의 목에 매달렸다. 그의 몸은 겨울의 양지처럼 따스했다. 후미야는 그녀의 등에 조심스레 팔을 둘렀다. 날이 샐 때까지 그랬던 것처럼 두 사람은 또다시 서로를 꼭 껴안았다. 히나코의 기분이 조금씩 안정되었다. 고개를 들자 후미야와 눈이 마주쳤다. 배려와 불안이 뒤섞인 눈이었다. 히나코는 자신의 충동이 부끄러워져서 힘없이 웃었다. 후미야가 그녀에게 키스를 했다.

철퍼덕. 뭔가가 터지는 듯한 소리에 후미야와 히나코가 얼굴을 번쩍 들었다. 앞유리창에 빨간 피가 번져 있었다. 피는 점점 아래로 흘러내렸다.

히나코가 작게 비명을 지르며 후미야의 가슴에 얼굴을 묻었다. 후미야는 천천히 히나코에게서 몸을 뗀 뒤, 문을 열고 차에서 내렸다. 히나코는 조심조심 앞을 보았다. 보닛 위에 부드러운 깃털로 덮인 작은 덩어리가 떨어져 있었다. 후미야는 나뭇가지로 죽은 새를 치운 다음 운전석으로 돌아와 와이퍼를 작동시켜 앞유리창을 닦았다.

"멍청한 새네. 서 있는 차에 와서 부딪치다니."

후미야가 별일 아니란 듯이 말했다. 하지만 그 목소리에는 부자연스러운 긴장이 담겨 있었다. 히나코는 좌석에 몸을 묻고 신

302

음했다.

"사요리네."

후미야는 화난 얼굴로 시동을 걸었다. 차는 다시 달리기 시작
했다. 히나코가 큰 소리로 말했다.

"어젯밤 일도 사요리 탓일 거야."

"사요리는 죽었어."

후미야는 앞을 보며 대답했다. 히나코의 머리에 피가 솟구쳤
다. 쇼류 사에서의 후미야를 보는 것 같다. 그는 절대 사요리를
인정하려 들지 않았다.

"모두 사요리 탓이야. 우리한테 화를 내는 거라고. 너도 알
잖아."

후미야는 아무 대꾸도 하지 않았다. 차가 커브를 돌았다. 조금
씩 이시즈치 산이 가까워졌다.

"사요리는 후미야를 좋아했어. 알고 있었니?"

후미야가 고개를 끄덕였다. 히나코는 내심 놀라면서 다시 물
었다.

"후미야는 사요리를 어떻게 생각했어?"

"아무 생각도 없었어"라고 말한 후 후미야는 미간을 찡그렸다.

"아냐…… 몰라."

히나코는 자기는 어떻게 생각했느냐고 물으려다 망설였다.
대답을 듣는 게 두려웠다. 자신은 이렇게 말을 삼켜왔다. 말을

껍데기 안에 숨기면서 쏟아지는 감정은 그림으로 토해냈다. 상대와 이야기를 나누는 법 없이 혼자서 애만 태웠다. 그래서 히데와의 교제도 그렇게 끝내버렸다.

혼자서 속으로만 끙끙거리다가 끝내는 것은 이제 그만두기로 결심했다. 히나코는 큰마음 먹고 말했다.

"나도 초등학교 때부터 후미야를 좋아했어."

후미야가 의외라는 표정으로 히나코를 보았다.

"하지만 난 언제나 거북이처럼 껍데기에 틀어박혀 있었어. 그래서 밖으로 나오지 못했어."

히나코는 앞유리창을 노려보면서 말을 계속했다. 일단 입을 열자 어디서 이야기를 멈추어야 할지 알 수 없었다. 말은 막히면서도 잇따라 나왔다. 어린 시절의 일. 히데와의 연애. 아무것도 주지 않고 아무것도 얻지 못했다고. 그런 짓은 이제 그만두기로 결심했다고. 더는 이야기할 거리가 없어지자, 히나코는 크게 숨을 쉬고 의자에 몸을 묻었다.

후미야는 말없이 앞만 보며 운전을 했다. 히나코는 갑자기 불안해졌다. 말을 해도 무의미할지 모른다. 이야기를 했다고 해서 타인이 자신을 이해해줄 리 없지 않은가.

한동안 엔진 소리밖에 나지 않았다. 차에서 내려 도망이라도 치고 싶어졌을 때에야, 후미야가 입을 열었다.

"강하네, 히나코."

히나코는 그 의미를 알 수 없어서 후미야의 얼굴을 보았다.

"정도의 차이는 있을 테지만, 껍데기를 덮어쓰고 있는 것은 다들 매한가지야. 그건 자각할수록 무거워지는 자신의 껍데기지. 하지만 히나코는 그 무게를 느끼면서도 여기까지 끌고 왔어. 강하다고 생각해. 나는……"

후미야는 말을 잠시 멈추고, 핸들을 돌렸다. 차는 다시 커브를 돌았다.

"나는 껍데기라는 걸 모른 척하고 살아왔어. 나 자신은 내 인생에도, 타인에게도 이해심 많은 사람이라고 믿으면서 말이야. 이해심이 너무 많아서 일찌감치 인생에 지친 거라고 생각한 거야. 하지만 이제는 뭐가 뭔지 모르겠어. ……어쩌면 나는 안전한 나만의 껍데기 안에서 바깥 세계에 내 식대로 해석을 붙였을 뿐인지도 몰라. 껍데기 바깥의 세계로 나가지 않고, 그걸 직시하는 걸 피해왔어. 준코…… 헤어진 아내가 품고 있던 불만도…… 사요리의 시선도……"

후미야는 씁쓸한 듯이 말했다.

"사요리의 시선?"

히나코는 속삭이듯이 물었다.

"사요리는 옛날부터 날 보고 있었어. 날 좋아한다는 건 어렴풋이 눈치챘어. 하지만 난 모르는 척해버렸어."

후미야가 말을 뚝 끊었다. 맞은편에 주차장이 보였다.

"즈치고야에 다 왔네."

후미야는 화제를 돌리려는 듯이 말했다.

"힘들게 왔는데 이시즈치 산에서 기도라도 하고 갈까?"

히나코는 "그래, 그것도 좋겠네" 하고 대답했다. 차는 주차장으로 들어갔다.

주차장 주위에는 기념품 가게들과 레스토랑이 모여 있었다. '이시즈치 산 등산로 입구 즈치고야'라는 간판이 서 있다. 히나코는 차에서 내렸다. 주차장은 텅 비어 있었고, 기념품 가게들과 레스토랑은 셔터를 내리고 있었다. 인기척 없는 등산로 입구는 태풍이 지나간 뒤의 상쾌한 공기로 가득했다. 눈앞에는 이시즈치 산의 뾰족한 산 정상이 하늘을 찌를 듯이 솟아 있었다. 이 산은 보는 각도에 따라 모습이 달라진다.

히나코는 팔을 활짝 펴고 심호흡을 했다. 어깨의 짐을 내려놓은 듯하여 기분이 좋았다. 줄곧 생각하고 있던 것을 말로 토해내었기 때문일지도 모른다.

— 강하네, 히나코 —

후미야가 한 말이 가슴속 깊이 스며들었다. 자신의 성격이 강하다는 말을 들은 것은 처음이어서 기뻤다.

후미야는 주차장 옆에 있는 안내도를 보고 있었다.

"고등학교 때 올라간 적이 있지만, 그때는 북쪽 오모테산도로 갔어. 이쪽 뒷길로 가는 편이 가깝네. 그래도 산 정상까지는 두 시간 반이 걸린대."

"이시즈치 산이구나. 난 한 번도 못 올라가봤는데."

후미야는 손목시계를 보고 여덟시 반이라고 말했다. 그리고 파란 하늘에 우뚝 선 이시즈치 산을 보았다.

"어차피 지금부터 출근한다고 해도 지각이니 올라가봐도 괜찮을 것 같은데. 어때?"

히나코는 잠깐 망설였다. 그다지 내키지 않았다. 그러나 올라가게 되면 오늘 하루 후미야와 함께 있을 수 있다. 그것이 그녀를 결심하게 만들었다.

"올라가고 싶어."

후미야는 빙그레 웃었다.

"그럼 가자. 실은 나 다카 씨가 쓴 내용이 마음에 걸려서 말이야. 이시즈치 산은 사자의 혼이 가는 산이라고 하는데, 뭔가 재미있는 것을 발견할지도 몰라."

히나코는 기분이 언짢았다. 두 사람 사이에 사자 이야기 같은 건 나오지 않았으면 했다. 히나코는 살며시 그의 손을 잡았다.

"다카 씨 이야기보다 하이킹을 하자고."

후미야는 그러자면서 히나코와 맞잡은 손에 더욱 힘을 주었다. 그리고 마을사무소에 내일부터 출근한다고 말하고 오겠다며 공중전화로 달려갔다. 히나코는 차로 돌아와 가방에서 손수건과 휴지를 꺼냈다. 지갑 같은 것은 가방과 함께 두고 갈 생각이었다. 산행중에 귀중품을 잃고 싶지는 않았다. 동전만 주머니에 넣고 차의 잠금장치를 누른 후 문을 닫았다. 후미야가 전화를 하고 돌아왔다.

"도로가 불통이 됐다고 했더니 순순히 쉬라더군."

"나쁜 사람이네."

"연차 휴가를 남기는 것보다 나아."

후미야는 웃으면서 히나코의 손을 잡았다. 그리고 두 사람은 솔송나무로 둘러싸인 등산길로 들어갔다.

나뭇가지에서 미끄러진 물방울이 나오로의 목덜미에 떨어졌다. 그는 놀라서 어깨를 떨었다. 갈색 다람쥐가 나무에 오르고 있었다. 나오로는 힘없는 미소를 지었다.

머리가 몽롱했다. 어깨가 타는 듯이 아팠다. 다리가 휘청거렸다.

눈앞에는 무성한 관목 숲이 끝없이 뻗어 있었다. 발밑에 난 풀들을 주의 깊게 관찰하지 않으면 그곳에 길이 있는지 모른다. 그러나 나오로는 오랜 세월 다져진 감각으로 무의식적으로 길을 감지하고 산속을 헤치고 들어갔다.

나오로가 마지막으로 이 길을 지난 것은 아내 세쓰코가 죽고 일 년이 지났을 때였다. 늙은 장모, 처형과 함께였다. 장모는 거의 일흔이 가까운데도 팔다리는 놀라울 만큼 건강했다. 지팡이를 짚으면서 굽은 허리로 언덕길을 쉬지 않고 올라갔다. 그게 어디였더라. 깊은 계곡을 지나고 있을 때, 장모가 갑자기 걸음을 멈추었다. 아래쪽에서 불어오는 상쾌한 바람이 시원해서인가 생각했더니, 낮은 목소리로 누군가의 혼이 지금 산으로 올라갔다고 중얼거렸다. 그때, 나오로는 세쓰코의 혼도 이 계곡을 건너갔을 거라고 생각했다. 세쓰코의 죽음을 떠올리자, 마음 밑바닥이 빠져나간 듯 공허했다.

세쓰코가 죽은 것은 가을이 깊어갈 무렵이었다. 그날 저녁, 나오로가 긴 순례를 마치고 돌아오자 집은 마당 끝까지 불을 밝히고 있고 사람들로 술렁거렸다. 나오로는 아기가 태어난 모양이라고 생각했다. 그가 순례를 떠나기 전 세쓰코는 산달을 앞두고 있었다.

나오로는 기쁨에 터질 듯한 마음으로 집 안을 들여다보았다. 거기서 본 것은 검은 기모노를 입은 사람들이었다. 낯익은 사람들이 방에 떠도는 그림자처럼 술을 마시고 음식을 먹고 있었다. 그 틈에서 나오로의 아버지가 나왔다. 아버지는 어렵사리 입을 떼고는 난산으로 산모와 아이 둘 다 죽었다고 말했다.

나오로는 당장 무덤으로 달려가려고 했다. 아버지가 그의 팔을 붙잡았다.

"가면 안 된다."

무서운 얼굴로 아버지가 말했다. 왜 안 되는지 몰랐다. 나오로는 아버지의 손을 뿌리치고 대대로 선조들을 모셔온 묘지로 향했다.

묘지에는 사람이 있었다. 낫을 든 마을의 늙은 여자들이었다. 여자들의 발밑에 아내의 관이 열려 있었다. 낫이 번쩍 들리더니 세쓰코의 아랫배를 갈랐다. 그리고 시커먼 덩어리를 꺼냈다. 태아였다. 통닭구이처럼 손발을 움츠린. 낫 끝에서 검은 피가 뚝뚝 떨어졌다.

비명을 지르며 말리러 들어가려는 나오로를 뒤에서 굵은 팔이 몇 개 뻗어와 붙들었다. 마을 남자들이 미쳐 날뛰는 나오로를 묘지에서 끌어내 데려갔다.

임신중에 죽은 여자는 이장 후 뱃속의 아이를 꺼내서 따로 묻어주어야 한다. 그런 풍습이 있다는 것을 안 것은 나중 일이었다. 그렇게 하지 않으면 엄마도 아이도 함께 산에 올라가지 못하고, 영원히 이 세상을 떠돌게 된다고 했다.

묘지에서 본 광경은 지금도 나오로의 뇌리에 깊이 새겨져 있다. 누워 있는 세쓰코와 뱃속에서 아이를 꺼내는 모습. 그 기억이 너무 강렬해서 머릿속을 떠나지 않는다. 태아는 사내아이였다고 한다.

나오로는 숲 사이로 보이는 이시즈치 산을 올려다보았다. 아내와 아이는 저곳에 있을까? 검은 피가 뚝뚝 떨어지는 태아를 안은 세쓰코의 모습을 떠올리자, 미간의 주름이 더욱 깊어졌다.

잣나무가 뾰족한 잎을 하늘을 향해 뻗은 채 서 있었다. 구원을 요청하듯 시든 가지를 펼친 백골수白骨樹, 지면을 덮은 짙은 녹색 조릿대밭. 후미야와 히나코는 불어오는 바람에 흔들리는 조릿대 소리를 들으면서 걷고 있었다. 간밤의 태풍 때문에 길이 질척했다. 벼락을 맞은 큰 나무가 시커멓게 탄 가지를 힘없이 늘어뜨리고 있었다. 몇 겹으로 겹친 비탈 너머로 이시즈치 산의 바위투성이인 정상이 선명하게 보였다.

후미야는 이따금씩 멈춰서서 히나코를 돌아보았다. 그녀는 거친 숨을 토하면서 열심히 그를 따라왔다. 아까 차 안에서 털어놓은 이야기 탓일까. 그 모습은 껍데기를 벗어던지고 변하려 노력하는 거북이 같았다.

"발밑 조심해."

썩은 나무 계단을 오르는 히나코에게 후미야가 손을 내밀었다.

"고마워."

히나코가 땀이 흐르는 얼굴에 미소를 지으며 그의 손을 꼭 잡았다. 그 모습이 사랑스러워서 후미야도 같이 미소지으려고 할 때였다. 그녀의 어깨 너머에 누군가 서 있는 것이 보였다. 후미야는 깜짝 놀라서 자세히 보았다.

아무도 없었다. 조릿대가 바람에 날리고 있을 뿐이었다. 사각사각. 조릿대 소리가 그를 감쌌다.

"아파."

히나코의 목소리가 들렸다. 정신을 차리고 보니 그녀와 맞잡은 손에 힘이 꽉 들어가 있었다. 후미야는 "미안" 하고 사과하고, 살짝 조릿대 쪽으로 시선을 되돌렸다. 역시 아무도 없었다. 갸날픈 백골수만 서 있을 뿐이었다. 하늘에 펼쳐진 가지 하나하나가 희한하게도 각기 다른 방향으로 흔들렸다. 보고 있으면 마음까지 사방팔방으로 찢겨 균형을 잃을 것 같았다.

후미야는 앞을 향해 성큼성큼 걷기 시작했다. 또다시 등뒤에 그 시선이 느껴졌다.

조릿대밭을 빠져나가자, 바위투성이인 비탈길이 이어져 있었다. 이시즈치石鎚 산은 이름 그대로 돌로 만들어진 산이다. 겹겹이 쌓인 돌 위에 난 이끼, 바위 사이에 뿌리를 내리고 비탈면에 달라붙은 나무들. 곳곳에 서 있는 '낙석 주의' 팻말. 고목의 둥치나 평평한 가지 위, 길가의 바위 위에 작은 돌이 쌓여 있는 모습은 삼도천三途川* 같다.

작은 산짐승인가가 움직이는지 가끔씩 풀숲에서 바스락거리는 소리가 났다. 머리 바로 위로 이시즈치 산 정상의 바위가 병풍처럼 솟아 있었다. 수행자들이 그 벼랑 끝에 반신을 내밀고 배짱을 시험하는 수행을 했다는 아버지의 말이 떠올랐다.

---

* 죽어서 저승으로 가는 길에 있다는 내.

"어, 저건 뭘까?"

히나코가 전방에 보이는 파란색 오두막을 가리키며 물었다.

"두번째 사슬이 있는 오두막이야."

히나코가 잘 모르겠다는 얼굴을 하자, 후미야는 산 정상까지 세 개의 바위봉우리가 있고, 각각 사슬을 타고 올라가게 되어 있다고 설명해주었다.

"이 길은 두번째 사슬이 있는 곳으로 이어지는 것 같은걸."

"뭐야, 곧 도착하겠네. 시코쿠 최고봉이라더니만 의외로 쉽네."

후미야가 빙그레 웃었다.

"그런데, 그런데 말이지. 끝까지 참고 힘을 내기가 쉽지 않아. 두번째 사슬은 오십 미터, 세번째 사슬은 육십 미터나 되니까. 쉽다고 해놓고 나중에 울면 안 돼."

"심술궂긴."

히나코가 후미야의 어깨를 툭 쳤다. 후미야는 장난으로 도망치는 척했다.

대그락대그락. 갑자기 머리 위에서 소리가 났다. 저 위쪽 바위 투성이 언덕에서 작은 돌 하나가 두 사람 쪽으로 떨어졌다. 어린 아이 주먹만 한 돌은 두 사람 사이를 갈라놓듯이 깊은 계곡 바닥으로 떨어져갔다.

후미야는 머리 위를 올려다보았다. 바람 한 점 없는 그 언덕에 움직이는 것이라고는 아무것도 없었다. 돌들은 땅에 붙어 있다.

떨어져내린 작은 돌만이 생명을 가지고 움직이는 것 같았다. 히나코가 겁먹은 얼굴로 그를 보았다.

"가자."

후미야는 퉁명스럽게 말하고는 다시 걸음을 옮기려고 했다.

"내가 앞장서게 해줘."

히나코가 그의 앞으로 갔다. 후미야는 "좋아"라고 대답했다. 그녀 역시 그 시선을 느낀 거라고 생각했다.

다시 걷기 시작한 뒤에도 누군가가 보고 있다는 느낌은 지워지지 않았다. 등이 오싹해지고 목덜미의 솜털이 거꾸로 섰다. 돌아보면 사요리가 있을 것만 같았다.

아니, 그럴 리가 없다. 사요리는 죽었다. 죽은 사요리가 자신을 보고 있다니 절대 인정하고 싶지 않았다.

어린 시절, 시선을 느끼고 돌아보면 거기에는 언제나 사요리가 있었다. 그러나 후미야는 그것을 무시했다. 사요리의 시선에 담긴 애정을 무시했다. 그녀의 애정을 받아들이고 싶지 않았다. 그러면 자신의 기분을 받아들이지 않을 수 없게 된다. 자신의 기분, 그것은……

후미야는 돌맹이투성이인 길을 노려보았다.

사요리의 시선에서 느끼는 편안함.

후미야는 어금니를 악물었다. 자신은 사요리의 시선을 좋아했다. 좋아했기 때문에 모르는 척했다. 그러면 그 시선은 영원히 자신을 향할 것임을 본능적으로 깨닫고 있었다. 그의 판단은 옳았다. 어릴 때부터 어른이 되고, 결혼을 하고, 이혼을 한 뒤에도 시선은 후미야에게서 떠나지 않았다. 그는 거기에 담긴 뜨겁고도 차가운 애정에 편안함을 느꼈다.

이 사실을 지금까지 명확하게 의식한 적은 없었다. 생각하는 것조차 회피했다. 그러나 사실이다. 그는 사요리의 시선을 좋아했다. 언제나 누군가가 자신을 보고 있다는 사실이 그의 고독을 치유해주었으니까.

하지만 사요리의 시선은 중학교 3학년 여름을 경계로 사자의 것이 되어버렸다. 그후, 그 존재를 의식 바깥으로 밀어내려고 노력해왔다. 사자의 시선에 편안함을 느끼는 자신을 인정할 수는 없었다. 그는 살아 있다. 살아 있고 싶었다.

사요리는 이미 죽었다!

후미야는 비명에 가까운 목소리로 지금까지 몇 번이나 생각해온 것을 마음으로 외쳤다.

"다 왔다!"

히나코가 안도한 듯이 말했다. 파란색 페인트로 칠한 두번째 사슬 오두막이 밝은 햇살 아래 서 있었다. 등산객의 휴식처와 숙박 장소로 이용되는 것 같지만, 지금은 함석 재질의 덧문으로 닫혀 있었다. 태풍 때문에 하산한 오두막 관리자는 오늘은 올 사람이 없을 거라고 판단하고 올라오지 않은 것이리라. 두 사람은 오두막 앞 자동판매기에서 주스를 사서 벤치에 앉아 잠시 쉬었다. 히나코는 오두막 앞에서 '이시즈치 다이텐구大天狗*'라고 쓰인 작은 돌상을 발견하고 장난스럽게 기도를 했다. 오두막을 지나가자 커다란 갈색 기둥문이 있고, 그 너머로 바위투성이인 급경사가 이어졌다. 비탈면에는 진한 쥐색 사슬이 매달려 있었다.

"저기로 올라가는 거야?"

주뼛거리며 묻는 히나코에게 후미야는 다른 길이 있다며 기둥문 앞을 지나갔다. 사슬을 타고 올라가지 못하는 사람을 위해 우회로가 만들어져 있었다. 하지만 그쪽도 결코 안심할 수 있는 길은 아니었다. 가파른 지름길은 곳곳이 절벽으로 끊어져 있고, 그 사이는 철판으로 만든 계단으로 연결되어 있었다. 난간 대신 굵은 밧줄을 잡고 가야 한다.

"여기서 기다릴래?"

후미야가 물었다. 히나코는 얼른 뒤를 돌아보았다. 화창하게 갠 하늘에서 햇살이 쏟아졌다. 히나코는 눈을 가늘게 뜨고 고개를 가로저었다. 이렇게 눈부시도록 밝은데도 그녀는 겁을 먹고 있었다.

후미야는 히나코의 손을 잡았다. 그리고 다시 손을 놓더니 앞장서서 우회로를 올라가기 시작했다. 주위는 고요한 밝음으로

---

* 슈겐도에서 주로 섬기는 신.

316

가득 차 있다. 눈 아래 펼쳐진 선명한 녹색 산자락, 투명한 공기, 돌을 비추는 빛. 후미야는 녹색 빛이 도는 돌로 덮인 꼭대기를 올려다보았다.

이곳은 하늘과 너무 가깝다. 두려움 비슷한 감정에 휩싸여 눈 앞이 캄캄해지는 것 같았다.

나오로는 이시즈치 산의 산괴를 우러러보았다. 세번째 사슬이 늘어진 절벽이 보였다. 이 길은 세번째 사슬을 우회하는 길로 연결돼 있었다. 이마에서 식은땀이 흘렀다. 오한이 났다. 나오로는 잠시 멈춰서서 숨을 골랐다. 어깨의 통증이 욱신욱신 파도처럼 밀려들었다. 식은땀과 함께 힘이 빠져나갔다.

마음을 씻어낼 듯 투명하고 파란 하늘이 펼쳐져 있었다. 태양은 따뜻하게 빛났다. 이렇게 날씨 좋은 날에 고통으로 얼굴을 일그러뜨리고 오한에 떨고 있다니 우스울 따름이었다. 경련에 가까운 미소를 지으며 다시 걷기 시작했을 때, 세번째 사슬을 타고 산 정상으로 올라가는 사람 그림자가 보였다. 태풍이 지나간 다음 날 산을 타다니 어지간히 산을 좋아하는 사람인 모양이다.

나오로는 등산객을 좋아할 수 없었다. 산은 재미로 올라가는 곳이 아니다. 숭배해야 할 곳이다. 게다가 저 일행은 어떤가? 아이까지 데리고 올라가고 있다.

그렇게 생각한 뒤, 철 계단을 오르는 남녀를 뒤따르는 아이의 모습이 이상하다는 사실을 깨달았다. 소녀 같기는 하지만, 그 모습이 확실하지 않다. 촛불 불빛처럼 끊임없이 모습이 변한다. 어떨 때는 검은 단발머리가 보이는가 싶다가, 다음 순간에는 얼굴도 몸도 연기처럼 뒤틀렸다. 걷는 것 같지 않았다. 힘없이 비틀거리면서 계단을 오르는 그 모습은 마치 검은 물이 낮은 곳에서 높은 곳으로 흐물흐물 기어올라가는 것 같았다.

나오로는 숨을 멈추었다.

설마……

소녀의 주위에는 그림자 같은 시커먼 것이 소용돌이치고 있었다. 산의 청정한 공기와는 다른 공기.

—이시즈치가 더러워지려 하고 있다—

암굴에서 들은 신의 목소리가 그의 전신을 때렸다. 나오로는 산꼭대기를 향해 달리기 시작했다.

4

바위투성이인 산꼭대기에 바람이 휘몰아쳤다. 눈 아래로 녹색 산등성이가 펼쳐졌다. 하늘이 한층 가까워진 것 같았다. 태양이 빛나는 팔로 주위를 감싸고 있었다. 히나코는 바람에 날리는 머리카락을 누르면서 거친 숨을 가다듬었다. 차가운 바람에 이

내 땀이 가셨다.

이시즈치 산 정상은 학교 교실만 한 넓이의 바위봉우리로 이루어져 있었다. 아래쪽에는 이시즈치 신사의 콘크리트 사당이 서 있었다. 히나코는 후미야에게 신에게 기도를 올리자고 말하고는 사당 앞에 섰다.

사당에는 동그란 거울이 걸려 있었다. 히나코는 그 앞에서 손뼉을 쳤다.

후미야와 잘되도록 해주세요. 제일 먼저 머리에 떠오른 소원을 속으로 빌었다. 사당에서 나와 후미야의 모습을 찾아보니, 그는 이 미터 정도 위에 있는 봉우리의 정상에 올라가고 있었다. 그 일대는 바위가 무너지는 것을 방지하려는 듯이 굵은 쇠사슬로 덮여 있었다. 정상은 나무 울타리로 둘러싸인 네모난 신역神域이었다. '위험 출입금지'라고 쓰인 입간판을 보고 히나코가 소리쳤다.

"후미야! 안 돼, 거긴!"

후미야는 빙그레 웃으며 손을 흔들더니 울타리를 넘었다. 그 등이 이중으로 겹쳐 보였다. 등에서 그림자 같은 것이 나타나 울타리를 획 넘어 신역으로 들어갔다.

히나코는 눈을 깜박거렸다. 너무 밝은 빛 때문일까? 네모난 신역이 갑자기 어두워진 듯했다. 가슴이 쿵쾅거렸다. 히나코는 후미야를 좇아 바위를 올라갔다.

나무 울타리로 둘러싸인 신역 앞의 입간판에 이시즈치 산의 개조開祖인 엔노오즈누를 기념하는 땅이라는 글이 적혀 있었다. 안에는 무수한 돌이 쌓여서 나지막한 산 같았다. 후미야는 그 돌산 위에 몸을 웅크리고 있었다. 어느 돌의 표면이나 한결같이 반짝반짝 윤이 날 정도로 밝은데, 후미야의 얼굴이 잘 보이지 않는다. 그의 주위에 검은 공기가 소용돌이치는 것 같았다.

"후미야!"

히나코가 무서워서 소리를 질렀다.

후미야가 고개를 들었다. 손에는 녹색 돌을 쥐고 있었다.

"봐. 이거, 신의 골짜기 돌기둥하고 같은 돌이야."

"정말……?"

히나코도 울타리를 넘어 후미야 옆에 섰다. 녹색 돌은 정말로 신의 골짜기의 돌기둥과 똑같았다.

후미야는 녹색 돌을 만지작거리면서 말했다.

"고대인들은 이것으로 만든 돌기둥을 신의 골짜기로 가져가 예배의 대상으로 삼았대. 아마 사자에 대한 예배였겠지? 그러나 시대가 바뀌면서 돌기둥은 진흙 속에 가라앉아버려 예배의 대상이 없어졌지……"

돌에는 사령을 모으는 힘이 있다.

히나코는 어제 병원에서 들은 히우라 야스다카의 말이 생각났다. 그 돌기둥은 사자의 영을 모으기 위해 둔 것이었다. 사자의 장소인 신의 골짜기의 힘을 강하게 하기 위해.

야스다카는 그 돌기둥을 신의 골짜기의 땅에서 꺼낸 것이 사요리의 짓이라고 했다. 돌기둥을 후미야에게 세우게 한 것이 사요리라는 말일까? 그제, 신의 골짜기에서 본 데루코는 사요리와 함께라고 했다. 데루코에게 돌기둥 주위를 왼쪽으로 돌도록 부추긴 것도 사요리인 게 분명하다. 신의 골짜기는 시코쿠에서도 가장 사국에 가까운 장소. 그리고 왼쪽은 사국으로 가는 길이다. 신의 골짜기에서 돌기둥을 왼쪽으로 돌았던 히우라 모녀는 돌의 힘을 증대시켜 사국에서 사령들을 불러들이고 있었던 게 아닐까……

등에 한기가 흘렀다. 히나코는 생각을 멈추었다.

"이곳은 출입금지 구역이야. 나가자."

녹색 돌을 버리고 일어서던 후미야가 앗 소리를 질렀다.

"안개가 끼네."

아래쪽에서 하얀 안개가 올라왔다. 안개는 깎아지른 듯한 깊은 계곡을, 조릿대가 무성한 언덕을, 모퉁이를 돌면서 이어지는 좁은 도로를 믿을 수 없을 만큼 빠르게 뒤덮고 있었다.

"큰일났네. 내려갈 수가 없어."

히나코가 울타리 쪽으로 돌아가려고 했다. 그러나 후미야는 그 자리에서 꼼짝도 하지 않았다. 히나코는 후미야의 이름을 불렀다. 그는 흥분한 듯이 말했다.

"『고지키』다."

히나코는 미간을 찡그렸다. 대체 이런 상황에서 무슨 말을 하는 걸까? 그래도 후미야는 눈을 반짝거리며 아래쪽을 응시했다.

이미 안개는 아래쪽을 푹 뒤덮었다. 두 사람이 서 있는 산 정상의 바위봉우리만 섬처럼 하얀 안개의 바다에 떠 있었다. 안개가 연기처럼 피어오르며 크게 소용돌이치고 있었다. 히나코는 공포를 느꼈다. 세계가 하얀 안개로 뒤덮여 소멸해버릴 것 같았다.

후미야가 중얼거리는 소리가 들렸다.

"나라가 생긴 지 얼마 되지 않아 떠다니는 기름처럼 해파리처럼 표류할 때……"

히나코가 초조하게 말했다.

"무슨 말을 하는 거야. 얼른 여기서 내려가야 해."

"『고지키』야. 다카 씨의 『시코쿠의 고대 문화』 첫머리에도 나왔는데, 이 세상의 시작이야. 봐, 히나코. 똑같잖아?"

후미야는 아래쪽을 가리켰다.

끝없이 이어지는 안개의 바다. 하늘은 파랗게 빛나고, 펑펑 솟아나는 하얀 파문에 떠오른 섬처럼 이시즈치 산의 정상만 남아 있었다.

"이자나기노미코토와 이자나미노미코토가 섬을 낳았을 때의 모습이 이렇지 않았을까? 젖빛 바다에서 떠오른 이요노후타나노시마, 시코쿠를 뜻하는 거지. 넓은 바다에서 최초로 나타난 땅이 바로 시코쿠 최고봉인 이시즈치 산의 정상이었던 게 틀림없어. 시코쿠는 지금 우리가 서 있는 이 장소에서 태어났어."

열에 들뜬 듯한 후미야의 말이 히나코의 마음에 스며들었다. 확실히 이 광경은 세계의 시작처럼 느껴졌다. 세계가 아직 혼돈스럽고 형태를 갖추지 못한 시대. 안개의 바다에 뜬 최초의 섬……

후미야의 말을 들으면서 히나코는 주위를 둘러보았다. 그때, 복사뼈까지 올라온 안개의 바다에서 시커먼 손이 쑥 올라왔다. 피투성이 손이 근처 바위를 붙잡는가 싶더니, 이내 머리를 짧게 깎은 우락부락한 남자의 얼굴이 나타났다. 히나코가 비명을 질렀다.

"거기서 내려와!"

간장에 조린 것처럼 더러워진 흰옷. 얼굴의 수염은 한참 깎지 않았는지 제멋대로 자랐지만 눈은 초롱초롱했다. 왼쪽 어깨에서 배어나온 피가 시뻘건 녹처럼 퍼졌다. 나오로는 비틀비틀 두 사람에게 다가왔다. 후미야가 히나코를 감싸듯이 앞에 나섰다.

"너희는 이시즈치를 더럽혔다."

나오로는 두 사람을 죽여버리겠다는 서슬로 말했다.

"무슨 말입니까?"

후미야가 히나코를 울타리 쪽으로 당기면서 되물었다.

"더러워진 영혼이 따라왔다. 놈들은 자신의 힘으로는 이곳에 올라오지 못한다. 그 녀석들을 데리고 올라올 수 있는 건 살아 있는 사람뿐이다. 그 녀석들에게 홀린 사람, 바로 너희지."

갑자기 높은 웃음소리가 울렸다. 세 사람은 깜짝 놀라 서로의 얼굴을 힐끔거렸다. 웃음소리는 계속되었다. 비웃는 듯한 소녀의 목소리는 그 자리에 있는 사람의 것이 아니었다.

웃음소리는 신역 한가운데서 들려왔다. 세 사람의 시선이 천천히 움직여 그곳에 못 박혔다.

돌이 쌓인 산 위에 검은 것이 떠돌고 있었다. 사람의 형상을 한 희미한 그림자. 그 아래 바위에서 물이 번져나왔고, 그 물에서 하얀 안개가 피어올랐다. 아니, 안개와는 다른 무엇이었다. 지면에서 무겁게 흐물흐물 기어올라오더니 그림자를 감싸기 시작했다. 계란 흰자위처럼 그림자를 덮는가 싶더니, 사람의 모습을 만들어나갔다. 처음에는 얼굴이 갸름한 소녀의 얼굴이 나타났다. 보이지 않는 손이 하얗고 부드러운 점토를 조각하고 있는 것 같았다. 눈 부위를 움푹 파고, 눈동자를 만들었다. 얼굴 복판에 코를 빚었다. 머리 위에 모인 검은색 그림자는 머리카락이 되었다. 학 같은 목덜미, 볼록한 가슴, 매끈한 허리. 그곳에 세일러복 차림의 날씬한 소녀가 서 있었다.

사요리!

히나코는 비명이 터져나오려는 입을 양손으로 막았다. 소리를 지르기 시작하면 멈추지 못할 것이다. 소리가 나오지 않을 때까지 계속 지를 게 뻔했다. 지금 보고 있는 것이 꿈이기를 바랐다.

그러나 사요리는 그곳에 서 있었다. 히나코가 기억하고 있는 사요리보다 조금 더 어른스러운 모습이었다. 히우라 가 불단의 영정에 있던 사요리. 중학생으로 성장한, 죽기 직전의 사요리. 그래도 초등학생 때의 모습이 또렷이 남아 있다. 쏘는 듯한 눈동자에 담긴 강한 자존심.

사요리는 후미야를 향해 말했다.

〈후미야, 나 돌아왔어.〉

사요리는 그에게 보란 듯이 자신의 매끄럽고 하얀 손을 쓰다듬었다. 사요리의 발밑에 있는 돌이 그녀의 무게로 달칵 소리를 냈다.

후미야는 새파랗게 질린 채 사요리를 바라보고 있었다. 사요리는 미소지었다. 그것은 살아 있는 자의 미소가 아니었다. 차갑고 생기 없는 미소. 사자의 얼굴이었다.

"거기서 나와, 이 더러운 영혼아!"

나오로가 울타리를 넘어왔다.

사요리는 비웃는 듯한 표정을 지었다.

〈어째서 내가 더러운 영혼이야. 마찬가지라고. 골짜기에 있는 영이나 산에 있는 영이나. 더럽고 더럽지 않고는 너희가 정한 것. 우리는 이 세상에 되돌아오고 싶어할 뿐이야. 그래서 이렇게 혼을 가지러 왔지.〉

사요리가 노래하듯이 말을 이었다.

〈이 세상에 돌아오고 싶어하는 건 나뿐만이 아냐. 모두 돌아오고 싶어해. 사국인 이 시코쿠에.〉

사요리는 운동화 끝으로 발밑의 돌을 찼다. 작은 돌멩이 무더기가 사방으로 흩어졌다. 그것이 신호라도 되는 양 산 전체가 흔들리기 시작했다. 정상의 바위가 와르르 무너져내렸다. 바위에 얽혀 있던 사슬이 강한 힘에 의해 무력하게 산산이 튀었다.

땅이 흔들리고, 나오로가 비틀거리다 쓰러졌다. 히나코는 비명을 지르면서 후미야에게 매달렸다. 바위 표면이 축축했다. 투명한 물이 안에서 배어나오는 바위는 마치 땀을 흘리는 것 같았다. 물은 아까 사요리의 그림자를 덮은 하얀 안개 같은 것을 소용돌이치게 하면서 가느다란 줄기가 되어 산에서 흘러내려갔다.

간신히 일어난 나오로가 성난 소리를 내며 사요리에게 달려들었다. 사요리는 아지랑이처럼 쏙 빠져나갔다. 후미야가 쫓아가려는 나오로 앞을 막아섰다.

"방해하지 마. 저건 귀신이야!"

나오로가 소리쳤다. 후미야가 비틀거리는 틈을 타 나오로는 다시 사요리를 뒤쫓아가려 했다.

"기다려!"

후미야에게 팔을 붙잡히자, 나오로는 후미야를 후려갈겼다. 후미야도 맞받아쳤다. 물이 배어나오는 바위 위에서 나오로의 발이 미끄러져 울타리에 등을 부딪쳤다. 울타리의 밑동이 부러졌다. 울타리와 함께 쓰러진 나오로는 비명을 지르며 바위봉우리에서 떨어졌다. 히나코는 나오로가 사라진 짙은 안개 속을 바라보았다.

"후미야! 저 사람, 다쳤다고!"

대답이 없었다.

후미야는 사요리와 마주 섰다. 두 사람의 시선은 보이지 않는 끈으로 연결된 것처럼 서로 얽혔다. 그 긴박한 눈길에 히나코는 우뚝 멈춰섰다. 땅울림도 산의 흔들림도 멀어져갔다. 잠깐 사이였는데 영원이 흐른 것처럼 느껴졌다.

사요리가 시선을 돌렸다. 그리고 부러진 울타리 사이를 지나 신역 밖으로 나갔다. 사요리를 따라가려는 후미야에게 히나코가 매달렸다.

"정신 차려. 사요리는 죽었어. 죽은 사람이라고."

그러나 후미야는 히나코의 말을 듣지 않았다. 그의 눈동자에는 아무것도 비치지 않았다. 어제 넋을 잃고 이시즈치 산을 향해 차를 운전할 때와 똑같았다.

사요리 탓이다. 어제도 그리고 지금도. 사요리가 후미야의 마음을 사로잡고, 그의 의식을 현실에서 멀어지게 하고 있다.

"사요리를 생각하면 안 돼!"

히나코는 후미야의 팔을 흔들었다. 그는 그녀의 손을 매몰차게 뿌리치더니 바위봉우리를 내려갔다. 히나코는 황급히 그 뒤를 따랐다.

산은 여전히 흔들리고 있었다. 바위에서 흘러나오는 물의 양이 점점 많아졌다. 떨어지는 물로 바위봉우리 전체가 강이 된 것 같았다. 솟구치는 하얀 기체가 김처럼 피어오르는 가운데 후미야는 점점 멀어져갔다. 히나코는 필사적으로 발 디딜 곳을 찾으면서 내려갔다. 후미야 앞에서 사요리가 입은 세일러복의 네모난 옷깃이 팔랑거리고 있었다. 아래쪽에 펼쳐진 안개 속으로 사라지기 직전에 사요리가 뒤를 돌아보았다. 검은 머리카락이 하얀 얼굴 주위에서 뱀처럼 구불거렸다.

〈후미야는 내 거야.〉

사요리가 말했다. 의기양양한 울림이 히나코의 가슴을 찔렀다. 마침내 사요리의 얼굴이 안개 속으로 사라졌다. 후미야의 등도 희미해져갔다.

"기다려!"

히나코는 뛰어가려고 했다. 그때, 누군가가 발목을 잡았다. 히나코는 균형을 잃고 바닥에 엎어졌다. 정강이에 통증이 느껴졌다.

"살려……줘……"

바로 가까이에서 신음 소리가 들렸다. 안개 속에서 나오로의 얼굴이 나타났다. 굴러떨어질 때 심하게 부딪친 듯 이마에서 피가 흐르고 있었다. 하반신은 산 정상의 벼랑에서 비어져나와 버둥대고 있었다. 물이 흘러 미끈거리는 바위를 간신히 잡고 있었다. 당장이라도 나오로의 몸은 깊은 계곡으로 떨어질 것 같았다. 마지막 힘을 모아 지나가던 히나코의 발목을 잡은 것이다. 내버려둘 수는 없었다. 히나코는 얼른 나오로를 끌어당겨올렸다.

"고맙소."

나오로가 말했다. 히나코는 땀냄새와 먼지 냄새가 뒤섞인 악취에 얼굴을 찡그렸다.

쾅쾅쾅쾅! 귀를 찢는 소리에 히나코와 나오로는 얼굴을 마주보았다. 히나코는 아래로 이어지는 길 쪽으로 갔다. 철 계단이 망가져 있었다. 바위를 고정시키고 있던 커다란 나사가 빠져서 흔들거렸다. 기울어진 철판은 지켜보는 동안 벼랑 아래로 떨어졌다.

히나코는 산 정상에 남겨졌다. 산의 진동은 점점 더 심해졌다. 히나코는 무서워서 나오로가 있는 곳으로 되돌아왔다. 나오로는 이마의 피를 닦으려고도 하지 않고, 물이 떨어지는 바위 위에 앉아 있었다. 어깨에 상처 입은 자리가 벌어졌는지 새로운 선혈이 흰옷을 적셨다.

"아래로 내려가는 길은 저기밖에 없어요?"

촬촬촬 큰 소리를 내며 흐르는 물소리에 지지 않으려고 히나코는 소리를 질렀다. 나오로는 히나코의 물음에는 대답하지 않고 중얼거렸다.

"신의 혼이 산을 내려가네."

히나코가 그 의미를 물으려고 할 때, 큰 소리가 울려 퍼졌다. 두 사람이 있는 곳의 바위에 균열이 생겼다.

"여기 있으면 위험해요!"

나오로는 잠자코 바위봉우리 건너편을 가리켰다. 히나코는 그곳에 다른 길이 있는지 살피러 갔다. 여섯 가닥의 굵은 쇠사슬이 짙은 안개 바닥까지 내려가 있었다. 세번째 사슬이었다. 육십미터는 된다던 후미야의 말이 생각나 히나코는 오금이 저렸다. 그러나 산은 계속 흔들리고 있었다. 안개 저 바닥에서 물소리가 들려왔다. 물을 토해낸 바위는 약해졌는지 모래처럼 산산이 무너져갔다. 무너진 바위 단면에서는 끝없이 물이 흘러내렸다.

"빨리 내려가시오."

정신을 차리고 보니 나오로가 옆에 서 있었다.

"내가 순례할 때 이런 일이 생기다니……"

히나코는 나오로가 눈물을 흘리고 있음을 깨달았다. 눈물과 이마에서 흐르는 피가 뒤섞여 우락부락한 얼굴을 뒤덮었다.

"당신은…… 누구세요?"

나오로는 짙은 안개 속을 응시했다.

"시코쿠를 순례하는 사람이오."

이시즈치 신사의 사당이 요란한 소리를 내며 무너져내렸다.

세번째 사슬을 묶어놓은 바위도 조금씩 흔들리고 있었다. 물림쇠가 헐거워진 것 같았다. 이대로라면 사슬도 언제까지 버틸지 알 수 없다. 나오로는 히나코를 재촉했다. 히나코는 사슬을 잡았다. 차가운 사슬이 손바닥에 착 감겼다.

"당신은?"

나오로는 히나코에게서 휙 등을 돌려 산꼭대기의 바위봉우리로 되돌아갔다. 어깨에서 흐르는 피가 발밑에 점점이 떨어졌다. 히나코는 내려가는 편이 좋다고 소리쳤지만, 나오로는 돌아보지 않았다.

지금은 자신의 목숨이 위태로웠다. 타인을 걱정할 때가 아니었다. 히나코는 할 수 없이 사슬을 타고 내려가기 시작했다. 사슬을 잡은 손이 금세 아파왔다. 발밑의 바위는 떨어져내리는 물 때문에 폭포처럼 변했다. 수량이 점점 불어났다. 이렇게 한꺼번에 많은 물이 흐르면 산이 모래처럼 무너져내리지 않을까?

물에서 피어오르는 하얀 수증기와 안개가 뒤섞여 이제 주위에는 아무것도 보이지 않았다. 얼마만큼 내려왔는지 앞으로 지면까지 얼마나 남았는지 전혀 알 수 없었다. 사슬은 영원히 끝나지 않을 것 같았다. 바닥이 있다면 그것은 지옥이 아닐까? 사자들이 우글거리는 지옥……

갑자기 사슬의 감촉이 없어졌다. 다음 순간, 거기서 사슬이 끝났다는 걸 알았다. 몸이 허공으로 떨어졌다. 히나코는 비명을 지르면서 안개 속으로 사라졌다.

여자의 비명이 들린 것 같았다. 나오로는 침통한 표정으로 안
개 속을 내려다보았다. 산울림은 커지기만 했다. 산이 울고 있었
다. 나오로는 몸을 질질 끌듯이 이시즈치 산 정상의 신역으로 돌
아갔다. 어깨의 통증은 참을 수 없을 정도로 심해 정신이 아득해
지는 것 같았다. 왼손 손가락 끝에서도 피가 뚝뚝 떨어졌다. 출
혈은 멈출 것 같지 않았다. 나오로는 비틀거리다가 무너져가는
돌 위에 섰다.

눈 아래서는 하얀 안개의 바다가 소용돌이쳤다. 그 바닥에 펼
쳐진 세계는 결코 보고 싶지 않았다.

일찍이 시코쿠四国는 사국 死国이었다.

장로의 말이 머릿속에 울렸다.

죽은 자도 산 자도 똑같이 이 섬에 살던 시대가 있었다. 시코
쿠를 산 자의 섬으로 만든 것은 우리 선조. 시코쿠를 순례함으로
써 하늘로 올려보낼 영과 땅에 가라앉을 영으로 사자의 영을 나
누어서, 이 세상에 존재할 수 없도록 했다. 하늘로 올라가는 영
은 우리의 신이 되어 이시즈치로 모여들었다.

땅에 가라앉는 영은 사국과 함께 이 세상 바깥으로 쫓겨났다.
그러나 그들은 생에 집착했다. 이 세상에서 생을 되찾길 희망했
다. 그래서 언젠가 이시즈치로 올라간 혼을 되찾아 소생하길 꿈

꾸었다. 그렇게 되면 무서운 일이 벌어진다. 시코쿠는 죽은 자와 산 자가 뒤섞인 나라로 돌아가버리는 것이다.

그것이 지금 현실이 되려 하고 있었다. 그 끔찍한 소녀가 이곳에서 되살아나 산을 더럽혀버렸다. 그 때문에 신을 하늘로 끌어당겼던 힘이 약해졌다. 신의 혼은 물을 타고 땅에 내려오기 시작했다. 땅에 가라앉은 영이 부르고 있는 것이다.

시코쿠가 사국이 되려 하고 있다.

나오로는 미끄러운 바위 위를 걸었다. 바위봉우리 위에서 오른쪽으로 돌기 시작했다. 어깨의 상처가 불에 덴 듯 뜨거웠다. 얼굴은 고통으로 일그러지고 몸을 웅크린 채 휘청거리면서도 그는 걸음을 멈추지 않았다.

돌기, 시코쿠 돌기, 이시즈치 돌기. 그도 그의 선조도 그렇게 돌았다. 그것이 그들이 아는 유일한 기도법이었다. 대대로 그 기도를 지켜왔다. 걷기, 기도하기, 한 걸음 한 걸음에 마음을 담아 앞으로 나아가기. 세월이 바뀌어도 이 기도만큼은 변하지 않는다.

땅 밑에서 올라온 안개가 나오로 주위에서 소용돌이쳤다. 땅 울림은 끊임없이 이어졌다. 사방에서 물소리가 들렸다. 성난 산은 미친 듯이 울고 있었다.

이제 그를 지켜보는 신의 존재는 느껴지지 않았다.

시게는 갑자기 흐려진 하늘을 올려다보았다. 아까까지 파랗게 갰던 하늘에 무수한 구름이 지나갔다. 작은 구름들이 대열을 이루어 행진하듯 산 너머로 멀어져갔다. 태풍 뒤에 이렇게 많은 구름이 흐르는 것은 본 적이 없었다. 시게는 아랫입술을 내밀고 한동안 구름의 행방을 지켜보았다.

태풍이 지나간 자리의 뒷정리를 하던 참이었다. 마당과 집 앞 밭에는 바람에 날려 떨어진 나뭇가지와 나뭇잎, 못 쓰는 통과 쓰레기가 사방에 널려 있었다.

어젯밤에는 다케오 생각이 계속 났다. 그러나 아침이 되어 태풍이 지나갔다는 것을 알게 되자, 공포도 거짓말처럼 사라졌다. 다케오가 이 세상에 돌아오는 게 아닐까 두려움에 떨었던 자신이 어리석게 느껴졌다. 이미 지나간 일이다. 이제 와서 겁먹을 필요는 없다. 다케오에게 미안한 짓을 한 건 틀림없지만, 달리 어쩔 도리가 없었다.

시게는 증손자의 장난감 플라스틱 삽을 주우면서 자신의 주름투성이 손을 보았다. 그건 아직 시게의 피부가 탱탱했던 시절의 이야기. 먼 옛날의 이야기다.

쓰레기를 담은 양동이에 삽을 던져넣고 고개를 들고 보니, 어느새 밭 끄트머리까지 와 있었다. 정면에 사카 강이 흐르고 있었다. 태풍 탓인지 물이 불었다. 요즘 수량이 줄었는데 마침 잘됐다. 그런데 수면에서 하얀 수증기 같은 것이 올라오는 건 어째서

일까? 속으로 중얼거리면서 강 쪽으로 몸을 내밀었다. 종이 쓰레기가 떠내려갔다. 요즘 인간들은 뭐든지 강에다 던져버린다. 정리하는 김에 그 종이 쓰레기도 주워야겠다 생각하고, 그걸 노려보고 있던 시게는 어? 하고 놀랐다.

종이 쓰레기는 상류를 향하고 있었다. 물이 하류에서 밀려올라와 산 쪽으로 흘러가는 게 아닌가. 사카 강의 물이 역류하고 있었다. 시게는 양동이 손잡이를 꼭 잡은 채, 물끄러미 물의 흐름을 좇았다. 흐름의 끝에 있는 신의 골짜기로 시선이 가 멈췄다. 골짜기는 짙은 안개에 싸여 있었다. 하얀 안개가 야쿠무라 쪽으로 흘러넘쳤다.

또다시 시게의 마음속에 정체 모를 공포가 스멀스멀 끓어올랐다.

즈치고야의 기념품 가게는 열려 있었다. 주차장에는 차가 여러 대 서 있고, 관광객들이 안개에 푹 싸인 이시즈치 산을 두려운 듯 쳐다보고 있었다. 여전히 산울림이 계속되고 있었다. 히나코는 주차장을 걷고 있었다. 무릎은 까지고 손은 피투성이였다. 사슬이 끊겨 떨어졌을 때, 바위에 부딪히며 손바닥이 찢어진 것이었다. 다행히 지면까지 거리가 몇 미터밖에 되지 않았다. 살았다고 안도하는 것도 잠시, 두번째 사슬을 타고 간신히 여기까지 돌아왔다.

히나코는 감색 세단을 찾았다. 비슷해 보이는 차를 한 대 한 대 들여다보며 주차장을 돌았지만, 후미야의 차는 없었다. 히나코는 그 자리에 우두커니 멈춰섰다.

후미야는 자신을 버려두고, 사요리와 함께 가버렸다……

사슬이 끊겼을 때와 같다. 마지막까지 믿었던 것이 뚝 끊기면서 허공에 내동댕이쳐졌다. 아까는 지면이 가까웠지만, 이번에는 다르다. 캄캄한 공간 속으로 끝도 없이 떨어진다. 무엇을 붙잡아야 할지 모르겠다.

"왜 그래요?"

귓가에서 소리가 났다. 관광객으로 보이는 중년 부부가 히나코를 걱정스러운 눈길로 보고 있었다. 히나코는 자신이 울고 있음을 깨달았다.

"저기, 저는……"

히나코는 뭐라고 해야 할지 모른 채 입술만 달달 떨었다. 가방을 차 안에 두고 왔다는 사실이 떠올랐다. 돈 한 푼 없이 이시즈치 산 중턱에 남겨졌다. 게다가 행색이 말이 아니었다. 여름 스웨터는 흙투성이고 청바지 무릎은 너덜너덜 다 떨어져나갔다.

수제품인 듯한 노란색 천 모자를 쓰고 목에 스카프를 맨 여자가 안됐다는 듯이 히나코의 어깨에 손을 둘렀다.

"집이 어디예요? 돌아가는 게 좋을 것 같은데."

히나코는 도쿄라는 말을 삼키고 야쿠무라라고 대답했다.

"그렇지만…… 함께 왔던 사람이 먼저 가버려서…… 어떻게 해야 좋을지……"

어느새 히나코의 주위로 사람들이 모여들었다. 야쿠무라가 어디지? 어떻게 된 일이래? 그런 수군거림이 들려왔다.

"야쿠무라라면 우리 집에서 가까운데."

젊은 남자의 목소리가 났다. 파마머리에 몸집이 작은 한 남자가 사람들을 헤치고 나타났다.

"아, 잘됐네. 그럼 이 사람 좀 데려다주세요."

아까 노란 모자를 쓴 여자가 부탁했다. 젊은 남자는 행색이 엉망인 히나코에게서 눈길을 돌리며 고개를 끄덕였다.

"좋습니다. 그러잖아도 지금 막 돌아가려는 참이었는데."

파마머리 남자가 차를 돌려 나오겠다고 하고 자리를 뜨자, 구경꾼들도 흩어졌다. 노란 모자 여자는 남편에게 젊은이의 차를 기다리고 있으라고 일러두고, 히나코를 화장실로 데려갔다. 그리고 싹싹하게 손의 상처를 씻고, 갖고 있던 일회용 밴드를 붙여주었다.

히나코는 친절한 여자를 방관자처럼 바라보고 있었다. 자포자기하는 심정이었다. 후미야는 자신을 버리고 사요리를 선택했다. 사요리는 죽었는데. 사랑은 죽음을 초월한다? 아름다운 말이지만, 그것이 현실이 되면 죽은 자와 산 자가 사랑을 서로 빼앗는 일이 벌어진다. 말도 안 되는 일이다.

노란 모자 여자가 히나코를 주차장으로 데려와 파마머리 젊은이의 차 조수석에 태워주었다.

"얼른 집에 가서 옷 갈아입고 푹 쉬어요."

히나코는 멍하니 여자를 보았다. 그녀의 부드러움도 지금의 히나코에게는 친절을 들이대는 것으로밖에 느껴지지 않았다. 히나코는 살짝 고개를 끄덕였을 뿐이다. 노란 모자 여자는 자신이 한 일이 만족스러운지 미소지으며 차 문을 닫았다. 파마머리 남자가 능숙하게 후진해서 흰색 쿠페를 뺐다.

"33번 국도로 나가는 길은 산사태로 통행이 금지됐어요. 다른 길로 가야 해요. 뭐, 야쿠무라까지 두 시간이면 가겠네."

히나코는 대답을 한다고 했지만, 목구멍 안에서 희미한 소리만 새어나올 뿐이었다. 남자는 가여운 듯이 그녀를 보더니, 주차장 옆 좁은 산간도로로 차를 몰았다. 역시 태풍 탓인지 길에는 부러진 나뭇가지들이 흩어져 있었다. 젊은 남자는 히나코의 기분을 풀어주려는 듯 연방 지껄였다.

"즈치고야 기념품 가게에 우리 집에서 만든 절임반찬을 납품하고 가는 길인데요. 이런 날은 정말 처음이네요. 이시즈치 산이 저렇게 이상한 소리를 내는 일은 여태 한 번도 없었는데. 아가씨, 이시즈치 산에 올라갔던 겁니까?"

히나코가 고개를 끄덕였다.

"그렇다면 저 소리는 대체 무슨 소리인가요?"

"물요……"

히나코의 목소리가 떨렸다. 산꼭대기에서의 무서운 일이 되살아났다. 그는 히나코가 또 운다고 생각한 것 같았다.

"아, 미안해요. 그냥 잠깐 궁금해서요. 호되게 당했군요."

남자는 히나코가 산에서 강간이라도 당한 거라고 생각하는 모양이었다.

차는 비포장도로로 접어들었다. 남자는 능숙하게 울퉁불퉁한 홈을 피해 운전하면서 이야기를 바꾸었다.

"아까 올 때, 이쯤에서 사고가 날 뻔했지요. 맞은편에서 오는 차가 모퉁이에서 클랙슨도 울리지 않고 마구 달려오지 뭡니까. 그래놓고 사과도 않고 가버리다니."

"즈치고야에서 오는 차?"

히나코가 고개를 들었다. 남자는 그녀가 처음으로 말 같은 말을 해서 기쁜지 연방 고개를 끄덕였다.

"예. 파란색인가 감색 차였어요. 서른 살 남짓한 남자하고 세일러복을 입은 여자아이가 타고 있었죠. 중학생 같던데 귀엽게 생겼더군요."

히나코는 주먹을 꽉 쥐었다. 후미야와 사요리는 야쿠무라로 갔다. 후미야 옆에서 하얀 얼굴 가득 미소를 머금은 사요리의 모습이 떠올랐다. 사요리에 대한 분노가 치밀어올랐다. 후미야의 옆자리, 그곳은 내 자리였다. 사요리는 죽었지 않은가! 후미야는 살아 있다. 사자는 사자의 자리에 있어야 한다.

"서둘러주세요."

히나코의 강한 어투에 남자는 놀란 듯 보였다.

"제발 부탁이니 빨리 가주세요."

그 어투에는 초조와 괴로움이 배어났다.

면회 시간인데 병실은 조용했다. 태풍이 지나간 다음 날이라 그런지 문병객은 거의 없었다. 하얀 시트에 싸여 누워 있는 환자들은 누구한테도 방해받지 않고 언제 눈을 뜰지 모를 꿈을 꾸고 있었다.

환자의 상태를 돌아보던 야스다 도모코는 히우라 야스다카의 침대 앞에 멈춰섰다. 그는 여전히 눈을 뜬 채 천장을 보고 있었다. 의식을 회복할 기미가 없다. 어제 문병 온 여자가 깨어났다고 호들갑을 떨었지만, 착각한 게 분명하다. 손을 잡았을 때 반사작용으로 손을 맞잡았거나, 목구멍에서 꺽꺽거리는 소리가 말하는 것처럼 들렸을 것이다. 십칠 년 동안 혼수상태였던 야스다카가 이제 와서 눈을 뜰 리가 없다.

도모코는 야스다카를 안고 몸의 방향을 바꾸면서 그의 귓가에 대고 속삭였다.

"옳지, 착하지. 우리 아기."

그때, 가래가 끓는 듯한 목소리가 들렸다.

"난…… 당신의 아기가…… 아냐."

도모코는 깜짝 놀라 엉겁결에 손을 뗐다. 야스다카의 몸이 침대로 풀썩 떨어졌다. 스프링의 진동으로 희미하게 흔들리면서 야스다카가 도모코를 향해 천천히 고개를 돌렸다.

"일으켜……줘. 난…… 가야 해……"

도모코는 야스다카를 말똥말똥 바라보았다. 믿을 수 없었다. 인형이라고 생각했던 그가 갑자기 말을 하고 있다. 그것도 자신의 의사로.

야스다카는 엄청난 노력으로 팔꿈치를 짚고 상반신을 일으켰다.

"시간이 없어."

도모코는 야스다카를 꽉 눌렀다.

"움직이면 안 돼요. 지금 의사를 불러올게요."

야스다카는 얼굴을 찡그렸다.

"시간이 없어. 난 야쿠무라로 돌아가야 돼."

말이 매끄럽게 나왔다. 놀라운 회복세다. 도모코는 마음속에 고개를 쳐든 불안과 싸우면서 단호하게 말했다.

"안 됩니다. 회복했다 해도 아직 퇴원은 안 돼요."

야스다카의 눈에 비웃음의 빛이 서렸다.

"또 당신 손으로 만지려고? 징그러워. 지난 십칠 년간 참을 수 없었어. 내 몸을 장난감처럼 갖고 놀다니. 몸을 움직일 수만 있다면 두들겨패고 싶었다."

도모코의 얼굴이 파랗게 질렸다. 비밀스러운 행위를 모두 보고 있었던 것이다. 퇴원하는 날 히우라 야스다카가 하는 말이 들리는 것 같았다. 징그러운 여자. '내 아기'라고 부르면서 몸을 만지고, 성기를 갖고 장난쳤던 것을 죄다 말하겠지.

야스다카는 파리한 손으로 침대의 금속봉을 잡고 몸을 일으키려 했다. 도모코는 얼른 그를 침대에 쓰러뜨렸다.

"뭐 하는 거⋯⋯"

야스다카가 말할 틈도 주지 않고 도모코는 베개로 그의 얼굴을 눌렀다. 야스다카가 쇠약해진 팔다리의 힘을 쥐어짜며 날뛰었다. 그러나 도모코는 필사적으로 떨어지지 않으려고 했다. 이 남자의 몸은 도모코의 것이었다. 겨드랑이 아래의 점, 움푹 팬 흉골, 탄탄한 허리, 아주 작은 부분까지도 사랑스러워하며 보살펴왔다. 이제 와서 이 남자가 이것이 자기 몸이라고 주장하게 둘 수는 없다. 하물며 그런 일로 도모코를 비난하게 둘 수 없다.

도모코는 상반신에 힘을 모아 야스다카의 얼굴에 대고 베개를 꽉 눌렀다. 이윽고 야스다카의 손이 아래로 축 늘어졌다. 도모코는 베개를 치웠다. 야스다카의 눈이 뒤집어져 있었다. 입에서 거품이 흘렀다. 도모코는 입가를 손수건으로 닦고 벌어진 두 다리를 가지런히 모아주었다. 야스다카는 인형처럼 꼼짝도 하지 않았다. 그의 몸은 다시 도모코의 손으로 돌아갔다.

"이제 착한 아기가 되었네."

도모코는 야스다카의 귓가에 속삭이고, 시트를 끌어당겨 덮어준 다음 부드럽게 톡톡 두드렸다.

신의 골짜기는 정적에 감싸여 있었다. 후미야는 사요리의 손에 이끌려 풀이 무성한 계곡으로 들어갔다. 사요리의 손은 차가웠다. 차갑고도 뜨거웠다. 그녀의 시선과 마찬가지로.

주위에는 하얀 안개가 엷게 깔려 있었다. 어젯밤 태풍에도 날려가지 않고 남은 참나리가 곳곳에 피어 있었다.

자신은 이시즈치 산에 있지 않았던가? 어째서 여기 있지? 후미야는 문득 생각했다. 그러나 그런 생각도 잠깐, 사요리가 한결같은 시선으로 그를 올려다보자, 의문은 눈 깜박할 사이에 사라졌다.

신의 골짜기 일대에는 안개가 자욱했다. 안개의 베일 속에 와지가 보였다. 아니, 지금은 와지가 아니었다. 연못으로 변해 있었다. 그 한가운데 녹색 돌기둥이 우뚝 서 있었다. 사요리와 후미야는 언덕을 내려가 연못가에 섰다.

그곳에는 희한한 광경이 펼쳐져 있었다. 연못은 마치 끓고 있는 것 같았다. 부글부글 끓는 수면에서 흰 구름과 똑같이 생긴 덩어리가 무수하게 나왔다. 흰 덩어리는 그대로 계곡으로 올라가 한동안 상공을 도는가 싶더니, 산 너머로 날아가버렸다. 마치 무수한 비늘구름이 제각기 가고 싶은 방향으로 흩어져가는 것 같다.

〈자신을 기억해주는 사람이 있는 영은 행복해. 그 사람에게 그 사람이 생각하는 대로의 모습으로 돌아갈 수 있거든. 그래서 나도 이렇게 돌아온 거야.〉

사요리는 후미야의 손을 잡아끌어 자신의 뺨으로 가져갔다. 그리고 미소지었다.

〈난 알고 있었어. 후미야가 실은 나를 좋아했다는 걸. 그래서 마음속으로 언제나 나를 생각해주었다는 걸.〉

후미야의 마음에 사요리의 말이 스며들었다. 좋아하는 여자. 누구일까. 눈앞에 있는 소녀인가, 그렇지 않으면…… 몇 번이나 꿈에서 보았던 장면이었다. 꿈속에서는 납득을 하면서도 뭔가 잘못됐다고 생각했다. 하지만 꿈에서 깰 때까지 진실은 알 수 없다.

사요리가 후미야의 손을 당겼다. 그는 사요리가 이끄는 대로 연못으로 들어갔다.

〈앞으로는 죽은 자도 산 자도 함께 살아갈 수 있어. 죽었다고 끝나는 게 아냐. 죽은 사람들에게는 기쁜 일이야. 시코쿠가 사국이 되다니 너무 기뻐.〉

물은 복사뼈까지밖에 오지 않았다. 사요리는 연못 안에서 후미야 쪽으로 돌아서더니 세일러복을 벗기 시작했다. 안에는 아무엇도 입고 있지 않았다. 단단한 유방이 나타났다. 치마도 벗어 알몸이 되었다.

연못에 서 있는 사요리의 몸은 아직 소녀의 것이었다. 투명하리만큼 희디흰 육체는 마치 한 마리의 학 같았다. 사요리는 후미아에게 양손을 내밀었다.

〈후미야, 나 어른이 되고 싶어.〉

하얀 안개가 하늘을 뒤덮어갔다. 산등성이를 따라 미끄러지 듯 내려와서, 나무 사이로 숨어들고, 언덕을 기어가듯 퍼졌다. 시게는 툇마루에 앉아 안절부절못하며 밖을 내다보고 있었다. 여름 한낮, 그것도 태풍 뒤에 야쿠무라에 안개가 끼는 것은 본 적도 들은 적도 없었다.

야스조도 치즈코도 점심을 먹고 나서 태풍 피해를 살펴보러 밭에 나갔다. 미치루는 학교에 갔고, 사토미도 다케시를 데리고 장을 보러 갔다. 집 안은 쥐죽은 듯 조용했다.

문득 머리 위에서 아직 다쓰요케의 낫이 번쩍거리고 있다는 걸 깨달았다. 그렇지, 저걸 치워야 해. 다쓰요케 덕분에 어젯밤 태풍은 별 탈 없이 지나갔다.

시게는 짚신을 신고 마당으로 나가 다쓰요케 장대를 매달아 둔 바지랑대로 걸어갔다. 밧줄을 풀고 장대를 내리려고 했다. 장대가 휘청 흔들렸다. 시게는 장대가 쓰러지지 않게 부랴부랴 힘을 모았다. 순간, 장대가 가벼워진 듯했다. 보니 한 남자가 장대 끝을 받쳐주고 있었다.

시게는 고맙다는 말을 하려다가 앗 하고 놀랐다. 남자의 얼굴이 낯익었다.

하얀 피부에 가운데가 움푹 들어간 코. 웃고 있는 듯한 반달형 눈. 다케오였다. 시게와 만날 때 자주 입었던 갈색 바지와 상의. 마치 살아 있는 것 같았다.

다케오의 반달형 눈동자 속에 분노가 이글거렸다.

〈나는 잊지 않았다. 그때 도망친 너를 잊을 수가 없었다.〉

시게는 장대를 놓치고 말았다. 다리가 후들거렸다. 어째서 다케오가 여기 있는 거지? 머리가 혼란스러워서 아무 생각도 할 수 없다.

다케오의 하얀 손이 천천히 장대 끝에 묶어놓은 줄을 풀기 시작했다. 시게는 얼어붙은 듯이 그 손을 바라보고 있었다.

줄이 다 풀렸다. 다케오는 낫을 손에 들고 시게를 향해 천천히 다가왔다.

〈나를 버린 사실도 잊고 질기게 오래 살아왔군.〉

사타구니가 뜨듯해졌다. 오줌이 몸뻬 자락 사이로 흘러내렸다. 그걸 보고 다시 고개를 들었을 때 은색 섬광이 눈앞을 달렸다.

346

5

"이상한 날씨네."

남자가 운전석에 몸을 묻으며 중얼거렸다. 히나코도 창밖을 보았다. 하늘은 부옇게 흐려 있었다. 구름인지 안개인지 모를 무수한 덩어리가 흘러갔다.

"비늘구름이라고 하기에는 너무 빠르고…… 본 적 없는 구름이네. 신종 구름을 발견했다고 기상청에 전화를 할까? 다시로 구름이라는 이름을 붙이면 아주 으스대기 좋을 텐데."

남자는 혼자 깔깔 웃었다. 다시로 준이치라고 이름을 밝힌 이 젊은 남자는 운전하는 내내 혼자 떠들었다. 처음에는 히나코를 배려해서인가 생각했지만, 원래 이야기하기를 좋아하는 사람인 것 같다. 히나코가 제대로 대답하지 않아도 기분 나빠하는 기색 없이 쉴새없이 떠들어댔다. 덕분에 그에 대해서 잘 알게 되었다. 기타노초 옆에 있는 오치초의 농가 후계자라고 했다. 고등학교를 졸업하고 부친의 일을 돕는 한편, 자기 놀고 싶은 대로 놀러 다니며 태평스럽게 사는 사람. 매주 한 번씩 즈치고야까지 집에서 만든 절임반찬을 배달하는 일이 유일하게 그에게 맡겨진 책임인 것 같았다.

준이치의 실없는 이야기를 듣고 있으니 어제부터 있었던 일이 꿈처럼 느껴졌다. 태풍의 공포. 이시즈치 산에서 소생한 사요리. 너무나 비현실적이었다. 그러나 후미야와 잔 것은 사실이다. 그의 따뜻한 감각은 아직 몸에 남아 있다. 그것만큼은 자신이 움켜쥔 확실한 감각이었다. 놓치고 싶지 않았다. 히나코는 간절히 그렇게 생각했다.

"어엇!"

준이치가 소리를 지르며 브레이크를 밟았다.

도로 한가운데로 어린아이가 뛰어나왔다. 차가 가까스로 멈춰섰을 때 아이와의 거리는 불과 일 미터도 되지 않았다. 다행히 뒤따라오는 차가 없어서 추돌은 면했다. 아이 뒤에서 엄마로 보이는 여자가 나와 도로를 가로질렀다. 아이가 차 앞에 뛰어들었다는 사실을 전혀 모르는 듯 이쪽은 돌아보지도 않았다. 준이치가 창문을 열고 고함을 질렀다.

"하마터면 칠 뻔했잖아요, 아줌마! 조심 좀 해요!"

여자와 아이가 차 쪽을 돌아보았다. 그 얼굴을 보고 히나코는 기이한 느낌이 들었다. 표정이 어딘지 뒤죽박죽이었다. 이쪽을 보고 있지만, 초점이 맞지 않았다. 이시즈치 산에서 본 사요리의 눈이 생각났다. 준이치도 당황한 듯 입을 다물고 가속페달을 밟았다.

히나코는 그 모자의 얼굴을 어디선가 본 것 같아 뒤를 돌아보았다. 여자는 두 아이의 손을 잡고, 도로 쪽에 있는 작은 전파사 앞에 서 있었다.

'기타조에 전기철물점'이라고 쓴 간판이 보였다. 가게 앞 왜건에 카세트를 늘어놓고 있던 남자가 모자母子를 보고 크게 소리를 질렀다.

"미나코!"

남편 같았다. 그는 아내와 아이들이 있는 곳으로 달려갔다. 히나코는 코 옆에 점이 있는 그 남자의 얼굴을 보고 깜짝 놀랐다.

생각났다. 텔레비전에서 본 얼굴이었다. 오노의 집을 방문했을 때다. 기타노초에서 차가 갑자기 도로 옆을 지나던 모자 쪽으로 돌진한 사건이었다. 텔레비전에서 울며 인터뷰를 하던 사람이 저 남자다. 그리고 사망한 아내와 두 아이는……

남자는 아내와 두 아이를 안고 울고 있었다. 가게 맞은편 가드레일이 흔들렸다. 저 세 사람은 죽었을 텐데.

설마. 사요리뿐만 아니라 다른 사자들도 이 세상에 소생했다는 말인가?

"야쿠무라는 여기서 돌아야 하지, 참."

준이치가 좌회전을 했다. 차는 니요도 강을 건너 사카 강 방향으로 접어든 다음 강변길을 달리기 시작했다. 준이치는 8월에 안개가 끼다니 정말 이상한 일이라고 연방 중얼거렸다. 히나코는 마비된 듯한 머리로 창밖을 보았다. 강은 하얀 수증기 같은 거품을 일으키며 소용돌이치듯 흘러가고 있었다. 야쿠무라 방향으로.

거꾸로 흐르고 있다!

물결은 찰랑거리며 사カ 강 상류 쪽을 향하고 있었다. 이시즈치 산의 바위 속에서 흘러나온 물이 틀림없다.

이시즈치 산에서 만난 기묘한 남자가 말했다. 신의 혼이 산을 내려간다고. 신의 골짜기의 신이 사자이듯, 그가 말한 신도 사자를 의미하는 게 아닐까? 사자의 혼은 물을 타고 하계로 내려와 신의 골짜기로 향한다. 그곳에는 사자의 백魄이 기다리고 있다. 혼과 백이 하나가 되어 사자는 소생한다. 그리고 시코쿠는 소생한 사자들의 나라가 된다.

시코쿠는 사국, 사자의 나라가 된다.

히나코는 몸이 덜덜 떨리는 걸 간신히 참았다.

거짓말이다. 그럴 리가 없다. 그런 말도 안 되는 일이 일어날 리 없다.

차가 커브를 틀었다. 안개 사이로 야쿠무라가 보였다.

"다 왔네요."

준이치가 말했다.

야쿠무라의 하늘은 민가의 지붕에 닿을 듯이 무겁게 내려앉아 있었다. 산들은 순면 같은 구름으로 감싸여 있었다.

그러나 그 아래 펼쳐진 야쿠무라의 광경은 무엇 하나 달라지지 않았다. 옅게 깔린 안개에 스미는 듯한 싱싱한 녹색의 벼. 곳곳에 흩어진 농가. 태평스럽게 달리는 자전거와 차. 학교 교정에서 발야구를 하느라 정신없는 아이들. 마을사무소에 드나드는 사람들. '후지모토 편의점' 앞에서 하늘을 올려다보며 이야기를 나누는 손님들.

그제야 안심한 히나코의 입가에 절로 미소가 떠올랐다. 이렇게 평온한 시골 마을에 무슨 일이 일어난단 말인가. 태풍이 지나간 뒤 잠깐 날씨가 이상해졌을 뿐이다. 이상 기상 현상이라면 세계 각지에서 일어나고 있다. 안개라고도 구름이라고도 할 수 없는 이것이 자신을 불안하게 만들었을 뿐이다. 조금 전 전파사 가족들도 히나코 자신이 잘못 본 게 분명하다. 텔레비전에서 잠깐 본 사람의 얼굴을 또렷이 기억한다면 그것이 되레 이상한 일일 것이다. 이시즈치 산에서 나타난 사요리도 환각이었을지 모른다. 사자가 소생하다니 있을 수 없는 일이다.

"아가씨네 집은 어디쯤입니까?"

준이치가 물었다. 히나코는 집 위치를 알려준 뒤 제일 먼저 후미야에게 가는 게 좋겠다고 생각했다. 그러나 당황하여 부산을 떨면서 남의 집에 뛰어들어가고 싶지는 않았다. 모든 것이 환각이었다고 한다면, 더더욱 자신을 버려두고 간 것을 가지고 일방적으로 그를 비난해버릴 것 같아 두려웠다.

일단 집으로 돌아가 옷을 갈아입고 잠시 안정을 취한 뒤 후미야를 만나서 얘기를 들으면 된다. 왜 먼저 가버렸는지. 아마 그역시 사요리의 환영을 보고 혼란에 빠졌을 것이다. 분명 그럴 것이다. 그도 지금쯤 자신을 걱정하고 있을 게 분명하다.

히나코는 애써 그렇게 생각했다.

히나코는 사카 강 다리 앞에서 차를 세워달라고 했다. 여기까지 데려다주었는데, 좁은 언덕길을 올라가 집 앞까지 가자고 하기가 미안했다.

히나코는 몇 번이나 인사한 뒤 준이치의 차에서 내렸다. 그는 클랙슨을 울리고 돌아갔다. 히나코는 언덕길을 올라가기 시작했다. 오노의 집 옆을 지날 때, 별생각 없이 마당 쪽을 보았다. 희미하게 깔린 안개 사이로 마당에 누가 쓰러져 있는 것이 눈에 들어왔다. 히나코는 놀라서 마당으로 뛰어들어갔다.

바지랑대 옆에 오노 시게가 하늘을 보고 쓰러져 있었다. 그 목에는 낫이 깊숙이 꽂혀 있다. 낫의 날은 목뼈에서 멈춰 있었다. 시게는 자신이 살해당했다는 것을 믿을 수 없다는 듯 눈을 번쩍 뜨고 있었다. 경악과 웃음이 섞여 있는 듯한 기이한 표정. 죽음이라는 운명을 맞이하듯이 두 팔을 벌리고 있었다. 찢어진 상처에서 흘러나온 피가 마당을 시커멓게 물들였다.

무릎이 후들거렸다. 모든 것이 너무나 비현실적으로 느껴졌다. 히나코는 몇 번이나 침을 삼키며 쓰러지지 않으려고 기를 쓰면서 집 현관까지 비틀거리며 들어갔다.

"누구, 누구 안 계세요!"

집 안은 고요하기 그지없었다. 비명 같은 소리를 계속 질렀지만 대답이 없었다.

어떻게 해야 좋을까? 경찰에 전화해야 한다. 아니, 가족들을 먼저 찾아야 하는 걸까? 머릿속에 생각들이 얽히고설키면서 혼란스럽기 짝이 없었다.

버석버석. 등뒤에서 흙을 밟는 소리가 났다. 누가 온 것이다.

다행이다. 히나코는 안도한 나머지 울고 싶은 심정으로 현관에서 밖으로 뛰어나갔다. 다음 순간, 그대로 몸이 얼어붙었다.

눈앞에 시게가 서 있었다. 기모노를 말끔하게 갖춰입고 양손을 앞으로 축 늘어뜨리고 있었다. 눈은 웃고 있는 것처럼 가늘었다. 히나코는 안심하면서도 그 자리에 주저앉을 것 같았다.

이것 역시 환영이었다. 시게는 살아 있었다. 숨소리도 들릴 만큼 가까이 있었다.

시게가 입을 열었다.

〈다케오 씨 못 봤수?〉

어딘가 먼 곳에서 들려오는 듯한 목소리였다. 히나코는 왠지 모를 부자연스러움을 느끼고 시게를 자세히 보았다. 그 눈은 묘하게 생기가 없었다. 히나코는 천천히 마당으로 시선을 보냈다. 그곳에 또 한 명의 시게가 쓰러져 있었다. 아까 히나코를 경악하게 한 모습 그대로 목에 낫이 찔린 채 피투성이가 되어 죽은.

히나코는 정원에 뒹굴고 있는 시게의 시신과 눈앞에 있는 시게를 번갈아 보았다. 머리로는 도저히 이 상황을 이해할 수가 없었다.

시게가 어색한 발걸음으로 다가왔다. 짚신이 흙을 밟는 소리가 몹시 크게 들렸다.

〈가르쳐줘.〉

입에서 쉰내가 쏟아졌다.

히나코가 뒤로 물러났다. 발이 엉켜서 엉덩방아를 찧고 말았다. 시게는 어쩔 줄 모르는 어린아이 같은 표정으로 몸을 앞으로 구부렸다.

〈다케오 씨를 만나고 싶어……〉

히나코는 비명을 지르며 기듯이 도망쳐나왔다.

후미야는 하얀 양초를 연상시키는 단단한 유방에 손을 댔다. 사요리가 미소지었다. 그녀의 납작한 배가 그의 복부에 딱 붙었다. 후미야 역시 전라가 되어 있었다. 두 사람은 안개가 자욱한 연못 안에서 서로를 안았다.

눈앞에는 녹색 돌기둥이 있었다. 예전에 본 적 있는 광경이다. 젖빛 해원을 떠도는 섬에 기둥 하나가 서 있고, 그 아래에서 알몸의 남녀가 서로 껴안고 있다. 그리고 아이를 낳는다. 아니, 아이가 아니었다. 시코쿠다. 아, 아니다. 그것은 이자나기노미코토와 이자나미노미코토의 이야기다. 지금 이곳에 있는 것은 사요리다. 어째서 사요리와 자신이 여기 있는 걸까? 후미야는 머릿속의 생각을 애써 정리하려고 했다. 그러나 그 사고는 이내 몽롱한 의식 속으로 사라져갔다.

어째서 사요리와 여기에 있는가 하는 의문은 이윽고 사라지고 아무래도 좋다는 생각이 들었다. 사요리는 후미야를 바라보고 있었다. 그가 익히 아는 시선으로 그만을 바라보고 있었다.

〈나, 어른이 되고 싶어. 그래서 아이를 낳고 싶어. 후미야와 내 딸을.〉

사요리가 다리를 걸쳐왔다. 그러나 그다음부터는 어떻게 해야 하는지 모르겠다는 듯 그에게 안겨들 뿐이었다.

후미야는 발기가 되지 않는 것이 이상했다. 사요리를 안으면서도 뭔가가 그를 말리고 있었다. 사요리가 이글이글 타오르는 시선으로 바라보며 속삭였다.

〈후미야, 부탁해.〉

나오로는 털썩 주저앉았다. 고열 때문에 시야가 흐렸다. 차가운 바람이 주위에 소용돌이쳤다. 나오로가 계속 돈 덕분인지 바위에서 배어나오던 물은 멈추었다. 하지만 눈 아래 펼쳐진 운해는 더욱 짙어졌다.

이 구름바다 아래 광대한 나라가 펼쳐져 있다고 생각했다. 그것은 소생한 사자의 나라. 시코쿠는 이제 시코쿠가 아니다.

그는 있는 힘을 쥐어짜내 간신히 일어났다. 자신이 순례할 때 이런 일이 일어나다니, 이렇게 운이 나쁠 수가. 나오로는 다시 돌기 시작했다. 그러나 이내 튀어나온 돌부리에 발이 걸려 풀썩 쓰러지고 말았다. 일어서려고 했지만, 팔에 힘을 줄 수가 없었다. 피리 같은 바람 소리가 그를 감쌌다.

나는 이대로 죽는 건가?

나오로는 생각했다. 자신의 마을 바로 가까이에서, 그것도 이시즈치 산꼭대기에서 죽어가는 건가? 자신이 죽으면 집에 있는 매화나무가 흐드러지게 꽃을 피울까? 가지가 휘도록 열매를 맺은 나무를 본 마을 사람들은 이별작이라고 하며 나오로가 죽었음을 알게 될 것이다. 그리고 또 누군가 순례를 떠날 것이다. 그러나 그 남자가 걷는 길은 이미 지금까지의 길이 아니다. 그곳은 사국. 사자가 생전의 모습 그대로 떠도는 나라. 산 자와 죽은 자가 똑같이 존재하는 세계. 사람과 사람이 죽음으로 나누어지는 일이 없는 세계.

모두 자신이 무능했던 탓이다.

나오로는 분한 마음에 눈앞의 돌을 꽉 쥐었다. 흙으로 더러워진 맨발이 보였다. 나오로는 천천히 고개를 들었다. 여자가 서 있었다. 흰옷으로 온몸을 감싸고, 팔에는 작고 하얀 천에 싸인 것을 안고 있었다.

나오로는 입을 반쯤 벌린 채 황홀한 듯 여자를 바라보았다.

아내였다. 죽어서 땅에 묻은 세쓰코였다. 아랫배에서 붉은 피가 흐르고 있었다. 팔에 안은 하얀 꾸러미도 피로 물들어 있었다.

세쓰코는 힘없는 미소를 지으며 나오로 앞에 몸을 구부리더니, 하얀 꾸러미를 펼쳤다. 안에는 피부가 시커먼 태아가 웅크리고 있었다.

〈우리 아이야.〉

세쓰코는 사랑스러운 듯 아이를 어르면서 말했다.

〈이제 됐잖아요, 여보. 그만 돌아가요, 우리 마을로. 이제 아무 데도 가면 안 돼요. 가족끼리 함께 살아요. 앞으로 영원히……〉

아기가 작은 소리로 울었다. 나오로의 얼굴이 일그러지다가 이윽고 미소로 바뀌었다.

"앞으로…… 영원히……"

그것이 살아 있는 나오로의 마지막 말이었다.

히나코는 신의 골짜기에 서 있었다. 자욱한 안개 속에서 무수한 하얀 공기 덩어리 같은 것이 솟아나고 있었다. 그것들은 물에 채 녹지 않은 분유 덩어리처럼 골짜기 상공에서 소용돌이치면서 어딘가로 흘러갔다. 사자의 영이다.

사자가 소생하기 시작했다. 역시 이시즈치 산에서의 일은 환각이 아니었다. 시게의 집에서 도망쳐나와 그 길로 신의 골짜기로 달려왔다.

히나코는 이곳에 후미야와 사요리가 있다는 걸 알고 있었다.

사요리가 후미야를 데려갈 곳은 신의 골짜기밖에 없었다.

사요리는 히우라 가의 여자니까.

여기서 태어나고, 여기서 죽고, 그리고 여기서 새로운 생을 시작할 것이다. 하지만 사요리가 후미야를 그 새로운 생의 동반자로 삼을 권리는 없다. 사요리에게 후미야가 필요하다면 자신 역시 후미야가 필요하다. 그의 마음을 조종해 죽음의 영역으로 끌어들이는 것은 용서할 수 없다. 절대 그렇게 하도록 내버려둘 수 없다.

치밀어오르는 분노로 히나코의 몸이 뜨거워졌다. 사요리가 실제로 존재하며 후미야를 빼앗으려 한다고 확신했을 때부터 절대 그를 넘겨줄 수 없다는 생각이 들었다. 그 생각은 너무나 강렬해서 스스로도 놀랄 지경이었다.

그녀는 이슬을 머금은 풀에 청바지 자락을 적시면서 신의 골짜기로 들어갔다. 꽃잎에 핏빛 반점이 퍼져 있는 참나리를 밟으며 중앙의 와지를 향해 언덕을 내려갔다. 부옇게 흐린 골짜기 바닥에 연못이 보였다. 그곳에 히나코가 무의식적으로 스케치북에 그렸던 광경이 나타났다. 수증기처럼 사자의 영이 끓어오르는 연못. 그 한복판에 선 녹색 돌기둥.

그 옆에 후미야와 사요리의 모습이 어렴풋이 보였다. 두 사람은 얕은 연못에 누워 있었다. 히나코는 심장을 갈기갈기 찢는 듯한 통증을 느꼈다.

"후미야! 안 돼!"

히나코는 비명에 가까운 소리를 지르며 연못으로 달려가려 했다.

"방해하지 마!"

풀숲에서 사람이 쑥 튀어나왔다. 데루코였다. 머리를 산발한 데루코는 양팔을 벌리고 막아섰다. 히나코는 데루코를 밀치고 언덕을 뛰어내려가려 했다. 하지만 데루코는 야윈 몸에 어울리지 않게 강한 힘으로 히나코를 밀어냈다. 히나코는 비틀거리면서 소리쳤다.

"막아야 해요. 저건 안 돼요!"

데루코는 히나코의 움직임에 더욱 날카롭고 신음하는 듯한 소리로 말했다.

"이제 됐어. 사요리는 히우라 가의 딸을 낳을 거야."

데루코의 입술이 만족스럽다는 듯 반달 모양을 그렸다. 두 눈은 겨울의 별처럼 빛났다.

"히우라 가의 딸을 낳는다고요? 무슨 말을 하는 거예요. 죽은 사람이 아이를 낳다니요."

"죽다니, 누가!"

데루코가 토해내듯이 말했다.

"그 아이는 이 세상에 돌아왔어. 살아 있는 남자의 정액을 받으면 아이도 낳을 수 있어. 히우라 가 여자의 피를 계속 이어야만 해."

사자를 부활시키는 무당, 히우라 가의 여자. 죽은 히우라 가의
여자와 산 자 사이에 아이가 생기면, 그 아이는 어떤 아이가 될
것인가. 생과 사를 초월한 아이?

히나코의 온몸에 알 수 없는 한기가 달렸다.

"그런 게…… 가능할 리 없어요."

데루코가 희미하게 웃었다.

"가능해. 저 아이는 할 수 있어. 히우라 가의 여자라면 할 수
있어."

그때였다. 데루코의 뒤에서 나직하고 또렷하지 않은 목소리
가 들려왔다.

〈그렇게는 할 수 없다, 데루코.〉

어느새 나타났는지 풀밭에 탄탄한 체구의 남자가 서 있었다.
히나코는 자기 눈을 의심했다. 데루코의 등뒤에 떡하니 서 있는
남자는 혼수상태였던 히우라 야스다카였다. 창백한 얼굴에 떠오
른 매서운 표정, 꼭 다문 입술. 병원에서 물색 환자복을 입고 있
던 큰 몸에 안개가 휘감겨 있었다. 데루코는 뒤돌아서서 남편을
뚫어지게 보았다.

"당신…… 어떻게……"

야스다카는 아내에게 다가갔다. 묘하게 가벼운 걸음이었다.
맨발도 환자복 바지 자락도 이슬에 축축하게 젖어 있었다. 야스

다카는 데루코의 얼굴을 노려보았다.

〈사요리는 죽었어.〉

데루코는 고개가 떨어지도록 가로저었다.

"사요리는 돌아왔어. 히우라의 딸을 낳기 위해 돌아왔다고."

야스다카의 얼굴에 주름이 깊어졌다. 그리고 몸 저 밑에서 쥐어짜는 듯한 목소리로 말했다.

〈죽은 자는 죽은 대로 내버려둬.〉

"남자가 뭘 알아. 히우라의 피는 계속 이어져야 해!"

데루코는 남편을 향해 울부짖었다. 당신이 히우라 가의 여자에 대해 뭘 알아, 알려고도 하지 않았잖아, 당신은 창고 방에 틀어박혀 곰팡이 슨 책이나 읽으셔, 하고 큰 소리로 저주를 퍼부었다. 몇십 년 동안의 원망을 단숨에 토해내는 것 같았다.

히나코는 그 틈에 데루코의 옆을 빠져나갔다.

"기다렷!"

눈치챈 데루코가 쫓아왔다. 그러나 야스다카가 팔을 뻗어 데루코의 어깨를 잡아당기고, 등뒤에서 겨드랑이 밑으로 팔을 껴서 아내를 막았다. 데루코는 미친 듯이 이를 드러내고 "놔!" 하고 소리쳤다. 야스다카가 힘을 빼지 않는 걸 알자, 증오로 일그러진 얼굴을 비틀어 남편에게 침을 뱉었다.

히나코는 엎어질 듯 언덕을 내려갔다. 연못 수면에서 하얀 구름 덩어리 같은 것이 잇따라 솟아나 허공으로 올라갔다. 무수한 사자의 영에 둘러싸인 채 후미야는 사요리 위에 올라타고 있었다. 그 광경의 증인처럼 서 있는 녹색 돌기둥의 표면이 안개에 젖어 반짝거리고 있다.

히나코는 연못에 뛰어들었다. 물은 깊지 않아 복사뼈까지밖에 오지 않았지만, 단순한 물이 아니었다. 뼈까지 시린 듯한 냉기가 발목으로 기어올라왔다. 물밑의 진흙에 발이 빠질 것 같았지만, 히나코는 이를 악물고 후미야의 겨드랑이에 팔을 끼워 안아 일으키려고 했다.

"우아아아아아아아악!"

사요리가 껍질이 벗겨진 짐승처럼 비명을 질렀다. 히나코는 혼신의 힘을 쥐어짜 사요리에게서 후미야를 떼어냈다. 후미야가 초점이 맞지 않는 눈으로 히나코를 보았다.

"후미야, 정신차려!"

무릎을 꿇고 그의 뺨을 때리는 히나코 앞에 알몸의 사요리가 뛰어들었다. 눈동자는 분노로 이글거리고 있었다. 사납게 날뛰며 히나코에게 이를 드러내더니, 깊은 공동에서 울려오는 듯한 소리로 울부짖었다.

〈후미야는 내 거야!〉

홀쭉한 뺨. 치켜올라간 눈. 뚝뚝 떨어지는 물방울이 사요리의 희고 투명한 피부에 박힌 보석처럼 보였다. 히나코는 움찔했다. 아이에서 어른이 되기 직전의 사요리. 그 육체는 죽었다고 하지만 젊음으로 빛났다.

히나코는 온몸으로 사요리를 떠밀었다. 가냘픈 사요리는 구르듯이 연못에 쓰러져서 머리까지 물에 잠겼다. 그러나 바로 고개를 들더니 신음하며 히나코를 노려보았다. 반짝반짝 빛나는 눈에는 증오가 들끓었다. 증오로 사람을 죽일 수 있다면 히나코는 사요리에게 백 번이라도 죽임을 당했을 것이다. 히나코는 후미야를 지키듯이 끌어안았다.

"너는 죽었어, 사요리."

〈죽으면 아무것도 탐내면 안 된다는 거니?〉

사요리의 젖은 머리카락 끝에서 물이 뚝뚝 떨어졌다. 하얀 이 사이로 힘겹게 말을 토해냈다.

〈죽으면 어른이 될 수 없는 거야? 죽으면 사람을 좋아하는 마음도 죽는 거야?〉

사요리의 얼굴은 분노로 일그러졌다.

사요리는 어른이 되고 싶었다. 어른이 되어 자신을 표현하는 요령을 익혀서 후미야에게 사랑을 고백하고 싶었다.

"사요리……"

망설이며 말을 거는 히나코를 사요리는 분노와 모멸이 담긴 얼굴로 보았다.

〈네 동정은 필요 없어. 동정받아야 할 사람은 내가 아니라 너야. 넌 어리석고 느려터진 거북이. 너 따위한테 후미야를 줄 수

없어. 그건 절대 싫어!〉

날카로운 얼음이 온몸을 관통했다. 알몸이 되어 야산에 내던져진 죄인 같은 비참함을 느꼈다. 사요리는 연못에서 벌떡 일어섰다. 그리고 봉긋한 가슴과 엉덩이를 우아하게 흔들며, 히나코를 경멸하는 미소를 띤 채 다가왔다.

〈나는 거북이가 아니었어. 사람들과 이야기를 하지 않았던 것은 모두를 무시했기 때문이야. 난 너하고 달라. 어릴 때부터 자기가 뭘 원하는지도 몰랐던 너하고는 달라.〉

그랬다. 나는 내가 뭘 원하는지도 몰랐다. 사요리의 뒤꽁무니를 쫓아다니며 사요리가 원하는 것을 내가 원하는 것이라고 믿었다. 스스로 뭔가를 결정하지도 못했다.

사요리 앞에서 자신이 점점 볼품없는 존재가 되어가는 것 같았다. 소녀에서 어린아이로, 아기로 돌아가서 마침내 소멸한다.

사요리가 히나코의 뒤에 있는 후미야에게 말을 걸었다.

〈난 알고 있었어. 내가 누구고 뭘 원하는지 어릴 때부터 알고 있었어. 후미야, 너도 알고 있었지? 네가 뭘 원하는지 알고 있었을 거야.〉

후미야의 파랗게 질린 입술이 떨렸다. 히나코는 그 입술이 무슨 말을 하려는 듯 움직이는 것을 보았다. 후미야의 말을 듣는 것이 무서웠다. 듣고 싶지 않았다. 히나코는 후미야의 얼굴을 양손으로 감싸 자신에게로 돌렸다. 그의 뺨은 얼음처럼 차갑고

핏기가 없다. 약간 파르스름한 그 빛은 사요리의 피부를 연상시
켰다.

"후미야, 아무 말도 하지 마. 나를 봐, 후미야!"

히나코는 후미야를 꼭 껴안았다. 그의 몸속에 희미한 온기가
남아 있었다. 후미야는 살아 있다. 사요리가 뭐라고 하든 그는
살아 있다. 나와 같은 세계에 있다. 그와 함께 사는 것은 나, 히
나코다. 사요리가 아니다.

후미야의 몸이 히나코의 체온으로 따뜻해졌다. 그의 팔에도
조금씩 힘이 실리며 그녀의 몸을 껴안았다.

〈안 돼!〉

사요리가 날카롭게 소리 지르며 두 사람을 향해 왔다.

쿵! 바람 덩어리가 와서 부딪치는 듯한 충격이었다. 히나코는
후미야와 함께 연못으로 쓰러졌다. 냉기가 피부를 찔렀다. 히나
코는 일어서려고 했다. 바로 앞에서는 사요리가 후미야 위에 올
라타고 있었다. 늘씬하게 뻗은 다리는 후미야의 옆구리에, 단단
한 유방은 그의 가슴에 붙이고 후미야의 얼굴 앞으로 몸을 구부
리고 있었다.

〈후미야, 나를 봐.〉

후미야는 눈이 부신 듯 사요리를 보았다.

"후미야!"

히나코는 연못 바닥을 기면서 소리쳤다.

그러나 늦었다. 그의 눈은 사요리에게 빨려들고 있었다. 사요리는 후미야에게 얼굴을 가까이 가져갔다. 입술과 입술이 닿으려 했다. 두 사람의 검은 머리카락이 똬리를 튼 뱀처럼 서로 얽혔다. 히나코는 고개를 세차게 가로저으면서 말리려고 앞으로 손을 뻗었다. 그 옆으로 커다랗고 검은 그림자가 달려갔다.

〈그만두지 못해, 사요리!〉

야스다카가 사냥감을 본 들개처럼 두 사람에게 덤벼들어, 딸의 몸을 안고 후미야에게서 떼어냈다. 꺄악 하는 사요리의 비명이 터졌다. 그는 딸을 양팔로 안아올렸다. 사요리가 아버지의 품에서 몸부림치는 바람에 몸에 달라붙었던 검은 진흙이 사방으로 흩어졌다.

야스다카는 사지를 흔들며 날뛰는 딸을 꼭 껴안은 채 연못 한가운데로 저벅저벅 걸어갔다. 그곳에는 녹색 돌기둥이 서 있었다. 자욱한 안개, 파도치는 수면에서 솟아오르는 사자의 영. 젖빛으로 흔들리는 풍경 속에서 돌기둥만 엄숙하게 서 있었다. 그것은 이 혼란스러운 세계의 이정표 같았다.

아버지가 향하는 곳을 안 사요리는 점점 더 심하게 날뛰었다. 그러나 야스다카는 딸을 놓지 않았다. 돌기둥에 딸의 몸을 꽉 누르고 그대로 온몸의 체중을 실었다. 사요리의 울부짖음 속에 돌기둥은 천천히 기울다가, 이윽고 물보라를 일으키며 옆으로 쓰러졌다.

그 순간, 수면에서 올라오던 사자의 영들의 움직임이 딱 멈추었다. 연못의 수면은 거울처럼 고요해졌다. 야스다카는 양팔로 딸을 안은 채 쓰러진 돌기둥을 밟고 우두커니 서 있었다. 몸이 천천히 가라앉기 시작했다.

〈뇨, 아버지, 난 여기 있고 싶어!〉

사요리의 비명에도 움쩍하지 않고 야스다카는 엄한 얼굴로 의기양양하게 고개를 들고 있었다. 애수 띤 어두운 눈동자로 안개가 걷히기 시작한 신의 골짜기의 자연을 사랑스러운 듯이 바라보고 있었다.

물이 소용돌이치기 시작했다. 아버지와 딸은 점점 연못 속으로 가라앉았다. 물이 연못 바닥으로 빨려들어갔다. 마치 배수구로 흘러내려가는 빗물 같다.

이윽고 검은 진흙 바닥이 보였다. 돌기둥도, 그 위에 선 부녀도 진흙 속으로 계속 가라앉았다. 발, 무릎, 그리고 허리, 배⋯⋯ 야스다카가 가슴까지 진흙에 빠지고, 다음에 사요리의 엉덩이가 사라졌다. 사요리는 아버지의 손에서 벗어나려고 쉴새없이 몸부림치고 있었다. 그러나 야스다카는 딸을 연못 바닥까지 데려가려고 결심한 듯 팔에 실은 힘을 빼지 않았다. 사요리는 몸의 절반이 흙 속에 빠졌는데도 필사적으로 벗어나려고 하늘을 향해 버둥거렸다.

〈살려줘, 후미야, 살려줘!〉

후미야가 몸을 움직였다.

〈오면 안 돼!〉

목까지 진흙에 묻힌 야스다카가 후미야에게 소리쳤다.

〈사요리는 죽었다. 되살리지 마라, 히우라 가의 여자가······〉

야스다카의 입으로 흙이 흘러들어갔다. 그의 마지막 말은 흙이 삼켜버렸다. 그의 또렷한 눈동자만이 흙 위에서 빛을 발하고 있었다. 그러나 그 눈도 이윽고 검은 진흙 속에 가라앉았다.

〈싫어, 그곳으로 돌아가고 싶지 않아!〉

사요리는 아직 아버지의 품에서 소리치고 있었다. 그녀의 하얀 다리가, 유방이 차례로 진흙에 삼켜졌다. 손과 얼굴만 간신히 검은 진흙 위로 나와 있었다. 사요리가 매달리는 듯한 시선으로 후미야를 보았다. 후미야가 그녀에게 다가가려고 했다.

"가면 안 돼!"

히나코는 후미야에게 달려가 그의 머리를 껴안았다. 사요리는 흙 속에서 히나코를 응시했다. 애가 타는 눈길이었다.

〈나······ 더 살고······〉

사요리의 작은 목소리가 들렸다. 그리고 진흙 속으로 푹 꺼졌다.

히나코와 후미야는 진흙 바닥으로 변한 연못을 지켜보고 있었다. 물이 빠진 탓에 연못은 한층 작아졌다. 이제 연못이라기보다는 바닥이 없는 늪 같았다. 머리 위에서 소용돌이치던 사자의 영도 안개와 함께 사라져갔다. 구름 사이로 한 줄기 햇빛이 쏟아져, 녹색 풀이 생기 있게 빛나기 시작했다. 안개의 주문에서 풀려난 나무들은 하늘을 향해 활짝 가지를 펼쳤다.

히나코는 긴 악몽에서 깨어난 것처럼 주위를 둘러보았다. 공기는 풀향기를 머금고 있었다. 신의 골짜기는 다시 고요한 밝음으로 가득 찼다. 와지의 돌기둥도 사라졌다. 후미야가 돌기둥을 세웠을 때부터 일어난 일련의 사건. 그것도 이제 끝났다. 사자의 영을 불러들이는 돌기둥은 사라지고, 사자의 영은 원래 자리로 돌아갔다. 그리고 사요리 역시 아버지를 따라 죽음의 나라로 돌아갔다. ……아버지를 따라?

"아저씨!"

히나코는 야스다카가 생각나 와지로 뛰어내렸다. 돌기둥이 있던 언저리의 진흙을 양손으로 파헤쳤지만, 야스다카의 모습은 흔적도 없이 사라졌다. 돌기둥의 감촉도 없었다. 얕은 진흙탕인데 그 큰 야스다카의 몸도 돌기둥도 보이지 않았다. 히나코는 망연자실하여 일어섰다.

"내가…… 어떻게 된 거지……"

후미야의 목소리가 들렸다. 드디어 정신이 돌아온 것 같았다. 자신이 알몸임을 깨닫고 황급히 앞을 가렸다.

와지 옆 풀밭에 후미야의 옷이 흩어져 있었다. 히나코는 진흙탕에서 나와 옷을 주워 그에게 건넸다. 후미야는 쑥스러운 듯이 받아들었다.

"옷 입는 동안 난 위에 있을게."

히나코는 비탈을 올라갔다. 풀숲에 데루코가 쓰러져 있었다. 히나코는 그쪽으로 달려갔다. 데루코는 입을 반쯤 벌린 채 주먹을 꽉 쥐고 있었다. 잠시 정신을 잃은 것 같았다. 히나코는 안도의 숨을 내쉬었다. 갑자기 긴장이 풀려 무너지듯 풀밭에 주저앉았다. 고개를 들어보니, 비탈 아래서 후미야는 아직 옷을 입고 있는 중이었다. 히나코는 와지에 등을 돌리고 고쳐 앉았다.

햇살이 부드럽다. 이미 해질녘이었다. 주위가 불그스름하게 물들었다. 자세히 보니 연보라색 쑥부쟁이와 분홍색 산부추의 가련한 풀꽃이 조용히 피어 있었다. 가을이 다가오고 있구나. 색이 바랜 참나리꽃의 독한 빛도 눈에 들어왔다. 히나코는 헝클어진 머리를 손으로 쓸어올렸다.

여름은 끝났다. 사요리도 가버렸다. 죽음의 나라로……

사요리의 마지막 말이 가슴에 남았다. 더 살고 싶었어. 그렇게 말하려고 했다. 사요리는 죽고 싶지 않았던 것이다. 살아서 어른이 되고 싶었던 것이다.

사요리가 자신을 부속물처럼 여겼다는 것도 이제는 용서할 수 있을 것 같았다. 어른이 된 사요리와 재회할 수 있다면, 그녀도 그 시절을 조금은 다른 눈으로 볼 수 있었을지 모른다. 그러나 사요리는 열다섯 살에 죽었다. 마음속에서 소용돌이치는 흐물거리는 사랑과 애증을 미처 승화시킬 시간도 없이. 그 죽음과 함께 그녀의 미지의 미래도 소멸해버렸다.

너무 이른 죽음이란 얼마나 잔혹한지. 히나코는 하늘을 올려다보았다. 맑고 파란 하늘로 슬픔이 퍼져갔다.

후미야는 늪으로 변한 와지 가에서 바지를 입었다. 히나코는 검은 머리카락을 날리면서 풀밭에 앉아 있었다. 저녁놀 탓에 그녀의 모습이 빨갛게 빛나는 것처럼 보였다. 문득 히나코의 등에서 어머니를 떠올렸다. 언제나 그에게 등을 돌린 채 다른 쪽을 보고 있던 어머니.

물론 히나코는 다르다. 자신을 사랑한다. 그렇게 생각하니 행복한 마음이 솟구쳤다.

자신도 히나코를 사랑한다. 히나코만을…… 그럴까?

마음속 저 밑에서 들려오는 소리에 후미야는 뜨끔했다. 사요리의 얼굴이 머리를 스쳤다. 뽀얗고 갸름한 얼굴. 한결같은 시선으로 자신을 바라보던 사요리. 죽지 않았더라면 얼마나 아름답게 성장했을까. 온몸에서 은은하게 요염함을 풍기는 참나리꽃 같은 여자가 되지 않았을까.

후미야는 가슴속에 응어리처럼 남아 있는 사요리에 대한 마음에 당황했다. 사요리의 시선을 기분 좋게 느끼면서 살아온 자신. 그는 알고 있었다. 사요리는 절대 자신에게 등을 돌리지 않으리라는 것을. 어떤 경우라도 아프리만치 애정을 담아 그를 바라볼 것이다. 그 뜨거운 시선으로……

—후미야, 너도 알고 있었지? 네가 뭘 원하는지 알고 있었지?—

머리 한구석에서 사요리의 목소리가 울렸다. 어디서 들은 목소리인지 생각나지 않았지만, 그 물음은 섬광처럼 자신의 본심을 드러내 보여주었다.

그가 원했던 것. 손대지 않고 아껴두었던 것. 후미야는 알고 있었다. 어릴 때부터 마음속 깊은 곳에 숨겨두었던 소망을. 의식하지 않으면서도 그것을 지켜왔다. 죽을 때까지 지킬 것이다…… 사랑.

갑자기 터져나온 그 말에 후미야는 아연했다. 그는 히나코의 동그란 등을 보고 있었다. 안 된다. 내가 대체 무슨 생각을 하는 거지? 저기 나를 기다리는 여자가 있다. 사랑하는 여자가 있다.

후미야는 셔츠를 마저 입고 히나코에게로 가려고 했다.

그때, 차가운 것이 그의 발목을 잡았다. 후미야는 놀라서 시선을 아래로 떨어뜨렸다.

진흙 속에서 뻗어나온 하얀 손이 그의 발목을 붙잡고 있었다. 후미야는 미동도 못 한 채 그 매끄러운 손을 바라보았다. 하얀 수련 같은 팔이 검은 흙을 밀어올렸다.

쑥. 작은 소리가 나며 얼굴이 떠올랐다. 진흙이 뚝뚝 떨어지고 뽀얀 얼굴이 나타났다. 사요리였다. 가늘고 긴 눈으로 후미야를 올려다보았다. 그 눈길에 은은하게 떠도는 요염함. 유혹하듯 입술을 벌리고 있다. 그것은 성숙한 여자의 얼굴이었다. 불과 조금 전, 그가 머릿속에 그린 그대로의 어른이 된 사요리의 얼굴.

사요리의 시선이 그를 붙잡았다. 그 눈은 그를 바라보고 있었다. 어릴 때와는 다른, 동경과 정열이 담긴 눈으로.

그때, 후미야는 깨달았다. 앞으로 아무리 히나코를 사랑한다 하더라도 자신은 사요리를 떠나지 못할 것임을. 사요리의 시선은 아주 오래전부터, 한결같이 오로지 자신에게만 쏟아졌기 때문에, 어른이 된 지금까지도 자신의 모든 연애에 상관해왔다. 그의 인생 자체가 사요리의 시선에서 떨어지기 힘들 정도로 얽혀 있었다.

히나코와 자신과 둘이서만 행복해지는 것은 불가능할 것이다. 세 사람의 가고메가고메. 늘 누군가는 술래가 된다. 지금까지는 사요리가 술래였다.

후미야는 그 자리에 무릎을 꿇고 사요리의 얼굴을 똑바로 바라보았다. 이제 시선을 피하지 않을 것이다. 받아들일 것이다. 자신의 감정, 매듭짓지 못했던 마음속을 바라볼 것이다.

진흙 바다에 떠오른 가면과도 같은 사요리의 얼굴을 향해 자신의 얼굴을 천천히 가져갔다. 사요리의 끝없는 어둠 같은 눈동자에 후미야가 비쳤다. 사요리는 미소지으면서 양손으로 그의

목을 끌어안았다. 서늘한 손끝이 그의 머리카락을 만지작거리며
잡아당겼다.

사요리의 붉은 입술은 젖어 있었다. 그녀는 후미야의 입술에
자신의 입술을 포갰다.

―가고메가고메

바구니 속 새는

언제언제 나오나―

저녁놀 속에 빨간 잠자리가 날아다녔다. 히나코는 눈을 감고
따뜻한 바람을 느꼈다. 풀밭에서 가고메가고메 놀이를 하는 자
신과 후미야와 사요리가 보이는 것 같았다.

―어스름한 밤에

학과 거북이가 미끄러졌네―

유년 시절에는 세 사람 다 사이가 좋았는데. 어째서 후미야를
서로 가지려 하게 되었을까. 아이인 채로 있었더라면 그런 일은
없었을 것이다. 그러나 사람이 시간의 흐름을 멈출 수 있는 방법
은 오로지 죽음밖에 없다. 히나코와 후미야는 성장해 어른이 되
었고, 죽은 사요리는 소녀인 채 죽음의 나라에 남겨졌다……

―뒤에 있는 사람, 누구게―

후미야와 사요리의 목소리가 들리는 것 같았다. 히나코는 아
차 싶어 등뒤를 돌아보았다.

와지의 진흙탕 속에 후미야가 쓰러져 있었다. 히나코는 비명을 지르면서 언덕을 뛰어내려갔다. 후미야가 엎드린 채 진흙에 얼굴을 박고 있었다. 손은 뭔가를 원하듯이 흙을 움켜쥐고 있었다.

히나코는 그를 일으켰다. 소름 끼칠 정도로 몸이 차가웠다.

"후미야!"

후미야를 흔들어보았지만, 이미 숨이 멎어 있었다. 까맣게 더러워진 후미야의 얼굴에는 만족스러운 표정이 서려 있었다.

히나코는 후미야를 껴안았다. 바람이 두 사람 주위에서 소용돌이쳤다.

문득 웃음소리가 들린 것 같아 히나코는 고개를 들었다. 늪을 지나는 바람이 히나코의 머리카락을 헝클어뜨렸다. 귓가에 바람이 소리를 내며 지나갔다. 바람 속에 사요리의 웃음소리가 섞여 있는 듯했다. 그것은 이미 소녀의 것이 아니라 성숙한 여자의 교성……

휘유우우우우후후후후후후.

웃음소리는 바람을 타고 신의 골짜기로 퍼져갔다.

히나코는 후미야의 가슴에 얼굴을 묻고 울었다.

묘지는 아침이슬에 젖어 있었다. 상수리나무 가지 사이로 쏟아지는 햇살에 가을의 기운이 감돌았다. 아직 묘비도 없는 후미야의 묘에는 판자로 만든 탑만 덩그러니 서 있었다. 히나코는 가방을 내려놓고 갖고 온 꽃다발을 두고 손을 모았다.

후미야의 사인은 익사였다. 얕은 진흙탕에 빠져 죽었다. 그의 죽음마저 사요리의 사인과 같다는 사실이 히나코를 끝까지 망연자실하게 했다. 결국 사요리가 후미야를 빼앗는 모습을 생생하게 목격한 것이다.

물론 후미야의 부모님에게는 그런 말을 할 수 없었다. 다만 후미야와 둘이서 신의 골짜기에 갔다가 불의의 사고를 당했다고만 했다. 후미야의 부모님은 아들의 죽음을 받아들이는 것만으로도 버거워 그 설명이 조리에 맞는지 맞지 않는지까지는 생각할 여유가 없었다.

신의 골짜기에 있었던 히우라 야스다카는 그날 이미 죽었다. 그를 죽인 간호사가 체포되어 큰 화제가 되었다. 그러나 히나코는 야스다카가 스스로 죽음을 바랐던 게 아닐까 생각했다. 자기 손으로 딸을 묻어주기 위해서는 그 자신이 죽어서 소생할 필요가 있었던 게 아닐까?

태풍이 지나간 다음 날, 야쿠무라에서는 세 사람이 죽었다. 후미야, 야스다카, 그리고 뭔가에 의해 참살당한 오노 시게. 마을 사람들은 공포에 떨며 그 원인을 놓고 서로 이러쿵저러쿵 입방아를 찧었다. 그러지 않아도 그날은 시코쿠 각지에서 이상한 사건이 일어났다. 안개도 구름도 아닌 것이 시코쿠 전역을 잔뜩 뒤덮었고, 사자가 이 세상에 나타났다고 다들 입을 모았다. 안개와 구름 속에 끝없이 펼쳐진 황량한 대지를 보았다는 사람도 있었다. 그러나 저녁 무렵에는 하늘이 개고 사자들이 흔적도 없이 사라져버렸다. 어떤 학자는 태풍 뒤의 기압 변화가 이상 기상 현상을 낳은 거라고 했다. 또다른 학자는 태풍의 피해가 컸기 때문에 집단 히스테리에 빠진 거라고 했다.

히나코는 제멋대로 소란을 떠는 마을과 세간에서 떨어져, 나고 자란 낡은 집에 틀어박혀 혼자서 후미야의 죽음을 음미했다.

태풍이 오던 날 밤, 서로 격렬하게 껴안았다. 그건 정말로 있었던 일일까? 시간은 너무 빨리 지났고, 후미야는 죽음의 손에 이끌려 가버렸다.

그들 앞에 펼쳐져 있었던 미래를 생각하며 히나코는 분한 눈물을 흘렸다. 겨우 찾은 새로운 사랑이었다. 후미야와 새로운 인생을 걷게 되었더라면 얼마나 멋졌을까? 그러나 후미야는 히나코 곁에 없다. 차가운 흙 아래 뼈로 남았다.

잡목림에 둘러싸인 아키자와 가의 묘는 야쿠무라가 내려다보이는 언덕에 있었다. 숲의 나무 사이로 맑게 갠 창공이 펼쳐져 있었다. 이제 다시는 이 하늘 아래서 후미야의 손을 잡고 걸을 수 없다.

히나코는 한참을 후미야의 묘 앞에서 손을 모으고 있다가 천천히 일어났다. 꽃다발을 쌌던 신문지를 줍고, 가방을 들고 한 번 더 후미야의 묘를 둘러본 후, 산속의 묘지를 뒤로했다.

산길을 내려가는 발걸음은 무거웠다. 슬픔이 또다시 끓어올랐다. 참을 수 없는 기분으로 손에 들고 있던 신문지에 시선을 떨어뜨렸다. '이시즈치 산의 수행자 수수께끼의 죽음.' 시커먼 글씨의 머리기사가 눈에 들어왔다. 히나코는 멈춰서서 기사를 읽었다.

— 태풍 24호로 정상으로 가는 길이 막혔던 이시즈치 산에 8월 23일, 지역 소방대원이 올라 정상에서 남성의 사체를 발견했다. 복장으로 보아 이시즈치 산의 수행자로 추측되며, 태풍 전후로 등정했다가 돌아가지 못하고 탈진해 사망한 것으로 보인다. 경찰에서 신원을 찾고 있다.

이 주 전의 신문이었다. 히나코는 생각에 잠긴 채 다시 걷기 시작했다. 이시즈치 산에서 만난 기이한 남자의 이야기였다. 온몸에서 엄숙한 분위기가 감돌던 남자. 그는 어떤 사람이었을까?

산길이 끝나고 아스팔트 길이 나왔다. 히나코는 벼이삭이 흔들리는 논두렁 사이로 난 길을 걷고 있었다. 벼는 황금색으로 바뀌어가고, 길가에는 새빨간 석산이 피어 있었다. 가을이 바로 옆에 와 있었다.

뒤에서 클랙슨 소리가 들려왔다. 소형 트럭이 옆에 서더니 창밖으로 마나베 히사미가 얼굴을 내밀었다.

"히나코 아냐? 어디까지 가니?"

"버스 정류장까지. 도쿄로 돌아가는 길이야."

"뭐어, 도쿄로?"

"언제까지 일도 안 하고 빈둥거릴 수 없으니까."

히나코는 작은 여행가방을 들어 보였다. 다른 짐은 이미 도쿄의 집으로 보냈다. 히사미는 조수석 문을 열었다.

"버스 정류장까지 태워줄게."

소형 트럭은 히나코를 태우고 달리기 시작했다. 앞유리창에 달린 작은 곰 인형이 달랑거렸다.

"오늘은 아침부터 정신이 하나도 없었어. 아이가 열이 높아 누워 있어서, 점심 준비해놓고 시어머니한테 약 먹이는 법 알려드리고, 이제 겨우 밭일 보러 가는 참이야."

히사미는 여전히 생기 넘치는 목소리로 말을 걸어왔다.

"히나코는 이 아침부터 어디 다녀오는 길이야? 집하고는 한참 떨어진 곳까지 왔네."

히나코는 후미야의 묘에 다녀오는 길이라고 대답했다. 히사미는 미안한 질문을 했다는 표정을 지어 보였다. 히나코와 후미야가 사귄다는 소문을 히사미도 들은 모양이었다. 한동안 덜컹덜컹 달리는 차 소리밖에 나지 않았다. 소형 트럭은 학교에 가는 초등학생들을 추월했다. 아이들의 등뒤에서 책가방이 앙증맞게 흔들렸다.

"후미야가 죽다니, 아직도 난 안 믿겨."

히사미가 불쑥 말했다. 히나코도 고개를 끄덕였다. 히사미와 후미야 이야기를 하는 것은 괴로웠다. 이대로 잠자코 있어주었으면 좋으련만.

그러나 히사미는 낮은 목소리로 말을 이었다.

"나 초등학교 때 후미야 좋아했어."

히나코는 깜짝 놀라 히사미를 보았다. 그녀는 농사일에 피부가 거칠어진 얼굴로 쑥스러운 듯 웃었다.

"웃기지? 애가 셋이나 있는 아줌마가 되어서 이런 얘길 하다니."

마른 웃음소리에 슬픔이 배어 있었다. 히나코가 고개를 가로저었다.

"웃기지 않아. 나도 초등학교 때 후미야 좋아했었어. 그때부터 동경해왔는걸."

히나코와 히사미의 눈이 마주쳤다. 두 사람은 서로의 눈동자 속에서 같은 슬픔을 발견했다.

모두 그랬을 것이다. 어린 시절, 말로 하지 못한 생각을 어떻게 해야 좋을지 몰라 가슴에 품고 있었다. 은밀한 마음은 어른이 되어도 사라지지 않는다. 마음의 대지 깊숙한 곳에서 지하수처럼 오랫동안 끊어지지 않고 흐른다. 누구나 거북이 껍데기를 짊어지고 살아간다. 후미야가 그렇게 말하지 않았는가. 자기 혼자뿐만이 아니다. 히나코는 좌석 깊숙이 몸을 묻고 숨을 깊이 들이마셨다.

차가 '후지모토 편의점' 앞의 버스 정류장에 섰다. 히나코는 고맙다고 인사하고 히사미의 차에서 내렸다. 소형 트럭은 클랙슨을 울리고 멀어져갔다.

가게로 들어가자 카운터에 앉아 있는 유카리가 눈에 띄었다. 유카리는 쑥스러운 듯이 히나코에게 인사를 했다. 유카리와 기미히코가 야반도주를 떠난 전말은 빌렸던 이불을 돌려주러 갔을 때, 오노 치즈코에게서 들었다. 결국 유카리는 오사카로 찾아간 남편에게 이끌려 돌아왔다고 했다.

사가와초까지 가는 버스표 한 장을 부탁하자, 유카리는 표를 카운터에 놓았다. 그리고 "후미야 일 참 안됐어" 하고 말했다. 히나코는 고개만 끄덕였다. 유카리는 가게에 아무도 없는 것을 확인하고 속삭였다.

"요전에는 고마웠어. 우리 남편이 하도 사정해서 그냥 돌아오긴 했지만. 오사카가 어떤 곳인지도 알았고."

유카리는 돌아와주었다는 식으로 말했다. 분명 누구에게든지 그런 식으로 변명했을 것이다.

"히나코, 지금 사가와까지 가는 거야?"

"응. 도쿄로 돌아가려고."

유카리는 실망한 듯이 벌써 돌아가느냐고 했다.

"하지만 설에는 돌아와. 또 동창회 해야지. 와라."

그 동창회에는 이제 후미야가 없다. 히나코는 얼굴이 일그러질 것 같았다.

밖에서 차 엔진 소리가 났다. 버스가 가게 앞에 멈추는 것이 보였다. 히나코는 구원받은 기분으로 유카리에게 작별 인사를 했다. 버스는 세 사람의 승객만 태우고 달리기 시작했다. 야쿠무라가 멀어져갔다. 히나코는 창가에 앉아 산골짜기로 사라져가는 마을을 돌아보았다. 사카 강이 니요도 강을 향해 흘러가고 있었다. 그 원류에 있는 신의 골짜기. 사자의 마음이 모이는 곳.

시코쿠는 사국. 신의 골짜기의 돌기둥이 늪에 가라앉고, 사국은 이 세계 밖으로 사라졌다. 그러나 이 섬에는 지금도 사자의 마음이 소용돌이치고 있다. 사자는 우리 옆에서 우리를 보고 있다. 우리가 그들을 불러낼 날을 기다리면서……

죽은 후미야의 얼굴이 뇌리에 떠올랐다. 평온한 얼굴이었다. 공포도 고통도 없었다. 그가 죽은 뒤 그녀를 가장 괴롭힌 것은 그 표정이었다. 후미야는 사요리가 있는 세계로 가길 원했을까? 아니면 저항했을까? 그 표정으로는 짐작할 수 없었다. 앞으로도 이 의문은 자신을 괴롭힐 거라고 생각했다. 후미야는 자신을 사랑한 걸까 하는 의문도.

마음의 상처를 달래려고 돌아왔는데, 상처만 하나 더 늘었다. 히데와의 일은 해결했지만, 또다른 문제가 생겼다. 야쿠무라의 집을 어떻게 할지도 아직 결정하지 못했다.

살아간다는 것은 이런 거다. 산적한 문제를 짊어지고 가기. 그

것이 거북이의 등껍데기. 히나코는 손을 무릎에 올려놓고 주먹을 꽉 쥐었다. 사람은 모두 의식하건 하지 않건 그 껍데기를 짊어지고 살아간다. 껍데기를 감싸안는 것 자체가 살아 있다는 표시, 산 자의 특권이다.

그때, 누군가의 시선이 느껴졌다. 히나코는 주위를 두리번거렸다. 다른 승객 둘은 지루한 듯 창밖을 내다보고 있었다. 하얀 비닐을 씌운 버스의 빈자리. 손잡이가 장난치듯 흔들렸다. 그녀를 보는 사람은 아무도 없었다.

히나코는 자세를 고쳐 앉았다. 그래도 아직 시선은 그곳에 있었다. 꽁꽁 감싸는 듯한 시선. 그녀가 이번 여름 내내 익숙했던 부드러운 눈길이……

히나코는 앞을 똑바로 보았다. 그 얼굴에 천천히 조용한 미소가 번졌다.

버스가 모퉁이를 돌았고, 야쿠무라는 산 뒤로 사라져갔다.

데루코는 풀숲으로 비켜서서 버스를 보낸 뒤, 도로로 나왔다. 새로 빨아 입은 흰옷 차림에 삿갓. 금강장을 짚으면서 또다시 걷기 시작했다.

돌면 된다. 죽었을 때의 나이만큼 거꾸로 돌면 된다. 데루코는 마음속으로 계속 중얼거렸다. 몇 년이 걸려도, 몇십 년이 걸려도, 언젠가는 끝이 난다. 그러면 사요리가 돌아온다. 돌아오면 좋은 남자를 찾아 히우라 가의 여자를 낳아줄 것이다. 자신의 대에서 히우라 가 여자의 피를 끊기게 할 수는 없다.

검디검은 아스팔트 길이 끝없이 뻗어 있었다. 핼쑥해진 데루코는 결연한 표정을 지으며 한 걸음, 또 한 걸음 나아갔다. 허리에 찬 방울이 흔들렸다.

딸랑딸랑, 딸랑.

맑은 방울 소리가 하얀 비늘구름이 뜬 가을 하늘로 흘러갔다.

처음으로 '죽음'을 내 몸 가까이서 만난 것은 중학교 1학년 때였습니다. 더위와 가난이 목을 조르던 어느 여름날, 멍하니 벽에 기대 있던 동생이 뜬금없이 "사람은 죽으면 어떻게 될까?" 하고 묻는 것입니다. 겨우 6학년인 남자아이였습니다. 저는 날씨도 더운데 아무도 답을 알지 못하는 그런 질문 자체가 짜증스러워 이렇게 대꾸해주었습니다.

"네가 죽어보면 알겠지."

한 달 뒤에 동생은 죽었습니다. 방학을 하여 시골에 내려간 다음 날 강에 빠져서……

시코쿠 四国, 혹은 사국 死国. 일본어로는 두 단어 다 '시코쿠'로 발음이 같습니다. 매일 밤 머리카락이 주뼛주뼛 서는 걸 참으며 작업을 마치고 나니 그야말로 사국을 순례하고 온 기분이 듭니다. 어딘가에서 잘 찾아보면 열세 살 어린 나이에 허망하게 죽은 남동생도 있을 것 같은 착각마저 들더군요.

소설 속에서 사요리가 말합니다. 죽은 자는 산 자의 기억 속에서밖에 살 수 없다고, 산 자가 기억해주고 그리워해주면 소생할 수 있다고. 그래서 소생한 죽은 자(?)와 산 자가 같이 사는 곳이 '사국'이라고 합니다. 시코쿠가 예전에 사국이었다는 가설을 펼치는 것은 역시 발음이 같기 때문이겠지요?

시코쿠四國는 일본의 섬 네 개 가운데 가장 작은 것으로 제일 남쪽에 위치해 있습니다. 소설 속에서 시코쿠의 88개 사찰을 순례하는 순례자 이야기가 나옵니다만, 실제로도 시코쿠에는 88개 사찰을 순례하는 풍습이 있습니다. 도보로 88개 사찰을 모두 순례하는 데 걸리는 시간은 건장한 남자를 기준으로 사십 일 정도라는군요. 사요리의 어머니 히우라 데루코는 시코쿠 88개 사찰을 역행하면, 그러니까 1번 사찰부터가 아니라 88번 사찰부터 거꾸로 죽은 사람 나이만큼 돌면 그 사람이 살아 돌아온다는 믿음을 갖고 몇 번이고 순례를 합니다만, 실제로 사람들이 시코쿠를 순례하는 것은 이루고 싶은 소원을 빌거나 기도를 올리기 위해서입니다. 향, 초, 반야심경이 든 자루를 메고, 위아래 하얀 옷을 입고, 삿갓을 쓰고, 금강장을 짚고 다니는 사람들은 모두

이 시코쿠의 88개 사찰을 도는 순례자('헨로'라고 부릅니다)랍니다.

믿는 종교가 따로 있지는 않지만, 언젠가는 나도 한번 순례자가 되어 88개 사찰을 돌아보고 싶다는 생각이 듭니다. 그러나 아무래도 무리일 것 같습니다. 해가 빨리 지는 일본, 날이 어두워지면 사요리 귀신과 이시즈치 산이 더럽혀지는 것을 온몸으로 막은 순례자 나오로가 생각나 등골이 오싹해지고 오금이 저려올 것 같아서 말입니다.

음습하고 무섭고 기분 나쁘고 온몸의 솜털이 거꾸로 서는 듯한 소설이었습니다만, 개똥밭에 굴러도 이승이 제일이라는 속담이 생각나더군요. '어제 죽은 자가 그토록 그리워한 오늘'이 아니라 '어제 죽은 자가 그토록 돌아오고 싶어하는 곳'이 지금 내가 살고 있는, 그리고 당신이 살고 있는 이 땅이라는 것이 절실히 느껴졌습니다. 좀더 아끼고 사랑하고 만족하며 살아야겠다는 도덕 교과서 같은 교훈을 얻었습니다. 사국의 공포 속에서.

그런데 정말 사람은 죽으면 어떻게 될까요?

권남희

지은이 **반도 마사코**
1958년 일본 고치 현 출생. 일본 국립나라여자대학에서 공부했고, 이탈리아 밀라노 공과대학에서 이 년간 유학했다. 『벌레』『벚꽃 비』『만다라 길』『야마하하』『이누가미』『13의 에로티카』『이국의 미로』등을 발표하며 일본 대표 공포소설 작가로 자리매김했다. 일본 호러소설대상 가작, 시마세 연애문학상, 시바타 렌자부로 상, 나오키 상 등을 수상했다.

옮긴이 **권남희**
1966년생. 일본문학 전문번역가. 무라카미 하루키의 『빵가게 재습격』『반딧불이』『회전목마의 데드히트』, 텐도 아라타의 『애도하는 사람』, 다이라 아스코의 『멋진 하루』, 아사다 지로의 『산다화』, 그밖에 『퍼레이드』『밤의 피크닉』『어제의 세계』『공부의 신』 등을 우리말로 옮겼다.

문학동네 세계문학
사국

초판 인쇄 2010년 9월 10일 | 초판 발행 2010년 9월 20일

지은이 반도 마사코 | 옮긴이 권남희 | 펴낸이 강병선
기획 박여영 | 책임편집 황문정 | 편집 장선정 | 독자 모니터 이원주
디자인 엄혜리 이원경 | 저작권 김미정 한문숙
마케팅 정민호 김도윤 장선아 박보람 | 온라인 마케팅 이상혁 한민아 정진아
제작 안정숙 서동관 정구현 김애진 | 제작처 영신사(인쇄) 우진제책사(제본)

펴낸곳 (주)문학동네
출판등록 1993년 10월 22일 제406-2003-000045호
주소 413-756 경기도 파주시 교하읍 문발리 파주출판도시 513-8
전자우편 editor@munhak.com | 대표전화 031) 955-8888 | 팩스 031) 955-8855
문의전화 031) 955-3576(마케팅) 031) 955-2659(편집)
문학동네카페 http://cafe.naver.com/mhdn

ISBN 978-89-546-0858-9 03830

www.munhak.com